Claude Cueni

Der Henker von Paris

Roman

Lenos Verlag

Erste Auflage 2013
Copyright © 2013 by Lenos Verlag, Basel
Alle Rechte vorbehalten
Satz und Gestaltung: Lenos Verlag, Basel
Umschlag: Hauptmann & Kompanie, Zürich
Umschlagbild: Pierre-Antoine Demachy, *Une exécution capitale, place de la Révolution* (um 1793)
Printed in Germany
ISBN 978 3 85787 433 8

Für Clovis, Dina, Emmanuel

1

Gegen Mitternacht – man schrieb das Jahr 1737 – fegte ein gewaltiger Sturm über die Normandie. Es regnete in Strömen. Krachend schlug der Blitz in einen bewaldeten Hügel ein und erhellte für einen Sekundenbruchteil den Reiter, der durch die Nacht preschte. Er schlug seinen Rappen wie von Sinnen, als wollte er dem sintflutartigen Regen entkommen, der sich über die Landschaft ergoss. Nun spaltete ein Blitz nach dem andern den Nachthimmel und entlud sich krachend über den Hügeln. Bäume knickten ein wie Streichhölzer. Der schwarze Hengst heulte kurz auf, als sie ein kleines Gehöft passierten. Der verwitterte Anstrich schien blutrot. Der Reiter gab dem geschundenen Tier erneut die Sporen. Es riss unwillig den Kopf hoch. Weisser Schaum spritzte durch die Nacht und wurde sogleich weggewaschen. Der Reiter preschte weiter auf der überfluteten Landstrasse nach Neufchâtel im Pays de Bray, während der Regen tosend auf ihn niederprasselte. Plötzlich sah er ein gelblich flackerndes Licht zwischen den Bäumen, die Umrisse eines Gasthofes. Im gleichen Augenblick knickte sein Pferd mit den Vorderbeinen ein, und er flog in weitem Bogen über den Kopf des Tieres hinweg. Sein Körper klatschte in eine Pfütze und schlitterte noch einige Meter weiter, bis er schliesslich mit dem Kopf gegen einen vom Sturm abgeknickten Baumstamm krachte. Es dauerte eine ganze Weile, bis er bemerkte, dass er den Sturz unverletzt überlebt hatte. Dann kamen die Schmerzen. Sein Rappe lag erschöpft und wimmernd am Wegrand und versuchte vergeblich, sich zu erheben. Hilflos ruderte das Tier mit den Beinen und warf dabei den Kopf wiehernd in die Höhe. Ein letztes Mal. Dann klatschte er in den Schlamm und regte sich nicht mehr. Es war stockfinster.

Der Reiter erhob sich langsam und verharrte eine Weile in gebückter Haltung. Keuchend schaute er zu seinem Pferd. Dann bemerkte er die Satteltasche: Sie hatte sich offensichtlich vom Ledergurt losgerissen und lag ihm zu Füssen. Er öffnete sie und entnahm ihr eine schwere doppelläufige Pistole mit Radschloss. Er hatte sie beim Pharospiel gewonnen. Plötzlich glitt er aus und rutschte erneut über den schlammigen Erdboden. Auf den Knien suchte er nach seiner Waffe, die ihm aus der Hand geflogen war. Er fand sie. Erleichtert näherte er sich auf den Knien dem Rappen. Fast zärtlich fuhr er ihm über die Nüstern. Er setzte die Pistole an die Schläfe des Pferdes und drückte ab. Man hörte kein Aufschlagen des Hahns. Das Zündpulver war nass. Erneut zerriss ein kräftiger Donner die Stille der Nacht. Krachend schlugen weitere Blitze in der Nähe ein. Der Reiter erhob sich. Kübelweise ergoss sich der Regen über seine durchnässte Uniform. Doch er war nicht den langen Weg geritten, um hier aufzugeben.

Er stampfte über den aufgeweichten Lehmboden und näherte sich Schritt für Schritt dem gelblichen Licht. Ein Lächeln huschte über seine Lippen. Hatte Gott seine Gebete erhört? Er stiess die Tür des Gasthofes auf. Im Innern sassen einige düstere Gesellen an einem langen Tisch. Die anderen Tische waren leer. Bis auf einen: An einem kleinen, runden Tisch in der Ecke sass ein Hüne von Mann allein vor einem hölzernen Becher.

Der Reiter schloss die Tür hinter sich. Nun waren alle Blicke auf ihn gerichtet. Denn auch er war von ungewohnt hohem Wuchs. Er hatte eine aufrechte, stolze Körperhaltung und halblanges braunes Haar. Jetzt bemerkte er den Wirt hinter dem Tresen. Dieser sah ihn nicht gerade freundlich an. Die Gesellen am langen Tisch musterten die Hose des späten Gastes. Sie war vom Schlamm verschmutzt. Dennoch konnte man die Farben des Regiments des Marquis de La Boissière erkennen, die sich vom Gurt bis hinunter zu den schlammverspritzten Stiefeln abzeichneten. Es war eine Offiziershose.

»Wo sind wir hier?«, fragte der Reiter.

Niemand gab ihm eine Antwort.

Er wandte sich an den Wirt: »Gib mir was zu trinken.«

»Das haben wir nicht«, sagte der Wirt nach einer Weile.

»Wein. Rotwein.«

Der Wirt nahm eine Flasche und füllte einen Becher voll. Der Reiter kramte eine Münze aus seiner Tasche und legte sie auf den Tresen. Der Wirt musterte das Geldstück. Es war ihm unbekannt.

»Sie wurde in Nouvelle-France geprägt«, sagte der Offizier, und als wollte er sich endlich die gebührende Autorität verschaffen, fügte er hinzu: »Ich bin Leutnant Chevalier de Longval, Jean-Baptiste Sanson de Longval.«

Der Wirt senkte verunsichert den Kopf. Respektvoll wich er einen Schritt zurück. Langsam schob er den Becher über den Tresen und fragte: »Hast du in Indien gekämpft?«

»Wir nennen es Amerika, aber die Eingeborenen, die nennen wir Indianer. Ich weiss nicht, was richtig ist. Hauptsache, wir verstehen uns.«

Der Wirt nickte und sagte nach einer Weile: »Wir mögen hier keine Fremden.«

»Ich war nie wirklich weg. Ein Jahr vielleicht.«

Der Wirt schüttelte den Kopf. »Ich habe schon einige gesehen, die drüben waren. Das sind nicht mehr die gleichen Leute, wenn sie zurückkommen. Die reden dann dummes Zeug. Denn drüben, da gibt es keine Könige. Da ist jeder sein eigener König. Das habe ich mal gehört.«

»Ja«, murmelte Leutnant Sanson, »es gibt sogar welche, die sich von Frankreich abspalten wollen. Dafür ziehen sie in den Krieg und sterben. Sie wollen Freiheit.«

Der Wirt musterte ihn skeptisch und wandte sich dann von ihm ab. Er brachte den Gästen am langen Tisch einen neuen Krug Wein.

»Wo ist der Rest deiner Armee?«, stichelte einer der Gesellen und zeigte seine schwarzen Zahnstummel. Nun lachten die Saufkumpane. Es war ein raues, respektloses Lachen. Wie eine verschworene feindliche Truppe sassen sie an ihrem Tisch und lauerten auf seine Antwort.

»Desertiert«, fragte einer, »oder bringst du uns den Krieg?«

Der Leutnant trank seinen Becher in einem Zug leer und trat an den langen Tisch. »Messieurs, mein Regiment ist in der Nähe von Dieppe stationiert. Es ist das Regiment des Marquis de La Boissière. Ich bin im Auftrag meines Kommandanten unterwegs. Ich habe eine dringende Depesche für Paris.« Er nahm Haltung an und legte seine rechte Hand auf den eisernen Korb seines langen Degens. »Ich brauche ein frisches Pferd.« Er schaute den Wirt fordernd an.

»Siehst du hier irgendwelche Pferde?«

»Er hat nur uns«, grölte einer der Gesellen. Die anderen kicherten besoffen vor sich hin.

»Wie bist du denn hergekommen?«, fragte der Wirt.

»Mein Pferd liegt draussen im Schlamm. Es hat sich das Bein gebrochen.« Er wurde allmählich ungeduldig. »Ich wollte ihm den Gnadenschuss geben, aber das Zündpulver ist nass.«

Nun schauten alle zu jenem Gast hinüber, der einsam am kleinen, runden Tisch in der Ecke sass. Doch dieser blickte nicht auf. Er starrte in seinen Becher. Sein Haupt war kahl.

»Frag ihn«, sagte der Wirt unwirsch, »vielleicht hat er ein Pferd für dich. Bei uns kannst du eh nicht bleiben. Wir haben keine Gästezimmer.«

»Ich brauche auch eine Waffe, mein Pferd muss erlöst werden.«

»Sehe ich aus wie ein Waffenhändler?«, brummte der Wirt. »Frag ihn. Er kennt sich aus mit Tieren. Er weiss, wie man ein sterbendes Pferd erlöst.«

Die Männer am langen Tisch lachten erneut.

»Fünf Sou«, brummte der Hüne in der Ecke.

Leutnant Sanson kramte einige Münzen aus der Tasche und legte sie auf den Tresen.

»Gib es ihm selber«, sagte der Wirt mit einem seltsam verächtlichen Unterton.

»Nein«, erwiderte der Hüne, »lass es auf dem Tresen. Er soll mir dafür nochmals Wein bringen.«

Der Leutnant schob einen leeren Becher über den Tresen. »Gib ihm Wein.«

Der Wirt nahm den Becher und stellte ihn wieder auf den Kopf. »Er trinkt aus seinem eigenen Becher.«

Der Leutnant blickte hinüber zu den Gesellen am langen Tisch. Sie schwiegen. Stumm starrten sie ihn an. Er nahm die Weinkaraffe und ging langsam zu dem Mann in der Ecke. Er blieb vor seinem Tisch stehen und schenkte ihm Wein nach.

»Wo liegt das Tier?«, fragte dieser mit leiser, rauer Stimme.

»Gehen Sie in Richtung Wald, dann werden Sie es sehen.«

Der Mann nickte. »Ich kümmere mich um dein Pferd. Aber der Kadaver gehört mir. Lauf den Weg zurück. Du hast das kleine Gehöft gesehen? Es ist rot gestrichen. Dahinter findest du eine Kapelle. Dort findest du mich. Du kannst in meiner Scheune übernachten, Chevalier.«

Der Leutnant schaute den Mann irritiert an.

»Geh schon voraus, ich werde den Wein trinken und mich nachher um dein Pferd kümmern.«

»Können Sie es nicht sofort erledigen?«

Der Mann schaute nun zu ihm hoch. Sein Blick war stechend, seine Augen erloschen. Er hatte ein Gesicht wie ein Amboss, hart, kantig, unnachgiebig, als könnte man reinschlagen, ohne dass sich das Geringste in diesem Gesicht bewegte. Der Leutnant ging mit der Weinkaraffe wieder zum Tresen zurück und sagte zum Wirt: »Ich will mich waschen.« Er zeigte seine schmutzigen Hände. Erst jetzt sah er das Blut an der linken Hand.

»Hinten im Hof findest du einen Trog.« Der Wirt wies mit dem Kopf zur Tür hinter dem Tresen. Draussen lagen Bretter auf dem matschigen Boden. Der Leutnant wusch sich Hände und Gesicht und reinigte notdürftig seine Uniform. Er wusste nicht, woher das Blut kam.

Als er in den Gasthof zurückkehrte, war der Hüne nicht mehr da.

»Dann werde ich jetzt gehen und in diesem roten Gehöft übernachten.«

Die Männer am langen Tisch lachten. Einer posaunte: »Wir nennen es das verwunschene Gehöft.« Alle prusteten.

»Na ja«, brummte der Wirt, »da ist halt keiner gerne zu Gast.« Erneutes Gelächter. Einer ergänzte: »Es ist sehr, sehr ruhig dort, besonders in der Scheune.« Nun grölten die Gesellen und donnerten mit den Fäusten auf die Tischplatte. Der Wirt verzog keine Miene.

Jean-Baptiste Sanson trat ins Freie hinaus und zog den Kragen seines Mantels hoch. Entschlossen marschierte er in der Dunkelheit zurück. Es schüttete noch immer. Unterwegs sah er sein Pferd. Es war tot. Es lag in einer Blutlache, die sich stets erneuerte und immerzu vom Regen aufgelöst wurde. Jetzt kam ihm die Satteltasche in den Sinn. Er suchte eine Weile, doch in der Dunkelheit konnte er sie nicht finden.

Nach einer Viertelstunde erreichte er das verwunschene Gehöft. Er sah, dass im Innern ein Licht flackerte. Das Haus war tatsächlich rot gestrichen. Es glänzte wie frisches Blut im Regen. Er ging daran vorbei und fand hinter einer Scheune eine kleine Kapelle. Der Eingang war von einer Laterne erleuchtet. Sie schepperte im Wind. Er stieg die kleine Steintreppe hinunter. Vorsichtig setzte er einen Fuss nach dem anderen auf die schlüpfrigen Stufen. Er blieb eine Weile im Eingang stehen und schaute zum kleinen Marienaltar, auf dem Kerzen flackerten. Er spürte, dass er nicht allein war. Dann sah er den Schatten. Langsam schritt er über die knarrenden Holzdielen und kniete neben dem Mann nieder, den er zuvor im Wirtshaus angesprochen hatte. Er stützte die Ellbogen auf der Gebetsbank ab und faltete die Hände. Er versuchte zu beten. Aber kein Gebet wollte ihm einfallen. Die Jahre hatten ihn ermüdet. Vielleicht hatten seine Gebete auch Gott ermüdet. Der Hüne drehte sich nach ihm um und schaute ihn an. Das Gebet in der Kapelle schien ihn verändert zu haben. Er wirkte nun sanft und ruhig. Vielleicht war es auch der Wein. Beten oder saufen, beides hat fast die gleiche Wirkung, dachte Sanson.

»Haben Sie meine Satteltasche gefunden?«, fragte er und fixierte den Mann mit stechendem Blick, als wollte er ihm drohen, ihn ja nicht anzulügen.

»Chevalier, deine Satteltasche liegt drüben in der Scheune. Ich habe sie geöffnet. Schliesslich will ich wissen, wer in meiner Scheune übernachtet. Aber in der Satteltasche war keine Depesche für Paris. Ich fürchte, du reitest in eigener Sache. Ich sehe die Not, die dich zerreisst, in deinen Augen. Das Unglück ist dir auf den Fersen. Vielleicht ist es ein Fluch. Manche Menschen sind verflucht. Sie verbringen ihr Leben damit, diesem Fluch zu entkommen. Aber der Fluch folgt ihnen wie ein Schatten. Sie verlieren den Segen Gottes. Gott verfluchte die Schlange, die Eva verführte, er verfluchte Kain, der seinen Bruder ermordete, und er verfluchte die Erde und die Menschen.«

»Hören Sie auf mit dem Unsinn, ich glaube nicht an Flüche!«

»Wieso reitest du dann wie ein Verrückter durch die Nacht? Bei diesem Unwetter. Wenn du an Gott glaubst, glaubst du auch an den Teufel, und wenn du an Gott und den Teufel glaubst, glaubst du auch an Flüche. Wovor fliehst du?«

Jean-Baptiste Sanson schwieg.

»Manch einer erkennt sein Schicksal, aber er kann ihm dennoch nicht entrinnen. Das ist der Fluch.«

Jean-Baptiste fasste sich an die rechte Seite. Als er die Hand vor die Augen führte, sah er, dass sie voller Blut war.

»Komm in die Scheune«, sagte der Hüne, »wir müssen die Wunde säubern. Sonst wirst du Paris nie sehen.«

Er beleuchtete den Weg mit einer Laterne. Die Pferde in den Boxen wurden unruhig. Einige erhoben sich und hielten den Kopf in die Höhe. Sie rochen den fremden Duft und das Blut. Hinter der letzten Box legte der Hüne frisches Stroh aus. Er warf eine braune Pferdedecke darüber und forderte Jean-Baptiste auf, seinen Oberkörper frei zu machen.

»Ich hole sauberes Wasser«, sagte er und stellte die Laterne auf den Boden.

Jean-Baptiste legte sich hin und wartete. Nur das Scharren der Hufe war zu hören. Nach einer Weile kam der Mann zurück. Er hatte frische Tücher bei sich. Ihm folgte eine junge Magd mit einem Mörser in der Hand. Sie kniete nieder und zerstampfte einige Kräuter. »Das ist *Symphyti radix*«, erklärte der Mann, »es lindert Entzündungen und verhindert die Eiterbildung.«

»Sind Sie Arzt?«, fragte Jean-Baptiste.

Der Hüne schwieg und schien sich auf die Säuberung der Wunde zu konzentrieren.

»Ja, er ist Arzt«, sagte die junge Frau nach einer Weile, »er ist ein guter Arzt.« Sie legte erneut Kräuter in den Mörser und zerstampfte sie mit geübter Hand. Dann mischte sie die Paste mit Wasser und gab die Mixtur Jean-Baptiste zu trinken. Es schmeckte fürchterlich, aber er liess es geschehen.

»Dieses Kraut wird dir helfen«, flüsterte der Hüne, »*Rauwolfia serpentina* nimmt dir die Furcht. Sie beruhigt deinen Körper und deine Sinne. Du wirst keinen Schmerz mehr verspüren und schlafen.«

»Ich habe keine Furcht, ich habe in der Neuen Welt gekämpft. Ich habe viel gesehen.«

Der Hüne schien nicht beeindruckt. »Wenn du morgen aufwachst und dich in der Scheune umsiehst, wirst du vielleicht Furcht empfinden. Noch hast du nicht alles gesehen, was das Schicksal dir bescheren wird.«

Jean-Baptiste wollte sich aufbäumen, aufstehen, vielleicht sollte er besser diesen Ort verlassen, dachte er, doch die Kraft war aus seinem Körper gewichen, und er blieb regungslos liegen. Seine Gedanken verloren sich in einem finsteren Gefühl. Er spürte noch die aufkommende Angst, dann schlief er ein.

Draussen wurde es allmählich Tag. Ein neuer Tag. Die ersten Sonnenstrahlen schienen durch die grosse Öffnung im Dachboden. Jean-Baptiste Sanson war aufgewacht. Er erhob sich langsam und musterte seine Umgebung. Er hatte neben der letzten Pferdebox geschlafen. Es gab insgesamt vier Boxen. Darin standen Pferde und warteten ungeduldig, dass man sie auf die Weide liess. Neugierig und ungeduldig stiessen sie ihre Köpfe gegen die Boxentüren. Er musterte sie, er mochte Pferde. Aber als Kavalleriepferde hätten sie kaum getaugt. Sie waren ausgemustert und dienten wohl nur noch zum Ziehen des Fuhrwerks, das im Hof stand. Er schaute sich in der Scheune um. Sie war sehr geräumig. An einer Holzwand hing Pferdegeschirr. An Haken waren eiserne Gegenstände aufgehängt: Feuerzangen, Fuss- und Handfesseln, Brechstangen, am Boden Weidenkörbe voller Lederriemen, ein Rost, mittelgrosse Holzfässer, in denen Fette, Salben, Puder, Kohle, Schmiere, Seife, Kleie, Sand und Sägespäne aufbewahrt wurden, und ein riesengrosses Rad. In der Ecke stand ein Tisch, unter dessen Decke etwas lag. Er zog an einem Zipfel der Decke. Bläulich gefärbte Finger kamen zum Vorschein. Er riss das Tuch weg und sah einen Arm, Unter- und Oberarm bis zum Schultergelenk. Der Ellbogen war gehäutet worden, so dass man die freigelegten Knochen, Sehnen und Gelenke sehen konnte.

Er wurde von einer entsetzlichen Angst gepackt. Erneut dachte er an den Fluch. Er musste diesen Schuppen verlassen. Mochte sein, dass sein Leben verflucht war, aber dieser Ort war es ganz bestimmt ebenso. Kaum hatte er sich entschlossen zu fliehen, geriet er in Panik und fürchtete, in letzter Minute aufgehalten zu werden. Eilig schritt er zum Scheunentor. Draussen auf dem Hof erschallte Hufgetrampel. Es mussten mindestens ein halbes Dutzend Reiter sein. Als er einen Torflügel einen Spaltbreit öffnete, sah er, dass die Reiter leichtbewaffnete Dragoner waren. Sie trugen Musketen und weisse Uniformröcke. An den Farben der Kragen, Ärmelaufschläge und Rabatten erkannte man ihre Zugehörigkeit zum Regiment des Marquis de La Boissière. Die Tür des gegenüberliegenden Wohnhauses öffnete sich, und der Hüne trat in den Hof hinaus.

»Braucht ihr Wasser für eure Pferde?«

»Wir suchen einen Deserteur. Hast du einen gesehen, der sich rumtreibt?«

»Niemand verirrt sich hierher. Und freiwillig sucht niemand dieses Gehöft auf.«

Der Anführer riss die Zügel herum. Er hatte es eilig. Dann drehte er sich noch mal um. »Wir reiten weiter nach Paris. Auf dem Rückweg werden wir dich nochmals besuchen. Sei also wachsam.«

Der Dragoner gab seinem Pferd die Sporen. Er preschte über den Hof. Die anderen folgten ihm. Sie ritten Richtung Wald.

Jean-Baptiste hatte den Atem angehalten. Als die Dragoner weg waren, öffnete er das Scheunentor ganz. Doch der Hüne versperrte ihm den Weg. Sein mächtiger Oberkörper verdeckte die Sonne und verfinsterte das Innere der Scheune. »Tu es nicht«, sagte er, »nur hier bist du sicher. Du solltest den Winter über hierbleiben. Du kannst mir helfen, das Dach zu erneuern.«

Jean-Baptiste wühlte im Stroh. »Wer sind Sie?«

»Suchst du deine Satteltasche?«, fragte der Hüne und trat ins Stroh. Er schob die Tasche mit dem Fuss zu Jean-Baptiste, der sie sofort öffnete. Sie war leer. Wütend starrte er den Hünen an. »Die Tasche ist leer.«

»Und wo ist mein Offizierspatent?«

Der Hüne nahm ein Dokument aus seiner Brusttasche und zerriss es. Er hatte grosse, kräftige Hände.

Dieser Mann verdient sein Geld nicht an einem Schreibtisch, dachte Sanson.

»Das war dein Offizierspatent, Chevalier. Du wirst es nicht mehr brauchen. Du bist ein Deserteur. Du wirst nirgends Arbeit finden, keine warme Suppe, kein Dach über dem Kopf. Du hilfst mir, und ich helfe dir. Bald fällt der erste Schnee, dann wird das Stroh in der Scheune nass und faulig. Ich werde dir helfen, aber du musst schwören, dass du bis zum Frühling hierbleibst.«

»Ich schwöre Ihnen ...«

»Mir musst du nichts schwören, Chevalier. Schwöre vor Gott. Ich würde dich töten, wenn du deinen Schwur brichst, aber Gott würde dich bestrafen. Und Gottes Strafe ist übler als der Tod.«

»Ich schwöre vor Gott. Ich werde alles tun, was Sie verlangen, wenn ich mich hier verstecken kann, bis mein Regiment abgezogen ist.«

»Das sagt sich so leicht, aber würdest du auch einen Pakt mit dem Teufel schliessen?«

»Ja«, sagte Jean-Baptiste mit schwerer Zunge, »aber Sie sind nicht der Teufel. Sie können Schmerzen lindern.«

Der Hüne neigte nachdenklich den Kopf und musterte ihn eindringlich. Nach einer Weile sagte er: »Ich kann Schmerzen lindern, weil ich auch Schmerzen zufügen kann. Ich bin wie das Feuer. Es kann eine Wunde heilen, aber es kann auch eine Wunde zufügen, Schmerz verursachen. Wenn du in meine Welt eintrittst, betrittst du die Welt des Schmerzes.«

Jean-Baptiste starrte auf den abgetrennten Arm. Der Hüne nahm es mit einem Lächeln zur Kenntnis und ging zum Tisch hinüber. Der junge Mann folgte ihm. »Ich werde dir helfen, das Dach zu erneuern, bevor der erste Schnee fällt.«

»Du wirst an meinem Tisch essen und unter meinem Dach schlafen. Dafür sollst du mir als Geselle dienen. Bis die ersten Bäume Blüten tragen. Falls dein Regiment dann noch in der Gegend ist, kannst du auch länger bleiben. Ich brauche dringend einen Gesellen.«

»Ist es denn so schwierig, einen Gesellen zu finden? Die Menschen leiden Not und Hunger. Jeder Mensch wünscht sich nur eins in diesen düsteren Tagen: Arbeit.«

»Aber nicht diese Art von Arbeit«, antwortete der Mann, »wir werden nicht nur das Dach erneuern.«

»Welcher Art ist denn Ihre Arbeit?«, fragte Jean-Baptiste. Das Misstrauen stand ihm ins Gesicht geschrieben.

»Ich bin Beamter der Justiz. Und du bist jetzt mein Geselle, Chevalier. Ich bin geächtet. Dich werden sie auch ächten.«

Jean-Baptiste wurde kreidebleich. Allmählich schöpfte er einen unheimlichen Verdacht. »Wieso wird ein Beamter der Justiz geächtet?«

Der Hüne griff im Dunkeln nach einem Gegenstand, der an der Wand hing. Als er ins Licht trat, sah Jean-Baptiste, dass es ein Zweihänder war. Der Hüne stach die Schwertspitze in den hölzernen Boden und stützte sich mit beiden Händen auf dem Griff ab.

»Ich bin Meister Pierre Jouenne, Scharfrichter von Caudebec-en-Caux. Ich arbeite für die Stadt Rouen und die Vizegrafschaft Dieppe.«

»Nein!«, brüllte Jean-Baptiste verzweifelt. »Nein! Nein! Nein!«

Er stürmte an Jouenne vorbei ins Freie. Im Hof stand ein Pferd an der Tränke. Er ergriff die Zügel und schwang sich auf den Rücken. Gerade wollte er dem Pferd die Sporen geben, als ein schriller Pfiff über den Hof schallte. Das Pferd blieb sofort wie angewurzelt stehen. Jean-Baptiste stürzte über den Kopf des Pferdes nach vorn und blieb nach einem Aufschrei auf dem harten Steinpflaster liegen.

Jouenne pflanzte sich vor ihm auf. »Tu das nicht noch mal, ich würde dich bis nach Paris verfolgen und dir ungeheuerliche Schmerzen zufügen. Ich weiss, wie man peinigt, ohne zu töten. Zwing mich nicht. Nicht jetzt. Ich beginne gerade, dich zu mögen.«

Jean-Baptiste rappelte sich auf und stöhnte. Instinktiv griff er nach der Stelle, die Jouenne am Abend zuvor gesäubert hatte. Sie blutete erneut. »Ich bin nicht in die Neue Welt geflohen, um dann doch noch Henker zu werden«, keuchte er. »Ich bin zur Armee gegangen, um dem Fluch, der auf meiner Familie lastet, zu entkommen. Mein Vater, mein Grossvater, alle meine Vorfahren waren Henker. Sie stammen aus Abbeville in der Picardie.«

»Du solltest stolz sein, in eine solche Familie geboren worden zu sein.«

»Das ist nicht meine Welt!«

»Es gibt nur eine Welt, und jeder hat den Platz einzunehmen, den ihm Gott zugewiesen hat. Es gibt keine andere Welt. Du musst erfüllen, was vorbestimmt worden ist.«

»Es gab einen Vorfahren, der war Kartograph ...«

»Nicolas Sanson«, sagte Jouenne.

Jean-Baptiste war erstaunt.

»Dachtest du etwa, ich sei dumm und ungebildet, nur weil ich Scharfrichter bin?«

»Nein, Meister Jouenne«, log Jean-Baptiste.

»Hör mir jetzt gut zu, Chevalier, du meinst, auf deinem Geschlecht lastet ein Fluch. Du wolltest ihm entkommen.

Du hast deine Familie verlassen, du hast dich bei der Armee verpflichtet, du bist in die Neue Welt gefahren und hast dort gekämpft. Du hast überlebt und bist zurückgekehrt. Du bist desertiert. Du wolltest dem Fluch deiner Familie entkommen, und jetzt bist du mein Geselle. Erkennst du den Fluch? Er folgt dir wie dein eigener Schatten. Du kannst dein Schicksal erkennen, aber du kannst ihm nicht entrinnen. Die Kiefer stemmt sich gegen den Sturm und wird entwurzelt, doch die Weide biegt sich und überlebt. Nimm dieses verfluchte Leben an, und lerne zu vergessen. Der Schmerz entsteht, wenn man zurückblickt, die Angst beginnt zu keimen, wenn man an die Zukunft denkt. Versuch, nur den heutigen Tag zu sehen. Heute fehlt dir nichts. Komm, ich zeig dir etwas.«

Jouenne ging in die Scheune zurück, nahm den losen Arm vom Tisch und zeigte ihn Jean-Baptiste, der einen Schritt zurückwich.

»Schau dir das genauer an: Hier beginnt das Schultergelenk. Es besteht aus Oberarmknochenkopf und Schulterblatt. Es wird kaum durch knöcherne Strukturen blockiert, sondern vorwiegend durch Muskulatur gehalten. Ein Faszinosum. Das kannst du nur wissen, wenn du den Teil sezierst. Und helfen kannst du nur, wenn du weisst, wie das Gelenk funktioniert. Eine einfache Entzündung kann beim Anschwellen so viel Raum einnehmen, dass man das Gelenk nicht mehr bewegen kann. Also muss man die Entzündung abschwellen lassen und nicht an diesem Arm herumreissen. Jeder Henker weiss besser Bescheid über die Anatomie des menschlichen Körpers als so mancher Arzt in Versailles.«

Jean-Baptiste nickte.

»Ich kann dir vieles beibringen, Chevalier, aber du musst es wollen.«

»Ich werde Ihr Geselle sein, Meister Jouenne. Aber wenn mein Regiment im Frühjahr die Gegend verlässt, werde auch ich Sie verlassen.«

Jouenne lächelte kurz und trat dann in den Hof hinaus. Jean-Baptiste blieb in der Scheune. Er ging zu seinem Strohlager und hob die Satteltasche auf. Im Innern war eine kleine Tasche eingenäht. Er tastete sie ab. Auch sie war leer. Er rannte in den Hof hinaus und schrie Jouenne nach: »Da war noch etwas in der Tasche! Sie haben es gestohlen!«

»Nein«, sagte Jouenne, ohne sich umzudrehen, »ich habe es als Pfand behalten.«

Wütend stampfte Jean-Baptiste in die Scheune zurück, warf die Satteltasche ins Stroh und legte sich hin.

»Meister Jouenne beschäftigt sich mit anatomischen Studien«, sagte eine freundliche Frauenstimme. Jean-Baptiste drehte sich um und blinzelte. Vor ihm stand die Magd mit einem Krug Rotwein. Sie mochte knapp dreissig sein und trug schäbige Kleider. Unter dem Stoff zeichneten sich die Konturen ihrer Brüste ab. Sie hatte lange, zierliche Beine und war von hohem Wuchs. Er stand auf und näherte sich ihr. Letzte Nacht hatte er sie gar nicht richtig wahrgenommen. Sie war sehr schön.

»Am Morgen empfängt er Patienten«, sagte sie, »er betreibt eine kleine Pharmacie. Er kennt sich aus mit den Heilkräften der Natur, doch gegen Abend vollstreckt er Kriminalurteile.«

Jouenne betrat erneut die Scheune. »Ohne mich würde die Ordnung dem Chaos weichen, ohne mich würden die Throne untergehen.«

Jean-Baptiste stützte sich an einem Bierfass ab. Darin schwammen undefinierbare Dinge, die aussahen wie menschliche Finger. Sie waren mit einer Schnur befestigt.

»Es ist genau das, was du siehst«, sagte die Magd, »Finger. Finger von Gehenkten. Sie verbessern das Aroma des Biers. Alle abgeschnittenen Gliedmassen verfügen über magische Kräfte, auch Pflanzen, die unter dem Galgen wachsen, sofern sie nachts bei Vollmond gepflückt werden.«

Jean-Baptiste blickte sie entsetzt an. »Das ist doch Magie.«

»Ich heisse Joséphine. Ich bin keine Hexe«, erwiderte sie schmunzelnd, »ich bin die Magd von Meister Jouenne. Es gibt viele Dinge, die wir uns nicht erklären können. Wir glauben sie einfach. Wir glauben an ein Leben nach dem Tod, obwohl noch keiner zurückgekehrt ist, wir glauben an die Unbefleckte Empfängnis, obwohl es das in unserer Welt nicht gibt, wir glauben an die Auferstehung der Toten ...«

»Und wir glauben an Verwünschungen, an den Segen Gottes, an Wunder und an Flüche«, sagte Jouenne und sah ihn streng an. »Du kannst noch einen Tag saufen, Sanson, dann erwarte ich dich draussen im Hof. Punkt zwei. Um vier Uhr haben wir auf der Place du Puits-Salé ein Urteil zu vollstrecken. Im Auftrag des Königs. Ich bin der Rächer des Volkes, und du bist ab morgen mein Geselle. Streng dich an. Die Menschen werden sehr zahlreich sein. Sie erwarten ein würdevolles Spektakel. Es gibt einen ersten, einen zweiten und einen dritten Akt. Und am Ende kommt der Hauptdarsteller ums Leben. Kein Pariser Theater kann diese Dramatik überbieten.«

Der Trommelwirbel über der Place du Puits-Salé verstummte. Dichtgedrängt standen die Menschen um das zwei Meter hohe Holzpodest, in dessen Mitte der Galgen thronte. Wie Fledermäuse hingen einige in den Bäumen oder an den Fassaden, um einen Blick auf das Geschehen zu ergattern. Majestätisch stieg Meister Jouenne die Stufen zum Schafott hinauf und schritt langsam die Bretter ab. Das war seine Bühne. Er trug ein hautenges Wams aus dunkelrotem Tuch, darüber einen ärmellosen ledernen Überrock, den er wie einen Brustpanzer über den Oberkörper gebunden hatte. Die schwarzen Reitstiefel reichten bis zu den Knien. Zudem trug er einen langen, weiten blutroten Mantel. Der Kragen war hochgeschlagen, so dass man nur einen Teil des kantigen Gesichts sehen konnte. Die Menge applaudierte. Dann setzte der Trommelwirbel wieder ein. Jouenne liess sich Zeit. Er nahm das schriftliche Urteil aus der Tasche und liess seinen Blick gebieterisch über die Köpfe der Menge schweifen. Man spürte förmlich die Spannung auf dem Platz. Die Zuschauer fürchteten ihn. Aber sie liebten das Schaudern, das dieser Zweimeterhüne bei ihnen auslöste. Als der Trommelwirbel erneut verstummte, brachte Jean-Baptiste Sanson den unglücklichen Bouvier die Treppen zum Schafott hoch. Der Verurteilte trug ein rotes, ärmelloses Hemd und hatte die Hände auf den Rücken gebunden. Der Geselle des Henkers trug eine schwarze Kapuze mit zwei Schlitzen auf Augenhöhe und einer kleinen Öffnung für Nase und Mund. Sie hatten sich zu dieser freiwilligen Maskerade entschlossen, weil es die Darbietung aufwertete, aber auch damit Jean-Baptiste unerkannt blieb. Natürlich war es unwahrscheinlich, dass ihn einer der Gaffer erkennen würde, aber wenn ein Fluch auf ihm laste, sei alles möglich, hatte Jouenne gesagt und gedankenverloren den düsteren Wolken nachgeschaut, die langsam über das verwunschene Gehöft hinweggezogen waren.

Mit einer unheimlichen Donnerstimme verlas nun Jouenne das Urteil. Bouvier sollte gebrandmarkt und anschliessend gehängt werden. Er hatte Brot gestohlen und dann den wütenden Bäcker erschlagen, der ihm durch das ganze Städtchen gefolgt war. Erneut wurde die Trommel geschlagen. Auf dieses Zeichen hin zerrte Jean-Baptiste den Verurteilten zum Pflock in der Mitte der Holzbühne. Er drückte Bouvier nieder, zwang ihn in die Knie und zerriss das rote Hemd. Das Markeisen glühte bereits im Kohlenbecken. Meister Jouenne ergriff das Eisen und drehte es mehrmals in der Glut. Dann drückte er es auf die rechte Schulter des Verurteilten. Zischend verbrannte die Haut. Der Gestank wehte über die Place du Puits-Salé, während Bouvier einen markerschütternden Schrei ausstiess und von Jean-Baptiste kaum noch zu bändigen war. Meister Jouenne schritt mit erhobenem Kopf das Schafott ab. Die Menge applaudierte. Jean-Baptiste packte Bouvier von hinten an den Oberarmen und stellte ihn auf die Beine. Es wurde plötzlich sehr still auf dem Platz. Dann legte er Bouvier die Schlinge um den Hals und zog sie fest. Bouvier stand beinahe apathisch auf der geschlossenen Falltür und schloss die Augen. Als Jouenne ihn laut fragte, ob er noch etwas zu sagen habe, schüttelte Bouvier energisch den Kopf. Er wollte es rasch hinter sich bringen. Jean-Baptiste vergewisserte sich, dass er nicht auch auf der Falltür stand. Als Jouenne ihm zunickte, ruhig, unaufgeregt, ohne emotionale Teilnahme an Bouviers Schicksal, löste Jean-Baptiste den Mechanismus aus. Die Falltür öffnete sich, und Bouvier sauste wie ein Sack Mehl in die Tiefe, bis das Seil den Fall ruckartig bremste. Das Gewicht des fallenden Körpers drückte auf den Adamsapfel und schnürte die Luftröhre zu. Dann brach das Genick. Bouvier strampelte noch einige Sekunden. Sein Körper erschlaffte, und er liess eine Menge Urin fliessen. Die Menge lachte und applaudierte erneut. Jouenne war sichtlich zufrieden mit der Darbietung. Seine Vorbereitung war tadellos gewesen: Er hatte die Länge des Seils mittels Körpergrösse und -gewicht berechnet. Ein kleiner Fehler hätte dazu führen können, dass Bouvier der Kopf abgerissen worden wäre. Das war in der Urteilsschrift nicht vorgesehen.

Am Rande des Platzes erschienen berittene Soldaten. Sie bahnten sich einen Weg. Es waren Dragoner, sie trugen die weissen Uniformröcke des Regiments des Marquis de La Boissière. Sie umringten das Schafott. Jean-Baptiste rührte sich nicht von der Stelle. Er stand vor der offenen Falltür. Darüber baumelte immer noch der leblose Körper des Gehängten. Jouenne ging dem Kommandanten entgegen, der gerade die Treppe heraufkam und das Schafott betrat.

»Wir haben eine Bekanntmachung zu verlesen«, sagte der Kommandant kurz angebunden und ging an Jouenne vorbei. Er entrollte ein Pergament und las der Menge die Botschaft vor. Die Dragoner suchten Deserteure. Einige waren bereits in der Neuen Welt geflohen, andere erst als sie französischen Boden erreicht hatten. Einigen wurde unterstellt, sie hätten in der Neuen Welt die Regimentskasse gestohlen und zwei Wachsoldaten getötet. »Für Hinweise, die zur Festsetzung der Gesuchten führen, hat der Marquis de La Boissière persönlich ein Kopfgeld von zwei Louisdor ausgesetzt.«

Der Kommandant rollte das Pergament wieder zusammen und warf dem vermummten Gesellen einen prüfenden Blick zu. Dann sah er Jouenne fragend an.

»Das ist mein Sohn«, sagte dieser mit fester Stimme.

Der Kommandant verliess das Schafott und schwang sich wieder auf sein Pferd. Er gab den anderen Dragonern ein Zeichen, ihm zu folgen. Langsam bahnten sie sich einen Weg durch die Menge und verliessen den Platz.

Schweigend sassen Jouenne und Jean-Baptiste auf der Holzbank des Fuhrwagens. Als sie die Stadt hinter sich gelassen hatten, fragte Jouenne: »Hast du die Regimentskasse gestohlen?«

»Nein«, antwortete Jean-Baptiste. »Mag sein, dass das jemand getan hat am Tag, als ich heimlich die Armee verliess. Aber ich war's nicht.«

»Und woher hast du die Goldmünzen, die ich in deiner Satteltasche gefunden habe?«

»Sie meinen das Gold, das Sie mir gestohlen haben? Ich hab's beim Kartenspiel gewonnen.«

»Darauf wär ich nicht gekommen«, brummte Jouenne. Er glaubte ihm kein Wort. »Und wieso hast du die Armee verlassen?« Als Jean-Baptiste nicht antwortete, warf ihm Jouenne einen strengen Blick zu.

»Ich war in der Neuen Welt stationiert. Am Bœuf-Fluss. Gemeinsam mit den französischen Missionaren versuchten wir, den Handel der englischen Kaufleute mit den Indianern zu unterbinden. Wir nahmen die Indianer gefangen und verschifften sie als Sklaven auf unsere Plantagen in der Karibik. Schliesslich erhielten wir den Befehl, sie wie Kaninchen abzuschiessen. Es waren einfach zu viele. Dann kamen die Engländer und verbündeten sich mit einigen Stämmen. Wir kämpften gegen die Chickasaw, gegen die Natchez. Die Engländer schickten neue Schiffe mit Soldaten und bauten Forts. Wir bezahlten andere Stämme, um sie abzufackeln. Doch dann wurden viele krank. Sie starben wie die Fliegen. Kopfgeldjäger zogen ihnen die Kopfhaut ab. Für einen englischen Skalp zahlten die Geistlichen hundert Livre. Es war Sodom und Gomorrha. Unsere Regimenter wurden grausam dezimiert, und die Überlebenden wurden zu Kopfgeldjägern oder Goldschürfern, oder sie desertierten und kehrten nach Frankreich zurück. Ich hatte zu viele Gräuel gesehen.«

»Dann hast du die Vorstellung heute gut vertragen?« Jouenne grinste.

»In der Neuen Welt feuerst du Gewehrsalven auf fliehende Indianer ab, zündest ihre Dörfer an, aber du weisst nie, ob du einen tödlich verwundest hast, und du siehst nie ein brennendes Kind. Aber auf Ihrem Schafott, Meister Jouenne, riechst du sogar die Pisse, wenn das Genick bricht.«

»Es gibt noch einen Unterschied«, sagte Jouenne. »In der Neuen Welt kriegt ihr fürs Töten Auszeichnungen, Orden, aber als Henker wirst du verschmäht und geächtet, obwohl du nur ausführst, was dir das Gericht befohlen hat. Wie kann man nur einen Menschen ächten, der genau das tut, was ihm die Gesellschaft abverlangt? Sie wollen die Raubmörder hängen sehen, aber sie wollen nicht selbst Hand anlegen.«

»Danke«, sagte Jean-Baptiste nach einer Weile.

»Ich hab es nicht für dich getan«, log Jouenne, »aber wenn sie meinen Gesellen hängen, hab ich keinen mehr. Und ich denke, dass mein Geselle nun endgültig eingesehen hat, dass er nur bei mir in Sicherheit ist, bis der Marquis de La Boissière sein Regiment auflöst.«

»Ich werde bei Ihnen bleiben und die schwarze Kapuze tragen.«

Jouenne lachte. »Den Leuten hat es gefallen. Die haben hier sonst nichts. Für ein Stück Brot arbeiten sie mehrere Tage. Die einzige Zerstreuung sind die Hinrichtungen. Deshalb sind die Erwartungen hoch.«

Jean-Baptiste nickte. Er spürte immer noch den Schrecken in seinen Gliedern wegen der Dragoner. »Wieso nehmen wir den Leichnam nicht mit?«, fragte er dann.

»So will es die Stadtverwaltung, es soll der Abschreckung dienen. Erst wenn der Körper verwest, hängen wir ihn ab und begraben ihn. Aber nicht auf dem Friedhof.«

Jean-Baptiste überlegte, ob es nicht doch einen Weg gab, dem Schicksal zu entrinnen. Er könnte doch jetzt einfach vom Fuhrwagen hinunterspringen. Doch dann kamen ihm wieder die Dragoner in den Sinn, und er hatte plötzlich den Eindruck, als füge sich alles zu einem Ganzen. Er konnte davonlaufen, sich verstecken, alles Mögliche versuchen, am Ende landete er immer auf dem Schafott. Er hatte keine Wahl. Dieser furchtbare Gedanke betrübte ihn, und er starrte wie benommen auf den Feldweg, der unter den Hufen der Pferde verschwand.

»Wenn wir zu Hause sind, zeige ich dir, wie man die Länge des Seils berechnet. Das ist Mathematik.«

Jean-Baptiste schwieg.

Mehr als für die Sektion der Gehenkten interessierte sich Jean-Baptiste Sanson für die Pharmazie, für die Pflanzenheilkunde und die Herstellung von Arzneimitteln. Vielleicht lag es daran, dass Joséphine sich meistens in der Pharmacie aufhielt. Sie wusste einiges über die Heilkraft der Pflanzen und gab ihr Wissen bereitwillig an Jean-Baptiste weiter. Manchmal gingen sie zusammen in den Wald und pflückten Kräuter. Joséphine zeigte ihm, wo man die Pflanzen suchen musste, woran man sie erkannte und wie man sie aufzubewahren hatte, damit sie ihre Wirkung nicht verloren. Er war gern mit ihr zusammen. Er mochte ihre stille Art. Sie gab ihm Ruhe, Frieden. Es machte ihm auch nichts aus, dass sie nichts über ihre Vergangenheit erzählte. Er hakte nie nach. Vielleicht fürchtete er, seinen Frieden erneut zu verlieren. Manchmal hörte er gar nicht richtig zu. Er lauschte der Melodie ihrer Stimme, ohne die Worte aufzunehmen.

Die langen Winterabende verbrachten Jouenne, Joséphine und Jean-Baptiste am Kaminfeuer beim Kartenspiel. Es waren schöne Abende, bei denen auch Wein getrunken wurde. Jean-Baptiste fiel auf, dass Jouenne und Joséphine ein sehr vertrautes Verhältnis hatten. Aber er wurde nicht schlau daraus. War es eine Art väterlicher Fürsorge – für eine Magd? Oder war sie gar seine Mätresse? Er machte sich darüber nicht allzu viele Gedanken, denn er wartete nur darauf, dass der Marquis de La Boissière endlich sein Regiment auflöste. Und manchmal überkam ihn der Drang, einfach zu verschwinden, doch irgendetwas in seinem Innern sperrte sich dagegen. Er fürchtete, gegen eine höhere Regel zu verstossen. Er hatte sein Schicksal anzunehmen. Und da gab es noch Joséphine. Immer wieder Joséphine. Er wusste nicht einmal, ob sie ihn mochte. Vielleicht war ihr das Dasein als Magd lieber als eine ungewisse Zukunft mit einem Deserteur. Und es war gar nicht so sicher, ob sie jemals Meister Jouenne verlassen würde. Sie gehörte zu jenen Menschen, die ihr eigenes Leben opferten, um anderen zu dienen. Sie verzichten auf ein eigenes Leben und können es nicht erklären. Offenbar gab es auch den Fluch, Gutes zu tun.

»Die Karten«, unterbrach Jouenne seine Gedanken. Jean-Baptiste realisierte, dass er seit einer Ewigkeit die Karten mischte. Er lächelte verlegen und teilte sie aus. Sie spielten stets bis gegen Mitternacht. Dann prostete man sich ein letztes Mal zu, und der junge Mann kehrte in die Scheune zurück und schlief rasch ein.

Im Frühjahr erhielt Jouenne aus dem Pays d'Auge ein Angebot für eine Hinrichtung mit dem Schwert. Er war sehr stolz darauf. Insgeheim war er beseelt von dem Gedanken, ein grosser Henker zu sein, der wie ein berühmter Schauspieler Gastauftritte in anderen Städten und Regionen absolvierte. Gegen gutes Geld, versteht sich. Da er Joséphine nicht allein in diesem angeblich verwunschenen Gehöft zurücklassen wollte, hatte er der Stadtverwaltung mitgeteilt, dass er an Ort und Stelle Henkersknechte verpflichten und die Gerätschaften des schwer erkrankten Henkers des Pays d'Auge ausleihen würde. So konnte Jean-Baptiste bei Joséphine auf dem Hof bleiben.

Bevor er wegfuhr, zog sich Jouenne in seine Pharmacie zurück und zerstampfte zwei Artischocken. Er gab Apfelschnaps und pulverisierte Rinde des Yohimbebaumes dazu, die einige Soldaten aus der Neuen Welt mitgebracht hatten. Zu guter Letzt fügte er noch das Pulver der Macawurzel hinzu, einer heiligen Pflanze der Inkas, die spanische Seefahrer nach Marseille gebracht hatten. »Probier es heute Abend aus«, sagte Jouenne zu Jean-Baptiste, »und gib mir Bescheid, wie schnell und wie stark es wirkt. Es ist gut für Galle und Leber und fördert die Durchblutung.« Als er die Skepsis in Jean-Baptistes Gesicht sah, lachte er kurz auf. »Du kannst daran nicht sterben, Chevalier. Es wird dir nicht schaden. Im schlimmsten Fall wird es nichts nützen.«

Jouenne hielt in einem kleinen schwarzen Buch genau fest, wie er den Drink gemixt hatte, und verabschiedete sich dann.

Als Jean-Baptiste am Abend die Pferde versorgt hatte, betrat Joséphine die Scheune. Sie schien heiter und ausgelassen. Er wusste nicht, woran es lag. Irgendwie war sie schöner als sonst. Oder es fiel ihm erst jetzt auf, wie schön sie eigentlich war.

»Jetzt sind wir allein«, sagte sie unvermittelt und blieb vor ihm stehen. Sie bat ihn dann wie üblich in die Küche. Sie hatte Bohnen gekocht und mit Speck und Zwiebeln angebraten. Sie assen, ohne ein Wort zu sprechen.

»Wir verstehen uns ohne grosse Worte«, sagte Joséphine. Er nickte.

Nach einer Weile reichte sie ihm den Artischockenschnaps. »Trink das«, sagte sie lächelnd. »Für die Wissenschaft.«

Jean-Baptiste trank den Becher in einem Zug leer. Es schmeckte ein wenig bitter, aber der Alkohol machte das Getränk recht bekömmlich. Als er den Becher wieder abstellte, streckte sie ihre Hand aus. Er ergriff sie, und sie sagte: »Schlaf doch im Haus, Jean-Baptiste.« Er zögerte. »Die Nächte sind immer noch kühl«, sagte sie, lächelte etwas unbeholfen und erhob sich. Sie hielt noch immer seine Hand. Behutsam führte sie Jean-Baptiste hinter die Leinensäcke, die an der Decke hingen und die Küche vom Nachtlager trennten. Sie löste die Bänder ihrer Schürze. Dann zog sie ihr Hemd aus und schaute ihn erwartungsvoll an. Fast synchron hatte auch er begonnen, sich zu entkleiden, zuerst zaghaft, vorsichtig, dann immer rascher und voller Leidenschaft. Nach jedem abgelegten Kleidungsstück hatte er innegehalten und gewartet, bis auch sie so weit war. Ihre Zielstrebigkeit gefiel ihm.

Sie sassen gemeinsam in der Küche und assen Kohlgemüse und die Taube, die Jouenne vor seiner Abreise mit einem Spaten erschlagen hatte.

»Ich fühle mich so satt«, sagte Joséphine.

Jean-Baptiste antwortete mit einem Lächeln und schaute sie lange an.

»Ich wäre dir eine gute Frau«, flüsterte sie, als könnte sie seine Gedanken erraten.

»Ich weiss«, sagte er. »Du bist sehr tüchtig und auch sehr lieb. Und du hast ein gutes Herz.«

Joséphine lächelte zufrieden. »Du auch, wir würden gut zusammenpassen.«

»Vielleicht ist es noch zu früh«, sinnierte er.

»Zu früh?«, empörte sie sich. »Kinder muss man in jungen Jahren gebären. Worauf willst du noch warten?«

»Auf einen Wink des Schicksals.«

»Ich glaube nicht an das Schicksal. Alles liegt in deiner Hand. Du entscheidest über den Weg, den du gehen willst.«

Ihre Worte erstaunten ihn. Er ergriff ihre Hand und nickte. Zärtlich fuhr er über ihren Handrücken.

Ihre Liebe blieb nicht ohne Folgen. Joséphine wurde schwanger. Als sie eines Morgens beim Brunnen zwischen Haus und Scheune ohnmächtig wurde, rannte Meister Jouenne ihr zu Hilfe und trug sie ins Haus, in ihre Kammer. Nach einer Weile trat er wieder ins Freie und stampfte zur Scheune hinüber. Er riss das knarrende Holztor auf. Das Licht blendete Jean-Baptiste. Er lag noch auf seinem Strohlager. Jouenne ergriff die grosse Streitaxt hinter dem Tor und ging auf ihn zu.

»Joséphine ist schwanger. Wirst du sie heiraten?«

Jean-Baptiste schwieg.

»Hör mir jetzt gut zu, Chevalier, ich kümmere mich um meine Gesellen und Hilfskräfte. Wenn sie krank werden, wenn sie alt und gebrechlich sind, behalte ich sie bei mir und gebe ihnen ein Dach über dem Kopf und eine warme Mahlzeit, das ist die Tradition der Henker. Wir köpfen und hängen Verbrecher, aber wir übernehmen Verantwortung für das Schicksal der Unsrigen.«

Jean-Baptiste fühlte sich bedroht und genötigt nachzugeben. In diesem Augenblick hasste er Jouenne. Schon wieder wollte jemand sein Schicksal bestimmen. Auch die Satteltasche kam ihm wieder in den Sinn. Jouenne hatte ihn bestohlen. »Ja«, hörte er sich sagen, »ich werde sie heiraten.« Und dann fügte er mit gepresster Stimme hinzu: »Nach der Geburt werde ich mit Joséphine und dem Kind nach Paris ziehen.«

Jouenne legte die Axt auf den Boden. Er war sichtlich irritiert. »Es ist gut, dass du sie heiraten willst, aber es ist nicht gut, dass du das Gehöft verlassen willst. Was willst du in Paris? Hungern? Stehlen? Paris ist eine Kloake, Dreck, Unrat, nachts sind die Gassen unsicher, die Menschen haben keine Arbeit, zu wenig Brot, sie verhungern. Bleib hier. Du könntest mein Nachfolger werden, und eines Tages würde dein Sohn dein Nachfolger sein.«

»Ich will meinen Nachkommen den Fluch ersparen. Sie sollen frei sein. Es ist nicht jedermanns Sache, das Leben eines Geächteten zu leben.«

»Fass keine voreiligen Beschlüsse, Chevalier, denk darüber nach. Nach einigen Nächten wirst du vielleicht deine Meinung ändern. Henker werden gut bezahlt. Und hier auf dem Land findest du immer ein paar Kartoffeln. Aber die wirst du nicht brauchen. Weil du der Henker bist. Hier erlaubt uns das Gesetz die Havage: Du darfst auf dem Markt so viel Obst, Gemüse, Fleisch und Fisch an dich nehmen, wie du mit zwei Armen fassen kannst. Sogar Eier. Alles umsonst.«

»Ich weiss. Haben Sie etwa vergessen, dass ich einer Henkersdynastie entstamme? Und haben Sie vergessen, dass ich mein bisheriges Leben damit verbracht habe, diesem Schicksal zu entkommen?«

»Chevalier«, sagte Jouenne in ungewöhnlich väterlichem Ton, »ich würde dir alles beibringen über die Pflanzenheilkunde. Wir würden nicht nur Urteile vollstrecken, wir würden sogar Kartoffeln anpflanzen.«

»Ich dachte, die gibt es nur in der Neuen Welt.«

»Nein«, sagte Jouenne und lachte. »Im Burgund pflanzen sie bereits Kartoffeln an. Ich habe einige in meinem Garten. Sie schmecken sehr gut, und die Schale lindert Brandschmerzen.« Seine Gesichtszüge wurden weich und sanft. Er wünschte sich so sehr, dass Jean-Baptiste blieb und sie alle zusammen eine Familie würden. »Chevalier, vergiss nicht, was ich dir damals in der Kapelle gesagt habe. Du kannst dein Schicksal erkennen, aber du kannst ihm nicht entrinnen. Das ist der Fluch. Wenn du dich dagegen aufbäumst, wird das Leben dich brechen.«

»Nein, nein«, insistierte Jean-Baptiste, »wenn ein Mensch sein Schicksal erkennt, kann er ihm entrinnen. Der Mensch ist frei, Meister Jouenne.«

»Der Mensch war noch nie frei«, sagte Jouenne mit unheilvoller Stimme, »der Mensch tut ein Leben lang Dinge, ohne zu verstehen, wieso er sie tut. Er ist wie ein Tier, das eine Fährte aufgenommen hat und nie mehr davon ablässt.«

Im Februar 1739 setzten die ersten Wehen ein. Jouenne bat Jean-Baptiste, in die Stadt zu reiten und eine Hebamme zu holen.

»Ich dachte, der Henker kann das auch«, sagte Jean-Baptiste erstaunt.

»Mir fehlt die Übung«, erwiderte Jouenne. »Wenn es irgendeine Frau wäre, würde ich es tun, aber nicht bei Joséphine. Sie braucht die beste Hebamme der Stadt.«

Jean-Baptiste ritt in das Nachbarstädtchen, wo sie die Urteile auf der Place du Puits-Salé vollstreckten. Das Blutgerüst war, wie üblich, einige Tage nach der letzten Hinrichtung abmontiert worden. Jetzt besetzten Marktstände mit einer kläglichen Auswahl an Obst und Gemüse den Platz. Zahlreiche Männer lungerten auf dem Platz herum. Die meisten waren bereits betrunken. Sie hatten frühmorgens ihren Sold erhalten und waren ehrenhaft aus der Armee entlassen worden. Es waren Männer aus dem Regiment des Marquis de La Boissière. Der Marquis hatte es endlich aufgelöst. Jean-Baptiste versuchte zu begreifen: Er war frei! Er musste nicht auf das verwunschene Gehöft zurück. Er konnte wählen, sich entscheiden. Frei.

Die beste Hebamme der Stadt hiess Monique. Sie wohnte zusammen mit ihrem wesentlich älteren Bruder in einem neueren Fachwerkhaus, wie sie die Siedler aus der Neuen Welt nach ihrer Heimkehr in Frankreich bauten. Das tragende Gerüst bestand aus dunkel gebeizten Sichtbalken. Die Zwischenräume waren aus Lehm und Ziegelwerk. Im Gegensatz zu den deutschen Fachwerkhäusern, die beinahe geometrisch angeordnete Sichtbalken aufwiesen, hatten die Häuser in dieser Stadt chaotisch anmutende Anordnungen, als wären die Baumeister permanent betrunken gewesen.

Jean-Baptiste klopfte an die Tür. Er konnte sich nicht

erklären, wie eine Hebamme sich ein solches Haus leisten konnte. Ein Hausmädchen öffnete die Tür.

»Ich suche die Hebamme Monique. Sie wohnt hier?«

»Ja, sie wohnt hier zusammen mit dem Herrn Doktor. Er ist ihr Bruder.«

Er wurde ins geräumige Wohnzimmer geführt. Dort sass ein vornübergebeugter alter Mann in einem hölzernen Stuhl, der an den Beinen mit Rädern versehen war. Ein raffinierter Mechanismus erlaubte ihm die selbständige Fortbewegung.

Jean-Baptiste verneigte sich kurz. »Guten Tag, ich suche eine Hebamme für die Magd von Meister Jouenne.«

»Meister Jouenne«, sagte der alte Mann grinsend, »wohnt er immer noch in dem verwunschenen Gehöft?«

Jean-Baptiste nickte.

»Seit wann hat der eine Magd?«, liess sich eine schrille Frauenstimme hinter ihm vernehmen. Jean-Baptiste drehte sich um. Vor ihm stand ein korpulentes Weib: Monique. Sie war so fett, dass sie beim Sprechen in Atemnot geriet. »Wie heisst denn diese Magd?«

»Joséphine.«

Der alte Mann begann zu lachen, doch sein Lachen ging in einen üblen Husten über.

»Beeilen Sie sich!«, schrie Jean-Baptiste. »Die Wehen haben bereits eingesetzt.«

»Unsere Joséphine ist also schwanger.« Monique lachte. »Und wer ist der Vater?«

»Ich.« Jean-Baptiste wurde allmählich ungeduldig.

»Ich habe die kleine Joséphine seinerzeit zur Welt gebracht.« Der alte Arzt schüttelte jovial den Kopf und winkte seiner Schwester zu. »Gib mir einen Absinth und dem jungen Mann auch.«

»Kommen Sie jetzt, oder kommen Sie nicht?«, insistierte Jean-Baptiste.

»Ich werde keinem Henker zum Leben verhelfen«, sagte Monique.

»Recht so, Schwester, wenn du den Nachwuchs einer Henkerstochter zur Welt bringst, wird niemand mehr dieses Haus betreten. Also trinken Sie Ihren Absinth und gehen Sie.« Das Hausmädchen brachte zwei Gläser.

»Wollen Sie andeuten, dass Joséphine die Tochter von Meister Jouenne ist?«

»Andeuten? War das nicht klar genug? Der alte Fuchs wartet seit Jahren darauf, dass einer seine Tochter schwängert. Ich kenne die Familie der Jouenne. In dieser Sippe werden alle Frauen schwanger, sobald sie es nur einmal getrieben haben. Als wüsste die Natur, dass ihr Geschlecht nur einen Schuss frei hat. Und die Männer, ja, die Männer werden in dieser Familie alle Henker. Sie werden das Amt übernehmen müssen, Monsieur, und nach Ihnen Ihr Sohn. Das sind die Gebräuche der Menschen, unter denen Sie leben.«

»Sie irren sich, Monsieur!«

»Nein«, sagte der alte Arzt und hob sein leeres Glas hoch, damit man ihm nachschenke. »So wie ich in den Augen eine Gelbsucht erkenne, erkenne ich in Ihren Augen das viele Blut, das Sie schon gesehen haben. Nein, junger Mann, niemand wird dieses Haus verlassen, um einen Henker zur Welt zu bringen.«

Jean-Baptiste schubste Monique beiseite und verliess den Ort fluchtartig.

Er eilte in den Hof und stieg auf sein Pferd. Als er auf dem Heimweg an einer Gruppe ehemaliger Soldaten vorbeiritt, hörte er seinen Namen rufen. Einige wollten ihm folgen, doch sie waren zu betrunken. Sie grölten und johlten, und Jean-Baptiste hoffte, sie würden ihn schon bald wieder vergessen haben. Er ritt, so schnell er konnte, zum verwunschenen Gehöft zurück. Bereits auf dem Hof vernahm er ein klägliches Wimmern. Er eilte ins Haus und trat an Joséphines Bett. Sie schlief, das Gesicht schweissgebadet. Am Fuss des Bettes blutige Laken und ein mit heissem Wasser gefüllter Holzzuber. Meister Jouenne sass auf einem Stuhl und hielt ein kleines Bündel in seinem Arm. Er flüsterte: »Ich habe einen Enkel.«

»Ich weiss, Meister«, sagte Jean-Baptiste. Er wollte seinen Sohn in den Arm nehmen, aber Jouenne wandte sich ab und behielt das Neugeborene in seinen Armen. »Ich habe einen Enkel«, murmelte er. Das gefiel Jean-Baptiste überhaupt nicht. Er war schliesslich der Vater und nicht irgendein Zuchthengst, der dem alten Jouenne den Fortbestand seiner Dynastie sicherte.

»Ich will jetzt meinen Sohn«, sagte er mit schneidender Stimme.

Jouenne warf ihm einen fragenden Blick zu. So kannte er den Chevalier gar nicht. Mit eisiger Miene übergab er Jean-Baptiste den Säugling.

Jean-Baptiste und Joséphine heirateten wenige Tage später. Es war eine stille Hochzeit, ohne Gäste.

Ihr Leben war sehr harmonisch und von grosser gegenseitiger Zuneigung geprägt.

Für Meister Jouenne waren alle Träume in Erfüllung gegangen. Seine Tochter hatte einen Ehemann gefunden und ihm einen Enkel geschenkt: Charles-Henri, genannt Charles. Der Fortbestand der Dynastie war gesichert. Jouenne wusste, dass sich sein Schwiegersohn sein Leben anders vorgestellt hatte, doch er glaubte, dass die Menschen nicht auf Erden waren, um glücklich zu sein und sich irgendwelche Träume zu erfüllen. Nein, das Leben bestand aus Schmerzen und Qual und das Glück darin, seinen Platz im Leben zu finden und diesen auszufüllen.

»Ich werde mit Charles ausreiten und ihm den Fluss zeigen«, sagte Jean-Baptiste, als er Jouennes Pharmacie betrat. Der kleine Charles sass am Boden und spielte mit Holztieren, die ihm sein Grossvater geschnitzt hatte.

»Lass den Jungen doch hier«, sagte Jouenne, ohne sich umzudrehen, »er spielt gerade.«

»Ich will mit meinem Sohn ausreiten«, wiederholte Jean-Baptiste.

Nun drehte sich Jouenne um und schüttelte den Kopf. »Was ist los mit dir? Dem Jungen gefällt es hier. Er will jetzt nicht ausreiten.«

»Muss ich dich um Erlaubnis bitten, wenn ich mit meinem Sohn ausreiten will?«

»Sei doch nicht so empfindlich«, sagte Jouenne und widmete sich wieder seiner Arbeit.

Jean-Baptiste hob den kleinen Charles auf. »Es ist mein Sohn«, sagte er, »und damit es so bleibt, werden wir nach Paris gehen.«

»Er ist ein Jouenne«, herrschte ihn der Alte an, »in ihm fliesst mein Blut.«

»Er ist ein Sanson«, widersprach Jean-Baptiste, »in ihm fliessen mein Blut und das Blut von Joséphine. Und wir werden alle drei nach Paris ziehen. Vielleicht kriege ich dann endlich den Inhalt meiner Satteltasche zurück!«

Eine ganze Weile sprachen die beiden nicht mehr miteinander. Joséphine versuchte zu schlichten und nötigte die beiden Männer nach einigen Wochen, einen Abend beim gemeinsamen Kartenspiel zu verbringen. Wie in alten Zeiten. Die Stimmung war gedrückt. Sie spielten stumm. Kurz vor dem Schlafengehen schenkte Joséphine Wein aus.

»Ich weiss«, brummte Jouenne nach einer Weile, »es ist dein Sohn. Aber er ist auch mein Enkel.«

Joséphine machte ein besorgtes Gesicht und beobachtete die beiden Männer mit zunehmender Nervosität. »Was ist denn mit euch los?«, fragte sie bekümmert.

»Wir werden nach Paris ziehen«, antwortete Jean-Baptiste.

Jouenne zog erschreckt die Augenbrauen hoch. Damit hatte er nicht gerechnet. Wie die meisten Menschen fürchtete er die Veränderung. »Ich dachte, das Thema sei erledigt. Wir haben doch bereits darüber gesprochen. Wenn du nach Paris gehst, wählst du die Armut. Was willst du in Paris?«, fragte er sichtlich erbost. »In Paris kannst du Henker werden, Chevalier, aber dann kannst du genauso gut hierbleiben.« Aus Gewohnheit nannte er seinen Schwiegersohn noch immer Chevalier.

»Ich will irgendetwas werden«, entgegnete Jean-Baptiste trotzig, »Drechsler, Händler, Schuhmacher. Alles. Ausser Henker.«

Jouenne schüttelte verständnislos den Kopf. »Ich sag's dir ungern, Chevalier, aber du hast zwei linke Hände. Du bist ein Mann fürs Grobe. Du musst das machen, was andere nicht können. In den Strassen von Paris Dung einsammeln, das kann jeder Trottel. Und unter Trotteln ist die Konkurrenz am grössten. Du kannst noch vieles lernen, sei es in der Anatomie oder der Botanik, aber dafür musst du noch eine Weile hierbleiben. Ich werde nicht ewig leben, Chevalier. Dann könnt ihr nach Paris«, schloss er versöhnlich und schaute zum kleinen Charles hinüber, der auf dem Fussboden mit Holzsoldaten spielte. Doch der Gedanke, dass sein Schwiegersohn nicht lockerlassen würde, trieb ihn fast zur Verzweiflung. Er würde nie mehr für seinen Enkel kleine Tiere schnitzen. »Nein, nein«, sagte er laut, »du wirst hierbleiben und dich daran gewöhnen.«

Jean-Baptiste war sichtlich verärgert, er wollte nicht warten, vertröstet werden, womöglich bis zum Sankt-Nimmerleins-Tag.

»Meinst du im Ernst, die Leute in Paris wollen, dass ihnen ein Henker aus der Provinz Brot oder Wein verkauft?«, ereiferte sich Jouenne erneut.

»Er hat doch recht«, sagte Joséphine vorsichtig, »du wirst keine Arbeit finden, die besser bezahlt ist als das Amt des Henkers, Jean-Baptiste. Was soll aus unserem kleinen Charles werden? Du musst Henker werden. Deinem Sohn zuliebe.«

»Aber nicht hier!«, beharrte Jean-Baptiste. Er wusste genau, dass Jouenne nie im Leben nach Paris umsiedeln würde. »Wenn wir jetzt nicht gehen, wird meine Sehnsucht erlöschen. Ich kann mich nicht ein Leben lang nach den

Wünschen anderer Menschen richten. Dafür bin ich seinerzeit nicht in die Neue Welt geflohen.«

Jouenne schmiss seine Karten auf den Tisch und trank seinen Becher leer. Er griff nach der Karaffe und verliess die Küche.

Jean-Baptiste wollte um jeden Preis nach Paris. Der Traum war nicht totzukriegen, er liess ihn nachts wach liegen. Mit offenen Augen starrte er in die Finsternis. Sein Verlangen war unersättlich.

Seit diesem Abend war es ruhiger geworden auf dem verwunschenen Gehöft. Jouenne war sehr bemüht, seinem Schwiegersohn neues medizinisches Wissen zu vermitteln. Es war das Opfer, das er bringen musste, damit sein Enkel die Tage in seiner Pharmacie verbringen konnte. Er weihte Jean-Baptiste in die Geheimnisse der Pflanzenheilkunde ein. Aber in Wirklichkeit lehrte er sie den kleinen Charles. Dieser hatte einen Bärenhunger nach Wissen. Und unendlich viele Fragen. Die Kräuter und ihre Wirkung übten eine enorme Faszination auf ihn aus. Er kannte sie bald alle, die heilbringenden Kräuter, und er wusste genau, wann und wo man sie pflücken konnte. Jean-Baptiste konnte es nur recht sein, aber er neidete seinem Schwiegervater sein Wissen. Er spürte bald, dass er in der Pharmacie nur ein Platzhalter war, damit Jouenne mit Charles zusammen sein konnte. Charles liebte seinen Grossvater. Da er in der Gegend keine gleichaltrigen Spielkameraden hatte, verbrachte er freiwillig die meiste Zeit in der Pharmacie und pulverisierte alles, was ihm sein Grossvater auf die Werkbank legte: Kräuter, Gewürze, Blätter, Stiele, Blüten, Wurzeln und Baumrinden. Und Charles hatte ein gutes Gedächtnis. Er merkte sich die Düfte, die Farben, die Konsistenz und vor allem die richtigen Dosen. Denn sein Grossvater predigte ihm bei jeder Gelegenheit, dass jede Mixtur heilen oder töten könne. Es komme ausschliesslich auf die Dosis an.

Grossvater Jouenne brachte ihm auch recht früh Lesen und Schreiben bei und zeigte ihm Bücher über Botanik und Pharmazie, insbesondere zwei grosse Werke mit wunderschönen Illustrationen. Charles schaute sich die beiden Bücher jeden Tag an. Stundenlang konnte er seiner Mutter davon berichten. Stolz und beinahe andächtig lauschte sie den Worten ihres Sohnes und liess ihn nicht merken, dass sie das alles kannte. Es war eine ruhige Zeit, in der Jouenne und Jean-Baptiste nicht sehr oft die Place du Puits-Salé aufsuchen mussten. Es war ruhig, aber für Jean-Baptiste unbefriedigend. Sein Wunsch, nach Paris zu ziehen, blieb konstant, die Sehnsucht stark und fordernd. Manchmal versuchte er, mit Joséphine über Paris zu sprechen. Sie umarmte ihn dann jeweils mit grosser Zärtlichkeit und lächelte. »Wir haben es doch gut hier. Es fehlt uns an nichts.« In solchen Augenblicken war ihm die Liebe zu Joséphine und die bedingungslose Fürsorge für Charles wichtiger als Paris. Er hatte Verständnis dafür, dass Joséphine selbst als verheiratete Frau ihrem Vater gehorchen wollte, sogar dann, wenn er nichts befohlen hatte. Er liebte sie viel zu sehr, als dass er irgendetwas hätte unternehmen können, das sie traurig gestimmt hätte. In gewissem Sinne war er ihr völlig ergeben. So stülpte er sich weiterhin die schwarze Kapuze über und wartete auf Jouennes Tod. Er realisierte, dass auch er dabei älter wurde, und eines Tages wünschte er sich sogar Jouennes Tod herbei. Er wollte endlich der Vater von Charles sein und Joséphine für sich allein haben. Doch der Alte wollte nicht sterben.

Es war Joséphine, die starb, völlig unerwartet im Sommer des Jahres 1744, kurz nach dem fünften Geburtstag des kleinen Charles. Auch Meister Jouenne wusste nicht, woran sie gestorben war. Wahrscheinlich wusste es selbst Gott nicht. Joséphine schien friedlich entschlafen zu sein. Jouenne meinte, vielleicht habe sie innere Blutungen gehabt. Manchmal platze eine Arterie im Körper, im Kopf oder beim Herzen, das komme in seiner Familie häufiger vor. Man werde schläfrig, schlafe ein, verliere das Bewusstsein und wache nie mehr auf.

Joséphine wurde hinter der Kapelle zu Grabe getragen. Charles sagte kein einziges Wort. Aber die Tränen liefen ihm in Strömen über die Wangen. Er umklammerte Jean-Baptistes Hand so stark, als wollte er sicher sein, dass sein Vater nicht auch zum lieben Gott heimkehrt, und Jean-Baptiste wunderte sich, dass sein kleiner Charles den lieben Gott noch lieben Gott nannte. Nur der Postbote erschien zur Beerdigung, aber nicht aus Anteilnahme, sondern weil er einen Brief für Jouenne hatte. Jouenne steckte ihn unter sein Wams, ohne ihn zu lesen. Er wollte Wein trinken. Am Morgen, am Mittag, am Abend und die ganze Nacht über. Meister Jouenne holte seine besten Weine aus dem Keller, und er und Jean-Baptiste wurden tagelang nicht mehr richtig nüchtern. Charles sass auf dem Sofa und blätterte in den kostbaren Pflanzenbüchern seines Grossvaters. Manchmal schaute er kurz auf. Er sah, dass die beiden Männer immer noch tranken, und las weiter.

Eines Morgens torkelte Meister Jouenne über den Hof und holte zwei Pferde aus der Scheune. Er spannte sie vor den Fuhrwagen und trat dann erneut in die Küche. Jean-Baptiste war über dem Tisch eingeschlafen. Als sich Jouenne setzte und den Weinkrug umkippte, schreckte er hoch. Sein Kopf brummte. Er wusste, dass irgendetwas geschehen war. Dann kam ihm in den Sinn, dass Joséphine gestorben war.

Jouenne nahm den Brief unter seinem Wams hervor und schob ihn seinem Schwiegersohn zu. »Ich hatte vor einiger Zeit dem Pariser Gerichtshof geschrieben und mich für eine Stelle in Paris beworben für den Fall, dass eine frei wird. Jetzt ist der Henker von Paris gestorben.«

Jean-Baptiste las das Schreiben sorgfältig durch. Er war sprachlos.

»Es sollte eine Überraschung sein«, brummte Jouenne, »ich dachte, es macht dich glücklich, wenn wir alle zusammen nach Paris ziehen. Ich hab's für euch getan.«

»Die Königliche Kommission des Pariser Gerichtshofes hat dich zum neuen Henker von Paris berufen?«

»Ja, und mit mir hat sie auch dich berufen. Ergreife die Hand, die dir das Schicksal reicht. Zögere nicht.«

Für Jean-Baptiste kam das alles völlig unerwartet.

»Am 23. September musst du in Paris sein. Warte nicht! Im September wird es nass und kalt, und die Strassen weichen auf.«

Jean-Baptiste schenkte Wein nach und fragte: »Und du?«

»Ich erlebe den Herbst meines Lebens. Ich spüre, dass der Winter naht. Aber mach dir nichts draus. Und freu dich.

Du wirst zehntausend Livre erhalten, das ist das Dreifache meines Verdienstes.«

Jean-Baptiste schwieg. Es hatte ihm die Stimme verschlagen.

»Denk an deinen Sohn. Die Mieten sind hoch in Paris, und du wirst eine Magd brauchen.« Der kleine Charles setzte sich auf Jouennes Knie und schaute ihn besorgt an. Jouenne setzte ihn wieder ab. »Jetzt, da du entschieden hast zu gehen, solltest du rasch gehen«, sagte er, ohne Jean-Baptiste anzusehen. »Der Fuhrwagen steht im Hof bereit. Ich habe die Pferde angespannt. Ich werde sie nicht mehr brauchen. Und vergiss die Bücher nicht, wenn du gehst. Sie sind für Charles. Er ist ein gescheiter Kopf. Schick ihn auf eine Schule, wenn die Zeit gekommen ist. Jeder Fluch findet eines Tages sein Ende. Ich denke nicht, dass er in deine Fussstapfen treten will. Gewähre ihm, was dir verwehrt blieb.«

Jouenne nahm die Weinflasche und verliess die Küche. Dann steckte er noch mal den Kopf zur Tür herein. »Deine Goldmünzen liegen auf Joséphines Nachttisch. Die Satteltasche ist in der Scheune. Jetzt kannst du mir ja sagen, woher du dieses Gold hast. Gestohlen?«

»Nein, ich habe es einem toten Offizier auf dem Schlachtfeld Terre Rouge in der Neuen Welt abgenommen.«

»Leichenfledderer«, sagte Jouenne abschätzig.

»Das Totenhemd hat keine Taschen«, sagte Jean-Baptiste, »ich werde das Gold für Charles' Schulausbildung brauchen.«

Jouenne wandte sich ab. Er überquerte den Hof und verschwand hinter der Scheune. Jean-Baptiste blieb mit Charles in der Küche. Er wärmte die Kartoffeln vom Vortag und briet sie mit frischem Knoblauch, Zwiebeln, Basilikum und Käse. Meister Jouenne kam nicht zurück. Da beschloss Jean-Baptiste, ihn suchen zu gehen. Sie würden ein letztes Mal zusammen essen.

Er ging über den Hof. Jouenne hatte bereits eine Pferdedecke auf der Ladefläche des Fuhrwagens ausgebreitet. Gut verschnürt lagen dort unter anderem seine pharmazeutischen Nachschlagewerke. Es roch nach Verbranntem. Zuerst dachte Jean-Baptiste an die Kartoffeln, aber dann erinnerte er sich, dass er die Kasserolle vom Feuer genommen hatte. Hinter der Scheune stiegen Rauchschwaden auf. Charles rannte aus dem Wohnhaus und schrie, dass es irgendwo brenne. Zusammen liefen sie hinter die Scheune. Der Rauch kam aus der Kapelle. Über dem Eingang war ein Querbalken mit einer Inschrift. An diesem Balken baumelte Meister Jouenne.

»Es ist der Fluch«, murmelte Jean-Baptiste und schloss Charles in die Arme. »Ich hoffe, dass du eines Tages nur Mädchen haben wirst. Bloss keinen Sohn. Der Spuk muss ein Ende haben.«

»Und ich? Muss ich denn auch Henker werden?«

»Wenn die Zeit gekommen ist, wirst du es wissen.«

2

Jean-Baptiste Sanson fuhr mit Charles nach Paris. Die wertvollsten Arbeitsutensilien von Meister Jouenne hatte er auf den Fuhrwagen gepackt: nebst den Werkzeugen die ganze Pharmacie, die teuren Bücher und einen Haufen Kleider, aus denen man das Blut nicht mehr herauswaschen konnte. Eines Tages würde man die Flecken nicht mehr sehen, weil alles rot war, sinnierte Jean-Baptiste, während er die Pferde antrieb. Er sah das Blut längst nicht mehr, das aus den Verurteilten spritzte, wenn man ihnen mit dem Schwert den Kopf vom Rumpf trennte. In Jouennes Keller hatte er kleine Fässer mit Apfelschnaps gefunden. Die hatte er auch auf den Fuhrwagen geladen. Er würde den Schnaps brauchen. Seit er mit Charles das verwunschene Gehöft verlassen hatte, plagten ihn düstere Gedanken. Gab es diesen Fluch, oder gab es ihn nicht? Wenn er an Gott glaube, hatte Jouenne gesagt, dann müsse er auch an Flüche glauben. Und wenn der Fluch ein Werkzeug Gottes war, dann grenzte es an Lästerung, dagegen anzukämpfen. Er zweifelte eigentlich daran, dass alles, was sich auf der Erde abspielte, einem ausgeklügelten göttlichen Plan entsprang. Aber er wagte nicht, den Gedanken zu vertiefen. Zu stark war die Furcht, dafür bestraft zu werden. So fuhren sie schweigend durch die Wälder. Der kleine Charles sagte manchmal mit leiser Stimme: »Das ist ein Kastanienbaum« oder »Das ist eine Akazie.« Dann schaute er zu seinem Vater hinauf und wartete, bis dieser nickte. Sein Grossvater hatte ihn alles gelehrt. Charles kannte die Buchen, die weissen und die roten, die Ahornbäume, die Eberesche, den Spitzahorn und den Bergahorn, die Eibe und die Eiche. Sie alle begannen ihre Blätter abzuwerfen und den Waldboden mit einer gelbroten Laubschicht zu bedecken, als gelte es, den Weg gegen den Frost des nahenden Winters zu schützen. Unterwegs hielten sie kurz an, weil Charles Wasser lassen musste. Er trödelte verträumt herum und bückte sich nach etwas, das er im Laub gefunden hatte. »Ein Wurm«, sagte Charles und zeigte ihn seinem Vater, »ich habe noch nie einen so grossen Wurm gesehen.«

Jean-Baptiste lächelte matt und gab Charles ein Zeichen, wieder auf den Wagen zu steigen. »Lass den Wurm seine Arbeit verrichten. Zusammen mit den Milben und Asseln verarbeitet er das Laub zu Humus. So hat alles seinen Sinn.«

Charles nickte und bestieg den Wagen. Als sie aus dem Wald hinausfuhren, fragte er plötzlich, wieso sein Vater nun doch Henker in Paris werden wolle. Er habe doch diesen Beruf nie gewollt. Jean-Baptiste schaute seinen Sohn nachdenklich an. Schliesslich blickte er wieder über die Köpfe der trabenden Pferde nach vorn. »Ich will nicht, Charles, aber ich muss. Ich habe keine andere Wahl.«

»Du kannst doch etwas anderes tun, niemand sieht dich, niemand wird es wissen.«

»Da irrst du dich aber gewaltig«, sagte Jean-Baptiste bitter. »Hat ein Fluss denn eine Wahl? Er fliesst in seinem Bett, manchmal tritt er über die Ufer, aber er kann den Lauf nicht ändern und endet im grossen Ozean.«

Sie fuhren entlang den Apfelplantagen Richtung Paris. Jean-Baptiste erzählte ab und zu von seiner Jugend, von der

Neuen Welt, doch Charles schwieg. Jean-Baptiste war sich aber sicher, dass sein kleiner Sohn aufmerksam zuhörte und dass seine Stimme ihn beruhigte.

»Ich werde Henker«, sagte Jean-Baptiste plötzlich, »damit du nie Henker werden musst. Ich liebe dich, Charles. Du bist wichtiger als mein eigenes Leben. Ich werde alles tun, damit du ein besseres Leben hast. Wenn es in einigen Jahren immer noch dein Wunsch ist, sollst du Arzt werden.«

In der Ferne sahen sie zwei Männer am Strassenrand stehen. Instinktiv legte Jean-Baptiste eine Hand auf den Knauf seines Degens. Als der Wagen die beiden Fremden erreicht hatte, baten sie, in den Wagen steigen zu dürfen. Es waren Tagelöhner, die in Paris Arbeit suchen wollten. Sie waren schäbig gekleidet, und der Hunger hatte ihre Körper ausgemergelt. Doch kaum hatten sie den Wagen bestiegen und die Henkersutensilien gesehen, sprangen sie entsetzt wieder herunter. »Das ist ein Henker!«, schrie der eine. »Warum gibt er sich nicht zu erkennen?«, brüllte der andere voller Zorn. Jean-Baptiste fuhr unbeirrt weiter, während einige Steine über seinen Kopf hinwegflogen. »Siehst du«, sagte er zu Charles, »da tust du deine Pflicht, und die Leute verachten dich dafür. Wir werden in Schimpf und Schande leben.«

Sein Sohn schaute zu ihm hoch und ergriff seinen Arm. »Wenn ich einmal Arzt bin, wirst du nicht mehr arbeiten müssen, Vater. Ich werde eine Mixtur erfinden, die Mutter geheilt hätte. Sie wird dann stolz sein auf mich.«

»Pläne sind gut, Charles. Sie geben ein Ziel vor, eine Richtung, doch wenn die Menschen Pläne machen, lacht

Gott. Der ganze Himmel lacht. Denn dort oben verspottet man uns.«

Charles nickte, obwohl er nicht richtig verstand, welche Schwermut seinen Vater befallen hatte. Er legte den Arm seines Vaters um seinen Hals und drückte die Hand auf seine Brust. »Versprich mir, dass du mich nie verlässt.«

»Ich verspreche es dir, Charles, Gott ist mein Zeuge.«

Am Morgen des übernächsten Tages fuhren sie durch eins der zahlreichen Pariser Stadttore und warteten im Steuerhof auf die Zollbeamten. Jean-Baptiste zeigte den Passierschein des Pariser Gerichtshofes, und sie konnten ungehindert weiterfahren. Vereinzelte Bauern nutzten die sehr frühe Morgenstunde, um ihr Vieh auf die Märkte zu treiben. Nach Anbruch des Tages würde dies ein Ding der Unmöglichkeit sein. Jean-Baptiste liess sich den Weg weisen. Mit gemischten Gefühlen stellte er fest, dass man ihn immer tiefer in die verruchtesten Quartiere lotste. »Du suchst das Haus des verstorbenen Henkers?«, fragte einer. »Wir nennen es das Hotel des Henkers.« Es lag in der Rue Baltard im Schatten der gegenüberliegenden Häuser, die mehr Stockwerke hatten. Es war ein düsteres Haus, das von einem achteckigen Glockenturm überragt wurde. Das Gebäude, in dem man nachts angeblich die Seelen der Gehenkten und Geköpften wimmern hörte, lag an einem Marktplatz, der Tag und Nacht nach warmem Blut und Fischabfällen stank. Streunende Hunde liefen durch diese Brühe, die ihre Pfoten blutrot färbte. Hier hat es wenigstens Menschen, dachte Jean-Baptiste. Auch wenn diese ihn meiden würden, er würde trotzdem nicht ganz allein sein. Denn da war immerhin der

Lärm tagsüber, der einem suggerierte, dass man nicht allein war. Seit Joséphines Tod hasste er die Einsamkeit.

Eine junge Frau Mitte zwanzig öffnete ihnen die Tür. »Ich bin Jeanne, die Tochter des Drechslers aus der Rue Beauregard«, sagte sie mit einem freundlichen Lächeln. Doch das Gesicht des kleinen Charles blieb regungslos. Als sie ihre Hand nach ihm ausstreckte, wich er zurück, als würde er von einer glühenden Reisszange bedroht. Jeanne insistierte nicht. Sie war von mittelgrosser Statur und wirkte sehr robust. Man sah ihren runden Gesichtszügen an, dass sie viel Zeit in der Küche verbrachte. Das lange braune Haar hatte sie zu zwei Zöpfen geflochten, die ihr Gesicht umrahmten und es noch etwas fülliger aussehen liessen. Sie führte Jean-Baptiste und Charles durch das kleine und enge Anwesen. Die Holzdecke des Wohnzimmers war der Boden des darüberliegenden Schafotts, wo an Markttagen Diebe und Verbrecher am Schandpfahl ausharrten. Hinter dem Haus war ein Hof. Daran angrenzend ein Pferdestall, eine Pharmacie sowie ein Schuppen, den noch nie jemand betreten habe, wie Jeanne erklärte, mit Ausnahme des verstorbenen Henkers. Jetzt standen sie alle drei im Hof. Ein Hund kam wedelnd auf sie zu. Charles ergriff wieder den Arm seines Vaters und legte ihn quer über seine Brust. Der Hund schnupperte an seiner Hose.

»Kann ich den Schuppen sehen?«, fragte Jean-Baptiste.

»Fragen Sie mich nicht, was der alte Henker dort gelagert hat. Ich weiss es nicht. Aber manchmal hat es ganz schön gestunken.« Mit einem diskreten Blick auf Charles gab Jeanne ihm zu verstehen, dass der Schuppen eher nicht für Kinderaugen geeignet war. Sie legte ihre rechte Hand über Charles' Augen und wich mit ihm zurück. »Wir warten draussen.«

Jean-Baptiste trat ein. Ein scheusslicher Gestank schlug ihm entgegen. Der süsslich-penetrante Duft der Verwesung. Unter dem offenen Fenster war eine Liege. Darauf ein geköpfter Leichnam. Der Kopf lag zwischen den Knien. Offenbar hatte sein Vorgänger der gleichen Leidenschaft wie Meister Jouenne gefrönt, dachte Jean-Baptiste, und die Leichen der Hingerichteten seziert, bevor er sie am nächsten Tag zum Friedhof fuhr. Er näherte sich der Leiche. Es war stets seltsam, einen Körper ohne Kopf zu sehen. Es war gegen die Natur. Doch nichts konnte ihn mehr erschrecken. Er wusste, dass das Schicksal kein Erbarmen kannte. Er hatte gesehen, wie Menschen starben, in der Neuen Welt und in der Alten Welt, und sie starben nicht anders als Hunde und Vögel. Er hatte unermessliches Leid erfahren, und kaum etwas konnte ihn noch rühren. Nur der kleine Charles konnte ihm ab und zu ein Lächeln abgewinnen. Er liebte seinen Sohn. In dessen Augen lebte Joséphine weiter. Wenn Charles sich an ihn schmiegte, fühlte er sich ihr am nächsten.

»Ich würde mich gerne um euch beide kümmern«, sagte Jeanne, als Jean-Baptiste wieder in den Hof trat. »Ihr Vorgänger war sehr zufrieden mit mir. Er mochte meine Küche. Nach einer Hinrichtung stopfte er wie ein Tier alles in sich hinein. Er war so fett, dass der Leichenbestatter einen grösseren Sarg bestellen musste.«

Jean-Baptiste nickte. »Ja«, sagte er wie zu sich selbst, »Charles wird jemanden brauchen. Er hat sich irgendwie zurückgezogen, in eine andere Welt. Ich finde keinen Zugang zu dieser Welt. Sie ist furchterregend und finster.«

»Ich habe noch Eier, Speck und Gemüse«, sagte Jeanne. Jean-Baptiste blickte sie dankbar an. In ihrer Stimme war Wärme und Zärtlichkeit. Und wenn sie schwieg, wurden ihre Gesichtszüge noch milder, noch weicher. Man wünschte sich, von ihr in die Arme genommen zu werden.

Der neue Haushalt erwies sich als äusserst harmonisch und friedvoll, doch dem kleinen Charles gelang es nicht, dem Gefängnis seiner Seele zu entkommen. Er konnte sprechen wie die Jungen in seinem Alter, aber er blieb stumm. Er hatte einfach nichts mitzuteilen. Nur den Arm seines Vaters brauchte er manchmal. Am liebsten verbrachte er seine Zeit in der Pharmacie hinten im Hof. Hier war noch alles so, wie es Jean-Baptistes Vorgänger hinterlassen hatte. Charles liebte den Geruch der Pharmacie, die Aromen der Heilpflanzen und den Duft von staubigen alten Büchern.

Währenddessen verrichtete Jean-Baptiste seine Arbeit und vollstreckte mit den Gehilfen, die er von seinem Vorgänger übernommen hatte, Strafurteile. Er erntete viel Lob von der Justizbehörde. Am Abend sass er gern in der Küche und schaute Jeanne beim Kochen zu. Aber er hielt es meist nicht sehr lange aus, denn ihre Fürsorglichkeit liess ihn seine geliebte Joséphine umso sehnsüchtiger vermissen. Dennoch hatte er zunehmend Mühe, sich ihre Gesichtszüge in Erinnerung zu rufen. Das Bild verblasste wie ein vergilbtes Stück Papier. Er hatte begonnen zu vergessen. Das schmerzte ihn unendlich. Es war wie ein Verrat an seiner grossen Liebe. Aber die Zeit war stärker. Wie die Wolken am Himmel zogen die Erinnerungen an ihm vorüber, lösten sich auf und kamen nur selten wieder. Nur in seinen

Träumen sah er noch ihr Gesicht, hörte er ihre Stimme, und in dieser geheimen Welt küsste er sie. Und sie liebten sich erneut. Doch Paris verdrängte die Normandie. In Gedanken war er immer öfter bei seinen Leichen, die in seiner Vorstellung das Ausmass gigantischer Maschinen einnahmen, die man Stück für Stück entschlüsseln und begreifen konnte. Mit Jeanne sprach er nie über die Leichen. Sie wusste nicht, dass er sie sezierte.

Als sie ihn eines Tages fragte, ob er noch mehr Kohlsuppe wolle, antwortete er, er würde sie heiraten, wenn sie wolle. Er hielt eine Heirat für eine praktische Idee. Dann würde Jeanne den Haushalt nicht mehr verlassen. »Nur wenn Sie wollen, natürlich«, ergänzte er.

»Aber Monsieur Sanson«, erwiderte Jeanne mit gespielter Empörung und strahlte übers ganze Gesicht, »Sie haben mich noch nie geküsst, und Sie wollen mich heiraten?«

Er blickte von seinem Teller auf und schaute an ihr vorbei. »Muss ich Sie küssen, um Sie zu heiraten?«

»Ja«, sagte sie mit grosser Entschlossenheit und schmunzelte.

Er erhob sich vom Tisch und ging langsam auf sie zu. Er nahm sie in den Arm und hielt sie fest.

Jeanne drückte ihn so fest sie konnte an sich und schloss die Augen. »Sie müssen mich jetzt küssen, Monsieur Sanson«, sagte sie leise. Als er nicht reagierte, löste sie sich von ihm und schaute ihn misstrauisch an. »Sie weinen?«, fragte sie leise.

»Nein«, flüsterte er mit monotoner Stimme, »ich weine nicht. Der menschliche Körper besteht nicht nur aus Haut und Knochen, sondern auch aus Wasser. Und manchmal verliert er Wasser. Es ist nichts als Wasser, Jeanne. Es spült das Alte hinaus. Jetzt kann etwas Neues beginnen.«

»Lieben Sie mich denn, Monsieur?«, fragte sie.

»Ich werde für Sie sorgen, Jeanne.«

Das war für die junge Frau mehr wert als ein Liebesbekenntnis. Jede Hausangestellte in Paris wünschte sich einen Ehemann, der ihr finanzielle Sicherheit gab. Das war viel wichtiger als die Liebe. Liebe war nicht ausgeschlossen, aber sie war keine Voraussetzung für eine lebenslange gute Ehe. Der Altersunterschied spielte keine Rolle. Ältere Männer waren ruhiger und zuverlässiger und hechelten nicht mehr jedem Frauenzimmer nach. Und im Bett waren sie weniger grob.

Jeanne heiratete Jean-Baptiste nach Rücksprache mit ihrer Mutter in der Kirche Notre-Dame-de-Bonne-Nouvelle. Diese war sehr glücklich darüber. Endlich war ihre Tochter zur Ruhe gekommen, und sie musste sich nicht mehr Sorgen machen, wer eines Tages für sie aufkommen würde.

Charles war über diese Heirat gar nicht glücklich. Er gönnte zwar seinem leidgeprüften Vater die neue Frau an seiner Seite, aber ihm schien, als verlöre er dadurch den letzten Halt in seinem Leben. Er wollte seinen Vater mit niemandem teilen, auch nicht mit Jeanne, die er zu lieben gelernt hatte, als sie noch Magd gewesen war. Seine Beziehung zu ihr verschlechterte sich zusehends. Sie versuchte eine gute Stiefmutter zu sein, aber Charles lehnte sie ab. Bisher hatten er und sein Vater eine Magd gehabt. Jetzt war die Magd die Nummer zwei im Haus. Wenn sie ihn etwas fragte, gab er keine Antwort mehr. Und wenn sie energisch wurde, sagte er ihr ins Gesicht, sie sei nicht seine Mutter. Dies erzürnte sie so sehr, dass sie dem Jungen erst recht beweisen wollte, dass sie hier das Sagen hatte. Was sie aber noch mehr erzürnte, war die ambivalente Haltung ihres Ehemannes. Sie hätte sich gewünscht, dass Jean-Baptiste den frechen Bengel ab und zu zurechtwies, damit die Hierarchie im Hause Sanson klar war.

Eines Tages äusserte Jeanne den Wunsch, in ein anderes Haus zu ziehen, eines, in dem nicht das Blut der Geköpften zwischen den Holzbohlen des Schafotts ins Wohnzimmer hinuntertropfte. Sie wollte nicht mehr im Hotel des Henkers wohnen, sondern in einem gutbürgerlichen Haus in einem gutbürgerlichen Quartier. Wie andere rechtschaffene Menschen auch. Und sie nahm Jean-Baptiste das Versprechen ab, ein Klavier anzuschaffen.

Er gab ihrem Drängen nach und vermietete das Haus für sage und schreibe fünfhundertneunzig Livre. Das war mehr, als ein Tagelöhner im Jahr verdienen konnte. Er kaufte darauf das Haus in der Rue d'Enfer, ein schönes Anwesen mit Garten. Damit verlor Charles seine letzte Wurzel. Er hatte das Gefühl, im neuen Haus nicht mehr atmen zu können. Hier war er nicht zu Hause. Hier gab es keine Pharmacie. Die Bücher seines Grossvaters lagen auf dem Dachboden, und im Garten wuchsen keine Kräuter, sondern Beeren und Gemüse.

Durch die Geburt von drei Halbgeschwistern hatte er ohnehin an Bedeutung verloren. Jetzt zählten nur noch die niedlichen Kleinen, die ihn nachts mit ihrem Geschrei am Schlafen hinderten. Die Familie Sanson, das waren Vater Sanson, Stiefmutter Jeanne und ihre gemeinsamen Kinder.

Er hingegen, so empfand er es, war die Brut einer vergangenen Zeit, einer erloschenen Liebe. Ein Fremder, an dessen Herkunft sich niemand mehr erinnern wollte. Er hasste dieses Haus, er hasste dieses Leben, und er wünschte, sein Grossvater, Meister Jouenne, käme zurück und würde für Ordnung sorgen.

Doch sein Grossvater kam nicht zurück. Stattdessen klopfte es eines Tages energisch an der Tür. Sie waren gerade beim Abendessen. Draussen war es noch hell. Jeanne öffnete die Tür. Vor ihr stand eine resolute ältere Dame, die die verblüffte Jeanne beiseiteschob und das Haus betrat.

»Wo ist mein Junge?«, rief sie mit lauter, rauer Stimme.

Jeanne schloss die Haustür und folgte der Fremden, die bereits in der Küche stand.

»Ich wusste, dass ich dich eines Tages finde!«, schrie sie und baute sich vor Jean-Baptiste auf, der sie verstört musterte. Sie setzte sich an den Tisch und griff nach dem Weinglas, das vor ihm stand. Sie trank es in einem Zug leer und schaute kurz auf die drei kleinen Kinder, die auf dem Küchenboden herumtollten und sich die Gesichter mit Marmelade einstrichen. »Sind das deine?«

Jean-Baptiste nickte und schaute verlegen zur verdutzten Jeanne, die sich wieder an ihren Platz gesetzt hatte.

»Haben Sie Hunger, Madame?«, fragte Jeanne höflich.

»Ja, gib mir endlich was zu essen.« Dann wandte sie sich erneut an Jean-Baptiste: »Weisst du eigentlich, wie grosse Sorgen ich mir damals gemacht habe? Hm? Und wozu das Ganze? Weil du nicht Henker werden wolltest! Und was ist aus dir geworden? Ein gottverdammter Henker! Du hättest dir die ganze Odyssee sparen können. Und mir all den

Kummer, den du mir bereitet hast. Hattest du es denn besser in der Armee? In der Neuen Welt habt ihr doch die Wilden gleich im Dutzend niedergemetzelt. Dein Vater ist nie darüber hinweggekommen. Ich musste ihm am Sterbebett versprechen, dass ich dich finde, damit du das Erbe fortführst. Er sagte, ich solle dir sagen, dass du dem Fluch nicht entkommen kannst. Es ist die Erbsünde der Sansons.«

Jeanne servierte der Frau einen Teller Suppe und setzte sich wieder an ihren Platz. »Sie sind die Mutter?«, fragte sie scheu.

»Er hat dir wohl nie von mir erzählt? Das passt zu ihm.« Sie warf ihrem Sohn einen verächtlichen Blick zu und schaufelte die Gemüsesuppe in sich hinein. Sie schaute kurz auf und verlangte nach Brot und mehr Wein. Dann sah sie Charles im Türrahmen stehen. »Wer ist denn der da?«

»Das ist mein Sohn Charles. Seine Mutter ist gestorben. Sie war die Tochter von Meister Jouenne ...«

»Ach, der Riese aus der Normandie. Du wirst sehen, der Kleine wird auch ein Riese. Ich erkenne das am Handgelenk. Komm her, mein Junge.« Charles näherte sich zögerlich. Sie ergriff seine Handgelenke und murmelte: »Jaja, das wird ein Riese.« Sie schaute Charles in die Augen. »Ich bin deine Grossmutter. Willst du mir keinen Kuss geben?« Charles rührte sich nicht von der Stelle. Sie zuckte kaum merklich mit den Schultern und ass weiter.

»Als dein Vater starb, habe ich wieder geheiratet. Den Henker Dubut. Er soff wie ein Bürstenbinder. Er behauptete, dass man diesem Beruf nicht nüchtern nachgehen könne. Auch er hatte seine Frau verloren. Er war ein zartes Pflänzchen, das eine strenge Hand suchte. In einem eiskalten Winter ist er auf der vereisten Holzbrücke Saint-Louis ausgeglitten und in den Fluss gestürzt. Als sie ihn herausfischten und im Hof des Gasthofes zum Bären aufbahrten, sah er aus wie ein Eiszapfen. Ich habe gesagt, ihr braucht ihn nicht aufzutauen und zu trocknen, bringt ihn gleich unter die Erde. Seitdem habe ich die Nase gestrichen voll von Männern. In jungen Jahren sind Männer durchaus unterhaltsam, aber später werden sie zum Ärgernis, und wenn sie den Beruf aufgeben, stehen sie nur noch blöd herum und wollen einem beibringen, wie man einen Haushalt führt. Dabei können sie nicht mal ein Ei kochen.« Sie schaute kurz zu Jeanne. »Gib mir noch mehr. Ich habe eine lange Fahrt hinter mir. Kannst du überhaupt kochen?«

Jeanne nickte und schöpfte ihr nach. »Du hast ein gebärfreudiges Becken, Mädchen. Ihr werdet mir noch viele Enkel schenken. Da werdet ihr Hilfe brauchen.«

Jean-Baptiste, Jeanne und Charles erschraken. Grossmutter Dubut bot ihre Hilfe an. Das klang wie eine Drohung. Sie nahm zur Kenntnis, dass niemand über ihre Ankunft begeistert war, aber es war ihr gleichgültig.

»Mutter«, begann Jean-Baptiste leise, aber sehr bestimmt, »ich bin nicht mehr dein kleiner Junge. Ich war drüben im Krieg, als Offizier. Ich habe ein Bataillon kommandiert. Also sag mir nicht, was ich zu tun habe.«

»Jaja. Selbst wenn du General bist, bist du noch mein Junge. Und ich sage dir noch was: Ich gehöre nicht zu den alten Weibern, die sich stumm in einer Ecke verkriechen und ihr Gnadenbrot in heisse Milch tunken. Ihr braucht hier jemanden, der Erfahrung hat und euch zur Hand geht.«

Von diesem Tag an herrschte Grossmutter Dubut über den Haushalt der Sansons. Sie war trotz ihres fortgeschrittenen Alters ein Energiebündel, das ihre Mitmenschen so behandelte, als seien sie allesamt Häftlinge auf ihrer imaginären Galeere, die sie mit wuchtigen Trommelschlägen antrieb. Wie eine feindliche Kavallerie war Grossmutter Dubut in Paris eingefallen. Jetzt war sie hier. Und hier wollte sie bleiben. Seltsamerweise konnte Jean-Baptiste der alten Frau nicht Paroli bieten. Zu tief waren Respekt und Gehorsam gegenüber der Familie verankert. Die Familie war so sankrosant wie Gott und seine Erzengel. Man konnte sich nicht dagegen auflehnen. Charles empfand nun fast ein wenig Mitleid mit seiner Stiefmutter Jeanne, die kaum noch etwas zu sagen hatte. Sie hatte wieder die Stellung einer Magd, einer gebärenden Magd. Der neue General im Haus hatte sie dazu degradiert.

Nach der Geburt des siebten Kindes starb Jeanne. Sie starb, als habe sie sich der Herrschaft von Grossmutter Dubut entziehen wollen. Nun wollte Charles endgültig dieses fürchterliche Haus verlassen. Er begriff allmählich, in welche Familie er hineingeboren worden war. Allesamt Henker. Es war eine furchtbare Familie. Nach und nach lernte er sie alle kennen, die Tanten und Onkel und all seine Cousins. Grossmutter Dubut holte sie alle nach Paris. Gemeinsam übten sie Druck auf Charles aus und glorifizierten das Amt des Henkers. Dass Charles Arzt werden wollte, empfanden sie als Affront gegen die Familie. Charles hasste sie alle. Er hatte sich diese Familie nicht ausgesucht, aber er hatte nur sie, überlegte er. Ohne Familie war er wie ein Deserteur in der Neuen Welt, der sich in den Wäldern des hohen Nordens oder irgendwo am Ufer der Hudson Bay in einem Wigwam verkroch. Allein unter fremden Stämmen mit fremden Sitten. Auf sich allein gestellt. Die Familie hingegen war eine Burg, aber auch ein dunkles Verlies. Licht brachten einzig die Musik, das Klavier und die Melodien, die er diesem Instrument entlocken konnte. Seine Schwester Dominique hatte ihm die Welt der Klänge eröffnet und unterrichtete ihn am Klavier. Sie sassen oft nebeneinander auf der Holzbank und entlockten dem Instrument zärtliche, warme Töne. Manchmal schien es, als würden sie über die Tasten miteinander sprechen. Sie sagten sich Dinge, die sie mit Worten nicht hätten ausdrücken können. Die Musik wurde Charles' ständiger Begleiter. Ganz gleich, wo er sich aufhielt, er hörte stets die schönen Melodien und fühlte sich dabei seiner Lieblingsschwester Dominique sehr nahe.

Als die Zeit gekommen war, bat Charles seinen Vater, ihn auf eine Schule zu schicken, um Medizin zu studieren. Obwohl eine Privatschule nicht ganz billig war, willigte Jean-Baptiste sofort ein, weil er sich dadurch mehr Frieden im Haus erhoffte, aber auch weil er ein schlechtes Gewissen hatte. Wenn er ehrlich war, musste er sich eingestehen, dass er sich zu wenig um seinen Sohn gekümmert hatte, der ihm seit Joséphines Tod fremd geworden war.

Grossmutter Dubut hingegen war von der Idee gar nicht begeistert. Sie hielt dies für pure Geldverschwendung. Vielleicht fürchtete sie aber auch, dass Charles eines Tages zurückkam und über eine Bildung verfügte, die sie nie gehabt hatte. Sie hatte zwar die Meinungshoheit über jegliches

Wissen, aber dieses Wissen war so dürftig, dass sie sich nur mit Härte, Druck und Terror behaupten konnte. Sie hielt Wissen generell für unnütz und pflegte zu sagen, dass ein Baum schon zu Lebzeiten Jesu ein Baum gewesen sei. Was gebe es da an Neuem zu entdecken? Für sie gab es nur körperliche Arbeit, Disziplin, Pflichterfüllung, und jede Gefühlsäusserung geisselte sie als Schwäche.

Jean-Baptiste setzte sich durch und beschloss, Charles auf die Klosterschule in Rouen zu schicken. Sie hatte ihren Ursprung im Collège de médecine, das bereits im Jahre 1605 gegründet worden war. Hier wurden die Ärzte der Zukunft ausgebildet.

3

Charles mochte Rouen auf Anhieb. Es war das Tor zu fremden Welten, zu anderen Kontinenten, zu neuem Wissen. Die Patres waren entspannter als die zornigen Gottesmänner, die von den Kanzeln der Pariser Kirchen auf ihre verarmte und eingeschüchterte Kundschaft hinunterschrien. In Rouen hörte man sich gegenseitig zu, man tauschte Argumente aus und schätzte die Gespräche, auch wenn die Meinungen auseinandergingen. Hier hatte es keinen Platz für eine wie Grossmutter Dubut, und das genoss Charles jeden Morgen. Er schlief zusammen mit sechzig anderen Klosterschülern in einem grossen Saal. Frühmorgens wurden sie von einer Glocke geweckt. Schweigend hatten sie den Hof aufzusuchen, wo sie sich am Brunnen wuschen. Danach versammelten sie sich in der Kapelle zum Morgengebet und suchten anschliessend gemeinsam den Speisesaal auf. Alles war streng geregelt, und jede Abweichung wurde geahndet. Aber selbst Strafen wurden nicht zornig, sondern freundlich ausgesprochen. Charles störte sich nicht an seinem neuen Tagesrhythmus. Er wollte lernen. Er wollte wissen. Er wollte den menschlichen Körper verstehen.

Und dann gab es noch etwas in Rouen, was sofort Charles' Leidenschaft weckte. Im Speisesaal stand ein Klavier, das die Schüler nach Einnahme der Abendmahlzeit benutzen durften. Aber niemand machte davon Gebrauch, und Charles getraute sich nicht. Eines Abends jedoch, als alle ihre Mahlzeit beendet hatten und ein Pater mit der Glocke das Zeichen gab, den Tisch verlassen zu dürfen, blieb Charles sitzen. Er liess das Klavier nicht aus den Augen. Ein schmächtiger Junge setzte sich daran und begann sanft und einfühlsam in die Tasten zu greifen. Doch kaum war der Saal leer, haute der Junge immer wilder in die Tasten und stampfte wie von Sinnen auf den Pedalen herum. Charles stand auf und ging zu ihm hinüber. Neben dem Klavier blieb er stehen und beobachtete aufmerksam die Spielweise des Mitschülers. Dieser hatte Charles längst bemerkt. Er genoss die Aufmerksamkeit, die er ihm entgegenbrachte. Plötzlich schrie er, ohne aufzuschauen: »Setz dich schon, ich weiss, dass du spielen kannst. Ich bin Antoine.«

Charles liess sich nicht zweimal bitten. Antoine rutschte auf der Klavierbank zur Seite. Charles setzte sich und begann gleich zu spielen. Antoine schnitt eine Grimasse und intensivierte sein impulsives Spiel. Nun spielten beide drauflos, konzentriert und mit grosser Ernsthaftigkeit. Ab und zu warfen sie sich einen Blick zu und lachten lauthals. Dann beschleunigten sie erneut ihr Spiel. Es war grossartig.

»Wo hast du gelernt?«, fragte Antoine.

»Meine Schwester Dominique hat mir alles beigebracht.«

»Hat sie grosse Titten?«

Sie spielten noch über eine Stunde, bis schliesslich im Flur der Gong ertönte, der die Schüler aufforderte, die Schlafräume aufzusuchen. Antoine sprang von der Bank auf. »Wie heisst du?«

»Charles.«

»Hast du auch einen Nachnamen?«

»Einfach Charles.«

»Nun gut, Charles, lass uns morgen Abend wieder spielen. Oder gehst du lieber in die Kapelle beten?«

»Nein, wir spielen.«

»Gut«, sagte Antoine und grinste, »der liebe Gott hat unser ewiges Gesabber eh satt. Ich bin übrigens Antoine Quentin Fouquier de Tinville. Wie war schon wieder dein Nachname?«

Charles war irritiert. Er war diese Art von Humor nicht gewohnt.

Über die Musik fanden die beiden zueinander. Im Gegensatz zu Charles interessierte sich Antoine wenig für Anatomie und Pharmazie. Ihn interessierten die Musik, das Geld, das ihm seine Eltern jeden Monat schickten, und die Werbeseiten einer Pariser Druckerei, die jeden Monat Neuheiten aus den Pariser Gemeinschaftswarenhäusern publizierte. Das waren überdachte Märkte, in denen weit über hundert kleine Händler ihre Waren feilboten. Darunter waren viele unnütze Dinge, aber Antoine faszinierte jede neue Maschine, die über eine ausgeklügelte Mechanik verfügte und einen Nutzen hatte. Er konnte unendlich lange darüber referieren, denn er hörte sich gern reden. Und da er an Charles einen Narren gefressen hatte und dieser ein geduldiger, stiller Zuhörer war, liess er seinen neuen Freund nicht mehr aus den Augen. Er folgte ihm auf Schritt und Tritt. Die beiden waren ein seltsames Duo. Charles überragte alle seine Mitschüler um einen Kopf. Aus der Schülerschar stach er heraus wie der Koloss von Rhodos. Trotz seiner zurückhaltenden Art verkörperte er eine enorme physische Stärke und Präsenz. Das schien dem eher kleingewachsenen und schmächtigen Antoine zu imponieren. An der Seite von Charles wagte es Antoine, sich über seine Mitschüler zu mokieren. Charles entging das in keiner Weise, und es gefiel ihm überhaupt nicht. Aber er sah darüber hinweg, denn am Abend würden sie wieder gemeinsam am Klavier sitzen. Für eine Freundschaft ist es nicht zwingend notwendig, dass man alle Interessen und Meinungen teilt, dachte er. Eine Leidenschaft genügt. Bei ihnen war es nun mal die Musik, das Klavier.

»Ich mag es nicht, wenn du dich über die Armut einiger deiner Mitschüler lustig machst«, sagte Charles eines Abends nach dem Klavierspiel.

»Ach je«, erwiderte Antoine und lachte, »ich mache doch nur Spass.«

»Niemand kann etwas dafür, dass er arm geboren wurde. Den Eltern dieser Schüler gebührt grosses Lob, dass sie sich einschränken, um ihren Söhnen eine Schule bezahlen zu können.«

»Mir kommen gleich die Tränen«, seufzte Antoine und spielte den Verzweifelten. »Sie würden ihre Söhne besser nicht auf solche Schulen schicken, denn später fehlt ihnen eh das Geld, um ein Amt zu kaufen. Was hat ihnen denn die Schule gebracht ausser Entbehrungen?«

»Es ist kein Verdienst, reich geboren worden zu sein.«

»Es ist doch ein Unterschied, ob ich Antoine Quentin Fouquier de Tinville heisse oder Charles ... wie war schon wieder dein Nachname?«

»Ich bin der Sohn des Chevaliers Sanson de Longval«, entgegnete Charles und bereute gleich, dies ausgesprochen zu haben. »Mein Vater ist Arzt«, log er obendrein.

»Sanson de Longval? Noch nie gehört.« Antoine machte ein Gesicht, als hätte er soeben etwas Saures heruntergewürgt. »Aber dein Vater schickt dir nie Geld. Hat er keins, oder verhurt er es?«

»Ich habe genug«, sagte Charles, »ich bin hier, um zu lernen.«

»Du scheinst ein Herz für arme Leute zu haben, Charles. Weil deine Familie nichts hat? Ausser Hunger. Und den grossen Titten deiner Schwester.«

»Wir sind eine Familie von Ärzten. Unsere Aufgabe ist es, das Leid zu lindern. Wir lieben die Menschen, egal ob sie arm oder reich sind.«

»Ich mag nur dich hier, Charles, ich mag deine stille Art. Ich rede wie ein Wasserfall, und du hörst mir zu. Ich beleidige dich ab und zu, und du schweigst. Manchmal frage ich mich, was ich dir antun muss, damit du aufbegehrst. Platzt dir denn nie der Kragen?«

Charles schwieg.

»Das meine ich gerade. Nichts bringt dich aus der Fassung. Manchmal reizt es mich, dir ins Gesicht zu schlagen, einfach um zu sehen, wie du reagierst. Aber meine Arme sind wohl zu kurz.« Antoine lachte vergnügt. »Und ich bin kein mutiger Mensch. Ich bin eher ängstlich. Ich habe zwar ein grosses Mundwerk, aber tief in meinem Innern mach ich mir in die Hosen. Kannst du das verstehen?«

Charles nickte.

Antoine klopfte ihm auf die Schulter. »Aber erzähl es nicht weiter. Ich habe dir eben ein Geheimnis anvertraut.«

Charles nickte erneut.

»Am Samstagabend will ich in der Taverne zum Goldenen Fass essen gehen. Es gibt frisches Wild. Leistest du mir Gesellschaft? Ich lade dich ein.«

Charles zögerte.

»Bitte, Charles, Geld habe ich genug, aber ich brauche einen Freund.« Antoine gab ihm erneut einen aufmunternden Klaps auf die Schulter. »Antoine Quentin Fouquier de Tinville bittet zu Tisch.«

Jetzt musste auch Charles schmunzeln.

Von da an beschenkte Antoine seinen neuen Freund regelmässig und äusserst grosszügig. Er kaufte Charles sogar medizinische Fachbücher, die nicht ganz billig waren. »Für meinen zukünftigen Hausarzt«, pflegte er zu sagen. Einen solchen würde er brauchen, denn er hatte immer irgendwelche Beschwerden: Nadelstiche im Oberschenkel, Atemnot, zu viel Luft in den Gedärmen, ein Pfeifen im Ohr, diffuse Rückenschmerzen oder ganz einfach Albträume. Charles wusste auf fast alle Fragen eine Antwort. So wurde Antoine immer abhängiger von ihm. Und Charles vertiefte sich dank Antoine in jedes Organ. Deshalb festigte nebst der Musik auch Antoines Hypochondrie die freundschaftlichen Bande zwischen den beiden ungleichen jungen Männern. Bald hatte Charles eine ganze Bibliothek über den menschlichen Körper beisammen. Antoine verlangte noch mehr Geld von seiner Mutter. Er gab es mit beiden Händen aus, als handelte es sich dabei um wertlose Papierschnitzel. In der Schule nützte ihm das viele Geld nichts. Er war ein miserabler Schüler. Ohne Charles' Hilfe hätte er nicht einmal das erste Jahr überstanden. Er wusste es, und manchmal kränkte ihn das so sehr, dass er das Bedürfnis hatte, Charles mit Boshaftigkeiten zu verletzen. Doch Charles nahm auch das einfach so hin. Er hatte nie gelernt, sich aufzubäumen. Widerstand war nicht Teil seines Repertoires. Er war es gewohnt, im Stillen zu leiden und das Schicksal mit all seinen täglichen Widrigkeiten zu ertragen. Charles konzentrierte sich auf die Schule, er war ein guter Schüler. Doch seine Leistungen spornten Antoine nicht an. Stattdessen gedieh der Neid in dessen Brust wie ein bösartiges Geschwür.

»Du bist nicht für die Medizin geschaffen«, sagte Charles eines Tages, als sie zusammen den Blutkreislauf studierten. »Ich will ganz offen sein, Antoine, du liebst die Menschen zu wenig. Du liebst nur dich selbst, und das ist für einen Arzt zu wenig.«

»Das tut richtig weh«, röchelte Antoine mit schmerzverzerrtem Gesicht. »Was empfiehlst du mir denn?«

»Ich habe darüber nachgedacht«, sagte Charles, als sie sich am Abend wieder ans Klavier setzten. »Du musst dir überlegen, was du besonders gut kannst. Was kannst du, was andere nicht oder nicht so gut können?«

»Reden, den Leuten die Sätze im Mund verdrehen, spotten. Soll ich Schauspieler werden?« Antoine haute in die Tasten und stampfte auf den Pedalen herum. »Suizid wäre auch eine Lösung. Oder ich suche mir in Paris ein hübsches Bordell und warte dort mein Erbe ab. Meine Mutter schrieb mir kürzlich, mein alter Herr huste Blut. Sie wollte, dass ich mit dem Arzt rede. Soll sie ihn doch selber fragen, wie lange es unsere Geldbörse noch macht!«

»Anwalt«, sagte Charles plötzlich, »du solltest Anwalt werden. Du könntest sowohl Mörder als auch Opfer verteidigen. Mit der gleichen Akribie. Denn dich interessiert nur der Sieg. Nicht die Gerechtigkeit.«

Antoine schmunzelte. »Du hast mich durchschaut, grosser Mann, meine Waffe ist die Sprache, mein Gehirn, mein Gedächtnis. Ich geniesse es, Menschen zur Schnecke zu machen. Am liebsten öffentlich, vor grosser Kulisse. Ich bin geltungssüchtig, ich will ein Grosser werden, ich geb's zu. Und ich stehe dazu. Und? Ist das etwa peinlich? Wen kümmert das schon?«

»Hast du denn nie das Bedürfnis nach Frieden, nach Ruhe …?«

»Sag jetzt bloss nicht Harmonie. Welch grässliches Wort. Ich liebe den Streit, den Konflikt, die Auseinandersetzung. Die Hitze des Gefechts erweckt mich zu neuem Leben. Das spornt mich an. Sogar mehr als eine nackte Frau. Jedes Wortspiel ist mir lieber als ein guter Freund. Aber sag mal, kann man sich im Bordell tatsächlich so kleine Sauereien holen? Ich meine Pilze und solches Gemüse auf der Eichel?«

»Diese Geschwüre treten drei bis vier Wochen nach dem Bordellbesuch auf. Sie sind schmerzlos.«

»Dann bin ich ja beruhigt«, sagte Antoine und atmete hörbar aus. »Ich werde später wirklich einen privaten Hausarzt brauchen, Charles.«

»Dann schwellen die Lymphknoten an …«

»Oh, das war erst der Anfang? Wo zum Teufel sind denn schon wieder die Lymphknoten?«

»Dann gibt es Rötungen, und eine farblose Flüssigkeit wird ausgeschieden.«

»Aber nicht etwa durch meinen Schwanz? Hör auf, das wird ja richtig eklig.«

»Es folgen Symptome wie bei einer schweren Grippe. Die

Haare fallen dir aus. Der Körper wird von schweren Entzündungen ruiniert. Wenn das Gehirn betroffen ist, verkümmern die Sprache und die Denkfähigkeit. Du fällst auf den Stand eines Vierjährigen zurück. Du kannst Blase und Darm nicht mehr kontrollieren. Die Sehnerven sterben ab, und dein Körper wird gelähmt.«

»Sag jetzt bloss noch, dass ich dann keinen mehr hochkriege.«

»Bei deinem Humor ist alles möglich.«

»Schon gut«, winkte Antoine ab, »dann werde ich wohl Anwalt, Charles, und du wirst ein kleiner Landarzt. Vielleicht reicht es nicht ganz zum Landarzt, dann wirst du halt Veterinär und wühlst in den Ärschen von abgemagerten Kühen und stinkst den ganzen Tag nach Scheisse.« Er gab Charles einen Klaps auf die Schulter und lachte amüsiert. Es war kein besonders freundlicher Klaps. Etwas hart und aggressiv. Und seine Augen funkelten dabei gefährlich. Charles ahnte, dass in dieser Brust noch eine andere, dunkle Seele wohnte.

Aufgrund seiner ausgezeichneten Leistungen durfte Charles mit Pater Collin nach Le Havre fahren, um neue Kräuter einzukaufen. Der Pater erzählte ihm unterwegs, wie einst die Wikinger Rouen überfielen, wie die Normandie an England fiel, und er zeigte ihm, als sie über den Marktplatz zum Westtor fuhren, die Stelle, an der Jeanne d'Arc im Mai 1431 auf dem Scheiterhaufen verbrannte.

Im Hafen von Le Havre ankerten Handelsschiffe mit grossen Segelflächen. Damit die Schiffe nicht kippten, brauchten sie einen dicken Rumpf. Es war kaum zu glauben, was alles aus diesen Schiffsbäuchen herauskam: Menschen, wilde Tiere in Käfigen, exotische Hölzer, farbige Stoffe, Porzellan, kostbare Seide, Statuen, Fässer und Holzkisten, aus denen halbverwelkte Pflanzen hingen. Besonders begehrt waren Tee, Kaffee, Gewürze und pflanzliche Arzneistoffe. Diese Handelsschiffe gehörten meist der Französischen Ostindienkompanie. Die Kompanie hatte die rechtliche Form einer Aktiengesellschaft. Jeder konnte Aktien kaufen, Aktionär werden und am Gewinn der Gesellschaft partizipieren. Die Französische Ostindienkompanie war ein sehr bedeutendes Unternehmen. Sie hatte vom König die Rechte für den Seehandel mit Afrika, Arabien, Madagaskar, Südostasien, China und mit der Neuen Welt. Die französische Krone hatte die Handelsgesellschaft mit enormen Privilegien ausgestattet. So hatte sie nicht nur das Monopol auf alle eroberten Gebiete ausserhalb Frankreichs, sondern auch das Recht, eigene Kriegsschiffe und eigene Truppen auszurüsten. Sie hatte ihre eigene Gerichtsbarkeit und schlug ihre eigenen Münzen.

Charles konnte sich kaum sattsehen. Hinter den Handelsschiffen ankerten die begleitenden Kriegsschiffe der Kompanie, die mit Kanonen ausgestattet waren. Denn die Händler hatten sich nicht nur gegen fremdländische Völker zu behaupten, sondern auch gegen die konkurrierenden Holländer und Engländer, die ab und zu auf hoher See, fernab der Zivilisation, die Piratenflagge hissten und im Auftrag ihrer Könige raubten und plünderten.

Charles und Pater Collin flanierten den Quai entlang. Ein Schiff reihte sich an das andere. Vor einem imposanten Handelsschiff blieben sie stehen. Es trug grosse Wappen auf den Segeln, die goldenen Lilien des Königs auf blauem Hintergrund. Darauf die Krone.

»*Florebo quocumque ferar*« stand auf einem Segel. »Ich blühe überall dort, wo ich gepflanzt werde.« Der Pater lächelte. »Ich denke, dass die Händler eines Tages bedeutender sein werden als die Krone. Denn sie sind auf allen Ozeanen zu Hause.«

»Und die Kirche?«, fragte Charles.

»Die Kirche? Sie wird einen schweren Stand haben. Bibliotheken werden den Glauben ersetzen. Wenn keine Fragen mehr offen sind, wird es auch keinen Gott mehr brauchen. Religion ist nichts anderes als Nichtwissen.«

Schwarzafrikaner wurden in Ketten über den Quai getrieben. Charles hatte noch nie solche Menschen gesehen. Sie lösten in ihm Neugierde und Furcht aus.

»Schau dir die Leute an, die aus den Schiffen kommen«, sagte Pater Collin, »fällt dir etwas auf?«

»Sie haben schlechte Zähne. Einige bluten aus dem Mund, sie haben Geschwüre an den Lippen. Viele hinken und haben einen merkwürdigen Gang.«

»Sie leiden an Skorbut. Wenn sie länger als drei Monate unterwegs sind und kein Obst und kein Gemüse essen, fehlt dem Körper etwas. Die Schleimhäute beginnen zu bluten, und die Zähne fallen aus. Wenn es eines Tages jemandem gelingt, Nahrungsmittel besser zu konservieren, wird das eine Revolution in der Geschichte der Menschheit sein.«

»Das wird aber auch die Kriege verlängern. Mancher Krieg wird durch fehlenden Nachschub an Nahrungsmitteln gestoppt.«

Der Pater lächelte. Er mochte Charles. Er winkte jemandem zu, der an der Reling eines gigantischen Handelsschiffes stand, das mit fünfzig Kanonen bestückt war. Es war der niederländischen Fleute nachempfunden und verfügte über ein enormes Ladevermögen. Diese Art Schiffe waren etwas schwerfällig und hatten im Kampf gegen die Piraten im Indischen Ozean keine Chance. Deshalb wurden sie stets von kleineren, wendigen Kriegsschiffen begleitet. Der Unbekannte an der Reling winkte zurück und bat den Pater hinauf. Er trug einen orangenen, orientalisch anmutenden Umhang aus leichtem Stoff. Charles folgte Pater Collin. Sie zwängten sich an den Lastenträgern vorbei und bestiegen das Schiff.

»Das ist Pater Gerbillon«, sagte Collin, »er besucht im Auftrag des Königs das Königreich Siam. Er ist ein Jesuitenpater aus Paris.«

Die beiden Patres umarmten sich herzlich. Gerbillon war braungebrannt und von heiterem Gemüt. Seine Bewegungen hatten etwas Affektiertes, so wie es am Hof in Versailles zum guten Ton gehörte. In seinem Umhang, der bis zu den Knöcheln reichte, fiel er auf wie ein Paradiesvogel.

»Das ist Charles, mein bester Schüler«, sagte Pater Collin nicht ohne Stolz. Gerbillon musterte den grossgewachsenen Charles anerkennend. Er hatte dabei ein merkwürdiges Lächeln auf den Lippen. Es war nicht einfach der Schalk in seinen Augen, es war mehr. Etwas Konspiratives. Es irritierte Charles. Einem Menschen wie Gerbillon war er noch nie begegnet. Gerbillon war anders.

»Was haben Sie uns mitgebracht?«, fragte Collin.

Gerbillon zeigte zum Bug. Dort standen ein Dutzend Jugendliche, in lange Gewänder gekleidet. Er winkte sie herbei. Sie eilten auf Gerbillon zu, umringten Pater Collin und Charles und legten die Hände vor der Brust aneinander. Dabei senkten sie ehrerbietig den Kopf. »Das sind meine kleinen Freundinnen und Freunde aus dem Königreich Siam«, erklärte Gerbillon. »Sie werden in Paris am Collège Louis-le-Grand studieren. Im Gegenzug studieren junge Französinnen und Franzosen in Siam. Der König wünscht dieses Austauschprogramm.«

»Sind die nicht etwas jung?«, fragte Collin.

»Das täuscht. Sie sind alle schon über sechzehn, aber sie sehen aus wie Zwölfjährige.«

Charles musterte die Jugendlichen. Die dunkle Haut und die langen schwarzen Haare faszinierten ihn. Sie hatten feine Gesichter, und ihre Lippen waren aufreizend schön und voll.

»Werden Sie erneut nach Siam reisen?«, fragte Collin.

»Auf jeden Fall«, sagte Gerbillon mit einem Lächeln, »das Wetter ist warm, die siamesische Küche ist ein Traum, und der König von Siam ist ein begeisterter Schüler. Ich habe ihm alles beigebracht über die Astronomie, wie wir sie hier praktizieren, aber er will noch mehr lernen. Er ist begeistert von den Instrumenten, die wir ihm aus Paris mitgebracht haben. Und es gibt eine Menge zu tun. Wir zeichnen erstmals exakte Seekarten. Das wird die Handelswege verkürzen. Und wenn wir dadurch den Holländern und Engländern ein Schnippchen schlagen können, hat sich das Ganze schon gelohnt.«

»Und Gott?«

Gerbillon vollführte ein paar kokette Bewegungen. »Das ist schon schwieriger. Gott hat es schwer gegen Buddha. Es ist zwar ein und dasselbe, aber ihr Buddha ist einfach freundlicher. Ich denke, wenn wir Siam erobern wollen, müssen wir ihnen ihre Religion lassen. So haben es die Römer getan und waren damit erfolgreich. Und Buddha ist nicht so prüde wie unser Gott.« Gerbillon lachte. »Sie kennen keine Scheu. Wenn sie lieben, empfinden sie keine Scham.«

»Wie wollen Sie das so genau wissen?«

»Man hat es mir so zugetragen.« Gerbillons Unschuldsmiene sprach Bände. Wie viele Menschen, die lange in den Kolonien lebten, hatte er die Sitten und Bräuche seines Heimatlandes weitgehend aufgegeben und die fremde Kultur angenommen.

Arbeiter trugen Käfige aus dem Bauch des Schiffes. Die gefangenen Tiere glichen riesigen Katzen. Ihr Fell war gelb und schwarz gestreift. Als ein Tier zu fauchen begann, sah man in eine furchterregende Schnauze mit riesigen Zähnen, die jedes andere Tier zerreissen konnten.

»Das sind Tiger«, sagte Gerbillon, »angeblich kann man die zähmen, aber ich hab's nicht versucht. Ich hoffe, sie werden unserem König gefallen. Er wollte etwas Ausgefallenes für seinen Zoo.«

»Verstehen Sie unsere Sprache?«, fragte Charles eines der Mädchen. Sie war die Kleinste von allen, und trotzdem schien sie die anderen anzuführen. Sie hatte ein wunderschönes Gesicht mit feinen Wangenknochen und einem vollen Mund. Ihre Augen waren schwarz wie die Nacht, ihr Blick schien Charles zu durchdringen. Sie strahlte Wärme aus, Zuneigung, aber es war nicht zu übersehen, dass sie zäh war und über viel Energie verfügte. Das Mädchen zeigte auf ihre Brust und sagte: »*Lan Na Thai.*«

»Das ist unsere kleine Dan-Mali«, sagte Gerbillon nicht ohne Stolz, »sie ist die Gescheiteste von allen. Sie hat ein Gedächtnis wie eine Bibliothek und vergisst nichts. Sie wird unsere Sprache rasch erlernen.«

»Was heisst *Lan Na Thai?*«, fragte Charles.

»Königreich der Millionen Reisfelder. So nennen sie Siam in ihrer Sprache.«

Charles lächelte und nickte Dan-Mali aufgeregt zu. Er hatte verstanden. Er konnte sich kaum an ihr sattsehen. Ihr leicht vorstehendes Kinn faszinierte ihn. Es hatte etwas Animalisches, Gefährliches, Erotisches.

»Haben Sie uns Zimt mitgebracht?«, fragte Collin und fixierte Charles eindringlich, damit dieser endlich aufhöre, die Siamesin anzustarren.

»Nicht nur.« Gerbillon lächelte vieldeutig. »Ich habe zum ersten Mal Kurkuma mitgebracht. Es ist die Pflanze der Mönche. Sie zermalmen die gelbe Wurzel zu Pulver. Es besiegt die schwarzen Geschwüre, die wie Blumenkohl in den Brüsten der Frauen wuchern. Und es soll auch gegen andere Formen von faulenden Geschwüren helfen. Es wächst wild im Gebirge. Aber nur jene Arten sind wirksam, die in der Nähe von Teakbäumen wachsen. Probiert es aus, und gebt mir im nächsten Frühjahr Bescheid.«

Die Jugendlichen holten Kisten und Körbe und blieben hinter Pater Gerbillon stehen. Er nahm ein Stück Rinde aus einem Korb. »Das ist die Rinde des Lorbeerbaums.« Er wandte sich an Charles. »Sie ist trocken. Du kannst sie zerstampfen, bis sie zu Pulver wird.«

»Es fördert tatsächlich die Verdauung«, sagte Pater Collin, »ich hab's an mir selber ausprobiert. Man kann sie auch in einer Sauce einkochen. Das gibt dem Essen einen ganz besonderen Geschmack.«

»In Siam umwickeln wir das Fleisch damit, bevor wir es übers Feuer legen. Der Hof ist ganz verrückt danach. Deshalb hat sich der Preis bereits verdreifacht.« Gerbillon lachte.

Charles nickte und drehte verstohlen den Kopf. Er musste noch mal Dan-Mali ansehen. Sie faszinierte ihn wie noch keine junge Frau zuvor, und er erwiderte ihr schüchternes Lächeln. Obwohl sie einer ihm völlig fremden Kultur entstammte, fühlte er sich von ihr magisch angezogen. Er glaubte zu spüren, dass auch sie eine Entwurzelte war, die einsam inmitten von Menschen war und Frieden und Geborgenheit suchte.

Pater Gerbillon wandte sich erneut an Charles, den er ins Herz geschlossen zu haben schien. »Wenn du mit deinem Studium fertig bist, musst du uns unbedingt in Paris besuchen«, sagte er, »ich werde dir alle Kräuter aus dem Königreich Siam zeigen.«

»Aber nicht übertreiben«, scherzte Collin, »sonst will er am Ende nicht mehr Arzt werden, sondern Koch.«

Nein, Charles wollte immer noch Arzt werden. Seiner Mutter zuliebe. Das Gefühl der Ohnmacht an ihrem Sterbebett war immer noch lebendig in ihm, und irgendwie bildete er sich ein, nachträglich etwas Gutes zu tun, wenn er Arzt würde. Dass seine Mutter längst tot war, war ihm bewusst, und auch dass er nichts rückgängig machen konnte. Es war eine völlig unlogische Verknüpfung, die sich in seinem Denken festgesetzt hatte. Aber Charles handelte nicht immer rational. Er war getrieben. Er wurde von Gerüchen heimgesucht, die ihn an seine Mutter erinnerten. Es war zum Beispiel der Geruch, den er geliebt hatte, wenn sie ihn zärtlich an ihre weiche Brust drückte. Es war kein besonderer Duft, aber es war der Duft seiner Mutter.

Das Studium ging Charles nicht schnell genug voran. Sein Arbeitseifer liess nie nach. Er hatte stets Angst, dass irgendetwas dazwischenkäme, dass das Schicksal zuschlagen und alles beenden könnte. Kaum freute er sich über etwas, ergriff ihn diese Angst. Die Angst, etwas Geliebtes zu verlieren. Mit der Zeit ergriff ihn auch die Angst vor der Angst, und er begann guten Nachrichten so sehr zu misstrauen, dass er sich kaum noch darüber freute.

Einmal im Monat musste er mit Antoine Quentin Fouquier de Tinville die Krankenhäuser aufsuchen und nach Leichen fragen. Sie waren billig zu haben und wurden auf einem Schubkarren in die Klosterschule gefahren. Diese Aufgabe oblag stets Charles und Antoine.

»Du hast recht, Charles«, sagte Antoine, als sie den Karren über das holprige Pflaster schoben, »das Medizinstudium ist wahrscheinlich nicht das Richtige für mich. Aber erklär das mal meiner Mutter! Sie hat allen erzählt, dass ich Arzt werde, also bleibt mir nichts anderes übrig, ich will sie ja nicht blamieren. Dabei weiss sie ganz genau, dass ich in praktischen Dingen so ungeschickt bin, dass ich für meine Patienten eine Gefahr wäre. Als Gott mich schuf, hat er sich auf mein Gehirn konzentriert und mir aus Versehen zwei linke Hände gegeben. Ich mache ihm deswegen keinen Vorwurf. Das Gehirn ist den Händen überlegen. Selbst in einem Rollstuhl kannst du noch eine Armee kommandieren. Da wären wir beim anderen Problem. Ich ertrage es nicht, wenn man mir sagt, was ich zu tun habe. Ich könnte nie Soldat sein. General wäre das mindeste.«

»Aber du hörst auf deine Mutter«, sagte Charles in seiner gewohnt emotionslosen Art.

»Wir hören doch alle auf unsere Mütter, und ich ganz besonders. Denn wenn mein alter Herr zu seinem Schöpfer zurückkehrt, erbe ich seine irdischen Güter. Und dann zahlt sich meine Herkunft eben doch noch aus. Weisst du, Charles, du bist zwar ein hervorragender Schüler, aber wahrscheinlich kommst du aus sehr einfachen Verhältnissen.« Er grinste hämisch. »Dein Vater war vielleicht der Erste seiner Sippe ... ach, was red ich da, ihr habt bestimmt nicht mal einen Stammbaum ... also, er war der Erste, der einen mittelmässigen Beruf erlernte: Arzt. Aber in Paris, da zählen einzig Herkunft und Vermögen. Womit willst du dir später ein Amt kaufen? Schon tragisch, nicht, der beste Schüler von Rouen endet in der Gosse, und ich, ein verwöhnter, fauler Adelsspross ...«

Charles hielt den Schubkarren an. Der Arm einer Leiche war unter der Decke hervorgerutscht und baumelte jetzt über die Ladefläche. Antoine packte den Arm und schob ihn wieder unter die Decke. Sie gingen weiter.

»Selbst die Leichen wollen sich vor mir aus dem Staub machen«, sinnierte er nun mit ernstem Gesicht. »Ich hoffe, meine Äusserungen haben dich nicht allzu deprimiert, Charles. Die Wahrheit ist manchmal bitter. Du bist der bessere Schüler, aber ich werde später das bessere Leben haben.«

»Wenn ich Arzt werde«, sagte Charles, »werde ich mit meinem Leben zufrieden sein. Ich brauche kein besseres Leben.«

»Oh, jetzt erstaunst du mich aber, Charles. Man sehnt sich immer nach etwas Besserem. Das unterscheidet uns vom Tier. Wir sind nie satt. Wir sind immer hungrig. Und wenn du einmal genug Geld hast, sehnst du dich nach Ruhm und Anerkennung. Nach Macht. Die Welt soll dir Denkmäler errichten und Plätze nach dir benennen.«

»Ich möchte nicht, dass man mir ein Denkmal errichtet«, murmelte Charles, »wozu auch?«

»Keine Angst, das wird nicht geschehen. Aber eins kann ich dir versprechen: Wenn du eines Tages an meine Tür klopfst, krank und verarmt, dann kriegst du von meinen Dienern eine warme Suppe. Geld werde ich dir keins geben, denn ich werde dir nie verzeihen, dass du der bessere Schüler von uns beiden warst.« Er lachte. »Eigentlich wollte ich dich zu meinem Hausarzt machen, aber ich könnte es nicht ertragen, jeden Tag den Mann zu sehen, der mir hier in Rouen meine Mittelmässigkeit vorgeführt hat.« Dann legte er freundschaftlich den Arm auf Charles' Schulter. »Du bist mein bester Freund, Charles. Ohne dich würde ich es hier nicht aushalten. Ich bin manchmal etwas böse, aber ich mag dich.« Erneut lachte er los und schaute zwei jungen Frauen nach, die gerade an ihnen vorbeigegangen waren.

»Oh, die Schwarzhaarige macht mich richtig scharf. Was denkst du, Charles, wen würden die beiden Damen bevorzugen? Den reichen Antoine oder den selbstlosen Samariter Charles?«

»Du kriegst Besuch«, sagte Charles leise.

Antoine erkannte gleich den Ernst in Charles' Stimme und schaute nach vorn. Sie waren in eine schmale Gasse eingebogen. Am Ende des Weges standen drei junge Männer in ihrem Alter.

»Kennst du die?«, fragte Charles und verlangsamte nun seinen Schritt.

»Nur flüchtig.« Antoine konnte seine Nervosität nicht verbergen. »Ich kenne nur den Kerl in der Mitte. Ich habe seine Schwester als Nutte bezeichnet und ihn als Abschaum der Evolution. Glaubst du, das war ein Fehler?«

»Warum musst du ständig andere Leute beleidigen?«

»Du hilfst mir, Charles, nicht wahr? Du weisst, Gott gab mir zwei linke Hände.«

Nun standen die drei jungen Männer vor dem Karren und versperrten ihnen den Weg. »Wir wollen eine Entschuldigung«, sagte der eine.

»Geht uns aus dem Weg«, sagte Antoine, »oder mein Freund verliert die Geduld.« Er hatte Angst, grosse Angst und schaute hilfesuchend zu Charles.

»Wir werden dich jetzt so verprügeln, dass dich dein Freund auf seinen Schubkarren laden wird.« Die drei stürmten auf Antoine zu. Zwei packten ihn, der Dritte schlug ihn sofort zu Boden. Nun setzte Charles den Schubkarren ab und eilte Antoine zu Hilfe. Er warf den Ersten zu Boden, schlug dem Zweiten die Faust ins Gesicht und packte den Dritten mit solcher Wucht am Nacken, dass dieser wimmernd in die Knie sank. Als die anderen beiden davonrannten, liess Charles sein Opfer los. Antoine kniete noch am Boden und starrte auf das Blut an seiner Hand.

»Es ist nur die Nase«, sagte Charles.

»Nur die Nase!«, schrie Antoine. »Wieso hast du so lange gewartet? Die haben mir die Nase gebrochen.«

»Nein«, sagte Charles ruhig, »deine Nase ist nicht gebrochen. Sie blutet nur ein bisschen.«

»Ein bisschen! Du machst dich wohl lustig über mich? Vielleicht verblute ich hier!« Antoine erhob sich und trottete, ohne auf Charles zu warten, die Gasse hinunter. Von da an war Antoine ein anderer. Er schämte sich, dass Charles Zeuge seiner Angst und Hilflosigkeit geworden war. Dafür begann er ihn zu hassen.

Die Leichen wurden im Saal über der Turnhalle seziert. Während sich einige Schüler während der Vorführung entsetzt abwandten, sah Charles nichts Unnatürliches in diesen leblosen Körpern. Er hatte nur Augen für die Struktur der bläulich aufgedunsenen Körper. Er inspizierte sie wie fremdartige Maschinen, bewegte die Glieder, als seien es bloss Türscharniere. Für Antoine gab es jedoch nur den Penis oder die Brüste der Leichen. Er mokierte sich über diese Körperteile und versuchte seine Mitschüler zu unterhalten. Wenn Charles ihn ignorierte, sagte er mit grossem Bedauern in der Stimme, dass Charles eben studieren müsse, da sein Vater Schauspieler sei und noch zehn Jahre Bastille vor sich habe.

Charles konzentrierte sich auf sein Studium. Mit jedem Monat wuchs in ihm die Gewissheit, dass es möglich sein musste, einen Körper zu begreifen. Und wenn man ihn begriff, wenn man ihn »lesen« konnte, konnte man ihn auch heilen. Dieser Gedanke beherrschte ihn Tag und Nacht. Aber es gab da noch einen anderen Gedanken. Er wollte die junge Siamesin Dan-Mali wiedersehen. Er wusste, dass sie erst sechzehn war. Aber sie würde älter werden. Und in einigen Jahren würde er sein Medizinstudium abgeschlossen haben und nach Paris zurückkehren. Sie war ständig in seinen Gedanken. Sie hatte sich förmlich in seiner imaginären Welt eingenistet. Er kannte die geheimnisvolle Siamesin nicht, er hatte noch nie mit ihr ein richtiges Gespräch geführt, aber ein einziger Blick hatte genügt, ihm mitzuteilen, dass sie auf ihn warten würde.

Eines Morgens erhielten sie den Körper eines Landstreichers, der vor der Schule tot zusammengebrochen war. Die Patres entschieden, den Leichnam in der Halle aufzubahren, damit die Studenten den körperlichen Prozess unmittelbar nach Eintritt des Todes beobachten konnten. Anfangs schien der Landstreicher zu schlafen, doch schon bald fielen seine Wangen ein, und es bildete sich ein tiefliegendes Dreieck um die Nase herum. Das Blut hatte aufgehört zu zirkulieren und setzte sich. Dort, wo die Leiche auflag, bildeten sich dunkle blaue Flecken.

»Ist das Charles' Vater«, fragte Antoine mit gespieltem Entsetzen, »der Chevalier Sanson de Longval?« Er schaute zu Charles. »Ich dachte, dein Vater sei Arzt.«

»Welcher Teufel hat dich denn jetzt wieder geritten?«, fragte ein Mitschüler.

»Was ist daran falsch? Ihr wisst alles über meine Herkunft ...«

»Wir hören es ja oft genug«, brummte Charles.

»Ja, weil ich nichts zu verbergen habe. Aber Charles, dein Schweigen ist der Boden für die wildesten Spekulationen. Niemand kennt einen Arzt, der ... wie heisst dein alter Herr schon wieder?«

»Soll ich denn den ganzen Tag mit meinem Stammbaum herumlaufen?«

»Dürfte schwierig werden. Sehr schwierig. Denn du hast keinen.«

Es war nicht Charles' Tag. Entnervt behauptete er, man könne den Stammbaum seiner Familie bis ins fünfzehnte Jahrhundert zurückverfolgen. »Einer meiner Ahnen war der Kartograph Nicolas Sanson d'Abbeville. Er hat mehrere Atlanten publiziert und König Louis XIV in Geographie unterrichtet.«

»Sagt mir nichts«, unterbrach ihn Antoine mürrisch.

»Natürlich nicht«, spottete nun Charles seinerseits, »dazu fehlt dir jegliche Bildung.«

Die anderen Schüler lachten.

»Verstehe«, heuchelte Antoine, »wenn man weder Geld hat noch adliger Herkunft ist, braucht man natürlich Bildung. Wenn ich mit meinen Freunden auf die Jagd gehe, will keiner etwas von Geographie hören. Wir reden über unsere Ländereien, unsere Mätressen, unsere Intrigen und all das Zeug, das wir täglich genussvoll in uns reinstopfen. Aber wenn man nichts hat, malt man Landkarten und langweilt seine Umgebung mit nutzlosem Wissen.«

»Neulich hast du den Mund nicht so voll genommen«, sagte Charles, »irgendwann wird einer kommen und dir dein blödes Maul stopfen.«

»Habt ihr es bemerkt? Wir haben einen wunden Punkt getroffen: seine Herkunft. Wer weiss, vielleicht stammt er von den Affen ab, die in Höhlen hausen und rohes Bärenfleisch verzehren. Am Wochenende ist Besuchstag. Ich bin gespannt, ob sein Vater kommt. Kommt die Schwester mit den grossen Titten auch?«

Jean-Baptiste Sanson kam. Es war der Tag, an dem die Eltern der Schüler anreisten, um dem Unterricht ein paar Stunden zu folgen und anschliessend mit den Patres über die Leistungen ihrer Söhne zu sprechen. Zuerst versammelten sich die Eltern im Innenhof und begrüssten ihre Kinder. Zwei Nonnen aus dem benachbarten Kloster servierten Brot und Apfelmost. Charles' Vater war mit Grossmutter Dubut angereist. Er fühlte sich sichtlich unwohl inmitten der anderen Eltern. Er konnte seine niedrige Herkunft kaum verbergen. Charles sah, wie Antoine seinen alten Vater begrüsste. Dieser schien sehr mürrisch, übelgelaunt. Er raunte Antoine etwas zu. Irgendetwas schien ihm zu missfallen. Antoines Mutter hingegen schien eher entspannt, amüsiert. Sie drückte ihren Sohn mehrfach an die Brust und küsste ihn auf die Stirn. Antoine mochte das nicht besonders. Er löste sich von ihr und ging dann auf Charles zu, der sich mit seinem Vater unterhielt.

»Das ist mein Vater«, sagte Charles. Antoine verbeugte sich knapp und reichte Jean-Baptiste Sanson die Hand.

»Ich bin ein Bewunderer einer Ihrer Vorfahren«, heuchelte Antoine, und Charles wusste gleich, dass nun eine giftige Pointe folgen würde. »Es ist schon tragisch, wie er geendet hat. Zuerst war er königlicher Kartenmacher und unterrichtete Louis XIV in Geographie, später wurde er in den Gassen von Paris erstochen.«

Jean-Baptiste verzog keine Miene. Er war diese Art von Humor nicht gewohnt. Ironie war ihm fremd, Doppeldeutigkeiten suspekt.

»Und Sie sind Arzt«, sagte Antoine und nickte dabei bedeutungsvoll.

Jean-Baptiste blickte irritiert zu seinem Sohn. Grossmutter Dubut verzog enerviert den Mund: »Lasst uns reingehen, ich werde mich hier draussen noch erkälten.«

Im Klassenzimmer sprach Pater Collin über die Dreckapotheke des Mittelalters. Wie man gedörrte Kröten, verbrannte Maulwürfe und die Exkremente von Ziegen pulverisierte. Er sprach über die ersten medizinischen Bücher, die bereits im sechzehnten Jahrhundert als Kräuterfibeln erschienen waren. Er geisselte die Humoralpathologie, die auf Autorität und nicht auf Erfolgen oder gar empirischem Wissen basierte. Er geisselte die Unart des Aderlasses, der Klistiere und des provozierten Erbrechens. Er sprach von einer neuen Zeit, die gekommen sei, und von der Notwendigkeit, sich an die richtige Dosis von Heilpflanzen heranzupirschen. »Wer heute forscht, kann morgen die Welt verändern«, schloss der Pater seine Lektion ab.

Die anwesenden Eltern nickten anerkennend. Sie waren stolz, dass ihre Kinder so gescheiten Unterricht erhielten, auch wenn sie selbst wenig davon verstanden.

Antoine stiess Charles mit dem Ellbogen an. »Das war ein sehr bewegender Moment, als ich deinen Vater begrüssen durfte. Sag mal, hat er viele Patienten, ich meine Stammkunden, Menschen, die immer wiederkommen?«

Charles schaute ihn irritiert an. Er suchte nach der Pointe.

»Es ist so«, flüsterte Antoine scheinbar bedrückt, »wenn dein Vater einem Patienten den Kopf abschlägt, dann wird es ganz, ganz schwierig, ihn als Patienten zu behalten. Oder kommen die manchmal zurück mit dem abgeschlagenen Kopf unter dem Arm?«

Charles verschlug es den Atem. Er wollte sich empören, aber liess alles über sich ergehen.

»Ich dachte, es kann nicht schaden, wenn ich meine Bildung vervollständige. Deshalb habe ich in der Bibliothek ein bisschen geforscht. Und ein Onkel von mir, er ist Anwalt in Paris, hat auch ein bisschen geforscht. Warum hast du mir das verschwiegen, Charles? Wir sind doch Freunde.«

Charles suchte instinktiv den Blickkontakt zu seinem Vater. Dann sah er, dass Antoines Vater auf ihn zuging. Er schien sehr aufgebracht. Er sagte irgendetwas und klopfte mit seinem Stock mehrfach auf den Boden. Nun galt die ganze Aufmerksamkeit Antoines Vater. Die anderen Eltern begannen zu tuscheln. Einige umringten Pater Collin.

»Pater Collin«, schrie Antoines Vater plötzlich, »ich bin der Marquis Fouquier de Tinville und möchte hiermit kundtun, dass dieser Mann dort drüben«, er zeigte auf Charles' Vater, »der Henker von Paris ist.« Ein heftiges Raunen erschütterte das Klassenzimmer. Die Schüler sahen sich verstohlen an und versuchten, einen Blick auf den Henker von Paris zu werfen. »Besucht etwa der Sohn des Henkers die Klosterschule?«, fragte ein anderer Besucher laut. Antoine mimte Bedauern und Betroffenheit, doch dann grinste er schadenfroh übers ganze Gesicht.

»Liebe Eltern«, sprach Pater Collin mit lauter Stimme, »ich bitte um Ruhe. Wir werden die Sache klären.« Dann wandte er sich an Jean-Baptiste Sanson: »Können Sie das bestätigen, Monsieur?«

Charles' Vater hatte es die Sprache verschlagen.

»Er ist Beamter der Pariser Justiz«, sagte Grossmutter Dubut, so laut sie konnte. Dabei überschlug sich ihre Stimme.

»Messieurs«, rief einer der Väter und stellte sich vor die schwarze Schiefertafel, »ich bezahle kein Schulgeld, damit mein Sohn mit dem Sohn des Henkers von Paris unterrichtet wird.«

»Monsieur«, bat Pater Collin versöhnlich, »wir unterrichten den Sohn und nicht den Vater. Der Sohn studiert Medizin und beabsichtigt in keiner Weise, für die Justiz zu arbeiten.«

Nun gab es immer mehr Zwischenrufe, die schliesslich in einen Tumult ausarteten. Die anwesenden Väter protestierten vehement. Pater Collin bahnte sich einen Weg durch die aufgebrachte Besucherschar und ging auf Jean-Baptiste Sanson zu. Er flüsterte ihm etwas ins Ohr und verliess darauf rasch das Klassenzimmer. Charles beobachtete mit einigem Bangen die Szene. Sein Vater nickte ihm zu und wies mit dem Kopf zur Tür. Charles packte seine Sachen und ging. Die Menge teilte sich, als habe er Pest, Cholera und Pocken gleichzeitig.

»Pater Collin«, fragte Charles beim Abschied im Gang, »kann es einen Fluch geben, der auf einer ganzen Dynastie lastet?«

»Noah verfluchte seinen Enkel Kanaan, den Sohn Hams. Doch im Buch Mose steht geschrieben, dass Gott zuallererst die Schlange und dann den Erdboden verflucht hat. Wenn du an Gott glaubst, glaubst du an Flüche.«

»Und wenn ich nicht mehr an Gott glaube?«

»Dann gibt es keine Flüche mehr. Dann wirst du ein Suchender in der endlosen Wüste.«

Im Innenhof wartete Antoine, er hatte das Klassenzimmer, von Charles unbemerkt, ebenfalls verlassen. Dieser ging an ihm vorbei, ohne ihn zu beachten. »Siehst du«, rief ihm Antoine nach und folgte ihm einige Schritte, »Geld ist alles. Ohne Stammbaum bist du nichts. Denk daran, eine warme Suppe hast du auf sicher!«

Charles blieb stehen und stellte sich drohend vor Antoine auf. »Du hast jetzt niemanden mehr, der dich beschützt.«

Antoine lachte. »Wer soll mir schon etwas antun?«

»Ich«, sagte Charles, »ich zum Beispiel!« Er verpasste ihm eine schallende Ohrfeige.

Antoine hielt sich verdutzt die stark gerötete Wange und wich einen Schritt zurück. »Das wird dir noch leidtun.« Er beeilte sich, ins Schulgebäude zurückzukehren.

Schweigend traten die Sansons die lange Heimfahrt nach Paris an. Charles war wütend, dass ihm das Erbe seiner Familie zum Verhängnis geworden war, umso mehr, als er damit nichts zu tun haben wollte. Jean-Baptiste sass geknickt in der Kutsche und starrte aus dem Fenster. Der erste Schnee hatte sich über die Felder gelegt. Eisige Luft blies durch die Ritzen der Kutsche ins Innere. Der Fussboden war eiskalt. Jean-Baptiste bedauerte zutiefst, was geschehen war, und es kränkte ihn, dass man ihn derart ächtete. Ihn und seine ganze Familie.

Später sagte dann Grossmutter Dubut, sie sei sehr stolz darauf, die Mutter des Henkers von Paris zu sein. »Du bist nicht irgendein Henker«, ereiferte sie sich, »du bist Monsieur de Paris.« Jean-Baptiste schwieg. Dann wandte sie sich an Charles: »Du solltest stolz auf deinen Vater sein, auf deinen Grossvater, auf alle Sansons, die dieses Amt je ausgeübt haben. Dieses Erbe ist keine Bürde. Oder sind zehntausend Livre etwa eine Bürde?«

Jean-Baptiste und Charles schwiegen. Sie dachten beide dasselbe: Wieso kann sie nicht endlich die Klappe halten?

»Zehntausend Livre im Jahr, das ist der Monatsverdienst von dreihundert Arbeitern«, fuhr sie fort. »Die anderen Henker Frankreichs verdienen zweitausendvierhundert bis sechstausend Livre im Jahr, je nach Grösse der Stadt.«

Charles wünschte sich sehnlichst, sie würde endlich tot umfallen und schweigen. Selbst ihre Stimme ertrug er kaum noch.

»Überleg dir gut, ob du noch Arzt werden willst, Charles. Die Gesellschaft wird dich nie mögen. Du wirst immer der Sohn des Henkers sein, bis du eines Tages selbst ein grosser Henker wirst. Monsieur de Paris.«

»Ich will Arzt werden«, sagte Charles trotzig, »ich will heilen, nicht töten.«

Grossmutter Dubut machte eine unwirsche Handbewegung. »Wo kriegt man denn heute fünfundzwanzig Livre für das Abhacken einer Hand? Ganz Paris würde sich um eine solche Anstellung bemühen.«

»Vater«, sagte Charles und wandte sich bittend an Jean-Baptiste, der noch immer auf den Boden starrte, »schickst du mich auf eine andere Schule?«

Jean-Baptiste wandte sich seinem Sohn zu und nickte. »Wir werden eine Lösung finden, Charles. Und nächstes Mal gibst du dich besser als Waise aus.«

»Er soll seine Herkunft verleugnen?«, fauchte Grossmutter Dubut.

4

Zu Hause fühlte sich Charles nicht mehr willkommen. Grossmutter Dubut führte das Zepter und kommandierte die Küchenmagd und die Kinderschar wie eine kleine Armee. Sie stand so eng an der Seite ihres Sohnes, dass jeder Besucherin sofort bewusst wurde, dass es an der Seite von Witwer Sanson keinen Platz für eine neue Ehefrau gab. Jean-Baptiste hatte das Interesse an körperlicher Nähe verloren. Er hatte auch die Sehnsucht nach dem Duft einer Frau verloren. Kinder hatte er genug. Er schätzte einen stabilen familiären Rahmen. Und gutes Essen. Seine Mutter war eine ausgezeichnete Köchin. Die Küchenmagd hatte von ihr gelernt, auch wenn es Grossmutter Dubut nie genügte. Niemand genügte ihr. Jean-Baptiste liess sie gewähren. Wenn er keine Urteile vollstreckte, verkroch er sich in seiner Bibliothek und las. Seine Mutter hielt dies für unnütz, weil Bücher eh nur staubig würden. Aber auch sie liess ihn gewähren. Sie umsorgte ihn wie ein Kind.

Kaum war Charles wieder an der Rue d'Enfer, suchte er das Jesuitenkloster auf. Ein freundlicher Pater öffnete ihm die Tür und liess ihn dann kurz warten. Er werde nach Pater Gerbillon Ausschau halten, er sei wahrscheinlich noch beim Gebet in der Kapelle. Nach einer Weile kam er zurück und bat Charles, ihm zu folgen. Er führte ihn in den Klostergarten, der wie ein römisches Atrium angelegt war. In der Mitte des quadratischen, von Arkaden gesäumten Gartens war ein Brunnen. Um ihn herum waren Kräuterbeete angelegt. Ein Pater kniete vor einem der Beete. Als er die Schritte auf dem Kiesboden hörte, erhob er sich und klopfte die Hände an seiner Schürze ab.

»Welch eine Freude!« Gerbillon strahlte und näherte sich Charles mit weit geöffneten Armen. »Schau, mein Freund, das hier ist die Schlafbeere. Schon die alten Ägypter nutzten sie zur Beruhigung. Sie macht einen gelassen und entspannt, selbst wenn man weiss, dass einem gleich der Kopf abgeschlagen wird.«

Charles zuckte zusammen. Er fragte sich, ob der Pater bereits wusste, dass er der Sohn des Henkers ist und von der Klosterschule in Rouen gewiesen worden war.

»Aber die Beere wächst hier nicht so gut. Wir haben mehr Erfolg mit Salbei gegen Halsentzündungen, Fenchel gegen Husten, Tollkirschen gegen Bauchschmerzen, Wegerich gegen Kopfschmerzen. Obwohl bei Kopfschmerzen die Empfehlung, weniger zu saufen, hilfreicher ist.« Pater Gerbillon zeigte stolz auf die einzelnen Beete.

Dann führte er Charles in seine Pharmacie. Auf einem grossen Holztisch lagen Ginsengwurzeln. »Ginseng«, sagte er, »ist das Allheilmittel in Siam. Die einen nehmen es zur Entspannung, die anderen zur besseren Durchblutung.« Er kicherte wie ein kleines Mädchen. »Es soll auch die Kraft des Mannes stärken. Wir haben noch viel Arbeit vor uns. Seit der Erfindung des Buchdrucks erscheinen jährlich immer mehr medizinische Bücher über Wirkung und Nutzen der verschiedenen Pflanzen. Ein Leben reicht nicht aus, um all diese Bücher zu lesen, geschweige denn, um dieses Wissen zu ordnen und zu nutzen. Mit dem Buchdruck ist ein Damm gebrochen. Jedermann in Europa kann die Forschungsergebnisse anderer nachlesen, überprüfen, verbessern und erneut publizieren.«

In der Pharmacie waren zahlreiche Porzellanschalen und Gefässe angeordnet, Mörser, Zeichnungen und Tabellen mit Forschungsergebnissen.

»Aber erzähl mir, was führt dich nach Paris?«

»Ich suche eine neue Schule, und ich dachte, vielleicht könnten Sie mir etwas empfehlen.«

»Eine neue Schule?«

»Mein Vater ist Monsieur de Paris«, sagte Charles entschlossen. »Der Vater eines Mitschülers hat ihn am Besuchstag erkannt. Deshalb musste ich die Schule verlassen.«

Gerbillon schien nicht erstaunt. »Man kann sich seine Eltern nicht aussuchen. Aber jedes Unglück öffnet die Tür für eine neue Chance. Vergiss das nicht. Schreib dich bei der Universität Leiden ein. Dort findet die Revolution der Medizin statt. Keine andere Universität in Europa kann derjenigen von Leiden das Wasser reichen. Sie ist sogar viel besser als die Klosterschule in Rouen.«

Er bat Charles in sein prächtiges Arbeitszimmer und liess ihm einen schwarzen Kaffee mit viel Zimt und Zucker servieren. Die Wirkung des Raums und des Kaffees war unerwartet. Charles fühlte sich plötzlich hellwach und voller Tatendrang. Der Pater schmunzelte und sagte: »Besuch mich wieder, wenn es in Leiden geklappt hat. Ich gebe dir dann eine andere Tinktur zum Probieren.«

»Wo sind all die jungen Frauen aus Siam?«

Pater Gerbillon nahm Charles' Interesse mit Erheiterung zur Kenntnis. »Sie besuchen tagsüber das Collège Louis-le-Grand. So will es unsere Abmachung mit dem König von

Siam. Sie lernen Französisch und befassen sich mit naturwissenschaftlichen Fächern, und am Abend versuchen wir, ihnen Gottes Botschaft nahezubringen. Aber es ist schwer, sie davon zu überzeugen. Sie halten unseren Gott für einen Soldatengott. Sie fürchten ihn eher, dabei ist er doch ein Gott der Liebe, nicht wahr? Sie mögen halt ihren Buddha. Buddha und Jesus: das ist doch dasselbe, beide sind sie Söhne der Sonne, Götter des Lichts, der gleiche Wein in verschiedenen Schläuchen.«

Charles wartete auf der Klostermauer gegenüber dem Collège Louis-le-Grand. Er überlegte sich, wie er es anstellen wollte, aber er war zu aufgeregt, um seine Gedanken zu ordnen und eine Strategie zu entwickeln. Als er die Schulglocke hörte, sprang er von der Mauer hinunter und lief wie ein gefangenes Tier auf und ab. Jugendliche eilten aus dem Schulhof und verstreuten sich in alle Himmelsrichtungen. Zuletzt kamen die Schülerinnen und Schüler aus Siam. Sie liefen alle zusammen, lachten, und es war kaum möglich, jemanden in diesem fröhlichen Rudel zu identifizieren. Für einen Europäer sahen alle Asiaten gleich aus. Die Gruppe trat auf die Strasse. Dann sah Charles, dass jemand zurückgeblieben war. Sie stand etwas verlassen im offenen Tor. Dan-Mali. Sie hatte Charles bereits gesehen. Freudig sprang sie auf ihn zu und stoppte plötzlich abrupt vor ihm, als schämte sie sich, ihre Gefühle gezeigt zu haben.

»Ich wollte Ihnen sagen, dass ich an die Universität Leiden gehe. Ich will Arzt werden. Aber ich werde zurückkommen.«

Dan-Mali nickte. Charles wusste nicht genau, ob sie alles verstanden hatte. Aber sie wirkte jetzt so ernst, fast ein bisschen traurig, dass er annahm, sie hatte verstanden.

»Ich werde dann wiederkommen«, sagte Charles und fügte zögerlich bei: »Ich werde hier auf Sie warten.« Dan-Mali nickte, legte die Hände vor der Brust aneinander und wippte mehrmals mit dem Kopf auf und ab. Dann schaute sie kurz hoch und sagte etwas schüchtern und verschmitzt lächelnd: »Dan-Mali wartet«, bevor sie den anderen nachrannte.

Die holländische Universität Leiden war in der Tat die führende Hochschule für die medizinische Ausbildung. Die 1575 gegründete Universität ging neue, revolutionäre Wege. Sie führte den Unterricht am Krankenbett ein. In Leiden wurde Medizin nicht von Theologen gelehrt, sondern von Wissenschaftlern und Fachärzten. Und nicht nur Studenten aus ganz Europa drängten nach Leiden, sondern auch vermögende Kranke.

Charles gefiel der Unterricht auf Anhieb. Gemeinsam mit den anderen Studenten folgte er Doktor Lacroix durch die engen Flure des Hospitals. Über den Pockensaal erreichten sie das breite Treppenhaus, das zum dritten Stockwerk führte. Den Wänden des ersten Saals entlang waren unzählige Betten aneinandergereiht. Aus Platzmangel lagen bis zu vier Menschen im gleichen Bett: Kranke, Sterbende, Tote. Man sortierte lediglich die Schwangeren aus. Alle waren zusammengewürfelt, und nach einer Woche hatten alle die gleichen Symptome. Im nächsten Saal lagen die Frischoperierten. Im angrenzenden Saal hatte man die Verrückten untergebracht. Diese wurden in Leiden nicht einfach angekettet, sondern untersucht. Das war neu. Doch manche von ihnen brüllten, tobten und schlugen derart um sich, dass keiner auf diesem Stockwerk ausreichend Schlaf fand. Im hintersten Saal wurde operiert. Mit einer Säge wurden Beine amputiert, und die anwesenden Kranken konnten hautnah miterleben, was sie demnächst erwartete. Man praktizierte auch den äusserst schmerzhaften Steinschnitt. Beim Versuch, die plagenden Steine herauszuoperieren, verblutete manch einer selbst nach einem erfolgreichen Eingriff.

An der Universität Leiden verkroch man sich nicht hinter Lehrbüchern und büffelte Theoretisches, hier wurde man in die Praxis versetzt. Doziert wurde am lebenden Objekt. Das Arbeitspensum war enorm, und die jungen Studenten hatten der Reihe nach Hand anzulegen. Jeder hatte hier sein theoretisches Wissen unter fachkundiger Beobachtung anzuwenden. Es wurde operiert und bandagiert. Die Kranken hatten zu ertragen, dass an ihnen herumgewerkelt wurde wie an Puppen. Einige der Studenten hielten sich meist vornehm zurück, andere wurden kreidebleich und setzten sich auf eins der überladenen Betten, als brauchten sie demnächst selbst ärztlichen Beistand. Charles blieb stets in der ersten Reihe. Er konnte Blut sehen. Es irritierte ihn nicht. Es ekelte ihn nie. Es war einfach eine Flüssigkeit im menschlichen Körper, die ab und zu auslief wie Wein bei einem angestochenen Fass. Auch beim Anblick unnatürlich verrenkter Glieder wurde ihm nicht schlecht. Er nahm sie in die Hand wie ein Handwerker, der ein Scharnier zu überprüfen hatte. Er begriff auch schnell die Gesetzmässigkeiten und saugte alles, was er sah oder hörte, auf wie ein Schwamm. Die Universität Leiden war nach seinem Geschmack. Er war stolz, hier zu sein. Er war Teil dieser neuen, experimentellen Medizin, die wie die mutigen Seefahrer neue Kontinente erschliessen wollte. Pater Gerbillon hatte recht, dachte Charles, Pech und Glück lagen manchmal nahe beisammen, und ein Schicksalsschlag leitete eine unerwartete Glückssträhne ein.

Doch manchmal ist das Glück von kurzer Dauer, und es folgt erneut ein Rückschlag. Dieser kam in Form eines Briefes von Grossmutter Dubut. Charles erkannte gleich ihre Schrift, die an scharfe Bajonette und Harpunen erinnerte. Der Inhalt des Briefes war eine Kriegserklärung. Sie schrieb, Jean-Baptiste habe einen Schlaganfall erlitten und sei halbseitig gelähmt. Charles müsse sofort nach Paris zurückkommen. Er solle gleich nach Erhalt des Briefes seinen Koffer packen und in die nächste Kutsche steigen.

Charles packte wohl oder übel seine Sachen zusammen und begab sich zur nächsten Poststation. Er verabschiedete sich von niemandem. Bevor er ging, stahl er ein Dutzend leerer Schulhefte. Er tat es spontan. Es passte eigentlich nicht zu seinem Charakter. Er empfand ohnmächtige Wut und stahl, um etwas zurückzuerhalten von dem, was man im Begriff war ihm wegzunehmen. Und man war im Begriff, ihm alles wegzunehmen, was ihm etwas bedeutete. Zum Trost nahm er ein paar lausige leere Hefte mit. In diese wollte er fortan alles niederschreiben, was sich ereignen würde, bis er endlich sein Ziel erreicht hatte, Arzt zu werden. Er stahl diese Hefte, weil er sich sehr wohl bewusst war, dass es in Paris niemanden gab, dem er sein Leid hätte klagen können. Ausser diesen leeren Heften. Denn er würde weiterhin ein Fremder unter den Menschen sein. Er wolle über sich schreiben, beschloss er, denn die wenigsten Menschen ahnen, wer sie wirklich sind. Es sind die Prüfungen des Schicksals, die einem plötzlich und oft schmerzhaft vor Augen führen, wer man wirklich ist und wozu man fähig ist. Die meisten Menschen behaupten von sich, sie könnten keiner Fliege etwas zuleide tun, und plötzlich überraschen sie sich dabei, wie sie einem anderen Menschen bei lebendigem Leibe mit glühenden Zangen das Fleisch von den Knochen reissen. Das sind Dinge, die man anderen Menschen nicht leichtfertig anvertraut. Es sind Dinge, die man schweigend in ein Heft niederschreibt. Wer keine Freunde hat, sollte wenigstens ein leeres Heft haben.

5

Während die Postkutsche über die staubige Landstrasse holperte, spürte Charles erneut diese unendliche Traurigkeit in sich hochsteigen. Das war die Krankheit der Sansons, ein Teil der Erbsünde. Zuerst wurden sie traurig und schwermütig, später erlitten sie Hirnschläge und wurden gelähmt. Und blieben am Leben, um zu leiden.

Von weitem sah Charles die graue Dunstglocke, die über Paris hing. Dutzende von Kirchtürmen ragten aus der düsteren Dreckwolke heraus, die Hunderttausende von Herdöfen in den Himmel pufften. Doch die monumentalen gotischen Türme der Kathedrale Notre-Dame überragten die weit über hundert Kirchtürme wie ein Papst seine Kardinäle.

Je mehr er sich der Stadt näherte, desto gewaltiger wurde diese Beklommenheit, die Charles die Kehle zuschnürte. Er hasste Paris. Leiden hatte er geliebt. Leiden war die Stadt der Kultur und der Wissenschaft. Rembrandt hatte dort gelebt, aber auch Antoni van Leeuwenhoek, der Entdecker des Bakteriums. Die offene, unkomplizierte Art der Holländer war ihm von Beginn weg sympathischer gewesen als die etwas rüde und eingebildete Art der Pariser. Er hasste Paris aber auch, weil es die Stadt seiner Grossmutter, Marthe Dubut, war, die wie diese grausamen, in Stein gehauenen Dämonen an der Balustrade von Notre-Dame darüber wachte, dass der Fluch, der auf der Sanson-Dynastie lastete, von Generation zu Generation weitergegeben wurde. Ihr Ehrgeiz sollte der Ehrgeiz aller Sanson-Kinder sein. Sie hatte die Hoheit über die Gedanken übernommen. Sie allein wusste, was richtig oder falsch war, obwohl sie noch nie ein Buch gelesen oder sich eine abweichende Meinung bis zuletzt angehört hatte. Das ist die Tragik der Menschen, die stets alles zu wissen glauben, dachte Charles. Sie ahnen nicht, wie wenig sie wissen.

Eines Märzmorgens im Jahre 1757 passierte die Postkutsche die Zollmauer der Stadt Paris und hielt im Handelshof dahinter an, inmitten von Hunderten von Tagelöhnern, Kriegsinvaliden, verarmten Bauern und abgemagerten Landmädchen. Sie suchten nicht ihr Glück in Paris, denn sie wussten, dass Leute wie sie kein Glück haben. Sie suchten dem Elend auf dem Land zu entkommen. Sie alle wurden von den sichtlich übermüdeten Soldaten rüde und lautstark zurechtgewiesen und wie Vieh sortiert und vorangetrieben. In diesen Zollhöfen kreuzten sich Kutschen aus allen Teilen Europas, und man tauschte Nachrichten und Gerüchte aus. An diesem Tag sprachen alle von Robert-François Damiens, der angeblich den König, Louis XV, mit einem Messer verletzt hatte. Eine für alle unfassbare Tat. Wie konnte es jemand wagen, königliches Blut zu vergiessen? Stand der König Gott nicht am nächsten?

Wer nach Paris wollte, musste eins der vierundfünfzig Zolltore passieren und sich von den Soldaten peinlich genau befragen und durchsuchen lassen. Zahlreiche Händler warteten vor ihren Kutschen, Karren und Fuhrwerken ungeduldig auf die Abfertigung ihrer Waren durch die Gehilfen der Steuerpächter. Diese hatten dem König das Amt abgekauft und setzten nun nach Gutdünken die Einfuhrsteuern fest. Die Steuerpächter erhöhten die Abgaben ohne Scham und trieben dadurch die Nahrungsmittelpreise derart in die Höhe, dass ein Tagelöhner bereits die Hälfte seines Lohnes opfern musste, um einen einzigen Laib Brot zu erwerben. Für die Armen bedeutete eine Verdoppelung der Nahrungsmittelpreise das Ende, für einen Adligen, der eh keine Steuern bezahlte, spielte es keine Rolle. Er hatte immer genug.

Es mochte Leute geben, die die grösste Stadt Europas schön fanden, dachte Charles. Doch wenn man kein Geld hatte und hungerte, war jede Stadt hässlich.

Nach fast einer Stunde Wartezeit konnten Charles und die übrigen Fahrgäste die Fahrt über die Champs-Elysées fortsetzen. Die Allee hatte sich nun zur Avenue der vermögenden Adligen gemausert, die sich herrschaftliche Stadthäuser mit pittoresken Parkanlagen errichten liessen. Die Postkutsche hielt beim Tuilerienpalast, dem königlichen Stadtschloss. Von hier aus war es noch ein gutes Stück zu Fuss bis in die Rue d'Enfer.

Charles wollte nicht zurück. Alles in seinem Innern sträubte sich. Er hätte schreien können, aber er blieb stumm. Ratlos stand er nun vor dem Schloss und überlegte, wie er vorzugehen habe. Einige Soldaten verscheuchten eine Ansammlung von Tagelöhnern und gaben Charles ein Zeichen, ebenfalls zu verschwinden. Er spazierte zur Seine und trödelte dann dem Ufer entlang Richtung Bastille. Er konnte es wenden, wie er wollte: Er hatte zu seiner Familie zurückzukehren. Auf sich allein gestellt, hätte er gar nicht das Geld gehabt, sein Medizinstudium in Leiden fortzuführen. Ohne Familie war er nichts. Wie ein Fisch ohne Wasser. Wie ein Wolf ohne Rudel. Die Blutsbande waren das Einzige, was Bestand hatte, was Sicherheit bot. Und wer die Autorität des Leitwolfes nicht respektierte, zog sich den Zorn des ganzen Rudels zu. Wütend und widerwillig entschloss sich Charles, den Tatsachen ins Auge zu blicken und in die Rue d'Enfer zurückzukehren. Wie von unsichtbarer Hand getrieben, schritt er vorwärts, und er fragte sich, ob es überhaupt einen freien Willen gab oder ob er lediglich getrieben wurde von Kräften, die er nicht verstand, und Pläne erfüllte, die ihm nicht bekannt waren. Charles verlor sich allmählich in den verwinkelten Gassen. Das Pflaster war so stark mit eingetrocknetem Schlamm und Dreck überzogen, dass man an schattigen Orten bis zu den Knöcheln darin versank. Streunende Hunde und Katzen stritten sich um die blutigen Abfälle der Schlachthöfe, die man einfach auf die Strasse hinausschmiss. Händler trieben ihre störrischen Tiere mit Hieben in Richtung Les Halles, während Dungsammler die mit Stroh und Abfällen vermischten Kothaufen einsammelten und auf ihre Esel luden. Dafür brauchten sie eine Bewilligung, die sie in den Zollhöfen einzulösen hatten. Paris verkaufte selbst seine Scheisse. Paris hatte sich verändert. Paris war gereizt, müde und ohne Hoffnung. Zehntausende von Menschen waren in den engen Gassen unterwegs und kämpften sich durch die verzweifelten Gestalten, die irgendwo Arbeit für den Tag suchten, um ein Stück Brot zu kaufen. Keiner hatte Erbarmen mit dem anderen. Das eigene Schicksal war schwer genug. Ohne Mitgefühl trat man auf die verkrüppelten Beine der Bettler am Strassenrand. Ungerührt hetzte man an Kirchenstufen vorbei, auf denen ausgesetzte Neugeborene lagen, die schrien, hilflos mit den Armen ruderten und von Strassenkötern, die keine Scheu mehr kannten, beschnuppert und geleckt wurden. An den

Wänden hingen Plakate, die Louis XV und seine Mätresse, Madame de Pompadour, verspotteten.

Der Königsattentäter Robert-François Damiens war das beherrschende Thema auf allen Strassen und Plätzen. Die Menschen sagten, er habe den König dafür bestrafen wollen, dass das Volk Hunger leide. Und sie stellten die Frage, ob es möglich sei, König eines hungernden Volkes zu sein, ohne es zu verachten. Es wurde erzählt, Damiens habe sich tagelang in den Gärten von Versailles versteckt. Als die Nacht hereinbrach, sei er unter das Gewölbe einer Treppe gekrochen und habe auf die Ankunft des Königs gewartet. Als Louis XV mit seiner Entourage die Treppe hinunterstieg, sei er aus seinem Versteck hervorgesprungen, habe sich zwischen den Musketieren hindurchgeschlängelt und den König mit seinem Dolch leicht verletzt. Einige behaupten, Robert-François Damiens habe geschrien: »Für die Freiheit!«, andere behaupten, er habe gebrüllt: »Im Namen des Volkes!«, aber keiner wusste es so genau, denn keiner von denen, die das erzählten, war dabei gewesen. Seitdem waren Wochen vergangen, und Robert-François Damiens wurde in einem Pariser Verlies täglich befragt und der Folter unterworfen.

Jean-Baptiste Sanson sass regungslos in einem Fauteuil neben dem Ofen und starrte seinen Sohn ungläubig an. Er war seit einigen Wochen halbseitig gelähmt. Charles hatte es gewagt, seinem Vater nein zu sagen. Grossmutter Dubut stand majestätisch hinter ihrem gelähmten Sohn und fixierte ihren Enkel mit stechendem Blick. Sie erwartete mit sichtbarer Ungeduld, dass er widerrief. Aber er schwieg. Charles'

Lieblingsschwester Dominique sass auf der Ofenbank und hielt den Blick gesenkt, wie sie es immer tat, wenn Ärger in der Luft lag. Seine anderen Geschwister musterten ihn mit gemischten Gefühlen. Einige sassen auf den dicken Holzdielen und lehnten sich gegen die warmen braunen Ofenkacheln. Die tiefhängende Holzdecke wurde von mächtigen Balken getragen. Daran hingen feuchte Wäschestücke zum Trocknen. Charles' drei Schwestern freuten sich, dass ihr ältester Bruder zurückgekehrt war, doch seine vier Brüder nahmen es ihm übel, dass er den Unmut des Vaters und der Grossmutter auf sich gezogen hatte.

»Das wäre ein schwerer Verrat«, sagte Grossmutter Dubut nach einer Weile. Charles schwieg immer noch. »Ist es denn nicht genug«, fuhr sie fort, »dass wir von der Gesellschaft geächtet und gehasst werden? Muss sich jetzt noch unser eigen Blut von uns abwenden?«

Charles wagte kaum noch, seinem Vater in die Augen zu blicken, der in seinem abgewetzten Polstersessel ein jämmerliches Bild abgab. Er wirkte völlig hilflos. Charles liess seinen Blick über die Jagdmotive auf dem braunen Stoffüberzug des Fauteuils schweifen. Als kleiner Junge hatte er die Hirsche gezählt, die Hunde und die berittenen Jäger. Dem Mann mit dem Jagdhorn fehlte der Kopf. Dort klaffte ein Loch. »Habe ich denn nicht genügend Brüder?«, hörte sich Charles fragen. Er fühlte, dass seine Stimme versagte. Er schämte sich. Aber wenn er jetzt klein beigab, würde er sein Leben lang dafür büssen müssen. Er musste standhaft bleiben. Zwei seiner Brüder reckten mit Stolz den Kopf, denn sie hätten alles gegeben, um das Schwert der Gerechtigkeit führen zu dürfen. Doch sie waren zu jung, um zu verstehen, was das Amt wirklich bedeutete. Sie hatten noch nie gesehen, wie ein Kopf vom Rumpf getrennt wurde und das Blut in einer Fontäne herausspritzte.

»Du bist der Älteste«, sagte Grossmutter Dubut knapp, »und im Übrigen gibt es in Frankreich genügend Städte für deine Brüder. Sie werden die Töchter von Henkern heiraten und wiederum Henker zeugen. Sie haben gar keine andere Wahl.«

»O doch«, widersprach Charles, »Tante Brigitte heiratete einen Musiker.«

»Tante Brigitte«, sagte Grossmutter Dubut mit Bitterkeit in der Stimme, »du weisst, was aus ihren Söhnen geworden ist? Sie wurden beide Henker. Das ist das Erbe der Sansons. Es ist kein Fluch, Charles, es ist einfach die Bestimmung.«

»Aber ich liebe die Musik mehr als das Aufklappen der Falltür unter dem Galgen. Ich will Arzt werden und abends Klavier spielen. So stelle ich mir mein Leben vor.«

»Was haben diese Holländer in Leiden bloss aus dir gemacht? Du entwirfst dein Leben? Was sind das für neue Ideen? Was bist du doch für ein unverschämter Bengel geworden! Du willst selber über dein Schicksal entscheiden? Gott entscheidet über dein Schicksal und entwirft dein Leben, und du hast dich zu fügen. Die Pflichterfüllung bestimmt deinen Weg. Und es gibt keine grössere Pflicht als die, der Familie zu gehorchen und zu dienen.«

»Ich will nicht«, sagte Charles, »ich kann nicht.«

Die Blicke der Familienmitglieder lasteten so schwer und vorwurfsvoll auf ihm, dass seine Knie bebten. Er spürte nicht nur den Druck seiner Grossmutter und all seiner Geschwister, er spürte den Druck all seiner Onkel und Tanten, die in Orléans, Tours, Dijon, Nantes und Cherbourg wohnten und regelmässig zu Weihnachten und Ostern zu den grossen Familientreffen nach Paris kamen. Er spürte den Druck all seiner Cousinen und Cousins, die das Gesetz der Familie nie in Frage stellten. Dieses Gesetz des bedingungslosen familiären Gehorsams war stärker als die Macht der Kirche oder gar der Krone. Denn es war die Familie, die ihre Mitglieder beschützte, es waren nicht die Musketiere des Königs.

»Tritt näher zu mir«, sagte Jean-Baptiste mit ernster Stimme und versuchte krampfhaft, beide Arme zu heben, um seinen Sohn zu umarmen. Doch es gelang ihm nicht. Dominique wollte ihm mit dem Taschentuch, das sie stets bei sich trug, den Speichel aus dem rechten Mundwinkel wischen, doch Grossmutter Dubut kam ihr zuvor und fuhr dem Gelähmten mit einer groben Handbewegung über den Mund. Dann streifte sie den Geifer an seinem Oberarm ab und liess ihre Hand dort ruhen, als wollte sie damit demonstrieren, dass dieser Mensch ihr allein gehörte.

»Ich dachte anfangs wie du«, sagte Jean-Baptiste mit schleppender Stimme, »ich dachte, die Aufgabe sei zu schwer für mich. Und das viele Blut ...«

»Das Blut macht mir nichts aus«, sagte Charles, »ein Arzt muss den Anblick von Blut ertragen können.«

»Was ist denn dein Problem?«, schimpfte Grossmutter Dubut. »Dann bist du ja geradezu prädestiniert für den Henkerberuf.«

Jean-Baptiste bewegte unwirsch die linke Hand, um Grossmutter Dubut zum Schweigen zu bringen. Sein Gesicht lief rot an. Er versuchte, den Kopf zu drehen.

»Ich bin ja schon still«, sagte Grossmutter Dubut und fuhr mit ihrer Hand ein paarmal über seine Schulter.

»Charles«, sagte der kranke Mann mit beinahe zärtlicher Stimme, »auch ich fürchtete mich davor. Ich floh in die Neue Welt, um dem Schicksal zu entkommen. Doch es holte mich ein und brachte mich auf ein verwunschenes Gehöft. Dort lernte ich deine Mutter kennen. Ihr Vater, Meister Jouenne, instruierte mich sehr genau und half mir, das Unmögliche zu schaffen. Und ich darf sagen: Ich tat es mit Stolz und zur Zufriedenheit der Justiz. Und wenn mich diese verfluchte Krankheit ...« Jean-Baptiste wollte erneut eine heftige Bewegung machen, doch sein Körper gehorchte ihm nicht. Grossmutter Dubut warf Charles einen bösen Blick zu, als trüge er die Schuld an diesem Elend.

»Ich möchte Arzt werden«, erwiderte Charles. Er wusste nicht, woher er die Kraft nahm, seiner gesamten Familie zu trotzen. »Ich möchte die Menschen heilen, Vater, nicht erwürgen, hängen, foltern, köpfen, vierteilen. Ich will heilen, nicht töten.«

»Auch der Henker ist ein Arzt«, sagte Jean-Baptiste, »er schneidet die kranken Teile unserer Gesellschaft ab. Er kuriert unsere Gesellschaft und macht sie gesund. Im Auftrag der Justiz. Im Auftrag des Königs.«

Charles suchte fieberhaft nach einer Entgegnung, aber ihm fehlten angesichts der Argumente seines Vaters die Worte. Er begriff, dass sein Vater nicht mit sich handeln liess. Er wollte ihn überzeugen. Er wollte nicht debattieren.

»Charles«, fuhr Jean-Baptiste fort, »es gibt nur zwei erbliche Ämter in diesem Königreich. Das des Herrschers und das des Henkers. An das Blut wirst du dich gewöhnen. Und wenn du es nicht aus Überzeugung tust, dann tu es deiner Familie zuliebe. Schau uns an, Charles, mich, deinen Vater, deine Grossmutter und all deine Geschwister. Wenn du das Amt ablehnst, stürzt du uns alle in Armut und Hunger. Denn einem Sanson bleibt die Welt bis ins letzte Glied verschlossen. Wir haben gar keine Wahl, Charles. Unsere ganze Hoffnung, unsere Zukunft liegt in deinen Händen. Deine Brüder sind noch zu jung, um das Amt anzutreten. Du bist der Älteste. Versuch es doch wenigstens!«

Grossmutter Dubut trieb es die Zornesröte ins Gesicht. Beherrscht, aber zunehmend wütend über ihren Enkel, hatte sie ihren Sohn sprechen lassen. »Da draussen hungern die Menschen und sterben wie die Fliegen«, stiess sie nun vorwurfsvoll hervor, »und wenn einer Arbeit hat, kriegt er dafür dreihundert Livre im Jahr – falls er so lange Arbeit hat. Dreihundert Livre! Aber das Amt des Henkers bringt zehntausend Livre im Jahr. Zehntausend! Weil es ein besonderes Amt ist. Weil nicht jeder in der Lage ist, es auszuführen. Wenn du dieses Amt ablehnst, werden morgen die Henker aus der Provinz ihre Bewerbungen einreichen. Jeder will Monsieur de Paris werden.«

»Nur du nicht!«, schrie einer seiner Brüder vorwurfsvoll, und die anderen Geschwister stimmten in diesen Chor der Zornigen ein. Nur Dominique schwieg. Sie hielt stets zu Charles.

»Ich kann nicht, Grossmutter. Ich kann niemandem Schmerzen zufügen …«

Plötzlich herrschte eine bedrückende Stille. Jean-Baptiste wurde unruhig. Besorgt legte Grossmutter Dubut beide

Hände auf seine Schultern und atmete tief durch. Er gab seiner Mutter ein Zeichen stillzuhalten. Dann wandte er sich erneut an seinen Sohn: »Charles, das Leben hat es nicht immer gut gemeint mit uns. Wir haben vieles gemeinsam ertragen. Umso mehr wollte ich deinen Wunsch, Arzt zu werden, respektieren. Ich habe dich nach Rouen geschickt, dann an die Universität Leiden. Das war nicht ganz billig. Wir alle haben uns das Schulgeld vom Essen abgespart. Aber nun hat Gott anders entschieden. Das war nicht unser Wunsch, Charles, es ist nicht unsere Schuld. Wovon sollen wir denn jetzt leben?«

Totenstille im Raum.

»Die Drecksarbeit werden meine Knechte verrichten«, fuhr Jean-Baptiste nach einer Weile fort. Seine Stimme klang nun härter, entschlossener. Er sprach so, als hätte Charles längst eingewilligt. »Du wirst kein Blut sehen, Charles, du wirst kein Schafott besteigen. Du wirst am unteren Ende der Treppe zum Schafott stehen und mit deiner Anwesenheit die Rechtmässigkeit der Vollstreckung der Urteile bezeugen. Ist das zu viel verlangt?« Den letzten Satz schrie er hinaus, und sein Mund verzerrte sich zu einer Fratze. Wieder wollte ihm Dominique diskret den Speichel vom Kinn wischen, doch Grossmutter Dubut kam ihr erneut zuvor und sagte rasch: »Ich habe bereits mit Meister Prudhomme gesprochen, er ist ein Meister seines Fachs. Er wird an deiner statt die Arbeit verrichten. Bis du ein Mann bist.«

»Bis einer meiner Brüder alt genug ist?«, fragte Charles misstrauisch.

»Monsieur de Paris«, flüsterte Jean-Baptiste. Ein Lächeln huschte über sein Gesicht. Dann verzerrten sich seine Züge erneut, und Speichel rann aus einem Mundwinkel. Dominique erhob sich. Sie hatte bis dahin geschwiegen. Sie ging langsam auf Charles zu und nahm ihn zärtlich in den Arm. Sehr zum Missfallen von Grossmutter Dubut. Dominique fuhr Charles sanft über den Rücken. Er liebte seine Schwester über alles. Selbst in Leiden sehnte er sich danach, an ihre warme Brust gedrückt zu werden und den Duft ihres Körpers einzuatmen. Sie erinnerte ihn an seine Mutter.

»Mein lieber Charles«, sagte sie mit zärtlicher Stimme, »das Amt erhältst du direkt vom König. Vom König persönlich. Deinen Lohn erhältst du vom Kanzler. In der Armee erhalten nur die besten Offiziere diese Gunst. Charles, es ist eine grosse Ehre, dieses Amt in so jungen Jahren ausüben zu dürfen. Und ich verspreche dir, jetzt, da du wieder bei uns wohnt, werden wir jeden Abend zusammen Klavier spielen. Du hast Talent für die Musik. Sie wird dich immer begleiten. Du wirst sie brauchen, wenn du abends nach getaner Arbeit nach Hause kommst.«

Charles schaute seine Schwester flehend an, doch ihr Lächeln liess seinen ganzen Widerstand zusammenbrechen. Er liebte sie einfach zu sehr. Sie war noch so jung und doch schon so klug und belesen, er hätte ihr den ganzen Tag zuhören können. Wenn er in Rouen oder Leiden nachts wach gelegen hatte, hatte er die Klavierstücke gehört, die sie ihm beigebracht hatte. Seine Vorstellungskraft war so stark, dass er glaubte, sie sitze mit dem Klavier an seinem Bett und spiele nur für ihn. Charles fragte sich manchmal, ob andere Menschen in ihren Köpfen auch Bilder und Melodien erzeugen konnten, die so real waren, dass man sie kaum als Phantastereien abtun konnte. Aber das war keine besonders schöne Gabe der Natur, denn auch schreckliche Visionen blähten sich in Gedanken zu furchterregenden Monstern auf. Charles wusste, dass das die Krankheit der Sansons war. Der Feind im eigenen Kopf.

»Du bist ein Sanson«, krähte Grossmutter Dubut. Nach der melodiösen, warmen Stimme Dominiques klang ihre Stimme tatsächlich wie das Krächzen eines Dämons. »Die Sansons sind stark, weil sie stark sein müssen«, sagte sie bitter. »Und sie heissen Sanson, weil sie schweigend ihre Pflicht erfüllen. *Sans son.* Ohne Ton.«

Alles, wofür Charles bisher gelebt hatte, zerrann in diesem Augenblick vor seinen Augen. Die Trommelwirbel am Fusse des Schafotts sollten fortan die Lehre vom Bakterium und von den Blutkreisläufen ersetzen. Und das Schreien und Flehen der Verurteilten sollte Vivaldis *Stravaganza* übertönen. Seine Geschwister stürmten auf ihn zu und umarmten ihn freudestrahlend. Es war ihm nicht bewusst, dass er genickt hatte. Die Zuneigung seiner Geschwister rührte ihn, ihr Enthusiasmus, ihre Begeisterung schmeichelten ihm. Das war seine Familie. Er war wieder zu Hause. Da stand er nun, Charles-Henri Sanson, der Vierte der Dynastie, aufrecht wie ein Herkules, alle an Körpergrösse weit überragend, imposant und doch erbärmlich hilflos wie ein kleines Kind.

In den frühen Morgenstunden des folgenden Tages fanden sich Grossmutter Dubut und Charles vor den gusseisernen Toren der Pariser Polizeimagistratur ein und warteten auf Einlass. Gegen neun Uhr liess der Generalprokurator sie von einem älteren Mann in blauer Livree hereinbitten.

Sie stiegen die breiten Steintreppen zum zweiten Stockwerk hinauf und betraten dort das Arbeitszimmer des Generalprokurators. Er war ein freundlicher älterer Herr mit breiten, borstigen Koteletten, die angegraut waren. Er trug einen schwarzen Anzug mit breiten Schulterklappen und Ärmelgurte, die von der herrschenden Armeemode inspiriert waren. Hinter ihm hing ein grosses Gemälde, das eine Brücke über der Seine zeigte. Die gegenüberliegende Wand zierten Bücherschränke, deren Türen verglast waren. Charles hatte noch nie solch schöne Möbel gesehen. Selbst der Tisch, hinter dem der Generalprokurator sass, war kunstvoll geschnitzt. In der Tischplatte waren farbige Marmorstücke. Die Füsse waren sehr dünn, leicht nach aussen geschwungen und mit Metallverzierungen dekoriert. Der Generalprokurator schien Grossmutter Dubut gut zu kennen. Er lächelte auf jeden Fall sehr vertraut, als er ihre Hand ergriff und eine ganze Weile lang festhielt. Der Blick war so konspirativ, dass Charles augenblicklich begriff, dass die beiden früher eine Affäre gehabt hatten. Jetzt war Grossmutter Dubut zu alt, um mit ihrem Körper zu bezahlen. Der Generalprokurator musterte den jungen Charles. Er schien von seiner athletischen Erscheinung beeindruckt.

»Habe ich zu viel versprochen?«, fragte Grossmutter Dubut energisch und erwartete stolz die Antwort des Generalprokurators. Dieser schwieg. »Er ist doch gross und robust! Kein Mensch würde annehmen, dass er noch so jung ist. Und er hat noch nicht aufgehört zu wachsen. Er schlägt seinem Grossvater nach. Mein Mann war ein Riese, kräftig wie ein Bär, und er bewahrte stets ruhig Blut.«

Der Generalprokurator schmunzelte. »Es haben sich viele Leute aus der Provinz beworben«, sagte er. »Monsieur de Paris ist das bestbezahlte Henkeramt in ganz Frankreich.«

Grossmutter Dubut machte eine verächtliche Handbewegung und ereiferte sich: »Was sind denn das für Leute? Landstreicher? Kriminelle? Entlassene Galeerensträflinge oder Leute wie der Henker von Montpellier, der bei jeder Hinrichtung in Ohnmacht fällt und an Mariä Himmelfahrt die Ziegen des Sattlers bespringt?«

Insgeheim hoffte Charles, dass sich Grossmutter Dubut mit dem Generalprokurator zerstreiten würde. Doch dieser schien eher amüsiert: »Es sind Ihre entfernten Verwandten, Madame, die Jouennes, die Cousins Ihres Enkels.«

»Die Jouennes?«, schrie Grossmutter Dubut. »Aber wer zum Teufel steht in Paris auf dem Schafott: die Jouennes oder die Sansons? Wir stehen in der Gunst des Königs. Keiner hat sich je über uns beklagt. Mein Enkel Charles wird der Beste von allen sein. Gott hat ihm alle Fähigkeiten gegeben, um dieses Erbe anzutreten und seinen Dienst zur vollen Zufriedenheit des Königs zu verrichten. Das Volk wird ihn lieben.«

»Die Jouennes haben mir vierundzwanzigtausend Livre angeboten.« Der Generalprokurator lächelte unbeeindruckt.

Grossmutter Dubut zog mit einer barschen Handbewegung eine lederne Geldbörse aus ihrer Schosstasche. »Vierundzwanzigtausend Livre, das ist doch lächerlich. Daran sehen Sie, wie wenig ihnen das Amt bedeutet.« Sie leerte die Geldbörse aus. Schwere Goldmünzen purzelten auf den Tisch.

Der Generalprokurator lächelte nicht mehr. Nun schien er sehr ernst. »Ich habe die Jouennes ins Châtelet werfen lassen«, murmelte er und musterte Charles sehr eindringlich. Charles streckte den Rücken durch, atmete tief ein und hielt die Luft an, um den Brustkorb kräftiger erscheinen zu lassen. Er tat es instinktiv, ohne daran zu denken, dass er gerade dabei war, seine Grossmutter zu unterstützen. Mit eiserner Miene steckte diese die Goldmünzen wieder in ihre Lederbörse. Sie war nun sehr gekränkt. Aber sie war nicht die Frau, die einen Fehler hätte zugeben können. In solchen Situationen reagierte sie mit Wut und Zorn, um von der Schmach der Zurechtweisung abzulenken. »Ich habe Sie noch nie um etwas gebeten«, sagte sie eindringlich und lehnte sich in konspirativer Manier über den Tisch. »Schauen Sie mich an, Monsieur, Gott hat mir nur deshalb ein langes Leben geschenkt, damit es mir vergönnt ist, das blutige Vermächtnis der Sansons zu wahren und weiterzugeben. Zum Wohle des Königreiches.«

Der Generalprokurator nickte nachdenklich. Es war nicht auszumachen, welche Entscheidung er nun fällen würde. »Madame Dubut«, sagte er trocken, »haben Sie noch nie daran gedacht, sich bei der Comédie-Française zu bewerben?«

Sie hatte keinen Sinn für Humor und sagte stattdessen in beinahe feierlichem Ton: »Ich bitte Sie hiermit gnädigst, meinem Enkel Charles-Henri Sanson, der hier vor Ihnen steht, das Amt seines Vaters Jean-Baptiste Sanson zu übergeben.«

»Sie wollen den Sansons die Herrschaft über das Schafott sichern, Madame.« Es war keine Frage, eher eine Feststellung. »Nun gut, Madame, Ihr Enkel soll den blutroten Mantel tragen und das Schwert der Gerechtigkeit führen. Das Amt soll ihm kommissarisch anvertraut werden, bis Ihr Sohn, der hochgeschätzte Jean-Baptiste Sanson, verstorben ist. Anschliessend soll Ihr Enkel Charles offiziell Monsieur de Paris sein.« Er betätigte die kleine Glocke auf seinem Schreibtisch. Ein junger Mann in blauer Livree betrat wenig später den Raum und verbeugte sich tief vor dem Generalprokurator. Dieser gab ihm die Order, die Ernennungsurkunde auszustellen und den Entscheid zu publizieren. Als der Diener den Raum wieder verlassen hatte, wandte sich der Generalprokurator an Charles: »Sie sind erst seit kurzem wieder in Paris. Aber ich nehme an, Sie wissen, wer Robert-François Damiens ist?«

Charles nickte, während Grossmutter Dubut an seiner Stelle antwortete: »Natürlich weiss er, wer Damiens ist.«

Der Generalprokurator tadelte Grossmutter Dubut mit einem strengen Blick. »Ich habe Ihren Enkel gefragt, nicht Sie, Madame! Noch sind Sie nicht Mitglied meiner Behörde.« Er schmunzelte. »Immer noch das gleiche lose Mundwerk!« Nun schwieg sie. Charles freute sich insgeheim, dass es jemand gewagt hatte, den Drachen zurechtzuweisen. Der Generalprokurator nahm ein Schreiben aus der obersten Schublade und reichte es Charles. Instinktiv wollte Grossmutter Dubut das Blatt an sich nehmen, doch der Generalprokurator hob drohend den Zeigefinger, und sie liess von ihrem Vorhaben ab. Er kannte den Text auswendig und spulte ihn herunter, ohne dabei Charles aus den Augen zu lassen: »Robert-François Damiens wurde gestern vom Pariser Gerichtshof für schuldig befunden und zum Tode verurteilt. Er wird zuvor der peinlichen Befragung unterworfen.« Er legte eine Pause ein und sah Charles eindringlich an. »Sie wissen, was die peinliche Befragung bedeutet?«

Charles nickte. Diese Foltermethode umfasste alle Grausamkeiten, die sich Christen seit der Inquisition je ausgedacht hatten.

»Und ausserdem«, fügte der Generalprokurator an, »soll Damiens mit der Zange gerissen werden. So steht es im Urteil.«

Nun war sogar Grossmutter Dubut sprachlos. Das Zangenreissen war derart grausam, dass es längst nicht mehr praktiziert wurde. Wer sollte also diese elende Tortur beherrschen und ausführen? Sie warf Charles einen mitleidigen Blick zu. Dieser hob nur kurz die Wimpern an. Auch ihm fehlten die Worte.

»Sie werden Hilfe benötigen, junger Mann«, sagte der Generalprokurator mit sehr ernster Stimme. »Verpflichten Sie den Henker von Versailles, Ihren Onkel Nicolas Sanson. Ihm ist noch nie ein Fehler unterlaufen. Er macht tadellose Arbeit, geschickt und würdevoll. Wie alle Sansons. Und für das Zangenreissen gibt es in Brest einen ausgewiesenen Folterknecht. Den können Sie verpflichten. Er heisst Soubise. Ich erwarte hervorragende Arbeit. Ganz Frankreich, nein, ganz Europa wird Sie beobachten. Wenn Sie das bestehen, sind Sie ein gemachter Mann. Aber werden Sie mir ja nicht ohnmächtig. Das mögen die Menschen überhaupt nicht.«

Den Abend verbrachte Charles mit Dominique am Klavier. Sie spielten *Galanterien* von Bach, die Lieblingsstücke ihres Vaters. Dieser sass friedlich in seinem braunen Fauteuil, den Kopf auf die Brust gesenkt, die Augen geschlossen. Er schlief nicht. Er genoss. Er freute sich sehr über die Ernennung seines Sohnes Charles. Die vorläufige Ernennung war bei Minderjährigen üblich und gleichzeitig auch eine Respektbezeugung gegenüber dem bisherigen Amtsinhaber, weil man ihm dadurch die Würde liess, trotz Unfähigkeit den Titel behalten zu dürfen.

Obwohl Charles allen Grund gehabt hätte, auf seinen Vater böse zu sein, hatte er an jenem Abend keinen grösseren Wunsch, als sich zusammen mit seiner Schwester ans Klavier zu setzen. Er spielte mit viel Gefühl für den Mann, der seinen Traum erst befördert und dann zerstört hatte.

Am nächsten Tag zitierte Charles einen Gehilfen zu sich und befahl ihm, nach Versailles zu reiten, um Onkel Nicolas zu benachrichtigen. Er schickte einen zweiten Gehilfen nach Brest zu Meister Soubise. Charles' Geschwister waren mächtig stolz auf ihren Bruder. Er würde den Mann hinrichten, über den ganz Paris sprach. Er würde den Mann töten, der den König verletzt hatte. Dadurch trat Charles aus dem Schatten Seiner Majestät und wurde persönlicher Rächer des Königs. Und sie waren die Geschwister des Mannes, der das Urteil vollstreckte.

Wenige Tage später brachte ein Gerichtsdiener das schriftliche Urteil, das die auszuführende Folter so genau beschrieb, dass einem bereits beim Lesen der Mund austrocknete und der Atem stockte. Charles wurde speiübel. Er spürte eine Faust im Oberbauch, die ihm schier die Luftröhre abwürgte. Mit Wut und Verbitterung nahm er das Getuschel seiner Geschwister auf der langen Ofenbank wahr, während Onkel Nicolas ihm die Hand auf die Schulter legte. Er schien zu spüren, was in Charles vorging. Auch Jean-Baptiste spürte, was in seinem Sohn vorging, aber die Lähmung verhinderte, dass er ihn berühren und besänftigen konnte. Obwohl Jean-Baptiste seinen Bruder Nicolas sehr schätzte, neidete er ihm, dass er nun seinem Sohn am nächsten stand. Dominique vertrieb die Geschwister von der Ofenbank. Selbst die Katzen sprangen von den braunen Kacheln herunter. Keiner von denen, die sich nun an der Aufgabe ihres Bruders ergötzten, würde am Tage der Hinrichtung auf dem Schafott stehen und einen Menschen bei lebendigem Leibe langsam zu Tode foltern.

»Wir sind keine Folterknechte«, sagte Jean-Baptiste immer wieder, »wir richten mit dem Strick oder mit dem Schwert, aber wir foltern nicht. Das tun andere.«

Charles glaubte seinem Vater kein einziges Wort, doch er wagte nicht, ihm zu widersprechen. Er war sich durchaus bewusst, dass er im Namen der Gerechtigkeit das Urteil des Gerichts zu vollstrecken hatte. Aber ihm war auch klar, dass man einen wie Damiens einer öffentlichen Folter unterziehen würde, wie sie die Welt seit einem halben Jahrhundert nicht mehr gesehen hatte. Denn das Volk hungerte, und falls es zutraf, dass der Attentäter Damiens sich als Rächer des Volkes sah, dann wollte der König ganz bestimmt ein grausames Exempel statuieren. Charles war sich nicht so sicher, ob dieses Exempel genügen würde. Er spürte instinktiv, dass Damiens etwas zum Leben erweckt hatte. Einige verehrten ihn klammheimlich als Helden, denn auch sie hungerten wie er und vegetierten wie Ratten in den Gassen. Charles war überzeugt, dass es Zigtausende von kleinen Damiens gab, und es war kaum auszudenken, was passieren würde, wenn all diese eines Tages aus der Dunkelheit hervortreten würden. Charles fühlte sich Damiens näher als dem König. Er verehrte den König, aber wenn dieser die gleiche zynische Haltung einnahm wie Antoine, dann war er ein schlechter Herrscher. Damiens begann Charles zu beschäftigen, aber es gab niemanden, mit dem er darüber hätte reden können. Nur sein Tagebuch.

Obwohl die Zeit knapp war, suchte Charles das Collège Louis-le-Grand auf. Er spürte ein grosses Verlangen, Dan-Mali zu sehen. Sie entdeckte ihn sofort und rannte zu ihm über die Strasse. Sie strahlte vor Freude und berührte Charles zaghaft am Arm. Dann kramte sie nervös einen Zettel aus ihrer Tasche und las: »Ich vermisse Sie. Ich lerne Französisch. Dann reden wir.«

Charles nickte eifrig. Er suchte nach einfachen Worten, die seine Gefühle ausdrücken konnten, doch Dan-Mali wurde von ihren Freundinnen gerufen, die auf der anderen Strassenseite auf sie warteten. Sie rannte zu ihnen hinüber. Bevor sie hinter der Mauer verschwand, schaute sie noch einmal zurück und winkte zaghaft.

»Sag ihm die Wahrheit«, insistierte Onkel Nicolas, »dein Junge wird das Schafott besteigen müssen. Zunächst der erste Gehilfe, dann er, dann folge ich mit Damiens. Bevor das Zangenreissen beginnt, kann er wieder hinuntersteigen und am Fuss der Treppe warten. Aber für die Eröffnung der Vollstreckung muss er sich dem Volk zeigen. Er steht an deiner statt auf dem Schafott.«

Entsetzt schaute Charles zu seinem Vater, der seinem Blick auswich.

»Spiel mir etwas auf dem Klavier«, sagte Jean-Baptiste, »das Klavier vermisse ich mehr als das Schafott.«

Beklommen setzten sich Charles und Dominique an das Instrument und begannen zu spielen. Er spielte schlecht. Es war grausam, ihn in dieser Verfassung ans Klavier zu zwingen. Er hasste seinen Vater dafür. Aber er konnte ihm nicht widersprechen. Grossmutter Dubut sah das Leid und die Zerrissenheit in seinem Herzen, aber sie kannte kein Mitgefühl. Sie predigte Härte wie eine Religion. Doch sie hatte einen Schweinebraten zubereitet, so wie ihn Charles liebte. Es berührte ihn sehr, denn es war das einzige Zeichen von Zuneigung, das er jemals von ihr erfahren hatte: ein saftiges Stück Schweinebraten, in Speck gebunden und mit einer cremigen Pilzsauce, die wohl mehr Cognac als Rahm enthielt. Auch dafür liebten ihn die Geschwister, denn auch diesen Genuss bescherte er ihnen mit dem, was er am nächsten Tag zu tun bereit war.

Nach dem Essen legte sich Grossmutter Dubut hin und bat Charles an ihr Bett. Ihr Verhalten ihm gegenüber hatte sich seit dem Besuch beim Generalprokurator verändert. Sie hatte durchaus registriert, dass er bemerkt hatte, dass sie einst eine Affäre mit dem Beamten gehabt hatte. Das hatte sie in ihrem Stolz verletzt. Sie hatte vor ihrem Enkel das Gesicht verloren. Als zählte sie insgeheim auf seine Diskretion, war sie von da an weniger grob zu ihm gewesen. Auch die Sache mit dem Geld hatte sie gedemütigt, denn auch dies hatte sich in seiner Anwesenheit ereignet. Er hatte erfahren, dass seine gefürchtete Grossmutter ausserhalb der häuslichen vier Wände bedeutungslos war. Bloss eine alte Frau. Bestimmt war aber auch von Bedeutung, dass Charles nun das Einkommen der Familie sicherte. Bald würde er der Familie vorstehen. Bald würde sie ihre Macht verlieren. Sie schaute ihm lange in die Augen, als versuchte sie, darin etwas zu lesen. Schliesslich ergriff sie seine rechte Hand und gab ihm einen Talisman, der eine geborstene Glocke darstellte.

»Charles«, sagte sie mit ruhiger und ernster Stimme, »dein Urgrossvater trug diese kleine Silberglocke um den Hals und vererbte sie seinem Sohn. Das ist bis heute Brauch. Die geborstene Glocke ist das Wappen der Sansons. Es ist eine Glocke ohne Klöppel. Es ist eine Glocke, die keinen Ton von sich gibt. Unsere Glocke läutet nie. Es ist die Glocke der Sansons. Egal, wie gross dein Schmerz ist, keiner wird dich hören. Ein Sanson schweigt und tut seine Pflicht.«

Sie drückte ihrem Enkel das kleine Amulett in die Hand. »Halte es fest«, sagte sie leise. »Wenn du morgen auf dem Schafott stehst, wirst du die Kraft der Sansons spüren. Hab keine Angst, Charles. Unsere Phantasie quält uns mehr als die Realität. Wenn dich trübe Gedanken plagen, wie alle Sansons, dann geh hinaus in die Wälder. Das Reiten und die Jagd haben das Herz all deiner Vorfahren erfreut. Auch die Musik und die Literatur haben manchem Trost gespendet, obwohl ich beides für unnütz halte. Vor allem aber hüte dich vor der Einsamkeit. Sie wurde manchem Sanson zum Verhängnis. Nimm dir deshalb ein starkes Weib. Ein Sanson braucht ein starkes Weib, Charles, denn am Ende sind sie alle gelähmt.«

»Grossmutter«, sagte Charles leise, »wieso sprichst du so mit mir?« Er ahnte Unheil. In diesem Augenblick wünschte er sich, dass sie da sein würde, wenn er morgen spätabends nach Damiens' Hinrichtung nach Hause zurückkehrte.

»Vielleicht hast du mich manchmal gehasst«, sagte sie leise, »du hast mich nie sonderlich gemocht. Doch ich habe den Sansons die Herrschaft über den Thron des Todes gesichert. Jetzt seid ihr unantastbar. Denn von nun an seid ihr für immer die Henker der Könige und die Rächer des Volkes. Du wirst der Grösste aller Sansons. Unter dir werden du und deine Brüder zu geachteten Mitgliedern der Gesellschaft werden. Ich weiss es. Ich habe euch alle gesehen. Du bist der Stärkste und Mutigste von allen. So einen wie dich hat die Dynastie der Sansons noch nicht gesehen.«

Während sie die letzten Worte sprach, schloss sie die Augen und liess Charles' Hand los. Er erhob sich leise. Er wollte sie nicht wecken. Er verliess das Schlafzimmer und ging in den Hof hinaus. Dort sass Dominique in der Sonne. Er setzte sich neben sie.

»Sag mir, Dominique, liegt ein Fluch über unserer Familie?«

»Ich weiss es nicht, Charles. Ich denke, die meisten Menschen in Paris glauben, dass sie verflucht sind. Denn sie leben in bitterster Armut und ohne Hoffnung. Ich glaube, der Fluch besteht darin, geboren zu werden.«

»Dann war es also richtig, was Damiens versucht hat.«

»Ja, Charles, der König lässt sein Volk verhungern. Aber Gott liebt ihn mehr als das einfache Volk von Paris. Er hat den König geschützt und schickt Damiens in den Tod.«

»Zweifelst du an Gott, Dominique?«

»Ja, Charles.«

»Wenn es keinen Gott gibt, dann gibt es auch keinen Fluch.«

Dominique nickte.

»Wenn Vater und Grossmutter nicht mehr sind, dann werde ich das Amt wieder abgeben und Arzt werden, Dominique.«

Sie spürte, dass er jemanden brauchte, der ihm dafür die Absolution erteilte. Dies würde ihm die Kraft geben, die Zeit auf dem Schafott durchzustehen. »Ja, Charles, du wirst eines Tages ein guter Arzt werden«, sagte sie und strich zärtlich mit ihrem Finger über seine Faust. Er öffnete sie, Dominique sah das Amulett und lächelte. »Jetzt bist du Monsieur de Paris, Charles.«

»Vorläufig«, sagte er, und es klang wie eine Bitte.

Monsieur de Paris, in der Tat ein hübscher Begriff, aber er war kaum in Einklang zu bringen mit den erschütternden Dingen, die das Gericht Charles zu tun auferlegt hatte. Monsieur de Paris, das klang nobel, elegant, das roch nach edlen Stoffen, Poesie und Mandelseife. Doch am 28. März 1757 sollte es nach verbranntem Menschenfleisch riechen.

Um vier Uhr morgens stieg Charles in die blaue Hose seines Vaters und zog die rote Jacke mit dem gestickten Galgen und der gestickten Leiter an. Den Degen trug er zur Rechten. Den roten Dreispitz setzte er nicht auf. Er hielt den Hut zusammengeklappt unter dem Arm. Mit seinem Onkel stieg er in den ersten Fuhrwagen. Im zweiten Karren sassen fünfzehn Gehilfen in rehbraunen Lederschürzen. Aus allen Teilen Frankreichs hatten sie sich beworben, überwiegend

Henker aus anderen Provinzen. An ihren Karren waren vier Pferde gebunden. Es waren kräftige Pferde, denn sie waren ausgesucht worden, um einen Menschen auseinanderzureissen. Die Männer waren auf dem Weg zum Gefängnis.

Langsam wie in einer Trauerprozession setzten sie sich in Bewegung. Sie sprachen kein einziges Wort. Der Morgen graute, Paris erwachte. Von weitem schon sah man die mächtigen runden Türme der Conciergerie. Sie strahlten Autorität und Gewalt aus. Ihre nach oben spitz zulaufenden schwarzen Dächer glichen monumentalen Scharfrichtern, die die Gefangenen bereits erwarteten. In einem dieser Türme wurde Damiens seit bald drei Monaten gefoltert. Dies geschah im Montgomery-Turm, benannt nach dem Grafen von Montgomery, der Henri II bei einem Turnier tödlich verletzt hatte. Charles und seine Gehilfen passierten das wuchtige Eisentor, das in den Hof des Verwaltungspalastes führte. Die Conciergerie war mehr als ein Gefängnis. Hier arbeitete auch das Gericht. So hatten die Richter jederzeit raschen Zugriff auf die Gefangenen, die in den unterirdischen Geschossen der Türme gefoltert wurden. Im Hof standen schwerbewaffnete Polizisten. Der Concierge führte die Henker in einen kleineren Hof, der zur Sainte-Chapelle gehörte. Gemeinsam stiegen sie die schwere, in Stein gehauene Wendeltreppe hinunter, die in die Welt des Schmerzes führte.

Der meistbewachte Mann Frankreichs war im untersten Verlies des Montgomery-Turms untergebracht. Es stank nach Moder und Fäulnis. Die Luft wurde merklich kühler. Das flackernde Licht wirkte gespenstisch. Jeder Schritt hallte wider in diesen engen Gemäuern. Plötzlich erschallte ein ohrenbetäubender Schrei. Dann war es wieder so still, dass man sich fragte, ob man tatsächlich den Schrei eines Menschen gehört hatte. Schliesslich standen sie vor einer wuchtigen Zellentür. Damiens' Verlies wurde von mehreren Gendarmen bewacht. Es stank nach verbranntem Menschenfleisch, als die metallbeschlagene Eichentür aufgestossen wurde. Die Luft im Kerker war heiss, stickig, staubig und presste sich wie eine Faust auf die Lunge. Kein Luftzug verschaffte Linderung. Damiens lag auf einem Folterrost. Man hatte ihn mit Lederriemen derart festgezurrt, dass er sich nicht bewegen konnte. Seit Wochen vegetierte er auf diesem Rost. Darunter hatte man Stroh ausgelegt, um seinen Kot aufzufangen. Doktor Boyer, der Gerichtsarzt, kniete neben ihm und löste die blutdurchtränkten Schafshäute von seinen Beinen. Damiens' Unterschenkel waren wie Würste am Spiess aufgeplatzt. Das linke Bein war gebrochen und aufs Übelste verrenkt. Am Kopfende sassen vier Soldaten vom Garderegiment und starrten auf den regungslosen Damiens. Doktor Boyer gab einem von ihnen den Befehl, die qualmenden Fackeln durch Wachskerzen zu ersetzen. Er fürchtete, Damiens würde in der stickigen Luft kollabieren und seine Hinrichtung nicht mehr bei vollem Bewusstsein erleben. Mit beinahe väterlicher Fürsorge untersuchte er den Körper des Gefangenen. Der Arzt war dem Gericht gegenüber verantwortlich, dass Damiens lange genug lebte, um alle Torturen zu erleiden, die im Urteil aufgelistet waren. Einer der Soldaten hatte einen Hund dabei. Er fütterte diesen mit speckigem Haferbrei und beobachtete ihn beim Fressen sehr aufmerksam. Nach einer Weile griff er mit drei Fingern in die Schüssel. Nun war Damiens an der Reihe.

Der Soldat hatte die Weisung, dafür zu sorgen, dass Damiens nicht vergiftet wurde. Er sollte leben. Er sollte leiden. Damiens rührte sich nicht. Der Brei blieb an seinen blutleeren Lippen kleben.

Robert-François Damiens war ein völlig abgemagerter Mann von zweiundvierzig Jahren. Man erzählte sich, sein Vater habe sich zu Tode gesoffen und seine Mutter sei an Skorbut gestorben. Ein Onkel habe ihn grossgezogen und ihm eine Ausbildung ermöglicht, doch Damiens sei, von einer steten Unruhe getrieben, in die Welt hinausgezogen und habe sich durch die Schlachtfelder Europas gekämpft, habe vorübergehend einem Schweizer Offizier als Feldjunge gedient und sei schliesslich krank und erschöpft in Paris gestrandet. In zahlreichen vornehmen Häusern habe man den gutaussehenden jungen Mann, den alle »Spanier« nannten, verpflichtet, als erotisches Spielzeug missbraucht und später gelangweilt vor die Tür gesetzt. Er habe sich wieder aufgerappelt und im Palast eines Grafen eine Anstellung gefunden. Doch eines Nachts habe der König seinen Herrn verschleppen lassen, weil dessen adlige Abendgesellschaften Rousseau, Voltaire und Montesquieu diskutierten und die Damen und Herren plötzlich Mitgefühl für die hungernde Bevölkerung zeigten. Der Graf habe Damiens immer wieder Kleider und Geld geschenkt, so dass dieser später beim Pont Neuf einen kleinen Krämerladen hatte eröffnen können. Aber die revolutionären Ideen des Grafen hätten seinen Geist nie mehr ruhen lassen, und seitdem habe ihn der Anblick der leidenden und hungernden Bevölkerung mit Zorn erfüllt. Als dann der grosse Hunger seinen Schleier über Paris legte, habe Damiens seinen Laden schliessen müssen. Niemand weiss, wann er den Entschluss gefasst hat, den König zu töten. Mag sein, dass Damiens nicht ganz bei Verstand war, aber es ändert nichts daran, dass er aus Mitgefühl handelte, aus Mitgefühl für das französische Volk, das ein erbärmliches Dasein fristete, während der König die Steuergelder der Bauern und Arbeiter verprasste und sich mit seiner adligen Entourage amüsierte. Diese hatte ihm in den vergangenen Wochen in Versailles Gesellschaft geleistet, um in vergilbten Schriften Foltermethoden zu finden, die geeignet waren, den Attentäter Damiens besonders grausam zu bestrafen. Sie waren bei ihren Recherchen bis in die römische Antike zurückgegangen. Doch die grausamsten Folterungen, die sich der menschliche Geist je ausgedacht hat, fanden sie bei den päpstlichen Inquisitoren, die jeden, der an ihrem rachsüchtigen Gott zweifelte, qualvoll folterten und töteten. Die Christen hatten das Paradies auf das Jenseits verlegt und die Hölle auf Erden installiert.

Doktor Boyer verliess den Kerker. Ein Gerichtsdiener trat ein und schickte sich an, dem bewusstlosen Damiens das Urteil vorzulesen. Er teilte ihm zunächst mit, dass er nun zum Zwecke der peinlichen Befragung in den Bonbec-Turm geführt werde.

»Er hört Sie nicht«, sagte Charles, »er hat das Bewusstsein verloren.« Damiens tat ihm unendlich leid.

»Das spielt keine Rolle«, entgegnete der Gerichtsdiener trotzig. »Bei uns hat alles seine Richtigkeit. Vorschrift ist Vorschrift.«

Die vier Gardesoldaten banden Damiens vom Rost los. Als sie die Riemen von seinen aufgeplatzten Beinen lösten, stiess er erneut einen fürchterlichen Schrei aus und wimmerte jämmerlich. Der Gerichtsdiener befahl Damiens niederzuknien, doch dieser reagierte nicht. Zwei Gardesoldaten packten ihn unter den Schultern und zwangen ihn in die Knie, worauf er sofort zusammenbrach. Es war ihm unmöglich, auf den gebrochenen Kniescheiben zu verharren. Die beiden Soldaten hielten ihn unter den Armen fest, während die Unterschenkel wie fremdes Fleisch unter den Knien baumelten. Ein dritter Soldat packte ihn an den Haaren und riss sein Haupt zurück, so dass er den Gerichtsdiener sehen konnte. Während ihm dieser das Urteil vorlas, verzog er keine Miene, selbst bei der Ankündigung, dass er von vier Pferden zerrissen werden sollte. Damiens starrte ins Leere, die Augen seltsam verzückt, als wunderte er sich, all die Leute um sich zu sehen. Das Weiss in seinen Augen war gelb. Seine Haut hatte die Farbe von konzentriertem Urin. Er gab immer seltsamere Laute von sich, es klang wie »O Gott, o Gott, o Gott«, doch die Worte waren nicht wirklich zu verstehen.

Als ein Polizeileutnant mit einem Geistlichen den Kerker betrat, beruhigte sich Damiens etwas. Die Soldaten setzten ihn in einer Ecke ab. Der Mann, der den Hund gefüttert hatte, bot Damiens ein Glas Wein an, doch dieser schloss die Augen. Er wollte nichts.

Der Geistliche kniete vor dem Verurteilten nieder und tupfte ihm mit seinem Talar den Schweiss von der Stirn. In diesem Augenblick sackte Damiens' Kopf auf seine nackte Brust. Er hatte erneut das Bewusstsein verloren. Der Geistliche erhob sich und musterte nacheinander den Gerichtsdiener und Nicolas Sanson. Dann blieb sein Blick an Charles haften. Er schien zu wissen, wer der grossgewachsene Junge war. Er nickte ihm kaum merklich zu und lächelte, als wollte er andeuten, dass er ihm beistehen würde, wie er Damiens beistand. Sein Gesicht war weich und voller Güte. Er schien weder Hader noch Zorn zu kennen, sondern von einer unerschütterlichen Liebe zu Gott und den Menschen geleitet zu sein. Die Leute nannten ihn Pater Gomart. Er war ein Geistlicher, der sich jahrelang in einem Klosterorden zurückgezogen hatte und nun ein Priester des Schafotts geworden war, der letzte Freund der Todgeweihten.

Der Polizeileutnant fragte Pater Gomart, ob er schon fertig sei. Beschämt senkte der Geistliche den Blick und sagte, er werde in der Kapelle der Conciergerie beten und auf den Verurteilten warten. Sofort gab der Leutnant den Gardesoldaten den Befehl, den Bewusstlosen in die Folterkammer des Bonbec-Turms zu bringen. Gemeinsam mit Onkel Nicolas folgte Charles den Soldaten in den Turm. Im düsteren Gewölbe warteten bereits die Mitglieder der Kriminalkammer. Sie wollten Damiens ein letztes Mal verhören. Denn noch glaubte niemand, dass der Attentäter allein gehandelt hatte. Noch glaubten alle, dass es im Hintergrund Verschwörer gab. Sie hielten Damiens für den Anführer eines von langer Hand geplanten Aufstandes. Die Kriminalrichter sassen hinter einem langen Tisch. Spärliches Licht fiel in Form von staubigen Kegeln auf ihre Häupter, als würden sie von Gott erleuchtet, um ihre Aufgabe besser zu erfüllen. Sie waren alle da, Maupeou, Molé, Severt, Pasquier, Rolland und Lambelin, ebenso Doktor Boyer. Als Charles den kotartigen Dreck auf dem Steinboden sah, blickte er zum Gewölbe hinauf. Hunderte von kleinen Fledermäusen hingen an der Decke, als würden sie stumm beobachten, was da unten nun geschah. Die Gardesoldaten setzten Damiens auf eine Bank. Doktor Boyer umwickelte Damiens' Kopf mit nasskalten Tüchern. Sogleich erlangte Damiens das Bewusstsein wieder. Erneut musterte er seine Umgebung mit einem merkwürdig entrückten Blick. Er rutschte unruhig hin und her und versuchte dabei zu vermeiden, dass die Füsse den Boden berührten. Nun konnte man seine Worte deutlich verstehen: Er flehte Gott um Hilfe an. Wieder stiess er die Worte monoton und ohne Unterbruch heraus, als gelte es, unaufhörlich dieses Wort zu skandieren, um zu vergessen. Der vorsitzende Richter erhob sich und eröffnete Damiens, dass er der peinlichen Befragung unterworfen werde, da er nicht gestanden habe. Er forderte Torturmeister Frémy auf, Damiens den spanischen Stiefel anzuziehen. Ein Mann, der bisher gar nicht aufgefallen war, erhob sich von einer der hintersten Bänke. Langsam schritt er zum Angeklagten und richtete sich vor ihm auf. In der Hand hielt er zwei perforierte Eisenplatten. Damiens starrte ihn an. Unruhig rollte er die Augen. Dann schrie er, dass er unschuldig sei, dass eine Hexe ihn verzaubert habe: »Sie wohnt in der Rue du Bouclier. Schreiben Sie es auf, denn die Strasse ist so verhext, dass man selbst ihren Namen vergisst. Rue du Boisseau. Eines Nachts setzte sie ihren nackten Arsch auf mein Gesicht, und ich sah, wie schwarze Kröten aus ihrer eitrigen Fotze schlüpften.« Torturmeister Frémy drehte sich kurz zu den Mitgliedern der Kriminalkammer um, die angespannt hinter ihrem Tisch verharrten. Sie nickten.

Dann nickte auch Frémy, und drei Gehilfen traten aus dem Halbdunkel hervor. Zwei hielten Damiens an den Armen fest, während der Dritte einen Schemel nahm und Damiens' rechten Fuss darauf drückte. Damiens stiess erneut einen fürchterlichen Schrei aus und begann wirres Zeug zu reden. Er fragte ständig, wieso er hier sei, und beteuerte, dass er nichts Unrechtes getan habe.

Frémy kniete vor Damiens nieder und schiente seinen Unterschenkel mit den beiden Metallplatten. Er fixierte sie mit Stricken, so dass der Unterschenkel wie in einem Schraubstock eingeklemmt war. Damiens brüllte erneut vor Schmerz. Die verkrusteten Wunden platzten und bluteten stark. Frémy presste die beiden Platten stärker aufeinander, während seine Gehilfen Damiens mit aller Kraft festhielten. Doch plötzlich wurde Damiens' Gesicht kreideweiss. Das Blut wich aus seinen Lippen, und sein Kopf sackte erneut auf die Brust. Der vorsitzende Richter gab dem Arzt einen Wink. Doktor Boyer befühlte Damiens' Puls an der Halsschlagader. Mit dem Daumen hob er das Lid des rechten Auges. »Nichts Ernstes«, sagte er. Daraufhin reichte ein Gehilfe Frémy einen grossen Nagel. Frémy trieb ihn, ohne zu zögern, mit grosser Wucht durch das erste Loch der Eisenplatte. Der Nagel durchbohrte Fleisch und Knochen des Unglücklichen, bis er durch das Loch der zweiten Platte wieder heraustrat. Mit dem ersten Stoss war Damiens wieder zu sich gekommen. Mit weit aufgerissenen Augen starrte er zum Gewölbe hoch und schrie: »Gebt mir Wein!« Frémy und seine Gehilfen drehten sich nach Nicolas Sanson um. Charles wusste nicht, ob es seine Aufgabe war, Damiens Wein zu bringen. Doch als der Onkel ihm zunickte, verstand er, dass es seine Aufgabe war. Eine unbeschreibliche Schwäche erfasste Charles. Gleichzeitig fühlte er, wie sein Mund pelzig wurde. Er versuchte zu schlucken, aber jeder Muskel in seinem Rachen zog sich krampfhaft zusammen, als hätte ihm Frémy den spanischen Stiefel an den Hals gesetzt. Er wankte zum Tisch und goss Wein aus einer Karaffe in einen Becher. Langsam ging er zu Damiens hinüber. Jeder Schritt ein Berg. Er legte Damiens die eine Hand auf die Schulter und führte mit der anderen Hand den Becher zum Mund. Damiens benässte nur die Lippen. Als Charles ihn losliess, stiess er den Kopf nach vorn und öffnete leicht den Mund. Er wollte mehr trinken. Charles gab ihm mehr. Dann öffnete Damiens die Augen und starrte Charles direkt ins Gesicht. Er liess die Augen rollen und flüsterte: »Spart den Wein für das Volk von Paris. Gebt ihn den Armen. Für sie werde ich sterben. Tod dem König und der Monarchie!«

Kaum hatte Damiens die Worte ausgesprochen, schlug Frémy den zweiten Nagel durch die Metallplatte. Er schlug ihn so wuchtig, dass er den Knochen des Schienbeins zersplitterte. Damiens schrie, brüllte, flehte, doch Frémy schlug auch den dritten und vierten Nagel in Damiens' Unterschenkel. Dessen Schreie schienen unter der hohen Kuppel abzuprallen und wie Katapultgeschosse auf alle niederzuprasseln. Er hielt nun keine Sekunde mehr still. Er schrie und brüllte wie von Sinnen seinen Schmerz heraus, und Charles sah, dass nun selbst Richter Molé, der sich Damiens genähert hatte, um ihm die erste Frage zu stellen, am ganzen Körper bebte und zitterte. Molé wollte Namen hören, wollte wissen, ob es eine Verschwörung gegeben habe, ob noch andere Leute daran beteiligt waren. »Ja«, schrie

Damiens mit beinahe fröhlicher Stimme, »die Strassen von Paris sind voll davon. Ihr habt nicht genug Soldaten, um sie alle zu töten, denn es gibt Hunderttausende von Damiens.« Molé schien nun sehr aufgeregt. Er hoffte, Namen zu hören. »Namen!«, insistierte er. Doch Damiens lachte böse, erzählte wieder von der Hexe und behauptete, sie sei nicht auf einem Besen geritten, sondern auf einem Riesenpenis, weil es Satan war. »Satan!«, brüllte er. »Geht hinaus in die Strassen, und ihr werdet sehen, dass ich die Wahrheit sage. Überall werdet ihr die Kröten sehen, die ihrer Fotze entsprungen sind. Und ihr hört sie von weitem, denn sie furzt wie ein Blasorchester, und die nasse Luft, die aus ihrem Arsch pfeift, hinterlässt überall Tod und Verwüstung.«

Beim siebten Nagel stiess Damiens nur noch einen einzigen gellenden und nicht mehr enden wollenden Schrei aus und erbrach sich über Frémys Nacken. Damiens zitterte am ganzen Leib. »Nehmt ihm den Stiefel ab«, sagte jemand. Es war Maupeou. Fassungslos sass er hinter dem Tisch und starrte ins Leere. Zu seiner Rechten sass Molé, der von Boyer verarztet wurde. Er hatte offenbar einen Schwächeanfall erlitten. Frémy nahm Damiens den spanischen Stiefel ab, und seine Gehilfen legten Damiens auf eine Bahre und trugen ihn in den Hof hinaus.

Dort standen die zwei mit Pferden bespannten Karren der Sansons. Eine riesige Menschenmenge stand bereits vor dem Tor der Conciergerie und wartete auf das Bündel Mensch, das nun in einer langen Prozession der Hinrichtung zugeführt werden sollte. Die Karren waren offen und mit zwei gegenüberliegenden Sitzbänken bestückt. Sie wurden von Bewaffneten eskortiert. Es waren Angehörige der

Maréchaussée, der französischen Nationalpolizei. Alle warteten auf Damiens. Auf dem ersten Karren sass bereits Pater Gomart. Er hatte den Kopf gesenkt und wirkte so betrübt und mitgenommen, als hätte seine eigene letzte Stunde geschlagen. Die Gehilfen hievten Damiens in den ersten Wagen. Frémy wischte sich das Blut an den Hosenbeinen ab und sagte frei von jeglicher Gefühlsregung: »Er gehört jetzt euch.« Charles folgte seinem Onkel Nicolas auf den ersten Wagen. Einige Gerichtsmitglieder setzten sich zu ihnen. Damiens lag auf dem Bretterboden zwischen ihren Füssen. Im zweiten Karren sassen die Henkersgehilfen. Die Wagen setzten sich in Bewegung. Doch sie kamen gleich wieder ins Stocken, weil die zahlreichen Angehörigen der Maréchaussée das Tor versperrten. Schliesslich machten sie den Weg frei, frei für Damiens' Fahrt zum Schafott.

Tausende von Menschen begrüssten lautstark die Karren. Sie schrien, grölten, johlten, sangen und lachten. Hunderte von Soldaten, Polizisten und eine schier unvorstellbare Menge von Schaulustigen säumten die Strassen, als hätte sich das Gerücht verbreitet, dass man heute Brot zu einem vernünftigen Preis erhalten würde. Die Rue du Pont Saint-Michel, der Quai du Marché Neuf, die Rue du Marché Palu, sie waren alle rabenschwarz von Menschen. Alle Geschäfte hatten geschlossen. Ganz Paris wollte den Mann sehen, der es gewagt hatte, das Blut des Königs zu vergiessen. Die beiden Karren quälten sich durch die unruhige Menge, die sich wie eine gewaltige Flutwelle durch die Strassen ergoss. Vor der Kathedrale Notre-Dame ritten Gendarmen auf und ab und hielten so die Treppe zum Gotteshaus frei. Doch es war fast unmöglich, den wogenden Menschenstrom aufzuhalten. Immer wieder preschten die Reiter auf die Schaulustigen zu und versuchten sie zurückzudrängen, doch sie konnten kaum zurückweichen, denn hinter ihnen wurden sie von Zehntausenden unaufhaltsam nach vorn gedrängt. Die Nationalpolizisten, die die Wagen begleitet hatten, bildeten nun eine Kolonne und feuerten einige Schüsse in die Luft. Für kurze Zeit kam der Menschenstrom zum Erliegen.

Die beiden Wagen hielten vor der Treppe von Notre-Dame. Der Gerichtsdiener forderte Nicolas Sanson auf, Damiens aus dem Karren zu hieven. Gemeinsam hoben einige Henkersknechte den Unglücklichen aus dem Karren. Seine Beine waren derart zugerichtet, zerrissen und zerfetzt, dass jede Berührung und Bewegung unvorstellbare Schmerzen bereitete. Charles wollte vermeiden, Damiens' Beine anzuschauen, aber es war nicht möglich. Der Gerichtsdiener wartete ungeduldig auf der Treppe der Kathedrale. »Auf die Knie!«, sagte er und schaute über die Menge hinweg. Auch er wagte keinen Blick mehr auf Damiens. Die Gehilfen versuchten, Damiens abzusetzen, auf die Knie zu zwingen, doch er stiess einen derart markerschütternden Schrei aus, dass die Menschen urplötzlich verstummten. Fast andächtig verharrte die Menge in diesem Schweigen, als sei sie sich erst jetzt bewusst geworden, dass sie einen Menschen vor sich hatte. Die Henkersknechte hievten Damiens hoch und hielten ihn an den Armen fest. Seine Füsse berührten den Boden nicht. Er sollte nicht unnötig leiden. Damiens sprach die Worte des Gerichtsdieners mit leiser Fistelstimme nach. Es waren Worte der Reue. Er bat Gott und den König um Vergebung. Als ihn die Knechte in den

Wagen zurückbrachten, liess er seinen Tränen freien Lauf. Er schien nun derart zerrüttet und ob der Schmerzen nahe am Wahnsinn, dass er keine Kontrolle mehr über seinen Körper hatte. Er urinierte und kotete unkontrolliert.

Die Karren setzten ihren Weg fort. Je näher sie der Place de Grève kamen, desto bedrohlicher wurde die Menschenmenge, die Damiens' letzte Fahrt sehen wollte. Einige beschimpften und verspotteten ihn, andere warfen mit Abfällen nach ihm, doch es gab auch solche, die stumm am Strassenrand standen und ihn bemitleideten. An allen Kreuzungen stand ein massives Aufgebot von Polizisten und Soldaten. Als der Konvoi endlich in die Place de Grève einbog, empfing ihn die seit Stunden ausharrende Menschenmenge mit einem orkanartigen Gejohle. Instinktiv warf Charles den Kopf zur Seite und suchte den Blickkontakt zu Onkel Nicolas. Selbst er, der Henker von Versailles, hatte noch nie eine derartige Menschenansammlung gesehen. An allen Häusern entlang des Platzes waren die Fenster weit geöffnet. Dahinter drängten sich Schaulustige, und an ihren Kleidern konnte man erkennen, dass die besten Plätze von Adligen besetzt waren. Fünfzig Sou kostete ein Fensterplatz. Auch Menschen, die man sich aufgrund ihres Auftretens, ihrer Kleidung und ihrer Manieren eher in einem literarischen Salon vorstellen konnte, harrten seit Stunden auf den Balkonen der Stadtpaläste aus, um die grausamste Hinrichtung des Jahrhunderts zu sehen. Sie lasen Voltaire, Rousseau, Montesquieu und wollten dennoch diesen Damiens leiden und sterben sehen.

Vor dem Schafott teilte sich die Menge. Soldaten bahnten den Weg und bildeten ein Spalier. Nicolas Sanson winkte den Gehilfen zu, die oben auf dem Schafott warteten. Sie waren sichtbar erleichtert, als sie seine Mannschaft sahen. Das Ausharren inmitten dieser unberechenbaren Menge, die nach Blut lechzte, hatte sie in Angst und Schrecken versetzt. Eingeschüchtert stiegen sie die Treppe des Schafotts hinunter und warfen verstohlene Blicke in den Karren. Damiens krümmte sich wie ein verstümmelter Wurm.

»Tragt ihn hinauf«, befahl Onkel Nicolas und nahm seinen Neffen beiseite. Sie hörten erneut Damiens' Schreie. Verzweifelt rief er seine Frau zu Hilfe und bat um Vergebung. »Du kannst am Fuss der Treppe warten und das Zeichen geben«, sagte Onkel Nicolas. Er hatte sich den Ablauf offenbar anders überlegt. Doch Charles schüttelte den Kopf. Der neue Monsieur de Paris wollte sich vor niemandem verkriechen. Wohl hatte man ihm dieses verhasste Amt aufgezwungen, aber er wollte allen beweisen, dass man ihn damit nicht gebrochen hatte. Erhobenen Hauptes stieg Charles aufs Schafott. Als er die hölzerne Bühne erreicht hatte und die riesige Menschenmenge überblickte, realisierte er endgültig, dass er nun das Erbe der Sansons angetreten hatte und fortan Teil des Schafotts war.

Die Gehilfen, die im zweiten Karren gefolgt waren, verteilten sich um das Schafott herum. Einige stiegen die Treppe hoch. In der Mitte des Schafotts hatten sie in der Nacht ein kleines Podest errichtet, einen hölzernen Altar von ungefähr einem Meter Höhe. Darauf legten sie Damiens und banden ihn fest. Sein Kopf ruhte auf einem Strohsack und war dem heissen Schwefeldampf ausgesetzt, der aus einem Feuerbecken aufstieg. Über den glühenden Kohlen war ein Rost, auf dem eine Schnabelpfanne erhitzt wurde.

Der beissende Geruch wehte über den ganzen Platz und versetzte die Menge in eine schier unglaubliche Erregung. Neben dem Feuerbecken stand ein schmaler Serviertisch, der mit schwarzem Samt überzogen war. Darauf lagen fein säuberlich angeordnet: Zangen, lange Metzgermesser, eine Säge und ein Beil. Kaum sichtbar die feine, zusammengerollte Schnur für den Fall, dass doch noch das Retentum gewährt wurde. Pater Gomart versuchte, dem unaufhörlich schreienden Damiens gut zuzureden. Er tupfte ihm den kalten Schweiss von der bleichen Stirn und nahm eine kleine Weihwasserflasche hervor. Er besprenkelte den Todgeweihten und sprach die Absolution, während Damiens wie in einem fiebrigen Wahn einzelne Worte nachsprach. Als Pater Gomart das Totengebet anstimmte, mahnten die Abgesandten des Gerichts zur Eile. Graue Wolken zogen über den Platz, als missfiele dem Himmel, was hier unten geschah.

»Wo ist Soubise?«, fragte Nicolas Sanson und schaute unruhig in die Runde. Doch die Henkersgehilfen, die den Sansons beistehen sollten, standen stumm in ihren rehbraunen Lederschürzen und schauten ihrerseits ratlos umher. Plötzlich ertönte ein lauter Rülpser. Alle blickten reflexartig zur Treppe. Der alte Mann, der den Namen einer Zwiebelsauce trug, quälte sich hoch. »Soubise, Monsieur«, lallte er und wankte über die Holzdielen. Vor dem unglücklichen Damiens blieb er stehen und griff nach der Zange.

»Wo ist das Öl?«, fragte Nicolas Sanson mit schneidender Stimme. Drohend ging er auf den Trunkenbold zu. Soubise machte eine unwirsche Bewegung mit der Zange und traf aus Versehen die eigene Stirn. Charles entriss ihm entschlossen die Zange und gab den Gehilfen den Befehl, Soubise wegzuschaffen. »Beschafft uns Öl!« Die Gehilfen schwirrten aus. Pater Gomart benutzte die Unterbrechung, um sich erneut Damiens zu nähern und Gebete zu sprechen. Die Beamten des Gerichts standen mit eiserner Miene da und warteten. Es begann zu regnen.

Es dauerte über eine Stunde, bis der erste Gehilfe sich durch die Menschenmassen hindurchgekämpft hatte und mit dem Öl wieder auf dem Schafott erschien. Mittlerweile war die Glut im Feuerbecken erloschen. Ein Gehilfe versuchte vergeblich, das Feuer von neuem zu entfachen.

»Wir brauchen trockenes Holz«, sagte Nicolas Sanson. Er war nun sehr unruhig und bekümmert. Er schaute den Gehilfen lange nach, als sie sich erneut durch die Menschenmenge kämpften, um trockenes Holz zu beschaffen. Nach einer halben Stunde kam der Erste zurück und sagte, dass niemand ihnen trockenes Holz geben wolle.

»Warum?«, fragte Nicolas Sanson.

»Ich weiss es nicht. Es scheint so, als würden die Leute nicht gutheissen, was wir hier tun.«

Nun gab Charles Befehl, mit der Axt Bretter aus der Palisadenwand unter dem Schafott herauszuschlagen, das Feuer erneut anzufachen und das Öl zu erhitzen. Die Warterei setzte auch ihm langsam zu. Damiens war wieder bei Bewusstsein und brüllte wie von Sinnen. Seine Stimme war rau geworden. Flehend schaute er seine Henker an.

»Wollen wir es noch mal mit Soubise versuchen?«, fragte Charles seinen Onkel leise. Dieser war kreidebleich, wusste er doch, dass Soubise vor Mittag des nächsten Tages nicht wieder nüchtern sein würde. Es war nicht die Aufgabe des

Henkers, die Tortur des Zangenreissens auszuführen, aber es war niemand sonst da, der es hätte ausführen können. Der Gerichtsdiener und Doktor Boyer drängten die Sansons mit energischem Blick, die grauenhafte Prozedur zu beginnen.

Sechs Gehilfen standen nun um Damiens herum und warteten stumm auf neue Befehle. Charles nickte lediglich. Auf dieses Zeichen hin ergriff ein Gehilfe blitzschnell Damiens' rechten Arm und streckte ihn, bis die Hand weit über den Rand des Holzaltars hinausragte. Während ein zweiter Gehilfe die räuchernde Schnabelpfanne vom Rost nahm, schob ein weiterer das Feuerbecken unter Damiens' Hand. Instinktiv versuchte dieser, sie zurückzuziehen. Mit riesengrossen Augen starrte er auf seine Hand, als wisse er nicht genau, was nun mit ihr geschehen würde. Nicolas Sanson übergoss sie mit heissem Öl. Damiens brüllte, wie Charles noch nie ein menschliches Wesen hatte schreien hören. Damiens' Zähne verkeilten sich ineinander, während seine Lippen platzten und das Blut über sein Kinn strömte. Nach wenigen Minuten war die Hand, die den König verletzt hatte, nur noch ein verkohlter Stummel.

Nicolas Sanson stand starr vor Schreck vor Damiens. Die glühende Pfanne hielt er noch in der Hand. Charles war blass geworden. Sein Atem raste. Er hatte sich geschworen, die Hinrichtung unten an der Treppe zum Schafott durchzustehen. Doch nun stand er oben und wurde von Tausenden von Menschen beobachtet. Die ganze Menschenmasse schien das Schafott wie ein gefährliches dunkles Meer zu umschliessen, und Charles wusste, dass es kein Entrinnen gab, solange die Sache nicht beendet war. Er konnte nicht fliehen. Die Menge hätte ihn dafür gelyncht. Er hatte es durchzustehen. Er griff in seine Tasche und umschloss das Amulett, das ihm Grossmutter Dubut gegeben hatte.

Entschlossen ging er nun auf einen der Gehilfen, André Legris, den Henker von Orléans, zu und bot ihm einhundert Livre, falls er das Zangenreissen übernehmen würde. Obwohl André Legris wesentlich älter war als Charles und in seiner Stadt sehr geachtet, akzeptierte er sofort, dass er hier nur ein Gehilfe war und der minderjährige Charles Sanson die Kontrolle über das Schafott innehatte. »Ja, Monsieur de Paris«, antwortete er und nickte, wobei er den Kopf respektvoll senkte. Beinahe hastig nahm er die lange Zange und hielt sie ins Feuerbecken. Charles nahm seinem Onkel die glühende Pfanne aus der Hand und setzte sie wieder auf den Rost. Pater Gomart ging schweren Schrittes zu Damiens zurück und hielt sich erschöpft am Rande des Holzaltars fest. Erneut tupfte er den kalten Schweiss von Damiens' schmerzverzerrtem Gesicht. Der Pater sagte etwas, aber kein Mensch konnte es verstehen. Auch ihm hatte es die Kehle zugeschnürt. Auch Doktor Boyer näherte sich Damiens. Er schien von Schwindel befallen und keuchte wie ein altes Pferd. Mit zitternder Hand befühlte er Damiens' Puls. Er nickte dem Gerichtsdiener zu, der nun wiederum den Sansons zunickte. Charles gab André Legris das Zeichen. Sogleich setzte dieser die glühende Zange auf Damiens' nackte Brust. Der Unglückliche bäumte sich auf, ohne einen Laut von sich zu geben, während die Zange ihm einen grossen Fetzen Fleisch mitsamt der Brustwarze aus dem Körper riss. Der Henker von Lyon, auch er nur ein Gehilfe hier in Paris, goss kochendes Öl in die blutende

Wunde. Zischend verbrannte das Fett und verströmte erneut den Geruch von verschmortem Menschenfleisch über den Platz. Der Henker von Orléans riss nun klaffende Wunden in Arme, Bauch und Oberschenkel. Ein weiterer Gehilfe goss brennendes Harz in die eine Wunde und Schwefel in die anderen. Schliesslich griff der Henker mit der Zange nach Damiens' Geschlecht und riss es aus. Wie in einem Wahn arbeiteten die Gehilfen das Urteil an dem sterbenden Körper ab, während Damiens wie besoffen vor Schmerz brüllte. Es klang bald wie das Röhren eines brünstigen Hirsches, dann wieder wie das herzzerreissende Wimmern eines Neugeborenen. Doch plötzlich schrie er wie von Sinnen: »Mehr, gebt mir mehr, ich liebe es, ich liebe es! Gebt mir mehr!« Diese Stimme hallte über den Platz wie ein Orkan. Sie hatte nichts Menschliches mehr an sich und liess die Massen erschauern. Die Stimme war das Gebrüll Satans aus dem Reich des Leidens und des Fegefeuers.

Damiens verlor erneut das Bewusstsein. Eine seltsame Stille legte sich über den Platz. Man hörte nur das Wiehern der vier Pferde am Fusse des Schafotts. Vier Gehilfen hatten je ein Pferd an den Zügeln genommen und zu je einer Ecke des Schafotts geführt. Nun warfen sie ihren Kollegen auf dem Schafott die langen Dressurzügel zu. Diese fingen sie auf und befestigten sie mit geübten Handgriffen an Armen und Beinen des kläglich verendenden Damiens. Es herrschte immer noch Totenstille. Selbst ein Räuspern auf dem Platz hätte man jetzt vernommen. Es hatte aufgehört zu regnen. Charles gab den Gehilfen, die neben den Pferden standen, das Zeichen anzufangen. Sie nahmen die Pferde am Halfter und führten sie vom Schafott weg. Nach wenigen Schritten blieben sie stehen. Damiens' Körper widerstand. Sie versuchten es erneut. Vier sechshundert Kilo schwere Kolosse versuchten gleichzeitig, die Arme und Beine aus dem Rumpf eines Sterbenden herauszureissen. Damiens' linkes Bein wurde dabei ausgerenkt, aber nicht abgerissen. Das Pferd, das das rechte Bein entwurzeln sollte, knickte ein und stürzte. Ein ohrenbetäubender Schrei des Entsetzens erfasste nun plötzlich die Menschenmasse. Wie konnte Damiens' Bein der Kraft eines Pferdes widerstehen? Erneut wurden die Pferde angetrieben. Damiens' rechtes Bein und beide Arme wurden nun ausgerenkt. Aber nach wie vor hielt sein Körper stand. Und abermals wurden die Pferde angetrieben. Sie setzten sich in Bewegung, doch die Glieder hingen immer noch am Rumpf. Charles wagte einen Blick auf Damiens. Er sah, wie sich dessen Arme und Beine in grotesker Art und Weise verlängert hatten, aber Muskeln und Sehnen hielten die Extremitäten immer noch am Rumpf. Es war kaum zu fassen. Der Anblick dieses geschundenen, zerrissenen, blutüberströmten, zuckenden Leibes, der wie ein Stück verbrannten Fleisches vor sich hinräucherte, raubte Charles beinahe das Bewusstsein. Ihm schien, als würden die Bretter des Schafotts unter ihm nachgeben. Pater Gomart fiel vor dem Sterbenden auf die Knie und hielt nun mit beiden Händen zitternd sein Kreuz. Immer lauter sprach er seine Gebete, als wollte er mit seiner eigenen Stimme all seine Gedanken vertreiben. Er schloss dabei die Augen, weil er das, was sie sahen, nicht mehr sehen wollte. Sein Gesicht war tränenüberströmt. Er schrie die Gebete verzweifelt zum Himmel hinauf. Charles nahm die feine Schnur vom Serviertisch und fragte den Gerichtsdiener, ob die Vertreter der Justiz das Retentum erlaubten. Das war eine geheime Klausel, die oft in den Strafurteilen enthalten war und dem Henker das Recht gab, den Verurteilten mit einer feinen Schnur heimlich zu erdrosseln, bevor man ihm alle Knochen brach oder ihn aufs Rad flocht. Der Gerichtsdiener schwieg. Er starrte über Charles' Kopf hinweg. Zu spät bemerkte er, dass der Gerichtsdiener dabei war, das Bewusstsein zu verlieren. Er stürzte steif wie ein Brett zu Boden. Mitten auf das Gesicht. Das Blut floss in grossen Mengen aus seinem Mund. Charles legte ihn seitlich auf die Holzdielen, damit das Blut abfliessen konnte. Doktor Boyer kniete neben ihm nieder, nicht etwa um ihm zu helfen, sondern weil seine eigenen Beine ihn nicht mehr länger trugen. Er stützte sich mit beiden Händen auf dem bewusstlosen Gerichtsdiener ab. Für die Menge machte es wohl den Anschein, als würde er diesen verarzten. Aber Doktor Boyer brauchte selbst einen Arzt.

Nun erfasste ein tiefes Grollen die Menschenmasse. Zuerst klang es wie ein entferntes Murmeln, doch dann wurde es lauter und heftiger. Wie im Sturm eroberte es das Schafott. »Trennen Sie die Muskeln, zerschneiden Sie die Sehnen«, keuchte Doktor Boyer und trieb Charles heftig nickend zur Eile an. André Legris stand bereits mit der Axt hinter Charles. Dieser nickte ihm zu. Rasch näherte sich der Henker von Orléans dem sterbenden Damiens und trennte mit fürchterlichen Axthieben Arme und Beine vom Rumpf. Die Pferde wurden erneut angetrieben und rissen Damiens in Stücke. Sein linkes Bein flog durch die Luft und klatschte dem sich aufrappelnden Gerichtsdiener ins Gesicht.

Damiens' Rumpf atmete noch schwach. Er hatte die Augen weit offen, den Blick in den Wolkenhimmel gerichtet.

Blutiger Schaum hatte sich auf seinen Lippen gebildet. Sein pechschwarzes Haar war plötzlich weiss wie Schnee. Ganz Paris sprach später davon, und alle grossen Tageszeitungen Europas erwähnten das Phänomen auf ihren Titelseiten. Aber es war nichts weiter als Asche.

Zaghaft begann die Menge zu applaudieren. Es war spät geworden. Onkel Nicolas gab seinem Neffen ein Zeichen, das Schafott abzuschreiten. Charles schritt langsam das hölzerne Viereck ab, während die Menge »Sanson, Sanson« skandierte. Dann blieb er auf der Westseite stehen und umfasste die Brüstung wie ein römischer Triumphator den Bügel seines Streitwagens beim Einmarsch in Rom. Tosender Applaus brandete über den Platz. Charles verzog keine Miene. Er senkte leicht den Kopf, als wollte er sich bei der Menge demütig bedanken. »Sanson, Sanson«, skandierten sie ohne Unterlass. Jetzt wirkte er eher wie ein gehorsamer Gladiator im alten Rom, der allein durch seine Körpergrösse und athletische Konstitution die Menge begeisterte. Charles liess seinen Blick immer wieder über die Menge auf der Place de Grève schweifen und realisierte nach und nach, dass Paris ihn feierte. Er spürte, wie eine ungeheure Kraft ihn durchflutete, und er fühlte sich plötzlich stark, unbesiegbar und mächtig. Er schritt zur Nordseite und nahm dort erneut Ovationen entgegen, dann schritt er nach Osten und schliesslich nach Süden. Auch hier verbeugte er sich kurz und wandte sich dann den Beamten der Justiz zu. Diese nickten ihm anerkennend zu. Sie waren zufrieden. Auch sein Onkel nickte ihm zu. Er schien überrascht, wie begeistert die Menge den neuen Monsieur de Paris verabschiedete.

Die Gehilfen übergaben Damiens' Körperteile dem Feuer. Die Abenddämmerung legte sich wie Asche über ihre Häupter. Langsam begann sich die bluthungrige Meute aufzulösen und in den anliegenden Gassen und Strassen zu verschwinden. Die Menschen kehrten in ihre Villen oder ihre erbärmlichen Behausungen zurück. Als der Regen wieder einsetzte, standen immer noch Hunderte von Gaffern herum. Jetzt, da die Hinrichtung zu Ende war, nutzten einige die Gelegenheit, das Schafott aus der Nähe zu betrachten. Die Gehilfen begannen mit der Demontage. Charles stand immer noch oben an der Treppe, während der Leichnam des Gemarterten verbrannte und die Henker in beissenden Rauch hüllte.

Charles war in eine fremde Welt eingedrungen, in eine Welt, die schrecklich war. Er spürte, dass fortan das Blut, das seine Vorfahren vergossen hatten, auch in seinen Adern fliessen und sein Geschlecht auf immer besudeln würde. Er fühlte sich einsam und schämte sich, dass er den Applaus klammheimlich genossen hatte. Sein Verhalten widerte ihn an. Und so schwor er in jenem Moment, die Menschen fortan zu meiden. Er wollte nicht unter ihnen leben. Er wollte allein sein und sich von dieser fürchterlichen Rasse fernhalten. Er wollte nicht einer von ihnen werden. Es entsetzte ihn, dass er imstande gewesen war, das zu tun, und dass er sich alles insgeheim noch viel schlimmer vorgestellt hatte. War das schon alles? Ist mein Herz aus Stein, oder bin ich noch zu jung, um richtige Anteilnahme und Trauer zu empfinden?, fragte er sich. Wer den Schmerz nicht kennt, kann auch keine Anteilnahme für den Schmerz anderer empfinden. Das wusste er. Vielleicht war es so, vielleicht war es aber auch ganz anders. Er war hin- und hergerissen zwischen Ekel und Stolz.

Der Platz leerte sich nun sehr rasch. Und da entdeckte er sie in der abziehenden Menge: Dan-Mali. »O mein Gott«, entfuhr es ihm, und er stieg eilig die Treppe des Schafotts hinunter. Er wollte sie aufhalten und ihr alles erklären. Sollte denn dieser gottverdammte Fluch alles Schöne zerstören, was ihm in seinem weiteren Leben begegnen sollte? War denn das Opfer nicht gross genug, das er heute gebracht hatte? Musste er Dan-Mali verlieren, bevor er sie überhaupt gewonnen hatte? »Dan-Mali!«, schrie er, aber die zierliche Siamesin drehte sich nicht um. Die Menge verschlang sie. Er wollte ihr folgen, doch da trat ein Mann unter dem Schafott hervor und hielt ihn auf. Er hatte offenbar auf ihn gewartet. »Der Applaus galt Ihnen. Sie werden gefeiert.« Der junge Mann war vielleicht zehn Jahre älter als Charles, kleingewachsen, schmächtig und von sehr blassem Teint. Er trug einen hellbraunen Frack, eine teure Piquéweste, eine senfgelbe Hirschlederhose und Stulpenstiefel und nuckelte an einer Tonpfeife. Wichtigtuerisch sagte er: »Ich bin vom *Courrier de Versailles*. Gorsas mein Name.« Dabei starrte er in den Himmel, als sei er eine gewichtige Persönlichkeit, die für ein Gemälde posierte. »Sie haben bestimmt schon von mir gehört. Oder gelesen. Gelesen. Gorsas mein Name. Ich unterzeichne immer mit meinem Namen.« Er steckte sich die Pfeife wieder in den Mund. Sein ganzer Habitus hatte etwas Lächerliches, als versuchte ein Kind, einen Erwachsenen zu imitieren.

»Ich habe leider noch zu tun, Monsieur Gorsas.« Charles wandte sich von ihm ab und wollte weggehen, aber Gorsas folgte ihm schnellen Schrittes und stellte sich ihm erneut in den Weg. Er nahm seine Pfeife aus dem Mund und tippte Charles gönnerhaft auf die Schulter.

»Nicht so schnell, Monsieur de Paris. Sagen Sie unseren Lesern, was Sie empfunden haben, als Damiens geviertelt wurde.«

»Ich hoffte, es möge bald vorbei sein.«

Gorsas nickte gewichtig mit dem Kopf und setzte dann einen leidenden Gesichtsausdruck auf. »War wohl nicht einfach für einen jungen Mann wie Sie«, sagte er, »aber das Volk mag Sie. Sie machen eine gute Figur, Monsieur. Sie sind eine stattliche Erscheinung. Wissen Sie, die meisten Menschen geben nichts her und hüllen sich in edles Tuch. Aber Sie, Sie würden sogar nackt gewaltig imponieren. Wir sehen uns noch, Monsieur de Paris, ich habe Sie jetzt im Auge.«

Charles hielt erneut Ausschau nach Dan-Mali, liess es aber nach kurzer Zeit bleiben. Was hätte er ihr denn erzählen sollen? Sie hatte wahrscheinlich die ganze Hinrichtung verfolgt und ihn nicht aus den Augen gelassen. Dem gab es nichts hinzuzufügen. Sie hatte wohl längst ihr Urteil über ihn gefällt. Aber ihr Gesicht hatte er nicht wirklich gesehen. Vielleicht war sie es gar nicht gewesen. Es gab schliesslich noch mehr Frauen aus dem Königreich Siam in Paris. Aber die Angst, dass es doch Dan-Mali gewesen sein könnte, war so gross, dass er sich zutiefst schämte.

Charles konnte an diesem Abend nicht gleich nach Hause gehen. Onkel Nicolas sagte, er werde den Abbau des Schafotts überwachen und anschliessend die Henker und ihre Gehilfen zu einem Mahl in Jean-Baptistes Haus einladen.

Grossmutter Dubut habe es so bestimmt, und auch dass die Henker in der Scheune übernachten sollten, bevor sie am anderen Morgen die Rückreise antraten. »Du hast heute eine grosse Leistung vollbracht, Charles«, sagte er noch, »eines Tages wirst du ein grosser Henker werden. Deinem Vater fehlte stets die Kraft für dieses Amt. Es war zu gross für ihn. Aber dir bringt man Respekt entgegen.«

Charles wollte etwas darauf entgegnen, denn es gab dazu einiges zu sagen, aber er schwieg. Vielleicht wollte er das Lob nicht trüben, das er soeben erfahren hatte. Er wusste es nicht. Wenn Menschen reden, tun sie so, als wüssten sie alles. Er wusste gar nichts mehr. Alles, was er zu wissen geglaubt hatte, war an diesem Abend mit Damiens' Leichnam verbrannt. Und die überraschende Anwesenheit von Dan-Mali hatte ihm vor Augen geführt, dass er keine Chance für ein normales Leben mehr haben würde. Es quälte ihn fürchterlich, dass Dan-Mali ihn gesehen hatte.

Charles hetzte durch die Strassen, ohne Ziel. Er wollte unter keinen Umständen nach Hause und die Freude in den Gesichtern seines Vaters und seiner Grossmutter und all seiner Geschwister sehen. Das hätte ihn noch mehr gedemütigt. Denn was ihnen Freude bereitete, hatte ihn zutiefst verletzt, erschüttert, ja gebrochen. Er konnte es nach wie vor kaum fassen, dass der Mensch in der Lage war, einem Artgenossen so viel Leid und Schmerz zuzufügen. Und es war für ihn unglaublich, dass ganz Paris das hatte sehen wollen. Er hatte es nicht sehen wollen. Aber er hatte keine Wahl gehabt. Unruhig trieb er sich in der Nähe des Jardin du Palais Royal herum und überlegte, ob er eine der zahlreichen Spielhöllen aufsuchen sollte. Aber er hatte kaum Geld bei sich. Und um sich in eins der grossen Kaffeehäuser zu setzen, fehlte ihm die Ruhe. Er wollte das Geschwätz der Menschen über die Hinrichtung nicht hören. Was hatten die denn aus dieser Entfernung gesehen? Das Schafott auf der Place de Grève und Männer, nicht grösser als ein Daumen. Sie hatten Schreie gehört, aber sie hatten Damiens nicht in die Augen geblickt. Sie hatten seinen zerfetzten Körper nicht berührt. Aber er, Charles-Henri Sanson, er hatte alles aus nächster Nähe gesehen. Er hatte es getan.

Unterwegs begegnete Charles Menschen, die offenbar die Hinrichtung verfolgt hatten. Sie nickten ihm respektvoll zu, einige wechselten die Strassenseite, aber nicht aus Furcht, sondern weil er nun ein Grosser war. Charles musste sich nach und nach eingestehen, dass ihm dies doch etwas Genugtuung verschaffte. Trotz des Haderns wegen Dan-Mali. Die Menschen empfanden ihm gegenüber Bewunderung, Respekt, Achtung, vielleicht sogar Furcht. Das Gefühl von Macht schmeichelte ihm durchaus, das Gefühl, unantastbar zu sein. Unbesiegbar.

Unversehens war er in die Allée des Soupirs gelangt. Er verspürte Lust, in ein Bordell zu gehen. Er wollte sich erniedrigen lassen. Demütigen. Er wollte sich beweisen, dass er Dan-Mali nicht brauchte, nie gebraucht hatte. Doch dann verliess ihn der Mut, und er ging weiter. Er war entschlossen, so lange zu laufen, bis er erschöpft zusammenbrechen und einschlafen würde.

Gegen Mitternacht überkam ihn eine grosse Müdigkeit. Die Unruhe war gewichen. Er verlangsamte seinen Schritt und beabsichtigte, das elende Viertel, in dem er sich nun befand, zu verlassen und den Heimweg anzutreten. In diesem Augenblick löste sich eine dunkle Gestalt aus einem Torbogen und versperrte ihm den Weg. Er dachte zuerst an einen Überfall und griff instinktiv nach seinem Degen. Doch dann sah er in grosse, leuchtende Augen, in ein junges schwarzes Gesicht, und der grosse Mund formte sich zu einem sanften Lächeln. Sie hatte wunderschöne weisse Zähne, eine Seltenheit in Paris. Sie gab Charles zu verstehen, dass er ihr ins Haus folgen solle. Sie muss aus der Neuen Welt stammen, dachte er, sie war so lieblich, so herzlich und hatte nichts gemein mit all den weissen Menschen, die heute auf der Place de Grève stundenlang ausgeharrt hatten. Sie führte ihn durch einen engen, schwachbeleuchteten Flur, der nach ranziger Butter roch, in einen stickig heissen Raum, in dem sich leichtbekleidete schwarze Mädchen aufhielten. Sie standen alle um einen grossen Tisch herum. Darüber hing eine Öllampe, die mit einem roten Schirm abgedeckt war. So wurde das rötliche Licht an die Decke gelenkt und versetzte die Gesichter der Mädchen ins Halbdunkel. Hinter dem Tisch sass eine alte, beinahe zahnlose Frau. Das schwarze Mädchen führte Charles zum Tisch. »Drei Livre«, sagte die Alte in barschem Ton. Er legte die Münzen auf den Tisch. Die alte Frau reichte ihm eins der schmutzigen, geflickten Handtücher, die auf dem Tisch gestapelt waren. Das schwarze Mädchen nahm Charles bei der Hand. Die anderen Mädchen schauten ihnen nach. Sie schienen sie zu beneiden. Sie stiegen eine Treppe hinunter und gelangten in einen Keller, der durch einen schmalen Lichtschacht und ein Dutzend Kerzen beleuchtet wurde und nach alten Weinfässern roch. Charles hörte leises Atmen. Es waren noch andere Menschen im Raum. Die meisten lagen auf dem Rücken wie Verletzte in einem Lazarett und genossen still die Künste der Liebesdienerinnen. Fast geräuschlos gaben sie sich der Liebe hin. Das Mädchen führte Charles zu einer mit Stoff umwickelten Strohmatte, die zwischen Abfällen am Boden lag, und kniete nieder. Charles blieb stehen. Sie zog ihn sanft zu sich herunter, streifte ihren Rock über den Kopf und hielt ihn eine Weile vor ihre Brust. Dann lächelte sie und senkte ihre Arme. Charles hatte noch nie in seinem Leben einen nackten schwarzen Menschen gesehen. Er kannte dies nur aus Büchern. Ihr Busen war gross und fest, die Warzen dick und schwarz. Sie legte sich langsam auf den Rücken, ohne Charles aus den Augen zu lassen, und streckte dann ihre Arme nach ihm aus. Zögernd legte er seine Kleider ab. Sie griff nach seinem Glied, das bereits steif war, und zog ihn zu sich. Sie nahm ihn in die Arme. Er umfasste sanft ihre Hüfte und befühlte ihren Po, der sich wie ein kräftiger Apfel von ihrem Körper abhob. Als sie ihn in ihre Arme schloss, begann Charles zu weinen. Er versenkte seinen Kopf in ihrem Busen. Zärtlich fuhr sie ihm über den Kopf und flüsterte Worte, die er nicht verstand. Wie ein Kind schaukelte sie den Riesen in ihren Armen. Er weinte, aber er gab kein Geräusch von sich, er weinte ohne Ton. Er wusste nicht, ob er jemals wieder aufhören würde zu weinen. Ein Menschenleben war zu kurz, um all das Leid, das er heute gesehen hatte, mit Tränen herauszuwaschen. Er liess seinen Tränen freien Lauf, der Schmerz in seinem Innern löste sich. Das Mädchen streichelte sein Glied, bis es sich wieder versteifte, und setzte sich dann rittlings auf ihn. Charles wollte sich erheben, aber sie drückte ihn sanft auf die Matte zurück und stützte sich mit beiden Händen auf seiner Brust ab. In einem langsamen Rhythmus bewegte sie ihr Becken auf und ab. Sie schaute ihm dabei direkt in die Augen und nickte kaum merklich, als wollte sie andeuten, dass nun alles gut sei.

6

Als Charles nach Hause kam, sass sein Vater allein am Küchentisch. Es roch nach angebratenem Speck und Kürbissuppe.

»Hat man dich vergessen?«, fragte Charles.

»Nein«, antwortete Jean-Baptiste, »ich habe darauf bestanden, auf dich zu warten. Du kannst mich nachher ins Bett bringen, aber zuvor will ich mit meinem Sohn ein Glas Wein trinken, denn ich bin stolz auf ihn.«

Charles setzte sich.

»Ich habe mir Sorgen gemacht, weil du so lange weggeblieben bist«, sagte Jean-Baptiste leise. »Man hat mir schon alles berichtet, einiges ging schief, aber das war nicht deine Schuld. Du hast entschlossen gehandelt und die Beamten der Justiz dadurch beeindruckt.«

»Ich bin auch verantwortlich für die Fehler der anderen.«

»Soubise ist immer besoffen, das war schon vor zehn Jahren so. Ich frage mich, ob er zwischenzeitlich einmal nüchtern war.«

Charles nahm die Weinkaraffe und schenkte zwei Becher ein. Die beiden Männer prosteten sich zu. Als Charles sah, dass sein Vater auch ohne seine Hilfe trinken konnte, trank er seinen Becher in einem Zug leer.

»Wenn du nach getaner Arbeit nach Hause kommst, kannst du Stricke schmieren oder das Schwert schleifen. Das hilft auch. Ich habe immer Stricke geschmiert. Und wenn es nicht gereicht hat, habe ich die alten, gebrauchten Stricke zerschnitten. Du kriegst dafür zehn Sou. Für ein kleines Stück Strick. Da kommt eine Menge zusammen. Ich kenne viele Leute, die mit einem Stück Galgenstrick in der Hosentasche herumlaufen. Sie behaupten, es bringe Glück. Ich weiss nicht, warum. Ich habe ja eine ganze Sammlung von Stricken, und es hat mir kein Glück gebracht. Auf jeden Fall bringt es Frieden in deine Seele, wenn du nach getaner Arbeit Stricke schmierst.«

Charles nickte. Er glaubte Jean-Baptiste kein einziges Wort. Aber er liess ihn reden, schliesslich war er sein Vater. Er schaute kurz auf und hatte plötzlich das Bedürfnis, ihm ins Gesicht zu schlagen, denn er hatte ihm alles zerstört. Henker zu werden war schlimm genug, sinnierte Charles, aber Dan-Mali zu verlieren, das war zu viel. Sein Vater hatte gut reden, er hatte seine Wünsche durchgesetzt und dadurch das Leben seines Sohnes zerstört.

Jean-Baptiste schien plötzlich betrübt. Er blickte Charles in die Augen, dann senkte er den Kopf und sagte: »Manchmal, wenn ich keine Ruhe fand, ging ich ins Bordell.« Als Charles nicht reagierte, fuhr er fort: »Der Henker von Marseille hat mir einmal erzählt, dass er nach einer Hinrichtung immer ins Bordell geht. Der Druck ist einfach zu stark.« Er zeigte auf die Weinkaraffe auf dem Tisch. »Gib uns noch mal Wein, mein Sohn. Es war für alle nicht einfach. Deine Grossmutter hat mir gesagt, ich solle auf dich warten und dir sagen, dass der Wein für dich ist. Du hast ihn dir verdient. Die Henker von Orléans und Lyon sind renommierte Henker, und sie haben gesagt, dass du einmal ein Grosser wirst. Du hättest die Stärke und die Entschlusskraft, die anderen Menschen fehlen. Die Kraft des Handelns.«

Charles füllte die Becher erneut.

»Aber nicht zu viel, sonst muss deine Grossmutter nachts aufstehen.« Jean-Baptiste lachte. »Sie hat mir schon gedroht, dass sie mich ins Bett pinkeln lässt, wenn ich mir nicht angewöhne, nach dem Abendessen nichts mehr zu trinken. Aber das wäre schlecht für die Nieren.« Er lachte erneut, und jetzt war ihm die ganze Erleichterung über die geglückte Aktion anzusehen. Er war richtig stolz. Aber Charles lachte nicht. Sein Vater hatte gut lachen. Auch dafür hasste er ihn. Und noch mehr hasste er sich selbst, weil er im Bordell gewesen war. Wie sein Vater. Er hatte das getan, was alle Sansons vor ihm getan hatten. Und er hatte es nicht gewusst. War er also doch ein Sanson?

»Lass mich aus deinem Becher trinken«, sagte Jean-Baptiste jovial, »so haben es die Sansons immer getan.«

»Ich will immer noch Arzt werden«, entgegnete Charles trotzig, »vergiss das nicht. Das ist meine Bestimmung.«

Jean-Baptiste trank aus Charles' Becher. Dann sagte er: »Charles, wir kennen die Pläne Gottes nicht. Wenn es deine Bestimmung ist, wirst du Arzt werden. Doch vorläufig bist du Monsieur de Paris.«

»Kommissarisch«, sagte Charles und trank mit einem gewissen Widerwillen aus dem Becher seines Vaters.

In den frühen Morgenstunden brachte Charles seinen Vater ins Bett. Dieser schlief im gleichen Zimmer wie Grossmutter Dubut und vier von Charles' Geschwistern. Die alte Frau war noch wach, sprach aber kein einziges Wort. Jean-Baptiste bat Charles, der Grossmutter gute Nacht zu sagen. Charles ging zu ihr hinüber. Ihr Bett war massig und thronte auf hohen Holzfüssen. Er blieb davor stehen. Es roch nach

Rosenöl. Die alte Frau kämpfte gegen den Schlaf. Ihr Atem war flach, ihre Haut aschgrau und glänzend vom vielen Bienenwachs, das sie zur Schonung der Haut abends auftrug.

»Von heute an«, flüsterte sie, »ist der König in Gefahr. Alle Welt hat gesehen, wie zerbrechlich die Monarchie ist. Wenn der erste Faden reisst, löst sich der Stoff auf. Es kommt immer einer, der wieder daran reisst, bis das königliche Wams zerrissen ist und der König nackt dasteht.«

Alte Menschen glauben immer, dass die Welt nach ihnen untergeht, dachte Charles, dabei ist es ihr eigenes Leben, das langsam erlischt, der eigene Körper, der langsam zerfällt. Es hat keinen Einfluss auf den Lauf der Dinge. Er wollte das alles nicht hören. Er hoffte, sie würde noch etwas zu ihm sagen, ihn beglückwünschen, ihm danken, dass er fortan für die Familie sorgte. Doch sie sprach über den König. Sie hatte keine Empfindung für die Seelennöte ihres Enkels. Sie hätte nicht mal einer kranken Katze frische Milch gegeben. Sie hatte das Reich der Sansons gerettet und glaubte wohl, alle Nachfahren müssten ihr auf ewig dankbar sein und ihren Namen ehren. Sie murmelte noch etwas über den König und schlief dann ein. Sie hatte gegen den Schlaf gekämpft, weil sie die Rückkehr ihres Enkels hatte abwarten wollen. Jetzt waren alle zurück. Jetzt konnte sie schlafen. Sie hatte die Herrschaft gesichert. Jetzt brauchte sie nicht mehr zu wachen. Charles schwor sich, am Tage ihres Todes ihrem Bett die Beine zu kürzen.

Die Sonne blendete Charles. Er hatte verschlafen. Als er aufstand, erschien der vergangene Tag in neuem Licht. Er hatte den Applaus zwar durchaus genossen, aber nicht seine

Meinung geändert. Sobald einer seiner Brüder alt genug war, wollte er das Henkeramt abgeben und Arzt werden. Er wunderte sich über die plötzliche Klarheit, war ihm doch in der Nacht noch alles unlösbar erschienen. Nur für Dan-Mali gab es keine Lösung. Mit Wehmut dachte er an die kleine Siamesin und ärgerte sich fürchterlich, dass sie ihn beim Ausüben seines Amtes beobachtet hatte. Dann kam ihm Grossmutter Dubut in den Sinn. Merkwürdig, dass sie nicht nach ihm gerufen hatte. Er trat in den Hof hinaus, wo die Geschwister spielten, und wusch sich am Trog. Einer seiner Brüder sagte, dass Grossmutter heute kein Frühstück gemacht habe.

»Oh«, scherzte Charles, »sie vergisst ihre Pflichten. Dann muss sie aber todkrank sein.«

Er ging ins Haus zurück und klopfte an die Schlafzimmertür. Jean-Baptiste lag im Bett und las eine medizinische Schrift. »Sie schläft noch«, flüsterte er, »lass sie schlafen.«

Charles trat an ihr Bett. Sie lag noch genauso da wie letzte Nacht. Die Augen waren offen. Er berührte ihre Hand. Ein kalter Schauer lief ihm über den Rücken. Die Hand war eiskalt. Ohne zu zögern, fühlte er den Puls an ihrer Halsschlagader, wie er es an der Universität Leiden gelernt hatte. Sie hatte keinen Puls mehr. Sie war tot. Er wünschte, sie wäre früher gestorben. Er empfand keine Trauer. Er hatte sie nie gemocht, und sie hatte seine Träume zerstört. Man kann Scheunen abbrennen und Katzen ersäufen, aber man sollte keine Träume zerstören, dachte er und ging zu seinem Vater hinüber.

»Sie schläft nur«, sagte Jean-Baptiste und legte das Buch beiseite. Es trug den Titel *Nostalgia* und war von einem Arzt namens Nicolai fünf Jahre zuvor publiziert worden. Charles setzte sich auf die Bettkante und starrte auf seine Füsse.

»Vater«, sagte er, »Grossmutter ist tot.«

Jean-Baptiste war über den Tod seiner übermächtigen Mutter sehr betrübt. Zum Glück hatte sich die Küchenmagd ihre Kochkünste angeeignet. Essen und Lesen waren das Einzige, was dem kranken Mann noch Freude bereitete. Er stellte eine weitere Magd ein, aber der Geist von Grossmutter Dubut war verflogen.

Am folgenden Tag erhielt Charles Glückwünsche der Justiz. Ein Bote überbrachte ein Schreiben und eine Sonderprämie für seine ausserordentliche Leistung. Sein erstes eigenes Geld. Auch die Zeitungen lobten die würdevolle und souverän inszenierte Hinrichtung, die vornehme Zurückhaltung. Besonders Gorsas war voll des Lobes. Charles' Name sei nun auf immer mit dem des Königs Louis XV und dessen Attentäter verbunden, schrieb er.

Charles war hin- und hergerissen: Einerseits war er stolz, die Aufgabe bewältigt zu haben, andererseits schämte er sich. Er freute sich, zum ersten Mal in seinem Leben eigenes Geld zu verdienen, doch er wollte nicht als Henker Berühmtheit erlangen. Er war über Nacht zum Oberhaupt der Familie Sanson aufgestiegen, aber er hatte Dan-Mali verloren.

Dieser Gedanke quälte ihn so sehr, dass er eines Abends, als er mit Dominique am Klavier sass, von Dan-Mali zu erzählen begann. Seine Schwester schien amüsiert.

»Lach mich bitte nicht aus«, bat er vorwurfsvoll.

»Mein grosser Bruder hat sich verliebt, das ist doch wunderbar.«

»Aber sie weiss es nicht«, sagte er betrübt, »und jetzt, da sie weiss, dass ich Henker bin, will sie mich bestimmt nicht mehr.«

Dominique umarmte ihn. »Charles, hör zu, viele Menschen scheitern bereits in Gedanken. Besuch sie doch einfach und frag sie! Vielleicht war es gar nicht sie. Hast du selber gesagt.«

Sie spielten ein weiteres Stück. Als sie fertig waren, fragte Dominique: »Magst du noch?«

Er schüttelte den Kopf und sagte leise: »Ich muss dir noch was sagen: Sie stammt aus dem Königreich Siam.«

Dominique machte ein langes Gesicht. »Kannst du nicht wie andere Leute auch eine Frau aus Paris nehmen? Muss es jemand vom anderen Ende der Welt sein? Die haben doch ganz andere Sitten und Bräuche und sprechen andere Sprachen. Wie verständigt ihr euch denn?«

»Wir reden eigentlich nicht«, sagte er sichtlich verlegen und setzte leise hinzu: »Wir schauen uns einfach an.«

»Charles«, seufzte Dominique, »dann kennt ihr euch ja gar nicht.«

Charles suchte mehrfach das Jesuitenkloster auf, wagte es aber nicht, sich an der Pforte zu melden. Zwar wollte er Pater Gerbillon wiedersehen, an seinem Wissen teilhaben, doch insgeheim hoffte er, Dan-Mali zu begegnen. Pater Gerbillon war nur ein Vorwand, musste er sich eingestehen.

Eines Morgens nahm er all seinen Mut zusammen und klopfte an die Pforte. Ein älterer Pater bat ihn hinein. Das Kloster kam Charles noch imposanter vor als bei seinem letzten Besuch. Es war ein herrschaftlicher Bau mit hohen

Gewölben, grossen Fenstern und breiten Treppen aus weissem Stein. Hier wohnen also die Diener Gottes, die Armut predigen und in Saus und Braus leben, dachte Charles. Der alte Pater klopfte im ersten Stock an eine doppelflügelige Holztür und öffnete. Er bat Charles hinein. Vor ihm lag das luxuriös ausgestattete Arbeitszimmer mit der gigantischen Bibliothek, das Charles bereits hatte betreten dürfen. Es erinnerte an ein königliches Kabinett in Versailles. Hinter dem massigen Eichentisch sass Pater Gerbillon. Er war mit dem Verfassen eines Briefes beschäftigt und blickte nur kurz hoch. Er schien nicht erstaunt, ihn zu sehen. »Ich habe dich erwartet, Charles. Nimm doch Platz. Ich bin gleich so weit.«

Charles setzte sich. Er konnte sich kaum sattsehen in diesem Tempel des Wissens. Überall Bücher, Zeitungen, Schriften, Zeichnungen, Gemälde und eine gigantische Weltkugel am Fenster, die jedem Besucher klarmachte, dass die Welt nicht in Marseille oder in der Normandie endete.

»Wurden Sie unterrichtet, oder hatten Sie eine Vorahnung?«, fragte Charles misstrauisch.

»Nein, nein«, Gerbillon lachte, »Erfahrung und gesunder Menschenverstand. Du bist ein Suchender. Hier in Paris wirst du kaum jemanden finden, der dir helfen kann. Hier gibt es nur Papageien. Hast du schon einmal einen Papagei gesehen?«

Charles schüttelte den Kopf und rutschte unruhig auf seinem Stuhl herum.

»Bei uns werden sie von verschrobenen Adligen als Haustiere gehalten, aber im Königreich Siam sind es Schädlinge. Sie sind nebst den Raben die wohl intelligentesten Vögel.

Diese Viecher können sich Worte und ihre Bedeutung merken und nachplappern. Wenn du mich fragst, ist das eine Verhaltensstörung. Aber was führt dich zu mir?«

»Glauben Sie, dass Gott für jeden von uns einen Plan hat, den wir erfüllen müssen? Dass es ein vorbestimmtes Schicksal gibt und Flüche, die auf Menschen lasten?«

Pater Gerbillon lachte herzlich und machte dann ein ernstes Gesicht. »Charles, du kommst am frühen Morgen zu mir, um mir eine derart existentielle Frage zu stellen. Dafür brauche ich einen Krug Bordeaux. Aber es ist noch zu früh.«

»Ist diese Frage denn so schwierig zu beantworten?«

»Charles, benutz deinen gesunden Menschenverstand. Glaubst du im Ernst, dass Gott für Millionen von Menschen individuelle Pläne hat? Wenn er schon nur für uns zwei einen Plan hätte, würde das ganze Hefte füllen. Es gäbe auf der Welt zu wenig Bäume, um all diese Pläne auf Papier festzuhalten. Es gibt keinen Plan, Charles, aber es gibt das Bedürfnis der Menschen, eine grössere Bedeutung und Bestimmung zu haben als ein dümmlicher Papagei in den Wäldern Siams. Wärst du Mathematiker, Charles, würdest du an den Zufall glauben, aber wir Menschen sind keine Mathematiker. Mathematik bietet keinen Trost. Deshalb suchen wir nach göttlichen Zusammenhängen. Wenn einem armen Tropf dreimal die Ehefrau stirbt, glauben wir, eine Struktur in seinem Schicksal zu erkennen. Wir nennen es Fluch. Aber es ist nichts dahinter, Charles. Kein Gott, kein Plan, kein Ziel.«

»Und somit auch kein Fluch. Ich bestimme allein über mein Schicksal?«

»Nicht ganz, es gibt Sachzwänge, familiäre Zwänge, finanzielle Zwänge, politische Zwänge. Aber der Mensch hat die Wahl. Wenn er nicht daran glaubt, hat er keine Wahl.«

Charles schwieg. Nach einer Weile sagte er: »Ich würde mich gerne mit der jungen Frau aus Siam unterhalten. Sie heisst Dan-Mali.«

Pater Gerbillon zog die Augenbrauen hoch. »Oh, das lässt sich einrichten, aber im Augenblick betet sie in der Kapelle. Trotzdem werden wir sie nicht von ihrem Buddha erlösen können. Sie hält unseren Christus für eine weitere Erscheinung Buddhas. Ich kann sie durchaus verstehen. Buddha ist die bessere Geschichte. Buddha ist tolerant. Buddhisten können sich der Liebe hingeben, ohne ein schlechtes Gewissen zu haben. Wir hingegen, wir starren ständig auf das Jesuskreuz über dem knarrenden Bett und kriegen keinen mehr hoch.«

Charles starrte ihn ungläubig an.

»Ich bedaure, wenn ich dich schockiert habe, Charles, aber das Reisen in fremde Kontinente hilft dir, dein bisheriges Weltbild zu relativieren. Wenn du das Königreich Siam gesehen hast, siehst du alles mit anderen Augen.«

»Wann kann ich mit Dan-Mali reden?«, insistierte Charles. Das Gerede des Paters interessierte ihn jetzt nicht.

»Das wird schwierig. Ihre Französischkenntnisse sind noch sehr bescheiden, und sie kehrt mit der nächsten Expedition nach Siam zurück. Aber sie kommt wieder. Sie liebt Paris, und ich mag die junge Frau. Ich hätte sie gerne in unserem Kloster. Sie kocht wunderbar. Lass uns einfach in Kontakt bleiben, Charles. Eines Tages wirst du Dan-Mali wiedersehen.«

»Ich dachte, ich könnte sie gleich sehen.«
»Das ist keine gute Idee«, sagte Pater Gerbillon.

Damit war die Angelegenheit für Charles endgültig erledigt. Im Nachhinein war es ihm peinlich. Wahrscheinlich bedeutete er dieser jungen Frau nichts. Er hatte sich alles eingebildet. Wünsche, Hoffnungen, Träume, er schämte sich für seine Naivität. Um zu vergessen, wollte er sich fortan jenen Leuten zuwenden, die ihm applaudierten. In dieser Zeit gab es keine spektakulären Hinrichtungen, und sie dauerten nie lange, da Charles die Länge des Seils stets richtig berechnet hatte. Kleinkriminelle – Diebe, die aus Hunger und Verzweiflung stahlen, ein paar Eier auf dem Markt, ein Brot oder einen Apfel – wurden mit dem glühenden Eisen gebrandmarkt. Nach jeder Vorstellung verneigte sich Charles-Henri Sanson, der Henker von Paris, vor seinem Publikum. Immer mehr genoss er die Bewunderung von Leuten, die ihm eigentlich nichts bedeuteten. Man kann sich gegen vieles schützen im Leben, aber selten gegen Lob. Gegen Lob ist kaum jemand immun. Und Charles genoss die Bewunderung aus Trotz. Wenn Dan-Mali ihn wegen seines Berufes ablehnte, dann wollte er erst recht ein grosser Henker werden. Er wollte sich nicht länger verstecken und sein Amt verleugnen. Ja, er war Henker, der Henker von Paris. Und verdiente recht gut. Wenn jemand in ärmlichen Verhältnissen aufgewachsen ist und ein Leben lang sehr bescheiden gelebt hat, ist dies ein besonderes Gefühl. Er wusste, dass Leute wie Antoine dies nie begreifen würden. Einige Menschen behaupten, Geld mache nicht glücklich. Das konnte er nicht bestätigen. Unglücklich machte es bestimmt nicht.

Geld bedeutete Freiheit und Unabhängigkeit. Und war es nicht ein grosses Glück, wenn man einen Arzt aufsuchen konnte? Charles gewann eine gewisse Ruhe. Oder war es schon Übermut? Er gab bei einem Schneider in der Rue de la Reine einen eleganten Anzug aus hellem Tuch in Auftrag. Fortan flanierte er wie ein stolzer Pfau durch die Parkanlagen von Paris und genoss die schmachtenden Blicke der jungen Damen und die Bewunderung der einfachen Leute. Manchmal, wenn er allein zu Hause in der Pharmacie sass, schämte er sich für seinen Wandel. Es fiel ihm schwer, sein Verhalten zu verstehen, geschweige denn zu akzeptieren. Aber zu sehr hatte er darunter gelitten, dass man ihn und seine Familie all die Jahre derart geschnitten hatte. Dass er das Amt des Henkers in feinem Tuch ausüben wollte, war ein Akt der Rache. Er war Monsieur de Paris und trug die gleichen teuren Kleider wie die Leute, die ihn verachteten. Er war nicht bereit, wie sein Vater das Amt in aller Stille auszuführen und sich ansonsten unsichtbar zu machen. Die Stadt Paris sollte ihn sehen. Er war ihr Henker und tötete für sie. Und zu Hause wartete eine frisch gedruckte *Encyclopédie* auf ihn. Wer in Paris konnte sich schon Diderots *Encyclopédie* leisten?

Charles machte oft Spaziergänge im Jardin du Palais Royal und lernte mit den Jahren die geheime Sprache der Frauen. Eines Tages fiel ihm im Café eine Dame aus adligem Hause auf, die mit ihrem Fächer spielte und immer wieder zu ihm herüberblickte. Sie war nicht mehr ganz jung. Er verstand die kokette Sprache des Fächers durchaus und folgte der Einladung, sich an ihren Tisch zu setzen. Sie plauderten vergnüglich über Diderots *Encyclopédie*. Damit demonstrierte man nicht nur, dass man lesen konnte, sondern auch, dass man Geld hatte und eine gewisse Bildung. Diskret liess man Worte und Stichworte fallen, die mehr über den eigenen Stand verrieten, erwähnte beiläufig einen Jagdausflug, eine Theateraufführung oder ein Diner mit einflussreichen Persönlichkeiten. Die Dame war eine Marquise, das liess sie Charles sehr rasch wissen. Er entgegnete lediglich, er sei Beamter der Justizbehörden. Dann kam sie rasch zur Sache und fragte, ob ihn eine Frau zum Abendessen erwarte. Als er verneinte, schien sie erleichtert und bat, sie doch nach Hause zu begleiten. Die Stühle in diesem Café würden ihr Rückenschmerzen verursachen. Und lächelnd fügte sie hinzu, sie müsse sich etwas hinlegen. Sie nahmen eine Kutsche und fuhren zu ihrem Stadtpalast. Sie sagte der Dienerschaft, sie wolle nicht gestört werden. Dann durchquerten sie den üppig ausgestatteten Salon und betraten das Schlafzimmer.

»Verstehen Sie etwas von Massage?«

»Ja«, antwortete Charles, »ich bin mit der menschlichen Muskulatur vertraut. Soll ich Sie massieren, Madame?«

»Würden Sie das tun?«, fragte sie mit schmerzverzerrtem Gesicht.

»Natürlich«, sagte Charles schmunzelnd, »ich kann es nicht ertragen, wenn schöne Frauen leiden.«

Nun musste auch die Marquise schmunzeln. »Worauf warten Sie, Monsieur?«, seufzte sie und legte sich aufs Bett. »Ist es besser, wenn ich das Kleid ausziehe?«

»Viel besser«, sagte Charles und beugte sich über sie.

Sie küsste ihn, nur ganz kurz, und benässte mit ihrer Zunge seine Lippen. Sie fuhr sich mit der Hand zwischen die Schenkel und flüsterte: »Sie quälen mich, Monsieur, ich dachte, Sie wollen mein Leid lindern.« Dann griff sie Charles in den Schritt und sagte mit energischer Stimme: »Ziehen Sie endlich Ihre Hose aus, Monsieur. So wird das nichts.«

Charles zog sich aus, während sie ihn dabei beobachtete. »Ich mag Männer wie Sie. Jeder Bildhauer würde sich freuen, Sie als Modell zu haben. Was hat sich der liebe Gott wohl dabei gedacht, als er Sie erschaffen hat?«

»Er hat an Sie gedacht, Madame«, scherzte Charles.

»Sie meinen, er wollte uns Frauen verrückt machen? Oder sind Sie der Apfel im Garten Eden? Bringe ich Sie in Verlegenheit?« Sie drehte sich abrupt auf den Bauch. Charles begann Nacken und Schulterblätter zu massieren.

»Ich mag's von hinten, Monsieur, wie unsere Vorfahren vor zehntausend Jahren. Und tun Sie es heftig, als würden Sie ein Verbrechen begehen oder eine kleine Schlampe bespringen. Und wenn Sie mich dabei noch lauthals beschimpfen, könnten Sie mein zukünftiger Liebhaber werden.«

Als Charles die grosszügig geschwungene Treppe hinunterstieg, begegnete er einem jungen Mann, der sichtlich erschrak, als er ihn sah. Er hatte den jungen Henker ohne Zweifel erkannt. Charles blieb auf der Treppe stehen und schaute zum oberen Stock hinauf. Dort stand die Marquise lächelnd in ihrem rosafarbenen Morgenmantel.

»Meine Schwester, Madame la Marquise, trinkt Tee mit dem Henker von Paris?«

Die Marquise reagierte irritiert und schaute Charles fragend an. Sein Schweigen deutete sie als Bejahung. Der junge Mann ging an Charles vorbei, ohne ihn zu beachten, und nahm amüsiert die letzten Stufen, bis er seine Schwester erreicht hatte.

»Sie haben mich getäuscht!« Ein unterdrücktes Kreischen entfuhr der Marquise, und ihre Stimme überschlug sich: »Wenn ich gewusst hätte, dass Sie der Henker sind, mon Dieu!«

»Ist Ihnen denn dadurch ein Schaden entstanden, Madame?«, fragte Charles galant, wenngleich mit einem unverkennbar süffisanten Unterton in der Stimme und setzte seinen Weg fort.

»Mein Anwalt wird es Ihnen sagen, seien Sie gewiss, Monsieur de Paris«, warf sie ihm hochnäsig nach und verschwand von der Brüstung.

Wieder zu Hause, fühlte Charles sich schäbig und hohl. Es kam ihm vor, als hätte er auch dies nur aus Trotz getan. Um sich an den Adligen zu rächen, die ihn verachteten. Das Abenteuer mit der Marquise enttäuschte ihn im Nachhinein. Er hatte sich mehr Befriedigung erhofft, mehr Freude und Genugtuung.

Charles verkroch sich regelmässig in der Pharmacie und las die Bücher, die er in den Pariser Druckereien kaufte. Es war ein erhabenes Gefühl, die Möglichkeit zu haben, Wissen zu kaufen. Und immer wieder vertiefte er sich in Diderots *Encyclopédie*. Er versank in der Welt der Pflanzen und Heilstoffe und vergass, was ihn zuvor noch gequält hatte. Doch seine Träume erinnerten ihn daran, dass er sich tagsüber etwas vormachte. Er träumte nachts noch immer von Dan-Mali und konnte sich am nächsten Morgen sogar daran erinnern, worüber sie gesprochen hatten. Es war merkwürdig, denn er wusste durchaus, dass die

Worte in seinem Traum seiner Phantasie entsprungen waren.

Mit der Zeit vergass Charles den Zwischenfall mit der Marquise und verrichtete mit immer grösserer Routine seine Arbeit auf dem Schafott. Als Jean-Baptiste sah, dass Charles mit seiner neuen Rolle klarkam, beschloss er, zusammen mit der Magd und den minderjährigen Kindern nach Brie-Comte-Robert zu ziehen, auf ein kleines Gut auf dem Lande. Er glaubte, der Tod stehe unmittelbar bevor. Er hatte schreckliche Visionen. Von Zeit zu Zeit verlor er sich in wirren Gedanken. Er sagte, wenn das Schicksal einem übel mitspielen wolle, genüge es nicht, einen Menschen zu lähmen, man müsse ihn danach noch möglichst lange leben lassen, damit er lerne, zu hadern und sich zu grämen.

Auch Dominique war ausgezogen. Sie hatte geheiratet und wohnte bei ihrem Mann, einem Eisenwarenhändler, in Beaune. Charles blieb mit den Henkersgehilfen Barre, Firmin, Desmorets und Gros allein im Haus zurück. Die vier kümmerten sich um die Pferde, das Werkzeug, verrichteten Reparaturen und machten Besorgungen. Und Gros kochte. Er kochte schlecht, aber er war der Einzige, der für diese Arbeit in Frage kam, da er früher in einer Bäckerei tätig gewesen war. Er war ein freundlicher, kleingewachsener Mann mit rundem Gesicht, ein gutmütiger Kerl, der für alle im Haus stets aufmunternde Worte fand.

Barre und Firmin waren junge Metzger, die in einem Schlachthaus gearbeitet hatten. Die beiden verbrachten ihre ganze Freizeit zusammen. Barre war ebenfalls kleingewachsen, aber breit gebaut, mit mächtigen Oberarmen wie ein Matrose. Er wirkte oft sehr verbissen, so dass man den Eindruck hatte, er sei auf irgendetwas wütend. In Wirtshäusern lauerte er geradezu darauf, dass ihm jemand den Respekt verweigerte. Dann schlug er unvermittelt zu und begann eine wüste Rauferei. Firmin dagegen war mager wie ein Skelett und hatte ein auffallend schmales Gesicht mit einer fliehenden Stirn, was ihn ein bisschen dümmlich aussehen liess. Barre und Firmin zankten sich oft, hingen aber trotzdem wie Pech und Schwefel zusammen, wenn es darauf ankam. Sie erinnerten manchmal an ein Ehepaar nach der goldenen Hochzeit.

Desmorets schliesslich war der Enkel des Scharfrichters von Bordeaux und der Jüngste von allen. Da er vorzüglich rechnen und schreiben konnte, hatte ihm Charles die Buchführung über alle Einnahmen und Ausgaben im Haus anvertraut. Desmorets erstellte auch die Inventare der Kleider, die man den Gehängten oder Geköpften abgenommen hatte, und erledigte die Korrespondenz mit den Justizbehörden.

Charles hatte Glück gehabt mit seinen Gehilfen, war es doch in diesen Tagen schwierig, anständige Leute zu finden, denen man auch vertrauen konnte. Dennoch war, vielleicht mit Ausnahme von Desmorets, mit ihnen kein anspruchsvolles Gespräch möglich, und sie waren Charles oft zu derb. So begann er wieder, seine Gedanken seinem Tagebuch anzuvertrauen. Er schrieb viel, korrigierte nichts. Er las die alten Einträge kein zweites Mal. Er schrieb sich das viele Blut vom Leib. Schreiben wurde für Charles zur rituellen Reinigung. Wenn er das Tagebuch geschlossen und sorgfältig zwischen zwei dicke medizinische Ratgeber geklemmt hatte, trank er Wein – wie immer vor dem Zubettgehen. Er schlief dann zwar rasch ein, aber sein Schlaf war weder lang noch erholsam.

Am Morgen widmete er sich den Menschen, die bei ihm Linderung ihrer Schmerzen suchten. Zu seiner Überraschung hatte es sich herumgesprochen, dass er noch fähiger war als sein Vater. Selbst Ärzte schickten manchmal hoffnungslose Fälle zu ihm. Er galt schon bald als Koryphäe hinsichtlich der Heilung von Gelenkschmerzen und Schultersteife. Die Nachmittage verbrachte er mit dem Studium von Diderots *Encyclopédie,* in seinem Kräutergarten, wo er Kräuter für Arzneien pflanzte, oder mit längeren Ausritten in die nahen Wälder. Das Haus war seit dem Tod von Grossmutter Dubut und Jean-Baptistes Wegzug öde geworden. Er vermisste plötzlich die lärmenden Geschwister. Die vertrauten Stimmen waren allesamt verstummt.

Eines Freitags hatte Charles einen Kammerdiener aus Versailles zu hängen. Als er dem Verurteilten die Haare schnitt, gestand dieser, dass er sich mit einer der Mätressen des Königs vergnügt hatte. »Wieso hat mich der Herrgott derart gut bestückt, wenn ich es nicht nutzen darf?«, fragte er Charles.

»Ich bitte Sie, ruhig zu sitzen, sonst werde ich Sie noch schneiden.«

Der Kammerdiener lachte. »Mit dieser kleinen Schere?« Er zog ein Büchlein aus seiner Tasche. »Ich habe es geschrieben, Monsieur de Paris, im Auftrag unseres Königs.« Das Büchlein war sorgfältig gestaltet und in rotes Leder gebunden. Es war ein Bordellführer durch Paris. »Das werde ich jetzt wohl nicht mehr brauchen«, sagte der Verurteilte mit melancholischer Stimme, aber Sie, wer weiss, vielleicht kommen Sie auf den Geschmack. Ich habe mir sagen lassen, dass Henker nach besonders grausamen Hinrichtungen ins Bordell gehen, um die Anspannung loszuwerden. Aber Vorsicht, wenn Sie zu oft hingehen, verblassen die Reize! Am Ende braucht es ein ganzes Opernhaus nackter Leiber, damit sich der kleine Mann noch regt. Und falls Sie eines Tages einen Anwalt suchen, an diesem Ort werden Sie einen finden. Hier trifft sich alles, was Rang und Namen hat. Mich wollte leider niemand verteidigen.«

Charles steckte den Führer in sein Wams und bedankte sich mit einem Nicken.

»So ist mein Leben doch nicht sinnlos gewesen«, sagte der Kammerdiener mit einem bitteren Lachen.

»Sie meinen, manchmal hat das Leben einen Sinn? Bitte stehen Sie auf, damit ich Ihnen die Hände binden kann.«

Als Charles dem Kammerdiener zwei Stunden später auf dem Schafott die Schlinge um den Hals legte, flüsterte dieser noch: »Ich war bestückt wie ein Hengst.« Dann öffnete sich unter ihm die Falltür.

Als Charles am Abend nach Hause kam, legte er das Buchgeschenk zu den Raritäten, die bereits sein Vater gesammelt hatte. Er hatte wenig Lust, darin herumzustöbern.

Einige Tage später erhielt Charles eine Vorladung des Gerichts. Die Marquise hatte ihn tatsächlich angeklagt. Sie verlangte, dass Charles-Henri Sanson dazu verurteilt würde, sie mit einem Galgenstrick um den Hals um Verzeihung zu bitten. Weiter verlangte sie, dass er in Zukunft durch seine Kleidung und durch ein Abzeichen an der Brust als Henker erkennbar sein müsse. Die Öffentlichkeit müsse besser geschützt werden.

Nun benötigte Charles in der Tat einen Anwalt, und er entsann sich des Bordellführers, den ihm der Kammerdiener von Versailles geschenkt hatte. Darin hatte er auch notiert, in welchen Bordellen die besten Anwälte von Paris verkehrten. Aber etwas in Charles sträubte sich gegen diese Vorstellung, und er nahm das Büchlein nicht einmal hervor. Er wollte einen seriösen Anwalt und keinen, der sich in solchen Häusern herumtrieb. In seiner Not sprach er beim Abendessen davon. Desmorets meinte, in der Taverne zum Goldenen Fass verkehre ein Anwalt. Der sitze jeden Morgen am hintersten Tisch und trinke Kaffee. Man könne sich einfach zu ihm setzen und sein Anliegen vorbringen.

Am anderen Morgen betrat Charles die Taverne.

»Setzen Sie sich, junger Mann, womit kann ich Ihnen helfen?« Der Mann am hintersten Tisch war in mittlerem Alter. Es musste schon lange her sein, seit er das letzte Mal ein Bad genossen hatte. Er schlürfte seinen dunklen Kaffee und liess dabei Charles nicht aus den Augen. Seine Wangen war tief eingefallen, die Haut faltig und grau. Und der Geruch, der aus seinem Mund entwich, war übel und liess vermuten, dass die Gärungsprozesse in seinem Magen gestört waren.

»Ich suche einen Anwalt«, begann Charles und setzte sich auf die abgewetzte Bank.

»Jaja, das nehme ich an. Also hören Sie mir zu, ich berechne für jede angebrochene halbe Stunde vierzig Sou. Der

Kaffee geht auf Ihre Kosten. Können Sie sich das leisten? Haben Sie Arbeit?«

Charles nickte.

»Welche Art Arbeit?«

»Ich bin der Henker von Paris«, sagte Charles ohne Umschweife.

»Nicht weitersprechen«, sagte der Anwalt, »bis hier ist das Gespräch kostenlos. Stehen Sie auf und gehen Sie. Wenn sich herumspricht, dass ich den Henker von Paris verteidige, bin ich meine Kundschaft los.«

»Können Sie mir jemanden empfehlen?«

»Selbst eine Empfehlung kann mich ruinieren. Was glauben Sie eigentlich, was die Kollegen von mir halten, wenn ich sie dem Henker empfehle? Zum Henker mit Ihnen.«

Charles erhob sich und begab sich zur Tür.

»Versuchen Sie es im Château der Madame Gourdan«, rief der Anwalt ihm nach.

Das besagte Château befand sich in der Rue des Deux-Portes. Vermögende Unternehmer trafen sich dort mit einflussreichen Politikern, Anwälte, Journalisten, Adlige, Künstler und Geistliche zählten zum umfangreichen Kundenstamm, und es gab an diesem Ort nicht die geringsten Anzeichen dafür, dass sich das Volk in Royalisten und Republikaner aufgeteilt hatte. Alle wollten das Gleiche, nämlich das eine. Die Bordelle der Madame Gourdan erstreckten sich über mehrere Häuser. Kein Etablissement auf der Welt war grösser und luxuriöser. Charles besuchte das Hauptbordell, in dessen Vorhalle eine Riesenauswahl an kunstvoll geschnitzten Lustspielzeugen präsentiert wurde. Madame Gourdan führte den weltgrössten Versand sogenannter Godemichés. Zu ihren treusten Kundinnen gehörten die Nonnen und Äbtissinnen der Klöster Europas. *Bijoux religieux* war der Code für dieses Accessoire.

Marie-Luce, ein sehr leichtbekleidetes Mädchen, führte Charles in einen kleinen Salon, dessen Wände mit erotischen Gobelins geschmückt waren. Die Teppiche waren schwer und dämpften jedes Geräusch. Hier thronte die einflussreichste Bordellbesitzerin Frankreichs. »Monsieur«, sagte sie, »es freut mich, dass Sie uns mit Ihrem Besuch beehren. Wir werden alles tun, um Ihre Wünsche zu befriedigen. Marie-Luce wird Ihnen gleich die Mädchen vorstellen. Und unsere Preise. Wir führen auch Ausgefallenes im Angebot, beispielsweise die satanischen Kammern.« Sie lächelte. »Unser Haus hat einige Regeln: Dazu zählt vor allem Diskretion. Sie werden in den Salons bekannte Persönlichkeiten treffen. Sie bewahren Stillschweigen, so wie auch die anderen Gäste Stillschweigen bewahren. Sie verletzen unsere Mädchen nicht. Anal und Peitschen sind nur mit deren Einverständnis und gegen Aufpreis erlaubt.«

Marie-Luce führte Charles in einen grossen, kreisrunden Saal, der von einer hohen gläsernen Kuppel überdeckt war, durch die man den Sternenhimmel sehen konnte. Im Saal waren kleine Tische mit bequemen roten Sofas kreisförmig angeordnet. Die Tische hatten einen gebührenden Abstand voneinander, so dass man ungestört vertrauliche Gespräche führen konnte. Die Gäste fühlten sich wie zu Hause. Einige trugen seidene Morgenmäntel, andere waren in Strassenkleidung und schienen nur hergekommen zu sein, um Pfeife zu rauchen, Gespräche zu führen und halbnackte Mädchen zu sehen. Die jungen Frauen standen verführerisch entlang eines mit schwarzem Stoff überzogenen Tresens und suchten mit eindeutigen Blicken den Kontakt zu den Gästen. Charles zeigte auf eine Frau in blauer Unterwäsche und gleichfarbenem durchsichtigem Umhang.

»Geniessen Sie Ihren Aufenthalt, Monsieur«, sagte Marie-Luce und übergab ihn der Frau in Blau. Diese führte ihn hinter den Tresen, wo einer Wand entlang zahlreiche schwere Vorhangstoffe in roter Farbe die Eingänge zu den Séparées verhüllten. Die Frau in Blau wählte das letzte Zimmer. Wände und Decke waren mit schönen Spiegeln ausgekleidet. Charles blieb vor einem Spiegel stehen. Es sah so aus, als sei er Teil eines Gemäldes geworden, denn die Spiegel waren mit ornamentierten goldfarbenen Rahmen versehen. Ansonsten war der Raum spärlich eingerichtet. Ein Waschbecken, ein Handtuch, ein Bett, alles goldfarben. Eine Öllampe warf ihr Licht an die Spiegelwände.

»Ich suche einen Anwalt«, sagte Charles.

»Marie-Jeanne, aber nenn mich einfach Jeanne.«

»Ist das dein richtiger Name?«

Marie-Jeanne lachte. Es war ein bezauberndes Lachen. »Marie-Jeanne Bécu, aber hier bin ich Marie-Jeanne.«

Sie war achtzehn, hatte einen grossen Busen und ein rundliches, warmherziges Gesicht. Der Mund war etwas klein und die Lippen zu schmal für dieses volle Gesicht, aber sie war eine der Lieblingskurtisanen von Madame Gourdan.

»Was sind Sie von Beruf, Monsieur? Oder sind Sie reich geboren?«, fragte Marie-Jeanne lachend. »Ich hoffe, hier eines Tages meinen Prinzen zu treffen. Wenn er mich heiratet, spart er eine Menge Geld, das er ansonsten in unserem Etablissement lässt. Und zudem kann ich hervorragend kochen.« Sie löste ihren blauen Umhang und liess ihn über ihre Schultern zu Boden fallen.

»Ich suche einen Anwalt, Mademoiselle. Mehr nicht.«

»Sie haben doch nicht etwa Angst?«

»Nein«, sagte Charles ungeduldig, »aber ich brauche einen Anwalt, der mich vor Gericht vertritt.«

»In der Kuppelhalle sitzen einige. Ich führe Sie hin.« Marie-Jeanne legte ihren Umhang um die Schultern und begleitete Charles wieder in den Saal zurück. »Und mit uns beiden wird es wohl nichts heute Abend?«, sagte sie enttäuscht.

Charles schüttelte freundlich den Kopf. »Nein, Mademoiselle, es tut mir leid.«

»Aber vergessen Sie meinen Namen nicht. Marie-Jeanne!«

»Charles!«, hörte er plötzlich eine Stimme rufen. Ein Mann erhob sich von einem der Sofas im hinteren Teil des Saals. Charles erkannte ihn nicht. Der Mann kam auf ihn zu. Er hielt ein Glas Champagner in der Hand. »Lass dich ansehen, mein Junge.«

»Antoine?«, fragte Charles ungläubig. Er war immer noch schmächtig und sehr hager. Die langen Koteletten liessen das Gesicht noch schmaler erscheinen, die markante Adlernase war noch ausgeprägter. »Antoine Quentin Fouquier de Tinville«, sagte Charles leise.

»Was führt dich zu uns? Ist es so weit, dass ich dir eine warme Suppe offerieren darf?« Antoine lachte und musterte

Charles von oben bis unten. »Du bist noch grösser geworden. Und sonst? Bist du Arzt geworden?«

»Nein«, sagte Charles, »und du?«

»Ich bin Anwalt, wie du es mir vorhergesagt hast.« Dann fügte er voller Verachtung hinzu: »Ich habe nicht gerne blutige Hände, Monsieur de Paris.«

»Ich suche einen Anwalt, der mich vor Gericht vertritt.«

»In welcher Sache?«, fragte Antoine und mimte den Interessierten. Er führte Charles zu einem freien Tisch. Sie setzten sich. Charles erzählte ihm die Geschichte mit der Marquise. »Habt ihr es denn getan?« Antoine grinste.

»Das spielt keine Rolle«, antwortete Charles ernst.

»Ich kenne die Marquise, jeder kennt sie, also habt ihr es zusammen getrieben.« Antoine prustete vor Lachen. »Die Marquise mit dem Henker im Bett, das ist ja ein tolles Ding!«

»Kannst du mich vor Gericht vertreten?«

»Aber sicher. Die Verhandlung findet am nächsten Freitag statt.«

Charles war überrascht. »Woher weisst du das?«

»Wenn du in die richtige Familie hineingeboren wirst, gibt es für dich in Paris keine Geheimnisse. Das lernt man nicht in Rouen, dafür braucht man einen Stammbaum, Charles, altes blaues Blut.«

Charles nickte. Wenigstens hatte er einen Anwalt gefunden, auch wenn ihm Antoine noch unsympathischer war als früher.

»Es ist schon tragisch«, heuchelte Antoine, »da will ein junger, gutaussehender Mann Arzt werden, er hat Talent, er hat Ambitionen, und dann endet er auf dem Schafott.«

»Bist du verheiratet?«, fragte Charles, um das Gespräch in andere Bahnen zu lenken.

»Noch nicht, aber bald. Ich werde meine Cousine heiraten. Sie ist sehr vermögend. Vermögen zieht Vermögen an. Und sie hat die schönsten Füsse von Paris. Ich stehe auf Füsse, Charles, das erregt mich unheimlich. Und du? Verheiratet?«

»Ich bin nicht verheiratet.«

»Dürfte auch schwierig sein für einen Henker. Aber vielleicht findest du hier eine. Für diese Weiber ist selbst ein Henker noch eine erträgliche Partie, meinst du nicht auch?«

Antoine Quentin Fouquier de Tinville erschien pünktlich im Gerichtssaal. Charles ging sofort auf ihn zu. »Wie sieht es aus?«, flüsterte er.

Antoine strahlte übers ganze Gesicht. »Du wirst verlieren, Charles.« In diesem Augenblick betrat die Marquise mit ihrer Entourage den Gerichtssaal. »Weil ich die Marquise vertrete«, fügte Antoine hinzu. »Bekenne dich schuldig, dann kommst du mit einem blauen Auge davon. Wenn du Widerstand leistest, zerdrücke ich dich wie eine Laus. Dafür werde ich bezahlt, Charles, nichts Persönliches. Ich habe mit der Marquise noch einiges vor. Eine derart streitsüchtige Zicke findet man nicht alle Tage.«

Charles konnte es nicht fassen. Konsterniert starrte er Antoine an.

»Die Welt ist schlecht, Charles. Ich habe am Tag nach unserem Treffen gleich die Marquise besucht und ihr meine Dienste angeboten. Ich meine«, flüsterte er, »meine juristischen Dienste.« Er ging auf die Marquise zu und begrüsste sie mit einer galanten Verbeugung. Gemeinsam nahmen sie in der vordersten Reihe Platz.

Charles war immer noch sprachlos. Er hatte sich ganz auf Antoine verlassen. Er setzte sich und wartete ungeduldig auf die Eröffnung der Verhandlung.

Zwei Treppen führten zu einem langen Tisch, der auf einem hölzernen Podest stand. Dahinter sassen die Richter und ein Schreiber. Sie schienen gelangweilt. Nach einer Weile klopfte der Gerichtspräsident mit seinem Hammer auf die Tischplatte und gab den beiden Soldaten, die neben dem Eingang standen, das Zeichen, die Türen zu schliessen und niemandem mehr Einlass zu gewähren. Die Bänke für die beiden Parteien und das Publikum waren wie in einem Kirchenschiff angeordnet. Links, in der vordersten Sitzreihe, sass die Klägerpartei, die stolze Marquise, ihr Bruder und Antoine. Charles sass rechts, allein. Hinter den Parteien sassen Dutzende von Schaulustigen, die entweder mit der Marquise bekannt waren oder den Henker aus der Nähe sehen wollten. Zum Tatbestand sagte die Marquise nur, dass sie zusammen Tee getrunken hätten. Das Publikum lachte leise.

Charles bestritt den Tatbestand nicht, verschwieg aber, ganz Gentleman, das amouröse Abenteuer. Er hatte sich wieder gefasst. Er bestand darauf, Grundsätzliches über sein Amt vorzutragen, und trat nun vor die Richter. Charles war in der Tat eine imposante Erscheinung, grossgewachsen, stolz, selbstsicher, unerschrocken, und er strahlte Gelassenheit und Ruhe aus. »Warum töte ich?«, fragte er mit lauter Stimme. »Aus persönlichen Motiven? Zum Vergnügen?

Nein, Messieurs les juges, ich vollstrecke ein Urteil, das Sie gemäss unseren Gesetzen gefällt haben. Und was würde geschehen, Messieurs, wenn ich Ihre Strafurteile nicht vollstrecken würde? Das Gesetz würde zum Gespött der Gesellschaft, weil niemand da wäre, ihm Genüge zu tun. Ich erlaube mir die Bemerkung, und dies bei allem Respekt, den ich Ihnen schulde, dass die Kriminellen, die Sie verurteilen, nicht Ihren Urteilsspruch fürchten und auch nicht die Tinte, mit der Sie die Urteile schriftlich festhalten, sondern sie fürchten meine Hand, die Hand des Henkers. Und wer, meine Herren, gibt mir das Recht, dieses Amt auszuüben? Seine Majestät, der König höchstpersönlich. Es ist die historische Aufgabe eines jeden Königs, in seinem Reich das Verbrechen zu sühnen und die Unschuld zu schützen. Im Auftrag des Königs vollstrecke ich Ihre Urteile. Ich bin somit ein Beamter des Königreichs. Ja, ich töte, aber im Gegensatz zum Soldaten töte ich keine Soldaten in fremden Uniformen, ich töte Verbrecher, die Sie überführt und gemäss unseren Gesetzen zum Tode verurteilt haben. Während der Soldat den äusseren Frieden zu bewahren hat, bewahre ich den inneren Frieden. Während unser König Hunderttausende von Soldaten braucht, um den äusseren Frieden zu wahren, braucht er nur einen einzigen Menschen, um den inneren Frieden zu wahren: den Henker. Während der Soldat fürs Töten ausgezeichnet wird, werde ich fürs Töten geächtet. Ich bin nicht hergekommen, um mich gegen die absurden Unterstellungen der Madame la Marquise zu verteidigen. Ich bin hier, damit man mir bestätigt, dass ich Beamter der Justiz bin, und zwar im Rang eines Offiziers.«

Ein Raunen erfasste die Richter. Mit grossem Befremden tauschten sie vieldeutige Blicke aus. Es gab Unruhe unter den Zuschauern. Antoine schien irritiert. Auf jeden Fall war ihm sein spöttisches Grinsen vergangen.

»Ich beantrage hiermit, dass es mir, gestützt auf die adlige Herkunft meines Vaters, des Chevaliers Sanson de Longval, gestattet sei, den Adelstitel de Longval fortan in meinem Namen zu tragen, und dass dies auch allen meinen Nachkommen gestattet sei.«

Das Gericht war konsterniert. Sie hatten einen kleinmütigen Henker erwartet, der sich um Kopf und Kragen redet, stattdessen hatten sie einen selbstbewussten jungen Mann vor sich, der nicht hergekommen war, um zu betteln, sondern um zu fordern. Wenn ihn das Schicksal schon gezwungen hatte, Henker zu werden, dann wollte er ein Henker sein, wie ihn die Welt noch nicht gesehen hatte. Zum Schluss rief Charles den Richtern zu: »Wenn Sie mich verurteilen, verurteilen Sie Ihre eigenen Taten.«

»Monsieur Charles-Henri Sanson«, sagte der Gerichtspräsident, »der Saal ist nur für eine Stunde reserviert. Sind Sie fertig mit Ihren Ausführungen?« Er schien genervt.

Charles nickte respektvoll.

»Ihre Ausführungen«, fuhr der Richter fort, »sind nicht Gegenstand der Anklageschrift und deshalb ohne Relevanz.«

»Ich bitte um Verzeihung, wenn ich Ihnen widerspreche, aber Madame la Marquise würde heute nicht hier sitzen, wenn ich Offizier der königlichen Garde wäre. Deshalb sind diese Ausführungen durchaus von Bedeutung.«

Der Richter erwiderte monoton: »Das Gericht zieht sich zur Beratung zurück. Die Urteilsverkündung erfolgt in einer halben Stunde. Die Urteilsbegründung folgt schriftlich.« Die Richter erhoben sich und verliessen den Saal.

Charles wurde in allen Anklagepunkten freigesprochen. Die Marquise konnte es nicht fassen. Sie tobte im Gerichtssaal und herrschte Antoine an, die Sache nicht auf sich beruhen zu lassen. Als Charles den Saal verliess und in die Eingangshalle hinaustrat, stand plötzlich Dominique vor ihm und umarmte ihn stürmisch. Sie wusste nicht, ob sie weinen oder vor Freude jauchzen sollte. Ihre Augen waren voller Stolz.

»Du bist in Paris?«, fragte Charles erstaunt.

»Natürlich, Charles, ich begleite meinen Mann, er ist geschäftlich hier. Charles, die Menschen im Saal waren so beeindruckt«, flüsterte sie, »sie sprachen voller Bewunderung von dir, wie klug und elegant du deine Worte wählst, wie sicher und gelassen du vor dem Gericht auftrittst und sachlich, aber ohne jede Scheu deinen Standpunkt darlegst. Du hast sie alle überzeugt, Charles.«

Charles drückte seine Schwester fest an sich. In diesem Augenblick trat die Marquise mit ihrem Anwalt in die Halle hinaus. Sie suchte nach Worten, doch Antoine nahm sie am Arm und führte sie sanft, aber bestimmt Richtung Ausgang. Als sie an Charles vorbeigingen, flüsterte Antoine ihm zu: »Das war erst der Anfang, nicht das Ende.«

Nun verliess ein eher kleingewachsener Mann in hellbraunem Frack, teurer Piquéweste und senfgelber Hirschlederhose den Gerichtssaal. Charles erkannte die grelle Aufmachung sofort. Es war Gorsas, der Mann von der Zeitung.

»Brillant«, sagte Gorsas anerkennend und nahm seine Pfeife aus der Tasche. Er klopfte sie an einer der Säulen aus.

»Aber Sie kommen hundert Jahre zu früh mit Ihrem Anliegen. Die Zeit ist nicht reif. Eher wird die Todesstrafe abgeschafft, aber das wollen wir mal nicht annehmen. Ihre Frau Gemahlin?«

»Nein«, erwiderte Charles, »das ist meine Schwester Dominique.«

Dominique verneigte sich kurz und ging dabei höflich in die Knie.

»Sie sind ein interessanter Mann, ich habe ein Auge auf Sie«, sagte Gorsas und verabschiedete sich mit einem kurzen Nicken.

Einige Wochen später gab Charles bei seinem Schneider einen neuen Anzug in Auftrag, diesmal in Königsblau. Als er ihn zum ersten Mal trug und zufrieden im Jardin du Palais Royal promenierte, kreuzte er prompt den Weg der Marquise, die gerade mit einem sehr jungen Mann turtelte. Sie blieb stehen und rief: »Monsieur, Blau ist die Farbe des Adels, und es steht Schauspielern, Juden, Henkern und dem einfachen Gesindel nicht zu, diese zu tragen.«

»Danke«, sagte Charles lächelnd, »ich sollte Sie wohl als Kindermädchen einstellen, dann könnten Sie mir am Morgen bei der Kleiderwahl behilflich sein.«

»Sind Sie mit dem Degen genauso gewandt wie mit Ihrem losen Mundwerk?«

»Ich dachte, Sie wollten sich bei mir für meine Diskretion vor Gericht bedanken, Madame la Marquise. Wir haben schliesslich damals bei Ihnen nicht nur Tee getrunken.«

Ihr Gesicht wurde rot vor Zorn. Sie nahm den Arm ihres Begleiters und gab ihm einen derartigen Ruck, dass er verstand, dass er weiterzugehen hatte. »Soll ich ihn zum Duell auffordern?«, fragte der Junge mit bebender Stimme.

»Im Bett sind Sie nützlicher, Monsieur«, flüsterte sie, aber so, dass es Charles hören konnte.

Charles hatte wieder Zeit, über seine Zukunft nachzudenken. Er beschloss, endlich wieder das Jesuitenkloster zu besuchen. Er musste es tun. Es war ein innerer Zwang. Pater Gerbillon empfing ihn jovial und freundlich und führte ihn gleich in die Pharmacie. Dort waren einige Siamesinnen damit beschäftigt, getrocknete Kräuter im Mörser zu zerstampfen. Charles entdeckte Dan-Mali auf Anhieb, er war ausser sich vor Freude. Pater Gerbillon nahm es mit einem Schmunzeln zur Kenntnis und sagte, er sei gleich wieder zurück. Charles fasste sich ein Herz und ging auf Dan-Mali zu. Sie lächelte und senkte zur Begrüssung den Kopf respektvoll über den aneinandergelegten Händen. Dann standen sie sich einfach gegenüber und schauten sich an. Obwohl sie kein einziges Wort sprachen, kam es Charles so vor, als würden sie sich gegenseitig mit einem Redeschwall übergiessen.

Nach einer Weile sagte sie, dass sie seit ihrer Rückkehr fleissig Französisch lerne. Er würde ihr gerne dabei behilflich sein, erwiderte er freudig. Wenn sie jemanden zum Reden habe, würde sie viel leichter lernen. Sie nickte eifrig. Offenbar hatte sie alles verstanden. Dann blickte sie über seine Schulter, und ihr Lächeln gefror. Pater Gerbillon war zurück. Er zeigte nun Charles die neuen Gewürze aus Siam, doch Charles hatte nur Augen für Dan-Mali.

»Was glauben Sie, Pater Gerbillon, wäre es eine gute

Idee, wenn ich einmal pro Woche mit Dan-Mali Französisch üben würde?«

Pater Gerbillon zögerte. »Ich werde darüber nachdenken«, sagte er schliesslich.

Einige Tage später traf ein Schreiben des Gerichts ein. Charles erwartete ein Vollstreckungsurteil, doch es war eine Vorladung für eine erneute Gerichtsverhandlung, die von der Marquise angestrengt worden war. Antoine hatte recht gehabt. Die gelangweilte Dame, die ihren Tag in Vergnügungsparks vertrödelte, würde ewig weiterprozessieren. Sie hatte genug Zeit und Geld.

Rechtzeitig liess sich Charles einen weiteren Anzug aus grünem Stoff schneidern und erschien in dieser Aufmachung vor Gericht. Antoine kam gleich auf ihn zu. »Daraus wird noch eine Freundschaft«, scherzte er, »aber sag mal, Charles, die Marquise sagte, du trägst Blau. Hat sie Mühe mit den Farben?«

»Es gibt Leute, die Rot nicht von Grün unterscheiden können. Die sind farbenblind. Aber dass man Blau nicht von Grün unterscheiden kann, das wäre mir neu.«

»Und das wüsstest du natürlich«, sagte Antoine mit ernster Miene, »du bist nämlich gescheiter als ich.« Dann klopfte er Charles gönnerhaft auf die Schulter. »Ich bin dir nicht böse, Charles, dank dir habe ich eine neue Klientin. Sie ist vermögend und maliziös, und sie braucht jeden Tag juristische Beratung. Weisst du, mit der Zeit entsteht so eine Art Beziehung zwischen Anwalt und Klientin. Die Marquise kniet sich in eine Materie rein und beginnt dann, ihre Freundinnen zu beraten. Und dafür braucht sie immer mich. Und das verdanke ich dir, Charles. Ach, übrigens: Lass mich heute gewinnen, sonst krieg ich sie nach der Verhandlung nicht ins Bett.« Er lachte lauthals. Es war kein spontanes Lachen, eher verkrampft und niederträchtig.

Die Marquise betrat den Saal und ging sofort auf Antoine zu, ohne Charles eines Blickes zu würdigen.

Der Gerichtspräsident gähnte bereits vor der Eröffnung der Verhandlung. Mit monotoner Stimme verlas er die Beschwerde der Marquise und bat anschliessend Charles um eine kurze Stellungnahme. Charles erklärte dem Gericht, dass er adliger Herkunft sei, dass sein Vater der Chevalier Sanson de Longval sei und dass das Amt des Scharfrichters wohl kaum den Verlust dieses Adeltitels nach sich ziehen könne. Also dürfe er Blau tragen. Er erklärte ferner, dass er unabhängig vom Urteil kein Blau mehr tragen wolle, da es nicht zu seiner Gesichtsfarbe passe. Das löste im Publikum tumultartiges Gelächter aus. Viel Adel war anwesend, darunter auch der Marquis de Létorières, der sich vorzüglich zu amüsieren schien. Mit einem Lächeln drehte sich Charles zum Publikum, doch es gefror sofort, als er in der dritten Sitzreihe Pater Gerbillon entdeckte. Nun bestand kein Zweifel mehr daran, dass der Jesuitenpater wusste, dass Charles Monsieur de Paris war. Und wenn er es wusste, wusste es das ganze Kloster. Nie im Leben würde Gerbillon Charles in die Geheimnisse der Pharmazie einweihen. Nie im Leben würde er erlauben, dass der Henker von Paris Dan-Mali Französischunterricht erteilte. Das Gericht erklärte die Klage wegen Nichtigkeit für abgewiesen. Für Charles war es ein Pyrrhussieg.

Pater Gerbillon wartete am Ausgang auf Charles. »Ich dachte, du hattest den Beruf deines Vaters gehasst und wolltest Arzt werden«, sagte er sichtlich enttäuscht.

»Das will ich immer noch«, erwiderte Charles trotzig, »aber ich musste es tun. Man zwang mich dazu. Ich wollte es nicht.«

Der Pater nickte nachdenklich. Schliesslich fasste er ihn an beiden Schultern. »Du stehst abseits der Gesellschaft, Charles, das wird kein einfaches Leben.«

»Ich werde Sie nie mehr belästigen«, sagte Charles.

Pater Gerbillon lächelte versöhnlich. »Auch ich stehe abseits der Gesellschaft. Wie sollte ich dich also verurteilen?«

»Ein Jesuitenpater steht doch nicht abseits der Gesellschaft.«

»Manchmal eben doch.«

»Darf ich Sie noch besuchen?«

»Du meinst, ob du Dan-Mali noch besuchen darfst?«

Charles fuhr sich verlegen mit den Fingern durchs Haar, als hätte man ihn gerade beim Lügen erwischt.

»Vielleicht ist es besser, wenn du eine Weile nicht kommst«, sagte der Pater, »du bist jetzt bekannt wie ein bunter Hund. Und wir kehren bald nach Siam zurück. Diese zweite Auseinandersetzung wäre nicht nötig gewesen, Charles, du trägst ja neuerdings eh Grün. Man sollte wissen, wann es genug ist.«

Kurz darauf liess sich der Marquis de Létorières in einem identischen grünen Anzug in der Öffentlichkeit blicken, und bald schon nannte man diese Kreation *mode à la Sanson*, und Hunderte, ja Tausende von Pariser Männern liessen sich grüne Anzüge schneidern, als wollten sie kundtun: Wir alle sind wie Charles-Henri Sanson. Wir vollstrecken mit ihm. Er ist einer von uns. Wir sind Charles-Henri Sanson. Aber in Wirklichkeit war es nichts von alledem. Es war bloss ein modischer Spleen der gelangweilten saturierten Oberschicht, und vielleicht wollten einige adlige Sprösslinge ihre Verwandten schockieren, aber niemand wollte allen Ernstes ein Sanson sein.

Charles wollte Pater Gerbillons Aussage überprüfen und wartete geduldig auf der Strasse vor dem Collège Louis-le-Grand. Als die Turmuhr fünf schlug, strömten die Schülerinnen und Schüler aus dem Gebäude. Die Siamesinnen waren nicht zu übersehen. Sie waren wesentlich kleiner als ihre Mitschülerinnen und stets beisammen. Dan-Mali führte die kleine Gruppe an. Als sie Charles sah, lief sie sofort auf ihn zu. Doch plötzlich schien es ihr peinlich, dass sie ihre Gefühle derart offen gezeigt hatte, und sie verlangsamte ihren Schritt. Ihre Freundinnen warteten.

»Ich wollte dich wiedersehen«, sagte Charles.

Dan-Mali strahlte übers ganze Gesicht.

»Seit ich dich damals das erste Mal gesehen habe ...« Charles suchte nach Worten. »Ich möchte dich öfter sehen, jeden Tag.«

Dan-Mali nickte und berührte zaghaft seinen Arm. »Ich muss zu meinem König zurück. Nach Siam.«

»Du sprichst unsere Sprache schon ganz gut.«

»Sprache ist wie Musik. Wenn man die Töne kennt, kann man sprechen.«

»Du könntest bei mir bleiben. Bei mir wohnen.«

»Vielleicht in einem anderen Leben.«

Charles rang nach Worten. Die wartenden Siamesinnen kicherten.

Dan-Mali schüttelte den Kopf. »Ich gehöre Pater Gerbillon. Ich habe es Mutter versprochen. Der Pater hilft meiner Familie in Siam. Ich bin dankbar. Ich bin immer da für Pater Gerbillon. Ohne mich hat meine Familie Hunger. Meine Familie braucht mich. Buddha sieht alles. Buddha weiss alles.«

»Ist Buddha ein guter Gott?«, fragte Charles.

Dan-Mali kreuzte die Arme vor der Brust und senkte ehrfürchtig den Kopf. »Buddha hat viele Gesichter.«

»Verflucht er manchmal Menschen?«

»Buddha kann bestrafen. Wenn du Schlechtes tust.«

»Verflucht er dich? Belegt er Menschen ein Leben lang mit einem Fluch?«

»Buddha kann Menschen ein ganzes Leben lang bestrafen.« Dan-Mali machte Anstalten, zu ihren Freundinnen zurückzukehren.

»Warte«, rief Charles, »wann können wir uns wiedersehen?«

»In einem anderen Leben. Ich gehe nach Siam.«

»Dann werden wir uns nie mehr sehen?«

Dan-Mali schüttelte heftig den Kopf. Sie schien verzweifelt. Dann lief sie in Richtung Jesuitenkloster davon. Ihre Freundinnen holten sie ein und begannen sie zu trösten. Sie blickte nicht zurück.

Charles brauchte niemanden, der ihn tröstete. Mehrfach hatte er schon erfahren müssen, dass das Leben hart war und das Schicksal kein Erbarmen kannte. Es nährt das Leben vom Leide sich. Er wusste nicht mehr, wo er den Satz gelesen hatte. Aber in diesem Augenblick kam er ihm in den Sinn. Mag sein, dass es in Paris Menschen gab, die heiter und unbeschwert durchs Leben gingen, aber das war nicht das normale Leben. Das Leben war voller Entbehrungen, geplatzter Träume und blutender Seelen.

Charles brauchte Monate, um darüber hinwegzukommen. Je mehr er sich damit abfinden wollte, dass ein Leben mit Dan-Mali nicht möglich war, desto mehr sehnte er sich danach. Er quälte sich. Doch irgendwann, nach zahllosen schlaflosen Nächten, überwog die Einsicht, dass es kein Leben mit ihr geben würde. Er tröstete sich damit, dass die kulturellen Unterschiede zu gross gewesen wären. Gleichzeitig wusste er, dass er sie liebte, wie er noch nie jemanden geliebt hatte. Sie war nach seiner frühverstorbenen Mutter der erste Mensch, dem er sich bedingungslos hingegeben hätte. Für Dan-Mali hätte er sein Leben gegeben.

7

Auf seinen Ausritten in die Wälder der Umgebung von Montmartre war Charles stets allein. Keiner wollte mit dem Henker jagen. Hinter den Wäldern erstreckten sich Gemüsebeete, so weit das Auge reichte, und im Süden, wenn man Richtung Paris ging, sah man die einfachen Häuser der Pächter der Abtei Saint-Pierre de Montmartre. Auf einem kleinen Hügel stand das Haus der Gärtnerfamilie Jugier, das gleichzeitig ein kleiner Gasthof war, in dem Charles manchmal einkehrte. Die beiden Töchter, Marie-Anne und Marie-Luce, waren um die dreissig. Der Vater sass tagaus, tagein in einem Schaukelstuhl vor dem Haus und schlief oder beobachtete die zahlreichen Gärtner, die auf seinen Gemüsebeeten arbeiteten. Zu seiner Rechten hatte er eine Flasche Kartoffelschnaps, die er jeweils bis zum Abend leerte. Manchmal sprang er unvermittelt hoch, ging mit energischem Schritt auf einen der Tagelöhner zu und zeigte ihm, wie man richtig arbeitet: »Lass dir einen Rat geben, streng dich mehr an, und verrichte deine Arbeit mit Akribie, so vergeht die Zeit schneller.« Die Tagelöhner nickten jeweils nur. Sie kannten das cholerische Temperament des Mannes. Manchmal, wenn er bereits zu viel getrunken hatte, fiel er der Länge nach hin, und die Tagelöhner versuchten, ihn aus dem Gemüsebeet zu hieven. Er wurde dann jeweils richtig wütend, denn ein Mann wie er brauchte keine Hilfe. Seine Ehefrau war sehr kleingewachsen und schwatzte derart enervierend auf die Wanderer ein, die hier eine Rast einlegten, dass die meisten sich damit begnügten, Wasser für ihre

Hunde zu verlangen. Wenn die beiden Alten allein waren, zankten sie sich um alles und jedes. Der Mann war eigentlich nicht streitsüchtig, aber die Frau schlich wie eine giftige Tarantel um seinen Schaukelstuhl herum und versuchte, ihn gegen irgendetwas oder irgendjemanden aufzustacheln. »Gib doch endlich Ruhe«, pflegte er dann zu sagen und ging zu den Gemüsebeeten. »Eines Tages werde ich Ruhe geben«, schrie sie ihm nach und reinigte zum wiederholten Male die Tische. Zwischendurch schaute sie unauffällig nach links und rechts und gab einem Hund, der ihr im Wege stand, einen kräftigen Tritt in die Rippen. Der Hund schreckte jaulend auf und zottelte davon. Sie hasste Hunde. »Die machen nur Dreck«, sagte sie. Aber ohne Hunde hätte sie nicht ihrer Religion frönen können: saubermachen und nochmals saubermachen.

Als sie Charles sah, holte sie einen Krug Wasser und einen Becher und stellte beides auf den äussersten Tisch, den Charles bevorzugte. Er setzte sich und beobachtete, in Gedanken versunken, die Ankunft einer Jagdgesellschaft. Dass er sogar hier ausgeschlossen war, kränkte ihn. Auf Theater und Oper mochte er noch verzichten, obwohl ihm das nicht leichtfiel, aber die Pferde, die Hunde, der Ausritt in die Natur, darauf wollte er nicht verzichten. Und ausgerechnet hier, auch hier, war er ein Geächteter. Obwohl Charles den Frauen gefiel, hatte er kaum eine Chance, eine Frau zu finden. Denn sobald er seinen Beruf erwähnte, wandten sie sich ab. Sein Beruf ekelte sie an. Zwar hatte er bereits die richtige Frau gefunden, Dan-Mali, aber sie hatte ihm klargemacht, dass eine Verbindung nicht möglich war. Er dachte immer noch an sie. Selbst wenn er hier draussen sass und von seinem Tisch aus die Tür des Gärtnerhauses beobachtete. Meist traten die beiden Schwestern zusammen aus dem Haus. Marie-Luce war ein sehr freundlicher und gutmütiger Charakter. Auffallend waren ihre feuerrote Mähne und ihr energischer Schritt. Sie war verheiratet mit einem deutlich älteren Vorarbeiter, dessen Rücken von der schweren Feldarbeit gezeichnet war. Die Arbeit im Freien hatte seine Haut dunkel gegerbt. Auch er war ein fröhlicher und hilfsbereiter Mensch, der gern sang und sich mit den Tagelöhnern unterhielt. Marie-Anne war so ziemlich das Gegenteil. Sie war still und verfügte wie auch ihr Vater über eine natürliche Autorität. Es war schwer, an sie heranzukommen, denn sie sprach kaum. Kein Mensch konnte ihre Gedanken erraten. Sie war schlank, hochgewachsen und hatte einen seltsam durchdringenden Blick. Man hatte stets den Eindruck, sie wolle etwas sagen, könne aber nicht sprechen. War sie wütend? Würde sie gleich die Beherrschung verlieren? Sie wirkte meistens sehr angespannt. Wenn sie einen Krug Wasser brachte, waren ihre Gesichtszüge sanft und weich, voller Anmut, aber wenn sie sich abwendete und glaubte, von niemandem beobachtet zu werden, verfinsterte sich ihr Blick. Ihre Augen wurden wieder stechend, bedrohlich, als wäre sie bereit zu Gewalt, als könnte sie hassen und auf immer nachtragend sein. Es schien, als sei sie untröstlich erzürnt, dass man sie geboren hatte. Das war es. Untröstlich erzürnt, dass man sie geboren hatte, dachte Charles. Aber irgendetwas an ihr zog ihn an, ein geheimnisvoller Zauber. Bei ihr empfand er nicht die erotische Anziehung, die er normalerweise bei Frauen empfand. Bei ihr wurde kein Jagdfieber ausgelöst. Charles begehrte nicht, ihren nackten Körper zu sehen, sie zu küssen. Nein, nichts von alldem. Es war ein unbekannter Zauber, der Charles heimsuchte. Manchmal schien es ihm, als suchte er bei ihr Trost, weil er Dan-Mali verloren hatte. Aber sie sprach ja kaum. Sie schien sich nur für das Geschäft zu interessieren. Also kaufte Charles bei ihr Obst und Gemüse, obwohl sich sein Gehilfe Gros vor Nahrungsmitteln kaum noch retten konnte.

»Wollen Sie das alles essen?«, fragte sie mit einem Lächeln. Sie schien ihn längst zu durchschauen. Ja, wenn es ums Geschäft ging, konnte sie sogar lächeln.

»Es sind die besten Früchte weit und breit.«

Sie hob das Kinn etwas keck und überheblich und sagte leise: »Ich glaube Ihnen kein Wort.«

»Ich habe Ihren Vater selten wach gesehen«, sagte Charles unvermittelt. Er wollte das Thema wechseln.

»Er schläft viel«, sagte sie, »ich wecke ihn zum Essen, dann schläft er meistens wieder ein. Das ist das Alter, er ist bereits über achtzig, das sind zwei Menschenleben. Irgendwann wird er nicht mehr aufwachen und für immer schlafen.«

Hunde kläfften. Es waren weisse Jagdhunde mit langen Ohren. Sie eilten den sechs Jägern voraus, die auf das Gärtnerhaus zuritten. Marie-Anne wandte sich von Charles ab und erwartete die Ankunft der Hunde. Sie sprangen freudig an ihr hoch. Dann kniete sie nieder, um sie besser liebkosen zu können. Ein Hund begann ihr Ohr zu lecken, was sie sehr amüsierte. Sie schien die Hunde zu kennen und sehr zu mögen. So hatte Charles sie noch nie erlebt. Wie konnte man bloss bei Hunden so aufblühen und Menschen gegenüber so reserviert sein? Vielleicht lag es an ihm. Vielleicht wusste sie, dass er Henker war. Ja, das war vermutlich der Grund.

Charles bestieg sein Pferd und ritt langsam davon. Er kam dabei an der Jagdgesellschaft vorbei. Die Männer musterten ihn stumm. Keiner grüsste. Sie starrten ihn an, als wollten sie ihn mit ihren Blicken vertreiben. Charles wusste, dass er hier nicht mehr auftauchen musste. Sie würden Marie-Anne seinen Beruf verraten und allerlei Scheusslichkeiten auftischen. Wollte er nicht ledig und kinderlos bleiben, gab es auch für ihn nur die Möglichkeit, die Tochter eines Henkers zu heiraten. Oder Marie-Jeanne Bécu aus der Rue des Deux-Portes. Charles nahm sich vor, nicht mehr herzukommen. Er wollte sich eine andere Gegend zum Ausreiten suchen.

Zu Hause übergab er seinem Gehilfen Gros das Gemüse und das Obst. Dieser fragte, ob die Verkäuferin denn so hübsch sei. Charles bringe nach seinen Jagdausflügen so viel Ware ins Haus, dass er bald einen eigenen Marktstand eröffnen könne.

»Sie ist hübsch«, sagte Charles nach einer Weile. Er blieb in der Küche stehen und schaute Gros zu, wie er das Gemüse in einem Zuber wusch, »aber sie ist total verschlossen, man wird nicht schlau aus ihr.«

»Wenn man wissen will, wie die Mädchen werden, muss man die Eltern genau anschauen.« Gros lachte.

»Der Vater ist ein gutmütiger Kerl, dominant, säuft ein bisschen, doch das machen wohl alle im Alter. Die Mutter aber ist eine Hexe, die ständig am Meckern ist.«

»Und«, fragte Gros, »wem gleicht sie?«

»Vom Körperbau her schlägt sie dem Vater nach.«

»Lassen Sie sich nicht täuschen, Monsieur, da hat schon mancher eine Überraschung erlebt. Vielleicht hat sie den Körperbau des Vaters und den Furienverstand der Mutter. Und denken Sie daran, jeder kleine Charakterzug in jungen Jahren entwickelt sich zu etwas Grossem, wenn die Mädchen älter werden. Was Sie jetzt kriegen, ist nicht das, was Sie in zwanzig Jahren haben werden.«

Charles nahm die beiden Hasen, die er über der Schulter trug, und legte sie auf den Tisch. »Mach uns die Hasen, Gros. Ich brauche wieder mal richtiges Fleisch.«

»Dafür ist es zu spät, Monsieur, es gibt heute Huhn.«

Barre, Firmin und Desmorets betraten die Küche und setzten sich an den Tisch. Sie waren hungrig. Schweigend assen die Männer ihr Abendbrot und tranken dazu mit Wasser verdünnten Rotwein. An jenem Abend fühlte jeder die Leere im Hause. Es fehlte eine Frau. Charles' Nachdenklichkeit hatte alle verstummen lassen. Keiner wollte mit irgendeinem dummen Geschwätz den Unmut von Monsieur de Paris auf sich ziehen. Charles nahm sich fest vor, eine Frau zu suchen. Er wollte eine Frau und Söhne. Und Töchter, wieso nicht auch Töchter.

Wenn Charles nachts nicht schlafen konnte, spielte er immer Klavier, mitten in der Nacht, und seine Gehilfen wussten, dass der Henker leidet. Doch bald war das Klavier so verstimmt wie er selbst. Da er aber unbedingt noch Klavier spielen wollte, liess er nach dem deutschen Orgelbauer Tobias Schmidt rufen, der das Klavier gebaut hatte.

Tobias Schmidt war ein stiller, diskreter Mensch, der in einer eigenen Welt lebte. Sie bestand aus Musik und merkwürdigen Maschinen, die er erfand und auch konstruierte. Wie alle wirklich kreativen Menschen hatte er nicht nur ein Talent. Es war ihm zu Ohren gekommen, dass der Mann, der es eines Tages fertigbringen würde, Nahrungsmittel haltbar zu machen, die Welt erobern würde. Er arbeitete an Destillationsmethoden und an harzhaltigen Klebstoffen, mit denen man Glasbehälter luftdicht verschliessen konnte. Er war um die vierzig und lebte allein in einem alten Fabrikgebäude hinter der Kathedrale Notre-Dame. Er war spindeldürr, beinahe kahl, und sein Gesicht war stets grau und blutleer, weil er sich schlecht ernährte und sein dunkles Fabrikgebäude kaum je verliess. Er war ein Nachtmensch, ein Tüftler, der seit seiner Erfindung einer hydraulischen Presse in Fachkreisen einen sehr guten Ruf genoss. Zum Henkersberuf hatte er sich nur ein einziges Mal geäussert: »Einer muss es ja tun, Monsieur.« Die Musik verband die beiden Männer und schaffte zwischen ihnen ein stilles Einverständnis. Sie brauchten nicht viele Worte. Als das Klavier gestimmt war, setzten sie sich nebeneinander auf die Klavierbank und spielten. Anschliessend tranken sie in der Küche noch ein Glas Wein. Die gemeinsame Musik hatte sie gesättigt wie eine üppige Mahlzeit.

»Sie sollten heiraten, mein Freund«, sagte Schmidt unvermittelt.

»Und Sie erst«, sagte Charles lachend.

»Ich bin mit meinen Maschinen verheiratet, mit hydraulischen Pressen, Klavieren, Orgeln und Maschinen, die noch keiner gesehen hat. Das Problem ist, dass ich nicht weiss, wozu die Maschinen gut sind, denn ich erfinde sie manchmal, bevor man sie braucht. Nur bei der Konservierung von Nahrungsmitteln bin ich mir ganz sicher. Einige Seefahrer haben bereits Gläser mit an Bord genommen, doch leider zerbricht das Glas oft auf hoher See. Wenn es mir aber gelingen sollte, Gemüse und Obst in Blechdosen zu konservieren, dann wird dies nicht nur der Menschheit helfen, nach schlechten Erntejahren zu überleben, sondern es wird auch die Kriegsführung revolutionieren. Man wird Feldzüge planen können bis ans Ende der Welt. Denn bisher wurden Armeen öfter von verfaulten Nahrungsmitteln gestoppt als von gegnerischen Soldaten. Mit Konserven im Gepäck kann jede Armee bis ans Ende der Welt segeln.«

»Es wird Weltkriege geben«, sagte Charles.

»Wenn eine Idee erst einmal ausgesprochen ist, gibt es kein Halten mehr. Aber Sie sollten sich wirklich eine Frau suchen. Sie sind fürs Alleinsein nicht geeignet. Ihr Beruf ist schwer genug. Sie brauchen eine Frau, die zu Hause auf Sie wartet.«

»Ich weiss«, antwortete Charles, »aber es ist für einen Henker nicht einfach, eine Frau zu finden.«

»Es muss nicht Liebe sein«, sagte Schmidt, »es kann auch Vernunft sein. Ich weiss, dass Sie Kinder lieben und Nachkommen wollen. Dafür brauchen Sie eine Frau.«

Charles wollte darüber nachdenken.

Einige Tage später erhielt er eine Einladung des Journalisten Gorsas für ein Treffen im Etablissement in der Rue des Deux-Portes. Die Frau in Blau, Marie-Jeanne, holte ihn im Entree ab und begleitete ihn in den grossen Saal mit der gläsernen Kuppel.

»Haben Sie Ihren Prinzen gefunden?«, fragte Charles neugierig. Marie-Jeanne hakte sich bei ihm unter und strahlte verträumt. »Ja, es ist der Graf du Barry. Er hat Grosses vor mit mir. Er will mich als Mätresse an den König vermitteln. Er hofft, dadurch seinen Stand in Versailles zu verbessern. Der König ist alt, aber wenn ich es tue, habe ich für den Rest meines Lebens ausgesorgt und brauche keinen Ehemann mehr. Wieso soll ich also dafür dem Alten nicht jeden Morgen einen blasen? Das ist mir lieber als all die jungen Rammler, die mich mehrmals am Tag besteigen wollen. Und Ihr Amt, Monsieur, habe ich mir sagen lassen, ist ja auch nicht gerade ein Honigschlecken.«

Charles musste lachen. Irgendwie beeindruckte ihn dieser praktische Verstand. Doch er warnte sie: »Ohne Adelstitel bleiben die Tore von Versailles geschlossen, Mademoiselle.«

»Der Graf will mich mit seinem Bruder verheiraten, dann bin ich Gräfin du Barry.«

»Oh, das klingt gut, Gräfin du Barry.«

»Was sind Ihre Wünsche, Monsieur? Es ist meine letzte Nacht hier.«

»Ich bin mit dem Journalisten Gorsas verabredet«, flüsterte Charles, »ist er da?«

»Er steht hinter Ihnen. Madame Bécu, er gehört jetzt mir.« Gorsas lachte, und Marie-Jeanne entfernte sich mit einem adretten Knicks. »Kommen Sie mit«, sagte Gorsas leise und führte Charles zu einer hölzernen Tür mit steinernem Torbogen. Charles war skeptisch. »Vertrauen Sie mir.« Gorsas kicherte.

Gemeinsam stiegen sie eine Wendeltreppe hinunter. Von unten drangen Gestöhn und Lustschreie nach oben.

»Er hat es gerne, wenn jemand zuschaut«, flüsterte Gorsas und zwinkerte. Vorsichtig zog er den schweren schwarzen Vorhang beiseite. Vor ihnen lag ein Gewölbe, schmucklos wie ein Verlies oder wohl eher wie eine Folterkammer. Es erinnerte Charles an Damiens. An der Wand war ein grosses Kreuz befestigt. Daran war ein junger Mann gebunden. Nackt. Er war ungefähr in Charles' Alter, schlank und auffallend hübsch, hatte dunkelblondes Haar und einen ansteckenden Schalk in den leuchtend blauen Augen. Das Gesicht war spitz und bleich, und der Mund drückte Ironie und Sarkasmus aus. Er schien ganz entspannt, hemmungslos und lachte genussvoll, wenn ihn die Peitsche der Peinigerin traf.

»Der am Kreuz, das ist Donatien Alphonse François de Sade, er schöpft neue Ideen für seine pornographischen Romane. Und der andere, das ist Sire de Fronsac, der uneheliche Sohn des Marquis.« Charles wollte wieder gehen, aber Gorsas hielt ihn zurück. »Wir sind hier eine grosse verschwiegene Familie, Sie können sich beteiligen. Niemand wird Sie jemals verraten.«

Zwei nackte Mädchen mit schwarzen Masken lösten de Sade vom Kreuz und zwangen ihn auf die Knie. Während die Mädchen an seinem Penis saugten, stiess Sire de Fronsac sein Glied in dessen After.

»Haben Sie mich dafür eingeladen?«, fragte Charles und drehte sich um. Er stieg die Wendeltreppe hoch und wollte zum Ausgang, als Gorsas ihn einholte: »Ich habe mit Ihnen etwas zu besprechen. Lassen Sie uns in einer ruhigen Ecke ein Glas Champagner trinken. Sie sind mein Gast.« Er winkte einem Mädchen zu und hob zwei Finger in die Höhe. Offenbar war er hier ein Habitué. Man kannte ihn. Sie setzten sich in zwei dicke Ledersessel. Zwischen ihnen war ein kleiner Tisch. Gorsas beugte sich konspirativ nach vorn. »Monsieur, unsere Gesellschaft braucht eine Kultur der Vernunft. Ihr vorausgehen muss die Entchristianisierung, denn ein vernünftiger Mensch braucht keinen Gott. Er vertraut dem, was er sieht. Anstelle von Gott käme die göttliche Sonne, der Ursprung aller Religionen, denn die Sonne ist das Licht, das Licht Gottes, das höchste Wesen. Was halten Sie von einem Kult des höchsten Wesens anstelle unserer Götterfiguren und Schutzheiligen? Wir huldigen fortan der Natur. Wir feiern die Natur. Aber dafür müssen wir den Klerus zerstören, sonst versucht er, das höchste Wesen für seine Zwecke zu domestizieren.«

»Ist das eine Verschwörung?«, fragte Charles misstrauisch. Ihm war sichtlich unwohl. Er wollte da nicht hineingezogen werden.

»Es gibt Menschen aus allen sozialen Schichten, die sich darüber Gedanken machen. Sie nennen sich Grand Orient de France und tagen im Verborgenen. Sie tragen dabei eine rote Mütze, die Mütze des Mithras, des Sonnengottes. Er ist der Gott der prähistorischen Jäger und der Ursprung aller Religionen. Er verkörpert die göttliche Natur. Die Brüder des Grand Orient de France glauben, dass alle Menschen von Geburt an gleich sind. Wir glauben an Freiheit, Brüderlichkeit und Gleichheit.«

»Sie wollen eine Revolution?«, fragte Charles. »Oder wollen Sie lediglich meinen Standpunkt testen?«

»Nein, nein«, Gorsas wehrte ab, »ich habe Sie damals vor Gericht beobachtet. Man hat mich beauftragt, Sie zu kontaktieren. Sie sind Henker, das kümmert uns nicht. Sie haben Courage, Stehvermögen und einen scharfen, analytischen Verstand. Solche Männer brauchen wir. Dem Grand Orient de France können auch Frauen beitreten, denn Frauen und Männer sollen in der Welt von morgen die gleichen Rechte haben.«

»Ich werde darüber nachdenken, Monsieur Gorsas«, sagte Charles, um das Gespräch zu beenden und diesen Ort rasch verlassen zu können.

»Aber nicht zu lange. Sie müssen eine Entscheidung treffen. In Paris braut sich etwas zusammen. Jeder Sturm hat seine Vorboten, Monsieur de Paris. Ich habe die ersten gesehen, es liegt etwas in der Luft.

Charles nahm sich vor, dieses Haus nie mehr zu betreten. Er hatte sich auch vorgenommen, nie mehr zum Gärtnerhaus auszureiten. Und doch tat er es nun erneut. Er redete sich ein, dass er die Gegend mochte. Sein Ausritt in die Umgebung von Montmartre war ein Erfolg. Er schoss ein Reh. Auf dem Heimweg hielt er beim Gärtnerhaus an. Seine Hunde brauchten Wasser. Es war niemand da. Doch bei den endlosen Gemüsegärten standen einige Leute beisammen. Er erkannte Marie-Anne Jugier, die offensichtlich dabei war, den zahlreichen Saisonarbeitern Anweisungen zu erteilen. Er band sein Pferd an und vergewisserte sich, dass das tote Reh gut befestigt war. Dann setzte er sich an einen der Tische vor dem Haus.

Marie-Anne liess nicht lange auf sich warten. Sie kam auf Charles zu und fragte ihn, ob er ein Glas Wasser oder Wein möchte. Charles bat um Wein. Bei seinem Vorhaben konnte ein Glas Wein nicht schaden.

Marie-Anne kam mit einer Karaffe zurück, setzte sich Charles gegenüber und sagte: »Mein Vater ist letzte Woche gestorben.«

»Letzte Woche?«, wiederholte Charles. »Das tut mir leid.« Dann tranken sie wortlos ihren Wein.

Marie-Anne blickte verträumt in die Ferne. Sie schien den süssen Schmerz der Melancholie zu lieben. Als Charles sein Glas abstellte, schaute sie ihn kurz an. Sie wollte erneut den Blick in die Ferne schweifen lassen, doch er blieb an Charles haften. »Man kann nicht ewig leben«, sagte sie wie zu sich selbst. »Jetzt trinken wir seinen Lieblingswein, den er für besondere Gelegenheiten aufbewahrt hatte. Das ist wohl das Schicksal aller guten Weine. Sie sind stets zu kostbar und zu teuer, um sie aus nichtigem Anlass zu trinken. Deshalb werden sie schliesslich von den Erben getrunken. Aus nichtigem Anlass.«

»Dieser Anlass ist vielleicht nicht so nichtig«, sagte Charles und fragte nach einer Weile: »Haben Sie noch nie ans Heiraten gedacht?« Er schaute Marie-Anne mit offenen, freundlichen Augen an.

Sie lächelte verlegen. »Manchmal«, sagte sie. »Falls Gott will, wird er mir jemanden schicken. Jetzt hat er mir den Vater genommen, nun wird er mir vielleicht jemanden schicken.«

»Falls Gott Ihnen jemanden schicken würde, würden Sie ihn dann erkennen?«

»Ich weiss es nicht. Gott müsste mir noch ein Zeichen geben, sonst hat es ja keinen Sinn, dass er mir jemanden schickt.«

Charles nickte nachdenklich.

»Er müsste mir einen Heiratsantrag machen. Ich bemerke nie, wenn Männer mich mögen. Ich habe es stets

Jahre später erfahren, wenn diese Männer bereits verheiratet waren und Kinder hatten. Und ich stehe immer noch inmitten meiner Gemüsebeete.«

»Vermissen Sie die Liebe nie?«

»Aber Monsieur, Sie sind doch nicht etwa hergekommen, um mit mir dieses seltsame Gespräch zu führen?«

»Eigentlich schon. Ich wollte Sie fragen, ob Sie sich vorstellen könnten, einen Mann zu heiraten, der nicht Ihrem Stand entspricht, einen Mann, der rechtschaffen seine Arbeit tut, aber eben doch niemandes Stand entspricht.«

»Das müsste ein seltsamer Beruf sein, aber wenn mich dieser Mann aufrichtig liebt ...«

»Das tue ich, Mademoiselle.«

Nun liefen beide rot an und wussten nicht so recht, wie weiter.

»Ich habe ein Reh geschossen«, sagte Charles ohne Übergang. »Ich werde jetzt nach Hause gehen, und mein Gehilfe Barre wird das Reh ausweiden. Wenn es nicht zu aufdringlich ist, würde ich Ihnen morgen früh gerne das beste Stück vorbeibringen. Den Rücken. Ich bin sicher, Sie können ihn wunderbar zubereiten.«

»Das könnte ich nur annehmen, wenn Sie das Mahl anschliessend mit mir und meiner Mutter teilen.«

»Gut«, sagte er, »dann kann ich gleich Ihre Mutter um Ihre Hand bitten.«

»Gibt es noch etwas, was Sie mir sagen möchten?«, fragte sie.

»Ja, ich bin der Henker von Paris.«

»Ich weiss, ich habe es immer gewusst.«

Charles-Henri Sanson heiratete am 20. Januar 1765 die sechs Jahre ältere Marie-Anne Jugier in der Kirche Saint-Pierre de Montmartre. Er war knapp sechsundzwanzig Jahre alt. Draussen lag dicker Pulverschnee. Charles wusste nicht, ob er nun aus Liebe oder aus Vernunft geheiratet hatte. Er liebte die Nähe zu Marie-Anne, ihre stille, sanfte Art, die stets von einer lieblichen Melancholie durchdrungen war, die Mitgefühl weckte. Er sehnte sich nach ihrer Umarmung, wobei er nicht wusste, ob er sie beschützen sollte oder ob er an ihrem Busen Frieden suchte. Sie sprach nicht sehr viel. Manchmal kam es ihm vor, als würde sie mit den Hunden, die sie im Hof hielt, mehr sprechen. Es war, als hätte sie mit diesen Jagdtieren eine stille Übereinkunft getroffen, die sie sehr glücklich machte. Ihre andere Leidenschaft galt den Kräutern und Gemüsebeeten, die sie mit Geduld und Liebe pflegte. Sie liebte auch Charles, durchaus, aber auf ihre Weise. Sie kochte, was er mochte, und wartete stets bis spätabends auf seine Rückkehr. Wenn sie ihn begehrte, verdunkelte sie das Zimmer und legte sich aufs Bett. Er tastete sich zu ihrem Körper vor und küsste sie. Sie schien es zu mögen, aber ihre Scham durfte er nicht küssen. Sie hielt dies für unrein. Überhaupt machte es den Eindruck, als schämte sie sich ihrer Nacktheit. Wenn sie ihren Höhepunkt erreichte, hörte man nur ein leises Wimmern, und ihre Fingernägel gruben sich tief in Charles' Schultern. Einmal, als er am Morgen vor dem Wassertrog im Hof stand, fragte sie ihn erschreckt und ahnungslos, was mit seiner Schulter passiert sei, ob ein Falke ihn angegriffen habe. Zuerst hielt es Charles für einen Scherz, aber Marie-Anne hatte keinen Humor und sprach nicht gern über ihre Gefühle. Doch sie liebten sich oft. Charles lernte, dass er dabei nicht sprechen durfte. Es war beinahe ein sakraler Akt im Dunkeln.

Als sie schwanger wurde, freuten sich beide. Die Geburt aber war sehr schwierig. Es waren Zwillinge, der eine, Henri, ein grosser Brocken von beinahe fünf Kilo, der andere, Gabriel, ein schmächtiges Baby mit Untergewicht und seltsam verkrümmten Füssen. Die Hebamme meinte, das werde sich schon ergeben, aber es ergab sich nicht. Die Füsse blieben wie klumpige Sicheln, und Gabriel bewegte sich noch auf allen vieren, als Henri längst auf zwei Beinen herumwatschelte. Für Marie-Anne war es ein Schock. Sie bildete sich ein, sie habe versagt. Sie fühlte sich erniedrigt. Charles konnte das nie nachvollziehen. Er liebte seine beiden Söhne über alles. Marie-Anne aber entwickelte ein seltsam distanziertes Verhältnis zu Gabriel. Sie wollte diese Behinderung nicht akzeptieren.

»Du trägst keine Schuld«, sagte Charles immer wieder, »nicht jeder Baum wächst wie eine Kerze, das ist die Natur, Marie-Anne. Wir haben zwei Söhne. Freu dich darüber.«

Doch Marie-Anne konnte sich nicht freuen. Und insgeheim machte sie diesem unschuldigen Geschöpf mit den seltsamen Füssen Vorwürfe. Sie sprach es nicht aus. Aber es war nicht zu übersehen.

Die beiden Buben wuchsen heran, und Marie-Anne versuchte weiterhin, die perfekte Hausfrau und Ehefrau zu sein und Charles mit ihrer Küche zu verwöhnen. Doch sie mochte nicht mehr mit ihm schlafen. Am Anfang hatte sie allerlei Ausreden, bis er schliesslich begriff, dass sie nicht mehr wollte. Zu gross war ihre Angst, noch mal schwanger zu werden.

»Vielleicht ist das der Fluch«, murmelte sie eines Abends, als die Kinder im Bett waren und sie mit Charles Rotwein trank. Zuerst wusste er nicht, was sie meinte. Dann begriff er es. Offenbar liess sie dieser Gedanke nicht mehr los. »Weil du Henker bist. Das bringt kein Glück. Meine Mutter hat mich gewarnt. Sie sagte, Gott werde uns bestrafen.«

»Ich bin mir nicht mehr so sicher, ob Gott alles planen kann. Man verliert doch recht schnell die Übersicht bei all den Menschen.«

»Spar dir deinen Spott!«, schrie sie und schenkte sich erneut Wein ein.

Charles nahm ihr den Krug aus der Hand. »Es ist der Wein, Marie-Anne, du solltest jetzt aufhören und ins Bett gehen.«

»Ich trinke so viel, wie ich will«, fauchte sie und riss ihm den Krug aus der Hand.

Wenn sie am Abend trank, war sie am Morgen verkatert und unausstehlich. Sie schrie herum und kümmerte sich kaum um die Kinder. Henri und Gabriel flohen meistens in die Pharmacie. Charles beendete dann seine Studien und brachte die beiden ins Wohnzimmer. Dort stand das Klavier. Er setzte sie auf die Bank und lehrte sie spielen. Henri hatte nicht so grosses Interesse, aber Gabriel war fasziniert von den Melodien, die er dem Instrument entlocken konnte. So begannen sie zu zweit am Abend zu musizieren, während Marie-Anne in der dunklen Küche sass und ihren Wein trank. Sie wollte kein Licht. Sie kultivierte ihre Melancholie wie eine Pflanze.

Charles war konsterniert. Er hatte die Einsamkeit gegen die Hölle eingetauscht. Immer öfter schlief er in der

Pharmacie, denn er war es leid, in den frühen Morgenstunden in irgendwelche aggressiven Gespräche verwickelt zu werden. Jeder Versuch einer Versöhnung endete in einer Kaskade von Vorwürfen und gipfelte in der Behauptung, Charles sei daran schuld, dass Gabriel kaputte Füsse habe. Charles ertrug die Vorwürfe, das tägliche Geschrei, die Trinkerei, aber was er nicht ertrug, war, dass Gabriel und Henri die Worte ihrer Mutter durchs ganze Haus mithören konnten. Er wusste, dass Tiere manchmal ihre Jungen verstossen, dass dies auch unter den Menschen vorkam, war ihm neu. Umso intensiver kümmerte er sich um seine Söhne und begann, in der Pharmacie Schienen für Gabriels Füsse zu entwerfen. Er baute ein ledernes Gerüst, das die Füsse in die richtige Position brachte und genügend Halt gewährte. Henri war begeistert davon und half seinem Bruder auf die Beine. Stundenlang war er mit ihm im Hof und versuchte, ihm das Gehen beizubringen. Mit der Zeit wagten sie sich auf die Strasse hinaus, doch das Pflaster war derart uneben, und es fehlten so viele Steine, dass es für Gabriel fast unmöglich war, sich dort zu bewegen. Am sichersten fühlte er sich am Klavier. Und an der Hand seines Bruders.

Für Henri war die Situation keineswegs einfach. Immer wieder wollte seine Mutter ihm einreden, er sei schuld am Gebrechen seines Bruders, weil er ihm in der Gebärmutter zu viel Platz weggenommen habe. Mit der Zeit nahm er seine Mutter nicht mehr ernst, und wenn er wütend war, sagte er, dass weder Gabriel noch er jemals den Wunsch geäussert hätten, geboren zu werden. Dies reizte Marie-Anne umso mehr, und sie brüllte, sein Vater trage an allem die

Schuld. Er habe sie geschwängert. Nein, vergewaltigt. Da er sie nie gefragt habe, ob sie Kinder wolle, sei dies eine Vergewaltigung gewesen. Henri ging ihr fortan aus dem Weg. Gabriel hatte diese Möglichkeit nicht. Er flüchtete in die Musik und entwickelte ein sehr feines Ohr. Hin und wieder bat er um einen Besuch von Tobias Schmidt, damit dieser das Klavier neu stimme. Marie-Anne mochte den Deutschen nicht. Sie hielt seine Arbeit für so überflüssig wie die Musik selbst. Doch Charles liess in dieser Beziehung nicht mit sich reden. Er hatte seine Forschung in der Pharmacie weitgehend aufgegeben, um sich in seiner freien Zeit um Gabriel zu kümmern. Er liess nach Tobias Schmidt rufen, sooft es Gabriel wünschte.

Eines Abends, als Schmidt wie üblich nach getaner Arbeit noch ein Glas Wein mit Charles trank, sagte er: »Monsieur de Paris, ich habe Gabriels Schienen gesehen. Das kann man besser machen. Lassen Sie es mich versuchen. Es wird Sie nichts kosten. Man muss das Leder verstärken, damit die Ferse mehr Halt hat. Mein Vater war Schuhmacher, er hat mir einiges beigebracht, aber ich hatte mehr Interesse daran, Neues zu erfinden. Doch ich kann Füsse lesen. Ich hab's nicht verlernt. Gabriel hat einen Knick-Senkfuss, einen Hohlfuss und obendrein noch einen Spreizfuss. Wir sollten ihm spezielle Schuhe anfertigen, die den Fuss an der Innenseite anheben. Dann hätte er einen besseren Stand.«

Charles nickte.

»Ich müsste aber einen Schuhmacher beiziehen«, sagte Schmidt. »Der wird etwas kosten.«

»Das spielt keine Rolle«, entgegnete Charles. Die Vorstellung, dass Gabriels Füsse in Ordnung kamen, begeisterte ihn so, dass er in dieser Nacht kaum Schlaf fand.

Nach diesem Abend zog sich Marie-Anne weitgehend zurück, und Gros übernahm wieder die Küche. Die meiste Zeit verbrachte sie bei ihrer kranken Mutter auf dem Gärtnerareal. Als sie eines Morgens zurückkam, wusste Charles, dass ihre Mutter gestorben war, obwohl Marie-Anne kein einziges Wort sagte. Sie zog sich in das Schlafzimmer zurück, schloss die Läden und verharrte in der Dunkelheit. Nur manchmal hörte er nachts ihre Schritte, wenn sie in der Küche Wein holte. Sie blieb in ihrer finsteren Welt. Charles nahm an, dass sich dies rasch geben würde. Aber es war nicht so. Es wurde schlimmer. Nach einigen Tagen verliess sie das abgedunkelte Zimmer und kümmerte sich um ihre Hunde. Sie war der Meinung, dass Charles nicht in der Lage war, ihre Hunde zu füttern. Sie sass nun meistens im Hof und sprach leise mit ihren Vierbeinern. Dann patrouillierte sie zwischen den Kräutern und Gemüsebeeten, zupfte hier ein abgestorbenes Blatt ab oder gab jener Pflanze etwas Wasser. Wenn Charles den Hof betrat, setzte sie ein grimmiges Gesicht voller Verachtung auf. Wollte einer der Hunde Charles begrüssen, zischte sie irgendeinen Befehl, um ihn zurückzuhalten. Dann lächelte sie still vor sich hin, weil der Hund gehorchte und Charles nicht begrüsste. Aber die Hunde wedelten trotzdem mit dem Schwanz. Charles versuchte einige Male, mit ihr zu sprechen. Aber sie wollte nicht. Er fragte sich, ob sie vielleicht krank geworden war. Im Hirn.

Einige Monate später wurde ihr Charakter wieder aufbrausend, und sie geriet immer öfter mit Nachbarn wegen irgendwelcher Bagatellen in Streit. Dann wieder machte sie Charles Vorwürfe, dass er sie zu wenig liebe, wenn er sie aber zärtlich berühren wollte, wich sie zurück, als hätte er eine Seuche. Marie-Annes unheimliche Verwandlung machte Charles traurig. Das hatte er nicht erwartet. Er konnte es nicht fassen, dass er sein Junggesellendasein gegen so etwas eingetauscht hatte. Marie-Anne besuchte nun immer öfter ihre Schwester, obwohl sie ständig mit ihr stritt. Wegen des Erbes. Der einzige Streitpunkt, den Charles in ihrer Ehe eigentlich erwartet hatte, war kein Thema: der Henkersberuf. Sie stand voll dahinter. Die gute Bezahlung war Grund genug. Geld konnte sie nie genug kriegen. Sie hortete es. Sie genoss nichts. Nicht einmal ihre beiden Buben, die prächtig gediehen. Charles liebte die beiden über alles. Für sie war er bereit, den Beruf noch eine Weile auszuführen, um ihnen später eine gute Ausbildung zu ermöglichen. Das Wohl der beiden Söhne war ihm wichtiger als die Erfüllung seiner Träume. Henri überragte schon bald seine gleichaltrigen Kameraden deutlich. Er liebte das Schwimmen in der Seine, den Ausritt und die Jagd mit Charles. Er war richtig stolz auf seinen Vater und fühlte sich immer mehr zu ihm hingezogen, denn die Kälte seiner Mutter war sehr kränkend. Nie umarmte oder küsste sie ihre Söhne, wie sie es mit ihren Hunden tat. Mit den Jahren verlor sie ihre Söhne gänzlich an Charles.

Henri interessierte sich immer mehr für den Beruf seines Vaters. Der Anblick von Blut hatte ihn nie irritiert, es war nicht furchterregender als eine Weinlache. Und wenn Barre im Hof ein erlegtes Reh ausweidete, sah er interessiert zu, während seine Schulkameraden entsetzt die Hände vors

Gesicht hielten. Die Mädchen schwärmten für Henri, denn er hatte ein schönes, männliches Gesicht und sehr breite Schultern, die sich durch das tägliche Schwimmen kräftig entwickelt hatten.

Gabriel hatte keine breiten Schultern. Die Spezialschuhe, Einlagen und Beinstützen, die ihm Tobias Schmidt nach monatelangen Anpassungen angefertigt hatte, erlaubten ihm nun, sich frei zu bewegen. Aber er nutzte diese neue Freiheit kaum. Er hatte sich daran gewöhnt, zusammen mit einem gleichaltrigen Mädchen aus der Nachbarschaft am Klavier zu sitzen und zu spielen. Seine langjährige Behinderung hatte ihn zum ängstlichen Stubenhocker gemacht. Obwohl die Behinderung teilweise behoben war, war die Ängstlichkeit geblieben. Er hatte Angst vor grossen Tieren. Er hätte nie ein Pferd an den Nüstern berührt. Er hatte auch Angst vor dem Wasser und mied Flüsse und andere Gewässer. Sicher fühlte er sich nur zu Hause am Klavier.

Als Henri zum ersten Mal sagte, er wolle später auch Henker werden, wachte Charles in den Nächten danach schweissgebadet auf. Der Gedanke an den Fluch war zurückgekehrt. Marie-Anne unterstützte Henri in seiner Absicht. Charles war sich nicht ganz sicher, ob sie das aus Überzeugung tat oder nur, um ihn zu ärgern. Denn wie ihre verstorbene Mutter hatte sich Marie-Anne neuestens angewöhnt, stets die gegenteilige Meinung zu vertreten. Sie war streitsüchtig geworden, und kein Anlass war ihr zu nichtig, um nicht tagelang zu streiten oder kein einziges Wort mehr zu sagen. Sie schien nicht darunter zu leiden. Denn sie frass keinen Ärger in sich hinein. Die einst so melancholische Frau brüllte mittlerweile wie ein Bürstenbinder, wenn ihr etwas missfiel, zerschlug Geschirr oder schmiss das Essen in den Hof, wenn es ihr nicht passte. Mit Marie-Anne hatten sie einen Vulkan in den eigenen vier Wänden. Sie hätte nie behauptet, dass sie es schlecht habe. Nein, sie hatte keine finanziellen Sorgen, musste nie Hunger leiden, hatte vier Hunde, die sie über alles liebte. Was konnte man im hungernden Paris dieser Tage mehr wollen?

Marie-Anne brauchte keine Menschen. Wenn die Familie zusammen mit den Gehilfen die Mahlzeiten in der grossen Wohnküche einnahmen, sprach sie kaum ein Wort. Manchmal, wenn sie Charles mit stechendem Blick fixierte, hatte er den Eindruck, in die Augen von Grossmutter Dubut zu blicken. Ihn schauderte, aber je mehr sich Charles zurückzog, desto herrischer übernahm Marie-Anne das freigewordene Feld und übte eine Tyrannei aus, die der von Grossmutter Dubut in nichts nachstand. Charles tröstete sich damit, dass eines Tages sein Sohn Henri das Zepter übernehmen würde.

Charles widmete sich wieder vermehrt seiner Pharmacie und seinen Patienten. Seine Gehilfen übernahmen immer mehr Arbeiten im Haus. Das missfiel Marie-Anne. Sie begann wieder zu sprechen. Über Geld. Charles nutzte die Gelegenheit, um die Stimmung zu verbessern und die Beziehung zu normalisieren. Es schien fast so, als habe Marie-Anne die Zeit der Isolation gebraucht, um wieder zu sich zu finden. Die Zeit hatte ihr offensichtlich auch geholfen, zu akzeptieren, dass Gabriels Füsse so waren, wie sie nun mal waren. Sie begann wieder zu kochen und freute sich, wenn Charles, Henri, Gabriel und die Gehilfen das Essen lobten. Wenn Charles jedoch spätabends nach der Arbeit nach Hause kam, ihre Taille umfasste und sie küssen wollte, drehte sie den Kopf zur Seite. Sie sperrte sich gegen jegliche körperliche Nähe. Charles war gekränkt. Er verstand nicht, was mit Marie-Anne geschehen war. Irgendwelche Dämonen hatten sich in ihrer Seele eingenistet, und man wusste nie, welchem Dämon man am nächsten Morgen begegnen würde. Irgendwann beschloss Charles, es zu akzeptieren und in seine eigene Welt zurückzukehren.

Eines Abends fand er sein Kissen und eine Bettdecke auf der Couch in der Pharmacie. Von nun an schliefen sie in getrennten Zimmern. Die Entfremdung schritt voran. Charles vertiefte sich in seine Studien, während Marie-Anne ihren Ordnungssinn perfektionierte und in Rage geriet, wenn jemand diese Ordnung auch nur in Ansätzen durcheinanderbrachte. Da Charles gutmütig war und nicht gern stritt, nickte er alles ab. Seine Gutmütigkeit wurde zu ihrer Stärke. Keiner konnte ihr mehr widersprechen. Sie hatte die Meinungshoheit an sich gerissen.

Charles sah allerdings keinen triftigen Grund, sie zu verlassen, denn er begehrte keine andere Frau, und das Leben in seiner Pharmacie war angenehm, da Marie-Anne diese nie betrat. Sie mied eisern alle Orte, an denen er sich aufhielt. Wollte sie ihm etwas mitteilen, bat sie Desmorets, das Gewünschte auszurichten. Einmal, es war an einem Ostermontag, hatte sie nach zwei Gläsern Rotwein einen Anflug von Sentimentalität und berührte mit dem Zeigefinger Charles' Schulter. Das war das Maximum an Leidenschaft und Zuneigung, das sie aufbrachte.

Es gab Tage, an denen Charles die Situation zu schaffen machte. Nach schwierigen Exekutionen war es nicht einfach, nach Hause zurückzukehren und diese Kälte zu spüren. In diesen deprimierenden Augenblicken sehnte sich Charles nach seinem Vater. Doch er war bereits ein paar Jahre zuvor gestorben, und so suchte er ihn an seiner letzten Ruhestätte auf, in der Kirche Saint-Laurent. Hinter der letzten Stuhlreihe war die Gruft. Auf den Steinplatten stand nichts geschrieben. Charles wusste aber, dass die Überreste seines Vaters unter einer dieser Platten lagen. Hier konnte er sich Klarheit über seine Gedanken verschaffen. Jeder Mensch braucht einen Freund, der ihm hilft, die Mitte zu wahren, dachte er. Es kann ein stummer Freund sein. Sogar ein toter Freund. Er muss nichts entgegnen, einfach da sein, so dass man in Gedanken zu ihm sprechen und seine Ratschläge anhören kann, auch wenn diese von einem selbst erfunden werden. Aber man muss sein Leid in Worte fassen können, und man kann es deshalb dem Fluss klagen, einem Pferd, einem hölzernen Kreuz, einem Tagebuch oder einem Blumenkohl. Nur wenn man sein Leid in Worte fassen kann, erhält es eine Form, die man wie ein Stück Tonerde bearbeiten kann. Denn in jedem Leid steckt auch die Lösung. Daran glaubte Charles.

Ein Obdachloser döste auf einer der Steinplatten. Er schreckte hoch, als er Charles sah.

»Weisst du, wer unter dir begraben liegt?«, fragte ihn Charles.

»Ein frommer Mann, Monsieur, der nie an mir vorbeiging, ohne mir ein Almosen zu geben.«

»Wie viel gab er dir denn?«

»Ein Livre«, sagte der Mann.

»Dann will ich dies auch tun«, sagte Charles und reichte ihm ein paar Münzen. »Mein Vater hätte es so gewollt.«

Jetzt realisierte der Alte, dass der Sohn des wohltätigen Henkers Jean-Baptiste vor ihm stand. »Monsieur«, klagte er, »die Menschen sterben vor Hunger, und niemand kümmert sich um sie. Ist denn Gott nur der Gott des Königs und der Adligen?«

»Ich weiss es nicht«, sagte Charles, »vielleicht ist Gott kurz mal weggegangen, irgendwohin.«

Charles verkaufte das Haus an der Rue d'Enfer. Er war jetzt Ende vierzig und wollte sich neu einrichten, einen Hausteil für sich allein haben. Ein weiterer Grund: Er verdiente am Verkauf des Hauses und konnte so Geld für Gabriel auf die Seite legen. Sie zogen in die Rue Neuve Saint-Jean. Das neue Haus war nicht so gross wie das alte, es hatte aber auch einen Hof, einem römischen Atrium ähnlich, über den man rechts in die grosse Wohnküche und in die Wohnstube gelangte. Links gab es einen separaten Eingang zum Empfangszimmer, wo Charles seine Patienten betreute. Hinter dem Empfangszimmer lag die Pharmacie, dahinter das Laboratorium, das kaum jemand betreten durfte. Dem Hofeingang gegenüber lagen Waschkeller, Gesindestube, Ställe, Schuppen und Holzkammern. In der oberen Etage waren sowohl zur linken als auch zur rechten Seite Schlafgemächer für Charles, Henri und Gabriel sowie für die Gehilfen. Marie-Anne hatte ihr eigenes Zimmer.

Charles war sehr zufrieden über seinen Entscheid und fühlte sich wohl am neuen Ort. Doch die Verhältnisse in Paris waren deprimierend. Die letzten Winter waren sehr hart gewesen, die Ernte weitgehend verfault, das Brot teuer und knapp. Sehr knapp. Paris hatte Hunger und kochte vor

Wut. König Louis XVI und seine verschwenderische Gemahlin, die verhasste Österreicherin Marie Antoinette, der Adel, der Klerus: niemand nahm diese Wut zur Kenntnis. Bis zu dem Tage, an dem Jean-Louis Louchart qualvoll sterben sollte.

8

Jean-Louis Louchart gab der Wut ein Gesicht. Er hatte in Notwehr seinen trunksüchtigen und gewalttätigen Vater umgebracht. Vater und Sohn hatten einmal mehr über Benjamin Franklin gestritten, Erfinder des Blitzableiters und einer der Väter der amerikanischen Unabhängigkeitserklärung. Dort stand geschrieben, dass alle Menschen frei und gleich geboren sind. Überall in den Strassen konnte man Franklins Porträt kaufen. Paris liebte diesen ehemaligen Diplomaten, wie auch seinen Landsmann und Nachfolger Thomas Jefferson, der nun als Gesandter an der Seine residierte. Beide waren klug und bescheiden und unterstrichen mit ihren unauffälligen, schlichten schwarzen Anzügen, dass sie sich als Teil des Volkes betrachteten. Kein Pomp zierte ihre Kleidung, keine gepuderten Perücken, keine vergoldeten Knöpfe.

Bei dem heftigen Streit hatte Vater Louchart den Hammer erhoben und seinem Sohn gedroht, worauf dieser die Scheune verlassen und geschrien hatte, er werde sich in der Stadt Arbeit suchen und nie mehr zurückkehren. In diesem Augenblick hatte der Vater den Hammer geworfen, scharf am Kopf seines Sohnes vorbei. Jean-Louis hatte den Hammer aufgehoben und zurückgeworfen. Voller Wut. Unglücklicherweise hatte er den alten Herrn auf der Nasenwurzel getroffen und einen Teil des Gehirns zerschmettert. Dafür wollte ihn der Hof von Versailles öffentlich hinrichten lassen, denn der alte Louchart war einst Stallmeister in den Ställen von Versailles gewesen. Diese Leute genossen einen besonderen Schutz, und jeder Angriff auf sie wurde als Angriff auf den Hof gedeutet.

Charles missfiel das Todesurteil. Er wusste, dass Louchart als äusserst brutaler und jähzorniger Mann gefürchtet war, der weder Vieh noch Mensch verschone. Aber er spürte auch, dass der Fall Louchart mehr war als eine Familientragödie. Er war der Vorbote eines orkanartigen Sturms. Immer offener prangerten die Menschen die Missstände an, und immer mehr verloren sie den Respekt vor der Monarchie und den Ordnungskräften. Von der Kirche konnte man nichts erwarten. Die Menschen hatten nichts mehr zu verlieren.

Am Tag der Hinrichtung verliessen zwei Karren in den frühen Morgenstunden den Gefängnishof im Städtchen Versailles. Sie wurden bereits von einer grossen Menschenmenge erwartet. Doch als die Tore geöffnet wurden und Charles-Henri Sansons Wagen erschienen, gab es weder Hohngelächter noch Geschrei. Die Menge schwieg. Es war ein bedrohliches Schweigen. Mit finsteren Blicken starrten die Menschen auf Charles, der wie ein Feldherr aufrecht im ersten Wagen stand. Das Haar hatte er sorgsam gekämmt und gepudert. Er trug einen geknöpften Gehrock von dunkelgrüner Farbe. Der englischen Mode folgend trug er auch einen schwarzen Zylinder. Während andere Henker in Frankreich noch in martialischen Stiefeln und blutroten Mänteln auftraten, versuchte Charles dem Amt durch seine Kleidung zusätzliche Würde zu verleihen. Sie sollte zum Ausdruck bringen, dass er nicht der Schlächter mit dem Beil, sondern ein Beamter der Justiz war. Hinter ihm sassen Desmorets, Barre, Firmin und sein Sohn Henri. Es war Henris Wunsch gewesen, dabei zu sein.

Berittene Soldaten bahnten ihnen den Weg. In einer langsamen Prozession fuhren sie durch Versailles zur Kirche Notre-Dame. Noch immer schwieg die Menge, doch Charles spürte ein seltsames Knistern in der Luft, das Unheil ankündigte. Er konnte die explosive Gewalt, die in der Menge brodelte, förmlich fühlen. Er half Louchart aus dem Wagen und nahm das schriftliche Urteil aus seiner Tasche. Der Verurteilte war barfuss und trug ein blutrotes Hemd. Er hatte eine Schlinge um den Kopf. Mit beiden Händen hielt er eine Kerze umklammert und kniete mit gesenktem Kopf vor der Hauptpforte der Kirche. »... wird Jean-Louis Louchart verurteilt, an Armen, Beinen, Schenkeln und Rückgrat gebrochen und auf dem Schafott lebend gerädert zu werden. Zu vollstrecken auf der Place Saint-Louis.« Ein Raunen durchflutete die riesige Zuschauermenge. Jetzt begann sich etwas zu regen. Charles sah es sehr deutlich in den Gesichtern der Menschen. Er warf einen kurzen Blick auf Henri, doch dieser verzog keine Miene. Obwohl man aus Sicherheitsgründen die Vollstreckung auf fünf Uhr morgens anberaumt hatte, waren Tausende Menschen auf den Beinen. Sie waren sehr aufgebracht, denn für sie alle war erwiesen, dass der Täter in Notwehr gehandelt hatte. Und jeder kannte die Geschichte dieses Grobians, der von seinem Sohn erschlagen worden war. Als der Gehilfe Barre Louchart erneut auf den Karren bat, wurde das Raunen unter den Zuschauern immer lauter. Es glich dem bedrohlichen Fauchen eines Raubtiers, das gleich zum Angriff übergehen wird. Normalerweise wurde applaudiert und der Täter verhöhnt, doch diesmal schien die riesige Menschenmenge zornig und empört. Die Leute empfanden offenbar so etwas wie Mitgefühl. Das war neu. Man hätte meinen können, sie hätten alle Rousseau gelesen. Noch nie hatte eine solche Masse von Menschen Mitgefühl für einen zum Tode Verurteilten empfunden. Vielleicht spielte auch die zunehmende Verbitterung des Volkes gegenüber dem König eine Rolle. Der arme Louchart nahm fälschlicherweise an, der Zorn der Masse richte sich gegen ihn. Er wurde sehr unruhig und zunehmend verängstigt. Der Priester, der bereits auf dem Karren stand, umarmte ihn und erteilte ihm die Absolution. »Sagen Sie ihm, dass die Richter ihrem Erlass ein Retentum hinzugefügt haben«, flüsterte Charles.

Am Ausgang der Rue de Satory kam der Karren ins Stocken. Es gab kein Durchkommen mehr. Soldaten versuchten, den Weg frei zu machen, doch es war zwecklos. Plötzlich hörte man aus dem Raunen und Heulen des Publikums eine zarte Stimme heraus. »Adieu, Jean-Louis, mon amour.« Es war die junge Hélène, die Geliebte des Verurteilten. Ihre Stimme klang so unschuldig und verzweifelt, dass es einem das Herz zerriss. Sie kämpfte sich durch die Menge zum Wagen. Niemand mochte dem fragilen Geschöpf im Weg stehen. Schliesslich erreichte sie den Karren und klammerte sich an den Holzgittern fest. Sie strauchelte, aber sie liess nicht los und wurde vom Wagen mitgezogen. Plötzlich tauchte ein Hüne von Mann auf. Er ging mit grossen Schritten um den Karren herum, sprang auf die Deichsel und brüllte aus voller Kehle: »Jean-Louis, niemand hat das Recht, einen rechtschaffenen Menschen wie dich zu töten.« Ein Berittener drängte den Hünen, der in Versailles als Grobschmied arbeitete und den alten Säufer Louchart gekannt hatte, beiseite. Dieses Geplänkel dauerte an, bis der Karren die Place Saint-Louis erreicht hatte, wo die Veranstaltung bedrohliche Formen anzunehmen begann. Die Menge umringte das Schafott und riss Bretter der Umzäunung nieder. Charles nahm Louchart gemeinsam mit Henri und seinen Gehilfen in die Mitte und hetzte die Treppe zum Schafott hoch. Doch oben erwartete sie bereits der Hüne, der mit einer Streitaxt das Rad in Stücke hieb. Charles nahm seinen Sohn zu sich, obwohl dieser noch grösser und kräftiger gebaut war als er und keine Furcht zeigte. Die Menschen applaudierten dem Hünen und begannen das Schafott zu demontieren. »Bleib ruhig, Henker, dann geschieht dir nichts.« Der Hüne löste Loucharts Fesseln und hob ihn auf seine Schultern. Wie im Triumphzug stieg er die Treppe hinunter, während das Volk ihm eine Gasse baute. »Lasst den Henker und seine Gehilfen vorbei. Wehe, einer krümmt ihnen ein Haar.«

Charles und Henri hatten die Place Saint-Louis noch nicht verlassen, als hinter ihnen die Überreste des Schafotts lichterloh brannten. Sie warteten mit grösster Anspannung auf die Gehilfen, die sich nur unter Aufwendung sämtlicher Leibeskräfte aus der Menschenmasse zu schälen vermochten. Kreidebleich, hielten sie die Zügel von zwei Pferden in den Händen. Einen Wagen hatten sie zurücklassen müssen. Auch er stand in Flammen.

»Was ist da geschehen, Vater?«, fragte Henri.

»Du bist Zeuge geworden, wie eine alte Ordnung ins Wanken gerät. Das war erst der Anfang. Das kann niemand mehr aufhalten.«

Sie stiegen alle in den unversehrt gebliebenen Wagen und fuhren nach Paris zurück.

»Sie haben den Thron der Gerechtigkeit angezündet«, sagte Desmorets nach einer Weile, »bald werden sie den Thron des Königs den Flammen übergeben. Ich verstehe nicht, wieso der König nichts tut. Er hat genügend Soldaten.«

»Soll er ganz Paris abschlachten?«, fragte Firmin.

Barre nickte und setzte seinen dumpfen Gesichtsausdruck auf.

»Er muss den Anfängen wehren«, insistierte Desmorets, »zeigt er Schwäche, verliert Paris den Respekt.«

»Man kann eine Idee, deren Zeit gekommen ist, nicht aufhalten«, sagte Charles. »Es kann nicht sein, dass Paris hungert, während die Königin fast zweihunderttausend Livre für ihre Garderobe ausgibt.«

»Ist etwa der König schuld an den Missernten?«, fragte Desmorets.

»Nicht an den Missernten«, ereiferte sich Firmin, »aber am Brotpreis.«

Die Stadt lag im Dunkeln. Die Menschen hatten kein Geld mehr für Kerzen und Brennholz. Sie ernährten sich von Kastanienbrot. Der Brotpreis war erneut explodiert, und der König, der die Hälfte dieses Preises in Form von Zöllen in die eigene Tasche fliessen liess, unternahm nichts, um das Leiden seines Volkes zu lindern. Auf dem Land gab es immer öfter Aufstände und Plünderungen. Banden terrorisierten abgelegene Dörfer und griffen sogar kleine Schlösser an. Einige wagten sich nach Paris und griffen die Mehl- und Brotmärkte an. Sie forderten den Preis des Königs, das heisst den Brotpreis abzüglich der Abgabe für den König, und stürmten und plünderten auf dem Pariser Stadtgebiet die über tausend Bäckereien. Doch die meisten Menschen blieben in ihren Häusern, sofern sie ein Dach über dem Kopf hatten. Mit dem Rauch der letzten Kerzen war auch ihre Hoffnung verweht. Es war, als hätte der Teufel persönlich die Hauptstadt erreicht und den Menschen ihr Lebenslicht ausgepustet. Paris versank in der Finsternis.

Im Mai 1789 war der Zerfall des Königreichs für alle offensichtlich. Kriege in Übersee während der letzten Jahrzehnte hatten die Finanzen des Königs aufgebraucht. Was übrig blieb, verprasste die Königin mit nächtelangen Festen, die über vierhunderttausend Livre pro Nacht kosteten. Noch teurer waren die Renten, mit denen sie Freundschaften pflegte. Der Herzogin von Polignac schenkte sie über eine Million Livre, ihrem Liebhaber eine Jahresrente von dreissigtausend Livre. Und zwar dafür, dass er an ihren Festen teilnahm. Der König schaute tatenlos zu, nein, er schaute weg, wie immer zögerlich, abwartend, träge, einzig seinem Hobby, der Jagd, verpflichtet und seiner merkwürdigen Leidenschaft als Schlosser. Er konstruierte kunstvolle Türschlösser. Währenddessen nahm die Krone Anleihen von weit über einer Milliarde Livre auf und erwog, die Steuern abermals zu erhöhen, allerdings nur jene der Bauern, Handwerker und Tagelöhner. Klerus und Adel bezahlten kaum Steuern. Die Ärmsten finanzierten den Lebensunterhalt der Reichsten. Die Lage schien ausweglos, bis der Ruf laut wurde, nach über hundertsiebzig Jahren wieder die Generalstände einzuberufen, weil nur die Vertretung der gesamten Nation, also Adel, Klerus und Bürger, über Steuererhöhungen befinden könne.

Die aufgebrachten Menschen in den Strassen mochten Angst und Schrecken verbreiten, wenn sie »Tod den Reichen« skandierten und die Paläste stürmten, aber es war der Adel, der die Reformen vorantrieb, denn die Adligen wussten: Würden sie nicht ein wenig nachgeben, würden sie alles verlieren. Also schlossen sie sich gemeinsam mit dem zögerlichen Klerus den Bürgerlichen an, hoben die drei Stände auf und erklärten sich zur einzigen Vertretung der Nation, zur Nationalversammlung.

Charles ging wie gewohnt seiner Arbeit nach. Gehorsam hängte und köpfte er die zum Tode Verurteilten, brandmarkte Diebe für kleinere Vergehen und erfüllte alle übrigen Pflichten, die man ihm auferlegte, zur vollen Zufriedenheit seiner Vorgesetzten. Den Applaus der Menge hörte er längst nicht mehr. Wieso sollte er stolz sein, wenn er einen ausgemergelten Kerl brandmarkte, der ein Stück verschimmeltes Brot gestohlen hatte?

Seit dem Umzug ins neue Haus hatte Charles wieder begonnen, an Dan-Mali zu denken. Seine Sehnsucht erwachte erneut. Er fragte sich oft, wie sie jetzt wohl aussah und wie ihr Leben in der Heimat war. In seiner Erinnerung hatte er sie glorifiziert, obwohl er nur wenig mit ihr gesprochen hatte. Plötzlich war er vom Gedanken besessen, sie wiederzusehen.

Als er sich ein paar Tage später dem Jesuitenkloster näherte, hörte er schon von weitem Geschrei. Beissender Rauch kam ihm entgegen. Er sah, wie eine Gruppe zerlumpter Menschen das Kloster mit Steinen und brennenden Strohballen bewarf. Die aufgebrachte Menge beschimpfte die Geistlichen und forderte, dass sie ihre Vorräte herausrückten. Als am anderen Ende der Strasse berittene Polizei auftauchte, flohen die Angreifer. Ein erboster Pater stürmte aus dem Haus und hielt das Pferd eines Polizisten am Zügel fest. »Die Krone hat uns und unser Eigentum zu schützen!« schrie er.

»Wieso? Zahlt ihr etwa Steuern?« Der Berittene lachte und riss sein Pferd zur Seite.

Charles rief dem Pater zu: »Wo sind die Mädchen aus Siam?« Der Pater drehte sich verdutzt um. Als Charles auf ihn zustürmte, hob er abwehrend die Hände und rannte davon. Charles rannte ihm nach und packte ihn an der Kutte. »Wo ist Dan-Mali?«, schrie er. Der Pater schlug mit beiden Armen aus. »Sie lebt schon lange nicht mehr hier.« Konsterniert liess Charles von ihm ab. Der Pater nahm die letzten Stufen und verschwand dann hinter den Klostermauern. Charles realisierte, dass es fast drei Jahrzehnte her war, seit er Dan-Mali zum letzten Mal gesehen hatte. Er fragte sich ernsthaft, ob er denn komplett verrückt geworden war.

Wie benommen ging Charles nach Hause und setzte sich neben Gabriel ans Klavier. Doch keine Melodie konnte seinen Ärger mindern. Schliesslich zog er sich in die Pharmacie zurück und nahm das Tagebuch hervor. Er schrieb nicht über Dan-Mali. Das schien ihm zu schwierig nach all den Jahren. Er schrieb über die Aufstände, die nach und nach das Ausmass einer Revolution annahmen. Das Volk hatte die Reichen zum Feind erklärt. »Wer nicht gibt, dem wird genommen«, schrieb Charles, »aber jetzt bestiehlt jeder jeden.«

Die Übergriffe auf Klöster und Reiche nahmen von Tag zu Tag zu. Zogen am Morgen hundert Menschen durch die

Strassen, waren es am Abend bereits Hunderte, die »Tod den Reichen« skandierten. In diesen Tagen traf es merkwürdigerweise den Tapetenfabrikanten Jean-Baptiste Réveillon. Merkwürdigerweise deshalb, weil er, selbst einmal Arbeiter, seinen Angestellten Sozialleistungen bezahlte, was kein anderer Unternehmer in Paris tat. Einige Dutzend Gardisten verteidigten sein Haus, also nahmen sich die Aufständischen das nächste Stadthaus vor, zerstörten das ganze Mobiliar und verbrannten es auf der Strasse. Erstaunlich, dass keiner auf die Idee kam, die Möbel an sich zu nehmen und zu veräussern. Nein, hier herrschte blinde Zerstörungswut, blanker Hass. Wer am lautesten schrie, dem folgte die Menge. Eine Woche später waren es bereits zehntausend Demonstranten, die erneut Réveillons Villa stürmten. Als die Polizei Verstärkung erhielt und Schusswaffen einsetzte, blieben dreihundert Tote im Garten der Villa zurück. Ein hoher Verlust. Doch die Menschen wurden sich ihrer Macht bewusst. Wenn sie zusammen marschierten, konnte sie keine Armee aufhalten. Ein Funke genügte nun, und sie marschierten.

Am 14. Juli 1789 lud Charles Henri ein, gemeinsam das Palais Royal zu besuchen. Marie-Anne war einige Tage zuvor zu ihrer Schwester geritten, wo sie oft längere Zeit blieb. Nicht einmal am zweiundzwanzigsten Geburtstag ihrer Söhne war sie zugegen gewesen. Henri war mittlerweile ein stattlicher Mann geworden, der seinen Vater an Körperlänge übertraf. Ein richtiger Sanson eben. Die Frauen drehten sich kichernd nach ihm um, wie sie es früher bei Charles getan hatten. Dass er der Sohn des Henkers war und bald Monsieur de Paris sein würde, erzählte er jedem, der es hören wollte. Er strotzte vor Selbstbewusstsein. Das Palais Royal lag nur einen Katzensprung vom Markt Les Halles entfernt, wo Tausende von Mehlsäcken an den Hauswänden entlang gestapelt waren und vom Kot der Nachttöpfe bekleckert wurden, die die Anwohner aus den Fenstern kippten. So verfaulte hier das Mehl in den Säcken, während andernorts die Menschen verhungerten.

Das Palais Royal hatte dem Herzog von Orléans gehört, der nach dem Tod des Sonnenkönigs 1715 vorübergehend die Regentschaft übernommen und Frankreich mit einem unkontrollierten Papiergeldexperiment in den Bankrott getrieben hatte. Wie der Sonnenkönig hatte auch er die Frauen, den Wein und das Spiel geliebt und einen verschwenderischen und dekadenten Lebensstil gepflegt. Das Palais hatte er der Öffentlichkeit zugänglich gemacht, es galt seitdem als grösster Vergnügungspark Europas. Für ein paar Sou konnte man die angeblich fettleibigste Frau der Welt oder fremdländische Männer mit Riesenpenissen bestaunen, hinter einem Vorhang pornographische Zeichnungen anschauen, Spottlieder hören, Theateraufführungen beiwohnen, einen Blick in eine Laterna magica werfen oder das Wachsfigurenkabinett des Berner Arztes und Modellierers Philippe Curtius bewundern, der sich auf Einladung des Prinzen von Conti in Paris niedergelassen hatte. Curtius hatte seine angebliche Nichte Marie Grosholtz aus der Schweiz nachziehen lassen und ihr das Handwerk beigebracht. Es blieb stets ein Geheimnis, ob das Mädchen Marie seine Geliebte, seine uneheliche Tochter oder tatsächlich seine Nichte war. Im Palais Royal gab es keine Hierarchien.

Lumpensammler, Prostituierte, reiche Bürgersfrauen und Adlige verkehrten hier. Kein Polizist durfte das Anwesen betreten, was ihm zu enormer Popularität verhalf. Nirgends in Paris gab es einen Ort, wo derart zahlreich illegale Schmähschriften gegen den König verkauft wurden. Und nirgends erfuhr man so rasch, was sich in Paris und Versailles abspielte.

An diesem Tag wollte Charles mit Henri seine Nachfolge diskutieren. Er war bereit, sein Amt abzugeben und sich fortan ausschliesslich der Heilkunst zu widmen. Er wollte diesem Gespräch einen feierlichen Rahmen verleihen. So setzten sie sich in eines der zahlreichen Cafés. Es war ungewöhnlich laut, und Charles fragte sich, ob dies der richtige Ort sei. Am Nebentisch begann sich plötzlich ein Mann zu echauffieren. Er sagte, der aus der Schweiz stammende Finanzminister Jacques Necker sei von König Louis XVI fristlos entlassen worden. Und als hätten sich plötzlich alle Besucher miteinander abgesprochen, skandierten immer mehr Menschen den Namen Necker. Sie wollten ihn zurück, hatte er doch aus seinem Privatvermögen für zwei Millionen Livre Brot gekauft und kostenlos an die hungernde Bevölkerung verteilt. Nicht einmal die Kirche hätte so etwas getan.

»Necker hat sich durch seine Grosszügigkeit am Hof sehr unbeliebt gemacht«, sagte Charles zu Henri, »er bringt Teile des Adels und die Kirchenfürsten in Erklärungsnot. Wenn einer allein für zwei Millionen Livre Brot verschenken kann, wieso können es nicht auch Adel und Kirche?«

Jemand schrie, der König habe die Entlassung Neckers absichtlich auf einen Sonntag gelegt, weil dann die Nationalversammlung nicht tage.

»Das endet böse«, sagte Charles, »ohne Necker geht Frankreich schon wieder bankrott, und damit werden die französischen Staatsanleihen wertlos. Und so mancher Adlige verliert sein ganzes Vermögen.« Er erhob sich. »Komm, Henri, lass uns woanders hingehen.« Sie wollten den Park verlassen, doch Hunderte von Menschen standen ihnen plötzlich im Wege und verharrten vor dem Wachsfigurenkabinett. Auch dort skandierten sie »Necker« und forderten die Wachsbüste des Finanzministers, damit man sie im Triumphzug durch die Strassen von Paris tragen konnte. Eine zierliche junge Frau erschien im Eingang. In der Hand hielt sie Neckers Kopf in Wachs. Sie händigte ihn aus. Jetzt wollte die Menge aber noch den Kopf des Herzogs von Orléans. Mit schneidender Stimme schrie die junge Frau, dass dies nicht möglich sei, weil der Kopf untrennbar mit dem Rumpf verbunden sei. Die Menge akzeptierte überraschend die Antwort und zog weiter. Zurück blieb eine resolute, erst siebzehn Jahre junge Frau, Marie Grosholtz. Hinter ihr torkelte ein Mann ins Freie. Es war der Ingenieur François Tussaud. »Mach, dass du wieder ins Haus kommst«, herrschte sie ihn an. Doch er hatte Probleme mit der Balance und sank auf die Knie. Er wollte sich an ihrem Arm festhalten, aber Marie wich ihm aus und ging ins Museum zurück. »Wie soll ich dir bloss einen Heiratsantrag machen?«, jammerte Tussaud. »Willst du denn nicht Madame Tussaud werden?«

Draussen überboten sich die wildesten Gerüchte. Auf den Champs-Elysées hatten sich Tausende versammelt und feierten den Anbruch einer neuen Zeit. Fast hundert Kanoniere schlossen sich ihnen an. Sie waren aus dem Hôtel des

Invalides desertiert. Niemand schritt ein. Die Stadt schien führerlos dem Chaos überlassen.

Da stieg Camille Desmoulins, ein junger Anwalt von neunundzwanzig Jahren, auf einen Tisch und hielt eine feurige Rede. Desmoulins galt wie auch sein Cousin Antoine Fouquier de Tinville allgemein als Versager. Alles, was bisher angefasst hatte, war schiefgegangen. »Bürger«, schrie er, »ihr wisst, dass die Nation gefordert hat, Necker solle bleiben. Jetzt ist er entlassen, wie ein Hund davongejagt. Kann man euch noch unverschämter herausfordern?« Bevor seine Hetzrede im Tumult der Zuhörer unterging, schrie er noch: »Zu den Waffen! Zu den Waffen!«

Wie ein Lauffeuer verbreitete sich der verwegene Ruf durch das Labyrinth von engen Gassen und stinkenden Kloaken, die von Vieh, Karren und Kutschen von Adligen verstopft wurden. Bettler trugen die Neuigkeiten in das nächste Quartier, wo sie von Krämern aufgeschnappt und an die Kundschaft weitergegeben wurden. Wenig später brannten bereits vierzig der vierundfünfzig Zolltore. Eine nicht mehr kontrollierbare Masse stahl Zollware und fackelte die Steuerbescheinigungen und -register ab, die in den Amtsstuben aufbewahrt wurden. Auch die Mönche von Saint-Lazare und anderen Klöstern erhielten ungebetenen Besuch. Ihre Vorratskammern quollen über vor Weizen, Wein- und Butterfässern und Käse. Die Klosterbibliothek wurde geräumt, die Bücher auf der Strasse aufgetürmt und verbrannt. Schliesslich fackelte man gleich den ganzen Saal ab. Bei Anbruch der Dämmerung nahm der Aufstand immer gewalttätigere Formen an. Von Fackeln eskortiert, wälzte sich die aufgebrachte Menge wie ein glühender Lavastrom von Bäckerei zu Bäckerei, von Waffenschmiede zu Waffenschmiede und stahl Brot, Musketen, Pistolen, Piken und Degen. Die eine Hälfte von Paris war daran, die andere auszuplündern. Ein neues Gerücht verbreitete sich: Königliche Truppen seien unterwegs. Trommler zogen durch die Strassen und forderten die Menschen auf, sich in einer Bürgerwehr registrieren zu lassen. Als Erkennungszeichen sollten sie alle eine blaurote Kokarde tragen, die Farben von Paris. Die Sturmglocken läuteten.

Charles und Henri folgten den zornigen Menschen, die sich nun durch die Rue Saint-Honoré zwängten. In der Nähe der Place Vendôme kam ihnen das Königlich-deutsche Regiment des Prinzen von Lambesc entgegen. Sofort stürzte sich die Menge auf die Soldaten, während desertierte Gardisten dem Volk zu Hilfe eilten. Es fielen Schüsse, doch sie schüchterten die Menge nicht ein. Im Gegenteil, sie wurde dadurch noch mehr in Rage versetzt. Charles und Henri folgten den Aufständischen bis zum Hôtel des Invalides. Dort wollten sie Waffen erbeuten. Sie zerschlugen das Tor. Die Wachen leisteten keinen Widerstand. Wie Lemminge stürmten sie in die unterirdischen Waffenkammern, ohne zu bedenken, dass sie kaum wieder zurückkonnten, weil von der Strasse her weitere Menschen hereindrängten. Die Plünderer gerieten in Panik. Bajonette wurden gegen die eigenen Leute eingesetzt, um sich den Weg nach oben frei zu machen. Sie stachen auf alles ein, was ihnen auf den engen Wendeltreppen entgegenkam. Mit teils schweren Schnitt- und Stichwunden schleppten sich einige Dutzend Männer schreiend und stöhnend wieder aus der Kaserne hinaus, als kämen sie direkt aus der Hölle. Waffen wurden verteilt. Einige schleppten Kanonen aus dem Hof, darunter auch eine besonders kostbare, die mit Silber beschlagen war. Die aufgebrachte Menge schrie sich noch mehr in Rage und wurde zur Furie, zur Furie ohne Kopf, ohne Führung.

Charles und Henri beobachteten neugierig, wie ein Dutzend Männer die Silberkanone zur Strasse zog, als sich plötzlich eine Frau vor die Prunkwaffe stellte. Ihre Haut war dunkler als die Haut der Französinnen, und ihr schwarzes Haar reichte bis zur Taille. Sie schrie und gestikulierte wild und erinnerte Charles an Dan-Mali. Als sie näher kamen, sah Charles, dass sie es tatsächlich war. Er konnte es kaum glauben. Sie hatte immer noch diese feinen Gesichtszüge und diese geheimnisvolle Körpersprache, die Demut und Stärke signalisierte. Einer der Aufständischen packte sie an den Haaren und zog sie zu sich heran. Charles stürzte sich sofort auf den Mann und warf ihn mit Wucht zu Boden. Als der Kerl sich wieder erheben wollte, schlug ihm Charles die Faust senkrecht auf den Kopf. Er blieb auf den Knien und wankte benommen. Dan-Mali starrte ungläubig auf den Riesen, der ihr geholfen hatte. Sie stürzte sich auf Charles, umklammerte ihn und weinte. »Ich wusste, dass wir uns eines Tages wiedersehen. *Kun kwaun.*«

»Dan-Mali«, flüsterte Charles.

»Vorsicht, Vater!«, schrie Henri und stellte sich mutig den Männern in den Weg, die ihrem gestürzten Freund zu Hilfe eilen wollten. Henri baute sich schützend vor seinem Vater auf und grinste frech. So viel Selbstbewusstsein irritierte die Angreifer.

»Wollt ihr euch an einer wehrlosen Frau vergreifen?«, schrie Charles und schlug dem Nächstbesten die Faust ins

Gesicht. Er sackte sofort zusammen und blieb am Boden liegen. Seine Nase war gebrochen, das Blut floss über sein Kinn. Seine Kameraden umringten nun Dan-Mali, Charles und Henri.

»Wer bist du?«, schrie einer theatralisch, so dass weitere Aufständische stehen blieben.

»Die Bastille ist dort drüben«, rief ihnen Charles entgegen. »Wenn ihr sie stürmen wollt, dann stürmt sie.« Er nahm Dan-Mali schützend in den Arm. Sie klammerte sich zitternd fest.

Die beiden Sansons irritierten die Aufständischen. Wie konnte man bloss den Mut aufbringen, sich gegen eine ganze Meute zu stellen? Ein Hüne drängte sich nach vorn. »Lasst ihn in Ruhe, ich kenne diesen Mann. Es bringt kein Glück, ihm etwas anzutun.« Es war der Schmied aus Versailles. Allmählich löste sich die Gruppe auf, und die Männer zogen mit ihrer erbeuteten Prunkkanone weiter.

Dan-Mali wollte sie erneut daran hindern, aber Charles hielt sie davon ab. »Die Kanone ist ein Geschenk meines Königs an deinen König. Niemand darf sie stehlen. Das wäre eine grosse Schande für Siam«, sagte Dan-Mali. Sie blickte schüchtern zu ihm auf, bis ein verlegenes Lächeln über ihre Lippen huschte. »*Kun kwaun*«, wiederholte sie.

»*Kun kwaun?*«, fragte Charles lächelnd.

Sie wischte sich Tränen aus den Augen.

»Du hast unsere Sprache gelernt«, sagte er anerkennend.

»Weil ich wusste, dass wir uns eines Tages wiedersehen.«

Henri folgte der aufgebrachten Menschenmenge. Charles wollte ihn nicht alleinlassen und sagte zu Dan-Mali:

»Komm, wir gehen zur Bastille.« Er legte den Arm um ihre Schulter und drückte sie an sich. Ein ihm bis dahin unbekanntes Gefühl von Wärme übermannte ihn. Er hatte sie wiedergefunden.

Die Bastille war ursprünglich eine Torburg im Osten von Paris. In diesen Tagen diente sie als gigantische Gefängnisfestung. Ihre acht Türme ragten wie steinerne Ungeheuer in den Himmel. Die Bastille war das verhasste Machtsymbol des Königs. Ihr Befehlshaber war Marquis Bernard-René de Launay. Unter ihm dienten rund achtzig Kriegsversehrte und gut dreissig Schweizergardisten. Charles zeigte auf die Dächer der Verkaufsstände, die entlang der wuchtigen Aussenmauern aufgestellt waren. Die Händler schien nicht zu stören, dass nun Hunderte von Aufständischen auf ihren Tischen und Waren herumtrampelten. Nein, sie halfen sogar einigen dabei, die Mauern zu erklimmen. Auf diese Weise gelangten die Männer in den ersten Vorhof und konnten die Zugbrücke herunterlassen. Launay verlor rasch die Nerven und liess mit Kanonen in die Menge feuern, die nun siegessicher in den Hof stürmte und sich an der nächsten Zugbrücke zu schaffen machte. Er richtete ein entsetzliches Blutbad an. Charles, Dan-Mali und Henri wollten sich etwas zurückziehen. Doch es war zu spät. Zwei desertierte Kompanien der Garde kamen ihnen entgegen und blockierten die Strasse. Die Deserteure brachten ihre Kanonen in Stellung. Plötzlich erschien Launay auf einem Turm und schwenkte ein weisses Taschentuch. Wenig später schob ein Schweizergardist eine Pike mit einem Schreiben des Kommandanten durch eine Schiessscharte. Launay bot die Kapitulation an und bat im Gegenzug um einen ungehinderten Abzug. Die Aufständischen willigten ein. Doch kaum hatte er die letzte Brücke der Bastille passiert, wurde er von allen Seiten mit Bajonetten traktiert. Launay schritt tapfer weiter, obwohl er bereits aus zahlreichen Wunden blutete. Plötzlich stiess er ein wildes Geheul aus und schlug mit den Fäusten und Füssen um sich. Er traf einen Koch in den Unterleib. Dieser schoss Launay nieder. Dann liess er sich einen Säbel reichen und begann dessen Kopf abzuschneiden. Doch die Waffe war zu stumpf, und er nahm schliesslich sein Messer und schnitt den Kopf ab, als wäre es ein Stück Wurst. Das Blut spritzte in einer wilden Fontäne gegen den Himmel. Der Koch nahm eine Pike und steckte Launays Kopf darauf. So zogen die Aufständischen weiter. Die Strasse war wieder frei.

Dan-Mali hielt die Augen geschlossen. Das war gut so, denn unterwegs trafen sie noch auf weitere aufgespiesste Köpfe und verstümmelte Leichen. Charles warf Henri einen Blick zu. Dieser schien ungerührt. Die Gräueltaten schockierten ihn wohl, aber sie schlugen weder auf sein Gemüt noch auf seinen Magen. Er sagte: »Du hattest recht, Vater, das ist kein Aufstand, das ist eine Revolution.«

Die Aufständischen hatten mit über hundert Gefangenen gerechnet, die sie aus den dunklen Verliesen im Keller der Bastille befreien würden. Aber die Zellen waren alle leer. Sie fanden lediglich eine Handvoll Gefangener in den oberen, lichtdurchfluteten, komfortablen Zellen: sieben Kleinkriminelle. Donatien Alphonse François de Sade war nicht mehr darunter. Er hatte wochenlang die Bevölkerung um Hilfe gebeten. »Helft uns, sie metzeln die Gefangenen nieder!«, hatte er ständig geschrien. Alles erfunden. Deshalb hatte man ihn wenige Tage zuvor von der Bastille in die

Irrenanstalt Charenton-Saint-Maurice verlegt. Zurück blieb nur ein in winziger Schrift verfasstes Manuskript mit dem Titel *Die hundertzwanzig Tage von Sodom*.

Plötzlich sah Charles Blut an seiner linken Hand. Es stammte von Dan-Mali. Jemand hatte sie mit einer Pike erwischt. »Komm mit mir, ich werde die Wunde versorgen«, sagte er.

Dan-Mali schaute zu ihm hoch und fragte ungläubig: »Du kannst Schmerzen lindern?«

Charles war überrascht. Wusste sie denn nicht, dass er der Henker von Paris war? Hatte er sich damals möglicherweise doch getäuscht, als er sie bei Damiens' Hinrichtung unter den Zuschauern wähnte?

Er kehrte mit Dan-Mali nach Hause zurück. Henri hatte bleiben wollen. Über den Hof gingen sie in die Pharmacie. Dan-Mali legte sich auf das Bett. Sie wirkte erschöpft.

»Du musst dein Hemd ausziehen«, sagte er.

Ohne Scham zog sie es aus. Die Pike hatte sich leicht unter ihre linke Brust gebohrt. Die Wunde war nicht tief. Charles desinfizierte sie und legte ihr einen sauberen Verband an. »Ich habe lange auf ein Wiedersehen gewartet«, sagte er leise und setzte sich neben sie.

Dan-Mali nickte, als wollte sie sagen, dass auch sie gewartet habe.

»Wir sind beide älter geworden, ich habe eine Frau und zwei Söhne, aber es verging kein Tag, an dem ich nicht an dich gedacht habe. Manchmal habe ich vor deiner Schule gewartet.«

»Ich weiss, ich musste damals nach Siam zurück. Aber ich bin wiedergekommen. Ich wollte dich wiedersehen. Das ist unser Karma.«

»Du sprichst unsere Sprache wirklich sehr gut, du hast Talent.« Charles lächelte.

»Ich kann mir alles merken. Wenn ich ein Wort einmal gehört habe, vergesse ich es nie wieder.«

»Wirst du nun eine Weile hier sein, oder kehrst du schon bald nach Siam zurück?«

»Ich werde meine Heimat vielleicht nie mehr sehen. Meine Familie will, dass ich hier in Paris bleibe und für sie sorge. Meine Familie ist sehr arm. Ohne die regelmässigen Zahlungen von Pater Gerbillon ...« Dan-Mali stockte, dann liefen ihr Tränen über die Wangen. »Es ist schwer für mich. Ich möchte meine Familie wiedersehen, aber ich muss hierbleiben. Ich kam nach Paris, um zu lernen, und jetzt bin ich Pater Gerbillons Magd. Er liebt das siamesische Essen.«

»Soll ich mit ihm reden?«, fragte Charles. »Du könntest auch bei mir arbeiten. Wir trocknen Pflanzen und Heilkräuter und stellen daraus Medikamente her.«

Sie schüttelte den Kopf. »Sprich nicht mit Pater Gerbillon, das würde ihn erzürnen. Er darf nicht wissen, dass wir uns gesehen haben.«

Charles spürte, dass irgendetwas nicht stimmte. Aber er wollte Dan-Mali nicht in Bedrängnis bringen. »Ich möchte dich nie mehr aus den Augen verlieren«, sagte er schliesslich.

Dan-Mali nickte. »Ich muss jetzt gehen. Pater Gerbillon hat es nicht gern, wenn ich zu lange wegbleibe.«

Sie erhob sich mit einem Blick des Bedauerns, senkte den Kopf und legte die Hände unter dem Kinn aneinander. Sie wäre gern noch eine Weile geblieben. Charles schaute ihr noch lange nach, selbst als sie den Hof längst verlassen hatte.

Von nun an war Charles ein Besessener. Seine Gedanken kreisten unaufhörlich um Dan-Mali. Er sah ihr Lächeln, ihre Augen und lächelte seinerseits gedankenverloren vor sich hin. Er wünschte sich, Dan-Mali jeden Tag zu sehen. Er wünschte, sie würde bei ihm wohnen. Der Wunsch war so stark, dass er gar nicht darüber nachdachte, wie das zu bewerkstelligen wäre.

In Paris kündigte sich ein gewaltiges Erdbeben an. In einer einzigen Nachtsitzung strich die Nationalversammlung Steuerprivilegien, Jagd- und Fischereirechte des Adels, sein Recht auf Gerichtsbarkeit. Alles wurde abgeschafft, sogar der Kirchenzehnte. Europa stand unter Schock, denn wankte der König von Frankreich, würden alle anderen folgen.

Marquis de Lafayette war Vizepräsident der Nationalversammlung und führte gleichzeitig die Nationalgarde, die die Aufständischen in Paris im Zaun halten und den König beschützen sollte. Lafayette war ein erprobter Heerführer von einunddreissig Jahren, der an der Seite George Washingtons im Amerikanischen Unabhängigkeitskrieg gekämpft hatte und beidseits des Atlantiks zum Helden geworden war. Er legte einen ersten Entwurf für die nach amerikanischem Vorbild niedergeschriebene *Erklärung der Menschen- und Bürgerrechte* vor. Kein Geringerer als Thomas Jefferson assistierte ihm. Die Zeitungen druckten mit Begeisterung die Erklärung ab. Charles schrieb sie Wort für Wort in sein Tagebuch. Es war ein wunderbarer Gedanke, dass alle Menschen Anrecht auf Freiheit, Gleichheit und Brüderlichkeit hatten.

Doch die Entmachtung von Adel und Klerus ging den Menschen nicht weit genug. Es genügte ihrer Meinung nach auch nicht, einen Baum blauweissrot zu schmücken und ihn Freiheitsbaum zu nennen. Sie wollten mehr. Es missfiel ihnen, dass nun alle Macht bei der Nationalversammlung lag und mitnichten bei den Aufständischen, die immer noch Läden und Schlösser abfackelten, plünderten und raubten und das Gerücht streuten, fremde Armeen marschierten in Richtung Frankreich, um den König zu retten. Bald formierte sich ein führungsloser Zug, der Richtung Versailles marschierte, die Wachen überrannte und bis in die Gemächer des Königs vordrang. Sie zwangen Louis XVI, der gerade mit seiner Familie speiste, die Trikolore an seinen Hut zu heften und ihnen nach Paris zu folgen. Sie wollten ihren König bei sich haben. Die Soldatenleichen im Schlosspark kümmerten niemanden. Es war, als hätte nun jeder das Recht, die königliche Garde ohne Strafe abzustechen. Ein Teil der Aufständischen wünschte nach wie vor den Tod aller Reichen und den Einzug ihrer Vermögen. Einige noch Radikalere forderten die Aufhebung des Privateigentums und die Todesstrafe für jedes ihrer Meinung nach unpatriotische Benehmen.

In einem Triumphzug von über dreissigtausend Menschen führten die Bürger von Paris ihren König in die Hauptstadt. Louis XVI war zum Untertan geworden, weil er stets gezaudert und keine Entscheidungen getroffen hatte. Doch während der König Würde und Macht verlor, gewann er die Zuneigung seines Volkes zurück. Die Niederlage habe ihn menschlich gemacht, schloss Charles den Eintrag ins Tagebuch. Ein Gedanke liess ihn nicht schlafen.

Mitten in der Nacht stand er auf und schrieb einen Brief an Generalstaatsanwalt Roederer. Die Verabschiedung der Menschenrechte hatte ihm Mut gemacht. Mut zur Veränderung.

Sooft die Zeit es ihm erlaubte, besuchte Charles das Jesuitenkloster. Aber man liess ihn stets vor der Pforte warten und beschied ihm, Pater Gerbillon sei beim Gebet. Ein wahrlich frommer Mensch. Und Dan-Mali? Es hiess, sie könne während ihrer Arbeitszeit keine privaten Besuche empfangen. Und wann endete ihre Arbeitszeit? Das sei sehr unterschiedlich. Da müsse er Pater Gerbillon fragen, aber der sei wie schon erwähnt beim Gebet.

An einem regnerischen Freitagnachmittag klopfte jemand an die Haustür der Sansons. Charles dachte instinktiv an Dan-Mali und eilte zur Tür. Zu seiner grossen Enttäuschung stand ein Abgeordneter der Nationalversammlung vor ihm, der schüchterne Doktor Joseph-Ignace Guillotin. Sein Besuch ehrte Charles, stand doch Guillotin dem Leibarzt des Königs, Doktor Antoine Louis, sehr nahe. Als Mitglied einer königlichen Kommission untersuchte er den animalischen Magnetismus nach der Lehre von Franz Anton Mesmer. Als Gründungsmitglied der liberalen Freimaurerloge Grand Orient de France war er immer wieder Gegenstand wilder Gerüchte.

Charles bat ihn in seine Pharmacie und bot ihm etwas zu trinken an, doch der Gast lehnte irritiert ab. Guillotin setzte sich Charles gegenüber und wartete, bis er dessen ganze Aufmerksamkeit hatte. »Ich habe Ihr Schreiben an den Generalstaatsanwalt Roederer gelesen. Sie hätten das Schreiben auch an Fouquier adressieren sollen, er war darüber sehr erbost.«

»Fouquier?«, fragte Charles. »Antoine Fouquier de Tinville?«

»Ja«, erwiderte Guillotin, »auch er hat ein Amt als Staatsanwalt erworben. Er hat geerbt. Aber nennen Sie ihn um Gottes willen nicht mehr Fouquier de Tinville. Er nennt sich nur noch Antoine Fouquier, um seine adlige Herkunft zu verschleiern. Das Volk von Paris ist nicht mehr berechenbar. So ändern sich die Zeiten. Aber reden wir von Ihrem Schreiben, Monsieur. Es ist auf Interesse gestossen, denn auch wir beschäftigen uns mit der Humanisierung der Hinrichtung, ungeachtet der Herkunft des Verurteilten.«

»Das wird kaum realisierbar sein«, entgegnete Charles, »denn selbst wenn alle Delinquenten mit dem Schwert hingerichtet würden, wäre eine Hinrichtung nie wie die andere. Die meisten zittern, ihr Mund wird trocken, sie können nicht mehr sprechen und zappeln plötzlich, so dass es schwierig wird, einen sauberen Schnitt zu führen und den Kopf vom Rumpf zu trennen. Um dem Gesetze Genüge zu tun, muss der Scharfrichter sein Handwerk hervorragend beherrschen, und der Verurteilte muss unbedingt still halten.«

»Das ist etwas viel verlangt«, murmelte Guillotin höflich.

»Ein weiterer Punkt sind die Kosten. Nach jeder Exekution ist das Schwert unbrauchbar. Es ist unumgänglich, das schartig gewordene Schwert zu schärfen und zu schleifen. Manchmal brechen die Schwerter. Es kann böse Unfälle geben, wenn die Spitze der abgebrochenen Klinge ins Publikum schiesst oder den danebenstehenden Gehilfen trifft. Das ist eine sehr barbarische Hinrichtungsart. Sie müssen bedenken, wenn der erste Schwerthieb fehlschlägt, hängt der Kopf an einzelnen Sehnen noch am Rumpf, und ein Gehilfe muss diese mit einem Messer durchtrennen, bis sich der Kopf endlich löst. Das ist eine furchtbare Schlächterei. In meinem ersten Jahr als Henker brauchte ich einmal vier Versuche. Ich glaube, beim fünften Versuch hätte mich das Volk gelyncht.«

»Welche Hinrichtungsart ist denn die humanste? Welche entspricht den Idealen unserer Revolution? Welche Hinrichtungsart verkürzt das Leiden?«

»Das Beste wäre eine Maschine, die ein Fallbeil führt. Jeder Verbrecher würde genau die gleiche Hinrichtungsart erleiden. Der Scharfrichter löst nur noch den Stift, der das Beil blockiert.«

Guillotin lächelte kurz. Dabei zeigte er seine bräunlich verfärbten Zähne, die an einen morschen Gartenzaun erinnerten.

»Ich könnte ein derartiges Modell entwerfen«, sagte Charles, »Tobias Schmidt könnte mir dabei helfen.«

»Tun Sie das«, sagte Guillotin. »Ich werde mir erlauben, in zwei Wochen wieder bei Ihnen vorbeizuschauen.«

Am folgenden Tag schien sich Charles' Ausdauer vor dem Jesuitenkloster gelohnt zu haben. Eine Kutsche fuhr vor, und Pater Gerbillon stieg aus. Er war alt geworden. Charles stürmte sofort auf ihn zu und rief seinen Namen.

»Monsieur de Paris!« Pater Gerbillon schmunzelte und zeigte auf den Freiheitsbaum vor dem Treppenaufgang. Er war mit blauen, weissen und roten Girlanden geschmückt und trug die rote Freiheitskappe. »Wissen Sie, was das da oben ist?«

»Nein«, antwortete Charles ungeduldig, »ich muss mit Ihnen reden.«

»Das ist eine phrygische Mütze. Irrtümlicherweise glauben die Revolutionäre, diese rote Mütze sei in der Antike von freigelassenen Sklaven getragen worden. Aber das ist falsch«, dozierte Gerbillon, während er mit Charles die Eingangshalle des Klosters betrat. »Die Leute haben keine Bildung und zetteln eine Revolution an. Das ist die Mütze des Sonnengottes Mithras! Das hat uns dieser Doktor Guillotin eingebrockt. Die Freimaurer glauben nicht an Gott, sie glauben an eine göttliche Kraft, an die Sonne als Ursprung allen Lebens auf unserem Planeten. Eigentlich liegen sie nicht ganz falsch. Denn alle Religionen haben Götter des Lichts. Selbst Buddha trägt eine Korona, einen Sonnenkranz. Aber mit der Sonne kann man kein Geld verdienen. Religion braucht ein Gesicht. Und ein Gesicht braucht eine Biographie. Marquis de Sade könnte Ihnen das bestätigen. Kennen Sie seine Bücher?«

»Ich wollte über Dan-Mali sprechen.«

Pater Gerbillon bat Charles in sein Büro. »Nun gut, ich langweile Sie. Womit kann ich Ihnen dienen, Monsieur de Paris?«, fragte er amüsiert.

»Ich suche jemanden, der mir in meiner Pharmacie behilflich sein könnte«, sagte Charles ohne Umschweife, »und da habe ich an Dan-Mali gedacht.«

»Oh«, erwiderte Pater Gerbillon süffisant, »der Henker hat sich verliebt? Irre ich mich, oder sind Sie verheiratet?«

»Wäre es möglich, dass Dan-Mali bei mir arbeitet?«

»Leider nein«, sagte Pater Gerbillon, »der König von Siam persönlich hat sie mir geschenkt. Sie ist alles, was mir geblieben ist, seit die Nationalversammlung beschlossen hat, alle Kirchengüter einzuziehen, um die Staatsschulden abzutragen. Jetzt drucken unsere Revolutionäre verzinsliche Staatsanleihen, nennen sie Assignaten und decken sie mit dem geraubten Kirchengut. Aber wer traut schon dem Papier? Oder wie sagte Voltaire: ›Jede Papierwährung findet eines Tages zu ihrem eigentlichen Wert: null.‹ Sie sehen, ich lese gerade Voltaire.«

»Ich würde Sie bezahlen«, sagte Charles mit ernster Stimme, »damit Sie eine andere Magd einstellen können.«

»Womit wollen Sie mich denn bezahlen? Mit Assignaten? Die haben schon ein Drittel ihres Wertes verloren. Am Anfang wurde die Wirtschaft durch das frische Papiergeld stimuliert, aber jetzt haben sie schon die Verzinsung der Assignaten gestrichen. Womit wollen Sie mich also bezahlen? Mit Gold? Der Besitz von Gold ist neuerdings verboten. Niemand darf sich vor der Inflation schützen.«

»Das Halten von Sklaven ist auch verboten, Pater Gerbillon!«

Gerbillon lachte laut auf. »Seit wann ist es verboten, der Kirche zu dienen? Und im Übrigen kümmern sich unsere Revolutionäre nicht um das weibliche Geschlecht. Gleichheit, Freiheit, Brüderlichkeit, davon sind die Frauen ausgeschlossen. Zugegeben, da hapert es ein wenig mit der Logik, aber so sind nun mal unsere Revolutionäre. Was halten Sie eigentlich von dieser Revolution?«

»Ich wünschte mir, unser König würde die Zeichen der Zeit erkennen und sich mit einer konstitutionellen Monarchie nach englischem Vorbild begnügen. So könnte er die Revolution überleben, als Galionsfigur am Bug unseres wunderbaren Schiffes.«

»Wissen Sie, was ich jetzt tue, Monsieur de Paris? Ich saufe meinen besten Wein. So tun es alle Brüder in den Klöstern Frankreichs. Wir beten nicht mehr, wir saufen.« Er betätigte die Glocke auf seinem Tisch. Kurz darauf öffnete sich die Tür, und Dan-Mali trat ein. »Mach mir einen Kaffee mit Zimt«, sagte er, ohne sie anzuschauen. Sein Blick ruhte immer noch auf Charles. »Aber warte, bleib hier, bis Monsieur de Paris unser Haus verlassen hat. Sonst kommt er noch auf die Idee, dich zu entführen.«

Dan-Mali suchte Charles' Blick.

»Monsieur de Paris«, sagte Gerbillon und zeigte zur Tür, »es war eine Freude, Sie wiederzusehen. Aber noch grösser ist die Freude, wenn wir den Henker in diesen Gemäuern nicht mehr sehen.«

Charles schaute nochmals zu Dan-Mali und lächelte freundlich. Gerbillons Kichern ignorierte er. Er verliess das Kloster und verkroch sich in seiner Pharmacie. Jemand klopfte wenig später an die Tür. Marie-Anne schaute herein. »Ich werde morgen mit den Hunden meine Schwester besuchen. Sie braucht Hilfe. Vielleicht bleibe ich einige Wochen.«

Charles nickte. Marie-Anne blieb noch eine Weile in der Tür stehen, doch er schwieg. Als draussen im Flur ihre Schritte verstummt waren, griff Charles zu seinem Tagebuch. Paris erstickt in Papiergeld, schrieb er. Ich werde mit

Papiergeld bezahlt. Meine Gehilfen wollen aber kein Papier mehr. Doch die Revolutionäre drucken immer mehr Papiergeld, um neue Schulden zu finanzieren. Dadurch verlieren die Assignaten noch mehr an Wert, und die Menschen beginnen, Lebensmittel zu horten. Die Preise galoppieren, kein Gesetz kann dies verhindern. Man kann aus dem Nichts kein Geld erschaffen. Papier bleibt Papier.

Als Charles Klavierspiel hörte, huschte ein Lächeln über seine Lippen. Er legte das Tagebuch beiseite und setzte sich im Wohnzimmer neben Gabriel auf die Bank. Gemeinsam spielten sie, und es bedurfte keiner weiteren Worte.

Am nächsten Tag ging Charles zu Tobias Schmidt in dessen Werkstatt. Niemand öffnete ihm auf sein Klopfen hin die Tür, obwohl aus dem Innern deutliches Hämmern zu vernehmen war. Also betrat Charles die alte Fabrikhalle und blieb stehen. Er begrüsste Schmidt mit lauter Stimme, worauf dieser zusammenzuckte. Er trug noch seinen Schlafrock. Die Wände der Werkstatt waren zugemüllt mit Holz- und Metallteilen, Gurten, Riemen, gusseisernen Dampfkesseln und gezahnten Holzrädern in allen Grössen. An den Wänden hingen überdimensionale Skizzen von seltsamen Maschinen, deren Zweck man nur erraten konnte.

Tobias Schmidt führte Charles sogleich in den hinteren Teil der Halle. »Ich habe Ihnen doch erzählt, dass ich daran arbeite, Nahrungsmittel zu konservieren. Wie kann man den Verwesungsprozess aufhalten, ohne dass dabei Geschmack oder Nährwert verlorengehen? Wer dafür eine Lösung findet ...«

»... kann die Welt erobern, ich weiss.« Charles schmunzelte.

»Das ist so«, beharrte Schmidt. »Ich versuche, Gemüse und Obst zu kochen und dann in Blechdosen zu konservieren. Aber ich habe noch keine Lösung für das Verlöten der Dosen gefunden. Es ist auch nicht einfach, den optimalen Siedegrad für die einzelnen Lebensmittel herauszufinden. Das wird Jahre in Anspruch nehmen. Jahre!« Schmidt rührte in einem grossen Topf, in dem Äpfel in siedendem Wasser schwammen. »Ich brauche Tausende von Dosen für meine Experimente. Noch ist unklar, ob man Gemüse besser in Öl oder Essig, in Alkohol oder Zuckersirup konservieren sollte. Und das Ergebnis kann man frühestens nach zwei Jahren sehen.«

»Ich möchte mit Ihnen ein kleineres Projekt bereden«, sagte Charles.

»Ich langweile Sie doch nicht? Es tut mir leid, aber ich habe seit Wochen keinen Menschen mehr gesehen.« Schmidt schüttelte verwirrt den Kopf und schlurfte gebückt durch die Halle. Dann liess er sich auf eine Couch fallen. Der Überzug war gerissen. Weisse Hühnerfedern schauten hervor.

Charles folgte ihm. »Ich hatte Besuch von Doktor Guillotin.«

»Dieser Freimaurer. Ich sage Ihnen, die werden die Revolution anführen. Das kommt noch. Zuerst schaffen sie den Klerus ab, dann schaffen sie Gott ab. Denn jetzt muss alles rational erklärbar sein. Das ist die nächste Errungenschaft unserer Revolution. Robespierre fordert einen zivilreligiösen Kult der Vernunft. Er plant ein Fest des höchsten Wesens. Und wer ist das höchste Wesen? Die Natur! Behauptet Robespierre. Wir sollen die Natur anbeten wie unsere Vorfahren vor sechstausend Jahren. Bald werden wir bei Sonnenaufgang niederknien und der Sonne für ihr Licht danken.«

»Monsieur Schmidt«, insistierte Charles, »ich muss mit Ihnen über Guillotins Maschine sprechen.«

»Jaja, ich habe in der Zeitung von seiner Idee gelesen. Die humane Tötungsmaschine. Auch dafür hätte ich Ideen. Alle Welt will meine Ideen, doch keiner will bezahlen. Künstler wie ich gehen immer leer aus, und mit meinen Klavieren verdiene ich gerade genug, um neue Blechdosen zu kaufen.«

»Wenn Sie eine Maschine erfinden können, die alle Menschen auf die gleiche Art und Weise tötet, dann werden Sie ein reicher Mann werden. Hätten Sie Lust, eine Skizze anzufertigen, die ein Laie versteht?«

»Jaja«, sagte Schmidt gereizt, »ich habe da Ideen, und es wäre grossartig, wenn man mich beim Hof vorsprechen liesse. Dann könnte ich dem König darlegen, wie man Nahrungsmittel haltbar macht. Er könnte mit seinen Armeen bis nach Russland marschieren, bis nach Afrika oder Indien. Seine Truppen hätten immer genug Nahrung. Er führt ja so gerne Krieg.«

»Monsieur Schmidt, es geht jetzt ausschliesslich um diese Tötungsmaschine. Wenn Ihr Entwurf angenommen wird, könnten Sie möglicherweise für jedes Departement eine solche Maschine bauen.«

»Oh, das wäre das Geschäft meines Lebens! Ich habe so viele Ideen für neue Maschinen, aber nicht das Geld für das

Material. Ich wäre Ihnen ewig verbunden, Monsieur, mehr noch, ich würde Sie beteiligen.«

Charles lächelte. »Ihre Freundschaft ist mir Lohn genug.«

»Und wie geht's Gabriel?«, fragte Schmidt.

»Er macht keine grossen Fortschritte mehr, aber es wird auch nicht schlechter. Da er mehr läuft, wird die Muskulatur kräftiger und sein Gang stabiler.«

Schmidt zog an einer Kordel, die von der Decke hinunterhing. In der Ferne hörte man das Gebimmel einer Glocke. Die Kordel führte der Decke entlang zur Wand und anschliessend durch ein Bohrloch in einen anderen Raum. Wenig später erschien eine korpulente Frau um die sechzig. Sie wackelte beim Laufen hin und her. Charles nahm sogleich wahr, dass ihre Hüften lädiert waren.

»Bringen Sie uns Rotwein«, sagte Schmidt.

»Aber Sie haben seit gestern früh noch nichts gegessen.«

»Sind Sie meine Ärztin?«, herrschte Schmidt sie an. »Ich habe eine Magd angestellt. Und dann brauche ich ein Stück Brot. Und zwar schnell. Ich habe mir den Magen verdorben.«

»Schon wieder?«, seufzte die Frau.

Charles kaufte sich ein neues Tagebuch. Seit die Schulhefte vollgeschrieben waren, hatte er immer Bücher für seine Einträge benutzt. Es gab viele Delinquenten zu verzeichnen: einen Knopfmacher, einen Pferdehändler, einen Kammerdiener, einen Schlosser … Er füllte zwei Seiten mit Namen. Das war am Montag. Am Dienstag waren es schon drei. Die vielen Todesurteile sollten abschreckend wirken. Aber sie waren wirkungslos. Zu gross war das Elend in den Strassen von Paris und auf dem Land. Die Armut schuf ein Heer von Kriminellen. Die Zahl der Verurteilten erhöhte sich sprunghaft. Charles vollstreckte die Urteile mit stoischer Miene, doch die Menschen, die es hinzurichten galt, waren ihm keineswegs gleichgültig. Im Gegenteil, er hatte Mitleid mit ihnen. Er verstand nicht, wieso das Publikum, das dichtgedrängt um das Schafott herumstand, so selten Mitgefühl zeigte. Sie teilten doch alle das gleiche Leid. Ohne Henri hätte Charles wohl alles hingeschmissen. Aber er dachte, wenn sein Sohn tatsächlich das Amt antreten wollte, dann sollte er es ihm geordnet übergeben und so lange auf dem Schafott bleiben, bis der Generalstaatsanwalt dem Wechsel zustimmte.

Als sie eines Tages von der Arbeit nach Hause kamen, sassen Tobias Schmidt und Gabriel im Wohnzimmer und spielten zusammen Klavier. »Er ist ein grosses Talent, das nenne ich Begabung«, sagte Schmidt anerkennend.

Charles hörte es gern. Er begrüsste Gabriel mit einem väterlichen Kuss auf die Stirn und bat Schmidt in die Pharmacie. Dort zog Schmidt ein Buch aus seiner Tasche und klappte es auf. »Schauen Sie, Monsieur de Paris, das ist ein Stich von Achille Bocchi aus dem Jahre 1555. Er zeigt ein Holzgerüst aus zwei parallel verlaufenden senkrechten Holzpfeilern. Zwischen den eingekerbten Pfeilern hängt ein scharfes Beil, das mit einem Seil festgehalten und am Herunterfallen gehindert wird. Löst man das freie Ende des Seiles, saust das Fallbeil zwischen den beiden Pfeilern hinunter und enthauptet den Unglücklichen, dessen Nacken genau an der Stelle liegt, auf die das Fallbeil trifft.«

Charles schaute sich das Bild genau an. Nach einer Weile sagte er: »Das wird nicht genügen. Das Problem ist, dass die Verurteilten angesichts des nahen Todes nicht still halten. Auf den Knien verliert man rasch den Halt. Man muss deshalb zwingend den Körper befestigen, damit ein sauberer Schnitt möglich ist. Sonst endet das in einer wüsten Schlächterei, an der auch das Publikum keine Freude hat.« Schmidt nickte. Charles sah ihm an, dass er bereits mit einer neuen Lösung beschäftigt war, und fügte an: »Es eilt! Wenn wir es nicht tun, werden die Doktoren Louis und Guillotin etwas kreieren, aber ich bin derjenige, der oben auf dem Podest stehen wird und verantwortlich ist, wenn es nicht funktioniert. Ihnen vertraue ich, Monsieur Schmidt.«

Schmidt lächelte. »In Ordnung. Ich werde daran arbeiten. Und zwar noch diese Nacht. Aber ganz ohne Musik werden wir den Abend nicht beenden.« Er setzte sich mit Gabriel ans Klavier. Beim dritten Stück hörte Schmidt abrupt auf. »Ich hab die Lösung! Lassen Sie mich nach Hause gehen. Ich muss eine Skizze anfertigen.« Und er eilte auf die Strasse hinaus.

Charles setzte sich mit Henri in die Pharmacie. Sie tranken Wein und sprachen über die neue Maschine. Charles erklärte die Details.

»Sie wird unsere Arbeit erleichtern«, sagte Henri, »aber es wird immer noch jemanden brauchen, der durch seine Anwesenheit die Rechtmässigkeit bezeugt und die Maschine bedient.«

»Ja, aber sie bringt nicht mehr Gerechtigkeit. Du kannst zwar alle auf die gleiche Art und Weise hinrichten, aber vielleicht richtest du einen zu Unrecht. Vielleicht ist er unschuldig, vielleicht ist das Urteil gekauft. Wenn du jemanden tötest, ist es irreversibel.«

»Dafür sind wir nicht zuständig, Vater.«

»Mag sein, Henri, mag auch nicht sein. Jede Rechtsprechung unterliegt dem Zeitgeist. Und jedes Land hat seine eigenen Gesetze. Wir wenden das Recht an, aber üben nicht Gerechtigkeit.« Ganz unvermittelt fragte er: »Erinnerst du dich an die Frau aus dem Königreich Siam?«

»Das Mädchen mit der Silberkanone?«

»Sie ist kein Mädchen mehr, Henri. In Siam altern die Menschen nicht wie wir. Sie ernähren sich anders. Sie werden nicht so fett, und ihre Haut bleibt länger geschmeidig und jung. Sie heisst Dan-Mali, ich möchte sie wiedersehen.«

Henri schaute seinen Vater lange an und sagte dann: »Hast du dich verliebt?«

»Henri«, sagte Charles beinahe beschwörend, »für die Liebe gibt es kein Alter. Liebe kannte ich bisher nur vom Hörensagen. Ich habe mein ganzes Leben getan, was mir andere vorschrieben, was die Familie vorschrieb, was die Gesellschaft vorschrieb, und jetzt, da die Revolution ausgebrochen ist, ist auch in mir der Drang nach Freiheit entfacht. Auch ich möchte ein neues Leben.«

»Weiss Mutter davon?«

»Nein, Henri, und es ist zwecklos, mit ihr zu reden.«

Marie-Anne war bereits seit einigen Wochen bei ihrer Schwester und half bei der Pflege ihres todkranken Schwagers. Niemand wusste, woran genau er litt. Er konnte kaum noch atmen. Mit der Zeit blieb ihm schon die Luft weg, wenn er sich im Bett aufrichtete. Er erstickte jämmerlich.

Jeder Welpe, den man in der Pferdetränke ersäuft, stirbt schneller und einfacher.

Als Marie-Anne nach Paris zurückkam, um Kleider für die Beerdigung zu holen, fragte Charles, wann das Begräbnis stattfinde.

»Du bist nicht eingeladen, Charles. Sie wollen keinen Henker zu der Beerdigung.«

Er entgegnete nichts. Er half ihr, die paar Sachen aufs Pferd zu packen; sie liess es widerwillig zu. Als sie am Ende der Strasse verschwunden war, fühlte sich Charles erleichtert. So friedvoll könnte das Leben sein, dachte er und ging in die Pharmacie, um Lorbeerblätter zu zerstampfen. Er ertappte sich beim Gedanken, dass er insgeheim wünschte, Dan-Mali würde bei ihrem nächsten Ausflug auf den Markt einen Abstecher zu ihm unternehmen. Aber wahrscheinlich hatte sie Angst, dass ihre Familie in Siam die regelmässige Unterstützung durch Pater Gerbillon verlor. Charles hätte diesen Part gern übernommen, doch wie sollte er ihr das mitteilen? Er war in Gedanken immer bei ihr. Selbst wenn er nur in Tagträumen ihr Bild vor seinen Augen auferstehen liess, fühlte er sich ruhig und geborgen, ein Gefühl, das er seit frühester Kindheit nie mehr empfunden hatte. Obwohl Dan-Mali nichts für ihn tun konnte, schenkte sie ihm doch alles, wonach er sich sehnte. Sie musste nur da sein. Mehr nicht.

Eines Tages, Charles kam gerade vom Hof zurück, wo er sich am Brunnen gewaschen hatte, stand sie in der Pharmacie. Neugierig musterte sie die kleinen Gefässe mit den Salben.

»Wie bist du reingekommen?«, fragte Charles verblüfft.

»Durch die Tür.« Sie lächelte verschmitzt.

Er ging langsam auf sie zu. Mit leuchtenden Augen sah sie ihn an und senkte dann plötzlich beschämt den Blick. Er wollte ihr jede Peinlichkeit ersparen und zeigte ihr die kleinen Tongefässe. »Das sind Eibenwurzeln. Hier haben wir Thymian, Zitronenkraut, Dill. Das hier ist verkohltes Schilfrohr für abgestorbenes Körpergewebe. Die Pflanzen und Heilkräuter wachsen in meinem Garten. Ich zerstampfe sie und mische sie mit Ölen und Fetten, so dass eine Salbe oder Tinktur entsteht. Du könntest mir dabei helfen.«

Plötzlich umarmte sie Charles, so fest sie konnte. »*Kun kwaun*«, sagte sie, »ich habe Schmerzen.« Sie hatte Tränen in den Augen.

Charles bat sie auf das Bett und untersuchte sie. Während sie ihr Hemd auszog, schloss sie die Augen. Die Wunde hatte sich leicht entzündet. Charles desinfizierte sie und strich eine wundheilende Salbe darüber. Er roch das süssliche Öl, mit dem sie ihren ganzen Körper eingerieben hatte. Sie setzte sich auf die Bettkante und zog ihn zu sich heran. Sie wollte, dass er sich neben sie setzt, ergriff seine Hand und legte sie in ihren Schoss. Sie sah ihn lächelnd an. »So ist gut.« Beide schauten auf den Hof hinaus.

»Was bedeutet *kun kwaun?*«, fragte Charles.

»Guter Mann.« Nach einer Weile sagte sie: »Pater Gerbillon wird wieder nach Siam reisen. Er muss meinem König astronomische Instrumente bringen. Er wurde zum Mathematiker des Königs ernannt und wird in Siam den Sternenhimmel beobachten, um neue Seekarten zu erstellen. Und eines Tages wird dein Land diese Seekarten benutzen und mit vielen Schiffen in Siam anlegen, um das Königreich zu erobern. Unser König denkt, dass die Mathematiker deines Königs seine Freunde sind. Aber Pater Gerbillon interessiert sich nicht für den Sternenhimmel. Er liebt junge Buben und Mädchen. Deshalb reist er nach Siam. Er will mich wieder mitnehmen. Aber ich will nicht. Ich hasse ihn.« Sie warf sich in seine Arme und heulte wie ein Kind.

Charles küsste ihre Stirn. »Du bist nicht allein auf der Welt, Dan-Mali ...«

Sie liess ihn nicht weitersprechen. »Ich komme bald wieder«, sagte sie und erhob sich abrupt. Dann rannte sie hinaus.

9

Charles begab sich frühmorgens in die Conciergerie, das staatliche Untersuchungsgefängnis, um zu sehen, ob für den Nachmittag mit Exekutionen zu rechnen war. Er stieg die Wendeltreppe links vom Hof hoch und klopfte an die Tür des neuen Staatsanwalts. Er war gespannt auf das Wiedersehen mit Antoine.

»Das kann noch dauern«, sagte jemand hinter ihm. Charles drehte sich um. Der Journalist Gorsas trat aus einer fensterlosen Mauernische hervor. »Es ist niemand drinnen, aber er liebt es, die Leute warten zu lassen.«

»Wieso sind Sie denn hier?«, fragte Charles und musterte Gorsas misstrauisch.

»Er hat mich herzitiert. Wahrscheinlich gefallen ihm meine Artikel nicht. Er wird mir sagen, was ich in Zukunft schreiben soll, um der Pressefreiheit Genüge zu tun. Ich werde schreiben, dass er ein kleines Vermögen geerbt und damit das Amt eines Staatsanwaltes gekauft hat. Den Rest hat er für Weiber ausgegeben und versoffen. Als er wieder nüchtern war, hat er seine reiche Cousine geschwängert, gleich fünfmal, und seit seinem privaten Bankrott ist er ein glühender Hasser der Reichen.«

»Und das wollen Sie schreiben?«, fragte Charles ungläubig.

»Wer die Pressefreiheit ernst nimmt, landet bei Ihnen auf dem Schafott, Monsieur de Paris. Wissen Sie, viele Revolutionäre machen aus ihrem privaten Scheitern eine Ideologie. Doch einem wie Antoine Fouquier hätte man eine ganze Hühnerfarm schenken können, und kein einziges Huhn hätte ein Ei gelegt. Wussten Sie, dass der unbestechliche Camille Desmoulins sein Cousin ist? Er hat ihm den Chefposten der Anklage verschafft.«

Charles klopfte erneut an die Tür.

»Ja?«, schrie Antoine Fouquier. Charles betrat das Büro. Fouquier streckte ihm gleich die Handfläche entgegen, um ihm klarzumachen, dass er zu warten hatte. Er war gerade in eine Diskussion mit Roederer verwickelt. Fouquier hatte sich stark verändert. Die Verbitterung über seine Niederlagen stand ihm ins Gesicht geschrieben. Es war kein schönes Gesicht. Er ähnelte einem Raubvogel, ausgemergelt, die Nase spitz, lang und gekrümmt. Die Lippen nicht breiter als ein Strich, als würde sich selbst dort der Geiz manifestieren. Er trug Koteletten, die so schmal geschnitten waren, dass sie sein Gesicht in die Länge zogen. Antoine Fouquier war gefürchtet. Denn stattete man Versager mit Macht aus, waren sie meist gnadenlos und grausam. Er schrie Roederer ins Gesicht: »Wenn Sie dieses Gesindel nicht ausmerzen wollen, was wollen Sie denn sonst mit diesem Abschaum machen? Wollen Sie die noch fünfzig Jahre auf Staatskosten in unseren Gefängnissen verköstigen? Manch rechtschaffener Mensch in Paris lebt weniger komfortabel und begnügt sich mit Brot und Kohlsuppe.«

»Wir schicken sie in unsere Überseekolonien. Wieso wollen Sie einen Mann töten, der noch vierzig Jahre in unseren Minen arbeiten kann?« Roederer schaute zu Charles hinüber und gab Fouquier zu verstehen, dass er in Anwesenheit dieses Mannes nicht weiterdiskutieren wollte.

Wie Roederer und Fouquier waren auch die meisten Abgeordneten in der Nationalversammlung Juristen. Es war unglaublich, wie viele in der Provinz gescheiterte Anwälte nach Paris gekommen waren und die Gunst der Stunde nutzten, um sich der Führungselite der Revolutionäre anzubiedern. Natürlich wollten sie alle Führer sein, keiner wollte Bürger sein. Und alle benutzten die Politik als Steigbügel für Macht und Geld. Den meisten waren die Ideale der Revolution völlig egal. Sie sonnten sich im Gefühl, wichtig zu sein, und genossen das Leben in Saus und Braus. Das war ihre ganz persönliche Revolution.

»Ist das der Henker?«, fragte Roederer abschätzig. Fouquier nickte und schaute grinsend zu Charles, er genoss die Situation sichtlich. Roederer hingegen gehörte zu den Menschen, die nie lächelten, die keine Freundlichkeiten verschenkten und ohne Mimik durchs Leben gingen. Stets blieb das Gesicht gleich, egal ob eine Nachricht erfreulich oder betrüblich war. Sein Blick aber schien zu sagen: Was willst du von mir, du kleines Stück Scheisse? Das konnte er wunderbar vermitteln. Die Lippen hatte er stets so fest aufeinandergepresst, als hätte ihn gerade jemand beleidigt oder als würde ihm jemand in die Parade fahren. Er wirkte angespannt, verbissen.

Fouquier wandte sich an Charles. »Wir haben keine Arbeit für dich, Bürger Sanson. Und übrigens: Wenn du das nächste Mal einen Brief an mich adressierst, schreib gefälligst meinen Namen richtig. Das nächste Mal könnte ich es als Affront verstehen. Nein, das nächste Mal werde ich es sogar bestimmt als Affront verstehen.« Er schaute Charles streng an und fügte dann hinzu: »In Zukunft wirst du in Assignaten bezahlt. Wir haben ja so viel davon.« Er lachte schallend und wies zur Tür. »Du kannst gehen. Wir können schliesslich nicht die ganze Stadt hinrichten.«

Charles wollte noch etwas sagen, irgendwie an alte Zeiten anknüpfen, aber er sah, dass Fouquier mit Roederer allein sein wollte und er keinen Wert darauf legte, dass dieser erfuhr, dass Charles und er dieselbe Schule in Rouen besucht hatten. Beim Hinausgehen hörte er, wie Roederer sagte, dass die Henker Frankreichs wohl bald arbeitslos würden.

Draussen wartete noch immer Gorsas.

»Sie können gern schreiben, dass es heute keine Vollstreckungen gibt«, sagte Charles.

Gorsas lachte. »Wenn Sie schon mal da sind, könnten Sie mir ein paar Fragen beantworten. Sind Sie für oder gegen die Todesstrafe?«

»Ich werde nicht bezahlt, um eine Meinung zu haben.«

»Meine Leser interessiert das«, sagte Gorsas mit gespielt gequälter Stimme. »Was denkt Monsieur de Paris? Das wollen sie wissen. Kein Henker hat einen derart furchteinflössenden Auftritt wie Sie. Sie sind eine Institution, also lassen Sie uns zusammenarbeiten. Vielleicht brauchen Sie einmal meine Hilfe.«

»Bedaure«, sagte Charles, »ich verrichte mein Amt gemäss den Vorschriften, aber ansonsten habe ich kein Interesse an Öffentlichkeit. Ich stehe nicht gern im Mittelpunkt des allgemeinen Interesses.«

»Dann schlagen Sie meine Freundschaft aus«, sagte Gorsas theatralisch.

»Nein, Monsieur, ich will Sie nicht vor den Kopf stossen.«

»O doch, o doch. Sie refüsieren meine Freundschaft.« Als Charles die Wendeltreppe hinunterstieg, rief er ihm nach: »Vielleicht stehen Sie bald mehr im Mittelpunkt, als Ihnen lieb ist.«

Charles ritt nicht auf direktem Weg nach Hause. Er machte einen grossen Umweg durch die Wälder von Montmartre. Dann suchte er das Ufer der Seine auf und setzte sich an die Böschung. Er war nun zweiundfünfzig Jahre alt, hatte zwei Söhne und war mit einer Frau verheiratet, die ihm mittlerweile fremd war. Er machte sich Sorgen um seine Zukunft, vor allem aber um die seiner Söhne. Er versuchte sich Mut zu machen. Würde die Todesstrafe tatsächlich abgeschafft, würde er sicher nicht gleich arbeitslos, dachte er. Man würde immer noch einen Henker und seine Gehilfen brauchen, um Straftäter mit dem Brandeisen zu markieren oder um Diebe an den Schandpfahl zu fesseln. Jemand musste in den frühen Morgenstunden in der Conciergerie die Urteile abholen und diese am Abend vollstrecken. Arbeitslos würde er also nicht. Aber er würde weniger verdienen und zudem in Assignaten bezahlt. Das Leben würde härter. Charles beschloss, den kleinen Schuppen, den er nie benutzte, jungen Leuten zu vermieten. Sie hatten ihn vor einiger Zeit angefragt, ob sie dort ihre Druckerpresse installieren und Flugblätter drucken könnten. Flugblätter waren gross in Mode. Man konnte damit ein bisschen Geld verdienen.

Tobias Schmidt hatte eine neue Skizze angefertigt, die er stolz präsentierte. »Ich habe versucht, eine sehr einfache Maschine zu bauen«, erklärte er, »die jeder Trottel bedienen kann. Denn eines Tages wird ein Trottel sie bedienen. Sie, Monsieur de Paris, sind der letzte grosse Henker.«

»Wir müssen es ausprobieren«, sagte Charles unbeeindruckt. »Es gibt Menschen, die haben einen solchen Stiernacken, dass selbst ein Beil keine saubere Arbeit leistet.«

»Es ist eine Frage des Gewichts und der Fallhöhe. Wenn das heruntersausende Beil schwer genug ist, wird es gelingen. Können wir es an Leichen ausprobieren?«

Am nächsten Tag benachrichtigte Charles Doktor Guillotin, der sofort vorbeikam und sich die Skizze erklären liess. Mit beinahe kindlicher Begeisterung begutachtete er den Entwurf. »Was glauben Sie, Bürger Sanson, hat der abgetrennte Kopf noch ein Bewusstsein? Kann ein enthaupteter Körper noch Schmerz empfinden?«

»Für den Bruchteil einer Sekunde ist der Schmerz so gross, dass der Verurteilte das Bewusstsein verliert. Der enorme Blutverlust tut ein Übriges.«

»Und die Maschine wird funktionieren?« Guillotin wollte sich nicht blamieren.

»Ja. Sie hat vor zweihundert Jahren funktioniert, und sie wird auch jetzt funktionieren. Ich las, dass sogar unter Julius Cäsar eine ähnliche Maschine Verwendung fand.«

»Wird sie wirklich funktionieren?«

»Wir werden sie zuerst an Schafen ausprobieren.«

Wenig später präsentierte Doktor Guillotin der Nationalversammlung die Maschine. Er lobte die Vorzüge und betonte, dass man damit dem Postulat nach Gleichheit und Humanität sehr nahe komme. Die Maschine sei ein Akt der Humanität. Sie erfülle die Forderung der Revolution, wonach jeder Mensch von Geburt an gleich sei. Jeder sterbe auf die gleiche Art und Weise, und keiner habe lange zu leiden. »Der Verurteilte spürt nur eine leichte Frische um den Hals, bevor ihm der Kopf von den Schultern hinuntertanzt«, sagte er. »Der Mechanismus wirkt wie ein Blitz, der Kopf rollt, das Blut sprudelt, der Mensch ist nicht mehr.« Die Versammlung brach angesichts dieser Wortwahl in schallendes Gelächter aus. Es wurde verfügt, dass Doktor Louis, Professor der Chirurgie und Leibarzt des Königs, ein Gutachten verfassen sollte. Dem anschliessenden Plädoyer eines jungen Anwalts hörte kaum noch jemand zu. Sein Name war Robespierre. Er plädierte gegen die Todesstrafe, weil sie ungerecht und ein Überbleibsel eines barbarischen Feudalsystems sei.

Gabriel spielte Klavier, während Charles und Desmorets das Inventar der Habseligkeiten der am Vorabend Gehängten erstellten. Auffallend war, dass in letzter Zeit die Haare und Bärte der Verurteilten länger geworden waren. Barre schnitt sie ihnen jeweils in der Conciergerie ab und legte sie zu Hause in eine grosse Kiste, die am Monatsende einem Perückenmacher übergeben wurde. Der Erlös ging an Armenhäuser, Spitäler und sonstige Bedürftige.

»Die Haare sind länger, und trotzdem kommt nicht mehr so viel Geld rein«, stellte Desmorets fest.

»Perücken kommen aus der Mode«, sinnierte Charles.

»Der Hof verliert an Bedeutung. Den wahrhaften Revolutionär erkennt man daran, dass er auf jeglichen Pomp verzichtet. Wie die beiden amerikanischen Diplomaten in ihren schlichten schwarzen Anzügen.«

Plötzlich klopfte jemand gegen die Fensterscheibe. Desmorets ging hinaus. Wenig später kam er in Begleitung von Dan-Mali zurück.

»Ich mach mal allein weiter«, sagte er und setzte sich wieder auf seinen Schemel.

Charles führte Dan-Mali in die Pharmacie. »Ist die Wunde jetzt trocken?«, fragte er.

»Ich bin nicht deswegen hier«, sagte Dan-Mali. Sie wirkte sehr ernst. »Ich wollte dich sehen. Darf ich mich hinlegen?«

Ohne seine Antwort abzuwarten, legte sie sich auf das Bett unter dem Büchergestell. Sie tat es etwas umständlich, als würden ihr bestimmte Bewegungen Schmerzen verursachen. Sie gab Charles ein Zeichen, sich ebenfalls hinzulegen, umfasste seine Hand und schloss die Augen. »Nicht sprechen«, flüsterte sie. So lagen sie eine ganze Weile Hand in Hand auf dem Bett.

Plötzlich hielt ein Wagen vor dem Haus. Charles dachte sofort an Marie-Anne, doch die Geräusche auf dem Pflaster waren ihm nicht vertraut. Er stand auf und schaute nach. Es war eine Kutsche mit den Insignien des Königs. Barre klopfte an die Tür und rief: »Draussen wartet jemand in einer Kutsche, Monsieur de Paris.«

»Bring ihn rein«, rief Charles durch die Tür.

»Er will nicht«, entgegnete Barre, »er sagt, er hole Sie ab. Sie hätten eine Einladung von Doktor Louis.«

Charles ging hinaus. In der Kutsche sass Guillotin. Er schien seltsam nervös und unruhig. »Steigen Sie ein«, sagte er, »wir haben eine Einladung von Doktor Louis in sein Kabinett in den Tuilerien. Er will unseren neuen Entwurf begutachten.«

Dan-Mali war hinter Charles auf die Strasse getreten. »Ich komme wieder«, sagte sie leise und ging schnellen Schrittes davon.

Der Tuilerienpalast war mittlerweile der Wohnort der dort festgesetzten königlichen Familie. Ein Diener in blauer Livree geleitete die Gäste durch die riesigen Säle und Vorhallen. Jeglicher Glanz war verblasst. Der Palast wirkte wie ausgestorben. Nie hatte Charles das baldige Ende der Monarchie stärker gespürt als in diesen menschenleeren Sälen. Das Kabinett des Doktors war hingegen reich dekoriert und mit Möbeln aus edlem Holz eingerichtet. Hier wurden Möbel und Teppiche noch gereinigt und gepflegt. Louis und Guillotin begrüssten sich höflich.

»Und jetzt wünsche ich, die neue Skizze zu sehen«, sagte Louis.

Guillotin legte sie auf den Tisch.

Louis beugte sich vor. »Die Anmerkungen sind von wem?«

»Vom Bürger Sanson, Vollstrecker der Strafurteile zu Paris.«

Louis warf Charles einen kurzen Blick zu und widmete sich wieder der Skizze. Er liess sich Zeit, viel Zeit. Plötzlich vernahm Charles ein feines Geräusch. Er drehte sich um und sah, wie sich eine kaum sichtbare Tür in der Wand öffnete. Louis erhob sich sofort, während ein Mann durch die Tapetentür trat. Seine Erscheinung war imposant. Er bewegte sich langsam und mit Selbstsicherheit auf den Tisch zu und nahm die Skizze. Er legte den Kopf etwas zur Seite und schürzte die Lippen, würdigte aber weder Charles noch Guillotin eines Blickes.

»Nun, Doktor Louis, was halten Sie von der Skizze?«, fragte er.

»Sie entspricht genau unseren Vorstellungen.«

»Ich bezweifle«, sagte der Mann, »dass ein gerundetes Fallbeil für jede Art Nacken geeignet ist. Jeder Hals hat eine andere Grösse.«

Charles schaute instinktiv den fetten Hals des Mannes an und dachte, dafür sei ein gerundetes Fallbeil tatsächlich ungeeignet.

»Ist das der Mann?«, fragte er und deutete mit dem Kopf in Charles' Richtung, ohne ihn dabei anzusehen.

»Ja«, antwortete Louis und beugte respektvoll den Kopf.

»Fragen Sie ihn, wie er sich das Fallbeil am besten denkt.«

Louis wandte sich an Charles: »Sie haben die Frage gehört. Ihre Antwort bitte.«

»Er hat recht«, sagte Charles, »die halbmondförmige Form könnte ab und zu unerwünschte Schwierigkeiten bereiten.«

Der Mann war zweifelsohne König Louis XVI, obwohl er keinerlei Orden oder sonstige Auszeichnungen an seiner hellblauen Weste trug. Er lächelte befriedigt und verbesserte die Zeichnung mit energischen Strichen. Er korrigierte die halbmondförmige Klinge, bis das Fallbeil ein schräg abfallendes Messer zeigte, das beim Aufprall eine schneidende Bewegung ausführen würde. »Ich kann mich irren«, sagte der König lächelnd, »probiert es aus.« Er grüsste höflich mit der Hand und verschwand genauso lautlos, wie er gekommen war, durch die Tapetentür.

Die Änderung, die der König angeregt hatte, leuchtete

Charles ein. Jetzt würde es sogar für einen Stiernacken reichen, dachte er.

Nun wurde Doktor Louis von allen Seiten bedrängt, die Sache zu beschleunigen. Die einen wünschten sich die rasche Einführung einer humanen Hinrichtungsmethode, andere verlangten nach mehr Maschinen, um eine grössere Zahl von Verurteilten exekutieren zu können.

Im September 1791 bezogen einige junge Leute den leerstehenden Schuppen der Sansons. Charles war froh um die Miete, war sie auch noch so bescheiden. Sie brachten eine Druckerpresse, Kisten mit Druckfarbe und eine Menge Papier. Charles beobachtete sie beim Einzug und fragte einen von ihnen: »Was wollt ihr denn drucken? Assignaten?«

Der junge Mann lachte und entrollte ein Flugblatt. »Das sind Liedtexte der Revolution. Wir verkaufen sie im Palais Royal. Sie sind sehr begehrt.«

»Nun gut«, sagte Charles, »wie auch immer: Bezahlt die Miete pünktlich zum Monatsersten.«

Gabriel war fasziniert von der Druckerpresse. Wenn er nicht gerade las, Klavier spielte oder Charles in der Pharmacie half, ging er über den Hof zu den jungen Leuten. Sie mochten ihn und halfen ihm, seit er einmal der Länge nach hingefallen war, da die Holzdielen sich im Laufe der Jahrzehnte stark verzogen hatten. So kam ihm meist einer der jungen Männer entgegen, wenn er ihn über den Hof laufen sah, und nahm ihn bei der Hand.

Charles schätzte das sehr. Er notierte es gar in sein Tagebuch. Er wünschte sich, dass sein Sohn ein solides Beziehungsnetz von Freunden hatte, wenn er eines Tages nicht mehr da war. Er hielt auch fest, dass Louis XVI nun Bürger Capet hiess und einen Eid auf die neue Verfassung geschworen hatte. Er hatte seine Macht verloren. Zwar durfte er noch den König mimen und repräsentieren, aber er hatte nichts mehr zu sagen. Das war die Stunde der Abgeordneten, die in diesem Vakuum der Macht Fuss fassen wollten. Sie versuchten sich zu profilieren und mit teilweise absurden Wortmeldungen für höhere Ämter zu empfehlen. Sie machten unsinnige Versprechungen, die kein Mensch halten konnte. Alles diente nur dem Zweck, wiedergewählt zu werden. Es hagelte neue Vorschriften, Verordnungen, Gesetze, doch die Strasse wollte die Macht nicht teilen. Tausende berauschten sich weiterhin an Plünderungen und Morden. Die Ordnung war zusammengebrochen. Nur wenige wagten es, dieser zornigen Masse zu widersprechen. Die feinen Abgeordneten der Nationalversammlung biederten sich an, um nicht in den Verdacht zu geraten, Royalisten zu sein, und rückten so tiefer ins radikale Lager, ins Lager der Sansculotten, die die Strassen beherrschten. Die Sansculotten waren radikale Arbeiter und Gesellen, die im Gegensatz zu den Adligen keine Kniebundhosen trugen, sondern praktische lange Hosen. Deshalb trugen sie den Namen »die ohne Kniebundhosen«.

Niemand schützte mehr nachhaltig die Freiheitsrechte, die man so heroisch erstritten hatte. Die Menschen waren wieder der gleichen Willkür ausgesetzt wie während der Monarchie. Die Anarchie der Strasse ersetzte die alte Ordnung. Mit Voltaire, Rousseau und Montesquieu hatte niemand mehr etwas am Hut. Plötzlich stand jeder, der sich auf der Strasse nicht lauthals artikulierte, unter Verdacht.

Das Denunziantentum blühte, und mancher beglich eine längst fällige Rechnung mit einem Nachbarn. Österreichische und preussische Truppen näherten sich Frankreichs Grenzen. Der König versuchte, zu fliehen und sich zu den anrückenden Armeen durchzuschlagen. Es misslang. Er wurde erneut unter Arrest gestellt und zur Strafe vorübergehend von seinen repräsentativen Ämtern suspendiert.

»Was schreibst du in dieses Buch?«, fragte Dan-Mali, während sie gedankenverloren in einem Mörser getrocknete Rinde pulverisierte.

»Das, was ich niemandem anvertrauen kann.«

»Schreibst du auch über mich, über uns?«

»Nein«, sagte Charles, »das würde ich diesem Buch nicht anvertrauen.«

»Kann ich hier eine Stunde schlafen?«

Charles nickte. »Findest du im Jesuitenkloster keinen Schlaf mehr?«

Dan-Mali lächelte matt und setzte sich auf das Bett. Erneut fiel Charles auf, dass sie gewisse Bewegungen vermied.

»Hast du irgendwo Schmerzen?«, fragte er.

Dan-Mali schien erstaunt. Sie schüttelte den Kopf und legte sich hin. Charles schrieb weiter in seinem Tagebuch. Es gab so vieles festzuhalten. »Paris hungert«, sagte Charles, »davon schreibe ich jetzt.«

»Im Kloster hungert niemand«, sagte Dan-Mali, »die Patres haben volle Vorratskammern, aber sie teilen nichts mit den Bedürftigen. Sie predigen Wasser und trinken Wein. Jetzt verstehe ich dieses Sprichwort. Die Patres trinken abends sehr viel Wein. Sie sind oft betrunken. Manchmal streiten sie sogar und werden laut. Sie fürchten die Zukunft. Sie fürchten die Revolution, die hungernden Menschen in den Strassen, die fremden Armeen an den Grenzen, den Verfall des Geldes, sie fürchten alles. Ausser Gott. Denn sie glauben nicht an ihn. Ich bete manchmal zu ihrem Gott. Buddha ist deswegen nicht eifersüchtig.« Sie lächelte. »Leg dich zu mir, und schliess die Augen, ich muss bald gehen.« Charles legte sich neben sie und hielt ihre Hand fest. Das viele Schreiben hatte ihn ermüdet.

Als er wieder aufwachte, war Dan-Mali verschwunden. Einen Augenblick überlegte er ernsthaft, ob er das alles geträumt hatte.

Gabriel stand in der Pharmacie. »Mutter ist zurück«, sagte er aufgeregt, »sie ist draussen im Hof.«

»Wo ist Dan-Mali?«

»Als sie die Pferde im Hof hörte, hat sie schnell das Haus verlassen.«

Charles trat in den Hof hinaus und wusch sich den Kopf. Marie-Anne striegelte ihr Pferd. Sie schaute kurz zu Charles, aber ohne ihn zu begrüssen. »Gut geschlafen?«, fragte sie vorwurfsvoll. Da sie selbst mit nur wenigen Stunden Schlaf auskam, verachtete sie alle Menschen, die mehr Schlaf benötigten. Charles gab keine Antwort. Er kannte dieses Spielchen.

Marie-Anne musterte ihn skeptisch. »War das deine Siamesin?«

Charles nickte und ging in die Küche. Marie-Anne folgte ihm. Dass die Gehilfen anwesend waren, störte sie nicht.

»Wie alt ist sie?« Jetzt stand Verbitterung in ihrem Gesicht.

Charles setzte sich an den Tisch. Gros hatte bereits allen Suppe verteilt.

»Ich habe sie nicht gefragt«, sagte Charles. Er nahm einen Löffel und setzte ihn wieder ab. Die Suppe war zu heiss.

»Sie ist jung?«

»Du hast sie ja gesehen«, murmelte Charles und nahm nun einen Löffel in den Mund, »was soll die Fragerei?« Die Suppe schmeckte vorzüglich. Er wollte Gros loben, liess es aber sein. »Sie heisst Dan-Mali.«

»Dan-Mali? Wie kann man bloss so heissen?«

»In Siam klingen unsere Namen wahrscheinlich auch nicht sehr vertraut.«

Marie-Anne setzte sich an den Tisch. Die Stimmung war geladen. Den Gehilfen wurde die Diskussion allmählich peinlich. Sie wechselten Blicke.

»Wir leben schon lange nicht mehr wie Mann und Frau«, sagte Charles, »das hat dich nie gekümmert. Wieso macht es dir denn jetzt etwas aus, wenn ich jemanden habe? Du hast deine Hunde.«

»Du bist unglücklich mit mir, nicht wahr?«, fragte sie zornig.

»Ich kenne keinen Mann, der unter diesen Umständen glücklich wäre. Ein nettes Wort ist manchmal mehr wert als eine warme Kohlsuppe.«

Marie-Anne sprang von ihrem Schemel hoch und verliess wutentbrannt die Wohnküche. Barre grinste über beide Ohren und blickte zu Firmin, der sich tief über seine Suppe beugte und versuchte, ein Lachen zu unterdrücken. Desmorets schob seinen Teller beiseite und nahm den

Courrier de Versailles zur Hand. Er machte ein sehr besorgtes Gesicht.

»Ist was?«, fragte Charles.

»Sie kennen den Journalisten Gorsas?«

Charles nickte.

Marie-Anne betrat erneut die Küche.

»Oh, du bist schon wieder zurück«, sagte Charles.

Marie-Anne zog einen Laib Brot aus dem Holzofen. »Wenn ich mich nicht kümmere, lasst ihr es verkohlen.«

Das Brot duftete herrlich und verströmte ein angenehmes Gefühl von Wärme. Aber die Stimmung blieb frostig.

»Wie viel bezahlst du ihr?«, fragte Marie-Anne. Als Charles schwieg, setzte sie nach: »Oder bezahlst du sie gar nicht?«

»Hast du den langen Ritt gemacht, um mir diese Fragen zu stellen?«

»Nein, ich habe dir die Zeitung gebracht. Sonst bist du der einzige Mensch in Paris, der es nicht weiss.«

Desmorets schob Charles die Zeitung mit einem vielsagenden Blick zu. »Lesen Sie den Leitartikel«, sagte er mit einer Bestimmtheit, die Charles aufhorchen liess. »Gorsas schreibt, dass Royalisten einen Umsturz planen, um die Revolution rückgängig zu machen.«

»Das schreiben sie doch alle«, sagte Charles, »um uns auf Trab zu halten.«

»Aber er schreibt, dass es die Henker Frankreichs sind, die den Umsturz planen. Und wer ist der führende Henker des Landes?«

Charles blickte zu seiner Frau hoch. Mit durchdringendem Blick fixierte sie ihn, als habe er sich etwas zuschulden kommen lassen.

»Er schreibt, dass die konterrevolutionären Flugblätter in Ihrem Schuppen gedruckt werden«, sagte Desmorets.

Nun nahm Charles die Zeitung in die Hand und las. Tatsächlich, Gorsas verdächtigte ihn und kündigte an, er werde Anzeige gegen den Henker von Paris erstatten. Marie-Anne schenkte wortlos Kaffee nach. Sie sah aus, als würde sie bald keine Luft mehr kriegen.

Henri und Gabriel betraten die Wohnküche. Neben seinem athletischen Bruder wirkte Gabriel zierlich und zerbrechlich. Er stockte, bevor er sich neben Charles setzte. Henri stellte sich blitzschnell hinter ihn, denn er wusste, dass sich Gabriel manchmal sehr verspannte, wenn die Aufregung zu gross wurde. Dann konnte er die Beine nicht mehr steuern und fiel hin.

»Falls mir etwas zustösst«, sagte Charles, »übernimmt Henri die Herrschaft über das Schafott. Ihr«, fügte er an und blickte zu den Gehilfen, »macht eure Arbeit wie gewohnt. Und ihr gehorcht ihm, wie ihr mir gehorcht habt.« Er ergriff Henris Hand. »Und achtet darauf, dass keiner die Kleider der Hingerichteten an sich nimmt. Das könnte uns das Amt kosten.«

Desmorets nickte ernst. »Wir tragen das Inventar wie bisher in die Listen ein und übergeben alles den Behörden. Sie können sich auf uns verlassen.«

»Wieso sprichst du so«, fragte Marie-Anne gehässig, »hast du irgendetwas Unrechtes getan?« Sie schaute ihn vorwurfsvoll an.

Fast im gleichen Augenblick klopfte es energisch an der Haustür. Barre erhob sich, um zu öffnen.

Soldaten der Nationalgarde drangen in die Wohnküche

und umringten Charles. »Sie stehen unter Arrest«, sagte der Anführer. »Auf Befehl von Staatsanwalt Fouquier. Ihnen werden royalistische Umtriebe vorgeworfen.«

»Kann ich wenigstens noch meinen Kaffee austrinken?«

»Nein«, antwortete der Offizier. »Wo steht die Druckmaschine?«

»Desmorets wird Sie hinbringen.« Charles gab seinem Gehilfen einen Wink und trank demonstrativ seinen Kaffee leer. Er verbrühte sich dabei den Mund. Desmorets führte einige Soldaten in den Hof, während die anderen Charles mitnahmen.

Sie fuhren Charles zur Conciergerie. Von weitem sah er die riesigen geschwärzten Mauern mit den Gitterfenstern, die sich am Ende des Quai du Nord wie prähistorische Ungeheuer erhoben. Es war ihm nie aufgefallen, wie bedrohlich sie wirkten. Doch jetzt, da seine Hände gefesselt waren, war es unverkennbar. Wenn man Angst hat, wird alles bedrohlich. Als sie durch das eiserne Tor in den Hof gelangten, packten ihn die Soldaten an den Armen.

»Das ist nicht nötig«, sagte Charles, »ich habe keinen Grund zu fliehen.«

Wie einen Schwerverbrecher führten sie ihn in das Büro von Antoine Fouquier. Der Chefankläger blickte kurz auf und gab den Soldaten mit einer abschätzigen Bewegung zu verstehen, dass sie gehen sollten. Antoine lehnte sich in seinem Stuhl zurück und musterte Charles emotionslos. Er bot ihm keinen Stuhl an.

»Der Henker als Verdächtiger in meinem Kabinett, wer hätte das gedacht?«, murmelte Fouquier.

»Was liegt gegen mich vor, Antoine?«, fragte Charles knapp.

»Antoine? Hast du die korrekte Anrede schon wieder vergessen?« Fouquier war enttäuscht, dass Charles keine Angst zeigte. Er starrte ins Leere. Sein Gesicht war noch hagerer geworden, obwohl allseits bekannt war, dass er wie alle Revolutionäre einer Flasche Rotwein und üppigem Essen nie abgeneigt war. »Bürger Sanson, in deinem Schuppen haben wir eine Druckerpresse sichergestellt, mit der Schmähschriften gegen die Revolution gedruckt wurden.«

»Ich brauche den Schuppen nicht, ich habe ihn vermietet.«

»Bürger Sanson, die Nation wird von allen Seiten bedroht. Fremde Truppen stehen an unseren Grenzen. Das Ausland fürchtet, dass unsere Revolution auf ihre Länder überschwappt. Zu Recht. Unsere Revolution wird die ganze Welt erobern. Man kann Ideen, deren Zeit gekommen ist, nicht aufhalten. Und im Innern? Aristokraten brüten Komplotte aus. Sie wollen die Monarchie zurück. Aber die Monarchie, die kommt nie wieder. Wieso also, Bürger Sanson, hilfst du jenen, die die Errungenschaften der Revolution zunichtemachen wollen? Trifft es zu, was Gorsas in seiner Zeitung unterstellt, dass sich alle Henker Frankreichs gegen die Revolution vereint haben?«

»Nein, die Henker Frankreichs ziehen nicht am gleichen Strang.«

Fouquier lachte. »Wie wahr, jeder Henker hat seinen eigenen Strang.«

»Mir war nicht bekannt, was die jungen Leute in meinem Schuppen drucken. Sie erwähnten Revolutionslieder, die sie im Palais Royal verkaufen wollten. Es hat mich auch nicht zu interessieren. Ich bin Monsieur de Paris und nicht der Spitzel irgendeiner Behörde.«

»Das siehst du falsch. Wachsamkeit ist das Gebot der Stunde. Und wer uns nicht dient, ist gegen uns. Aber sag mal, Bürger Sanson, reicht dein Gehalt nicht aus, dass du deinen Schuppen vermieten musst?«

»Ich werde in Assignaten bezahlt. Bis ich zu Hause bin, ist das Papier nichts mehr wert. Mein Gehalt ist ohnehin knapp bemessen. Da immer mehr Verurteilte aufs Schafott geschickt werden, nehmen die Ausgaben zu, aber nicht die Einnahmen. Ich habe mittlerweile sechzehn Personen zu versorgen, meine Familie, vier Gehilfen, Knechte, Fuhrmänner, der Hufschmied kostet bereits fünfzig Livre pro Pferd. Prämien und Pensionen bezahle ich von meinem Lohn. Dazu kommt, dass ich seit Jahren von so vielen Armen bestürmt werde, dass ich um jede zusätzliche Einnahmequelle froh bin. Es ist Tradition in unserem Haus, den Armen zu helfen. Und in diesen Zeiten sind sie dringend auf unsere Hilfe angewiesen.«

»Höre ich eine versteckte Kritik wegen der steigenden Zahl von Verurteilungen? Bürger Sanson, wenn die Revolution einmal in Fahrt ist, werden es Zehntausende sein. Wir müssen Paris säubern und das Aristokratische ausmerzen. Jede Revolution wird wie ein Säugling im Blut geboren, und ihre Kinder waten im Blut, bis die Revolution vollendet ist.«

»Ich hoffe, dass einer übrig bleibt, um die Strafurteile zu vollstrecken«, sagte Charles.

Fouquier verzog keine Miene. »Notfalls werde ich es tun.

Reiss den Mund nicht zu sehr auf, Bürger Sanson. Dein Amt bietet dir keinen Schutz.«

»Ich werde Gorsas und den *Courrier de Versailles* verklagen.«

Fouquier zuckte die Schultern. »Das steht dir frei. Aber vergiss deine Maschine nicht. Wir werden sie brauchen. Wir sind noch lange nicht am Ende des Weges angelangt. Du wirst in der Zwischenzeit ein paar Nächte im Gefängnis Saint-Lazare verbringen. Vielleicht fällt dir dann noch etwas ein, das du mir beichten möchtest. Es gibt in den unterirdischen Verliesen so viele Ratten, dass du nachts eh nicht schlafen kannst. Also denk nach.«

»Worüber?«, fragte Charles, ohne sich seine Wut anmerken zu lassen.

»Uns interessieren alle konterrevolutionären Umtriebe. Kennst du Royalisten? Bestimmt. Nenn mir ihre Namen!«

»Du weisst genau …«

»Du? Mein Amt verlangt ein Sie, oder haben wir etwa zusammen die Schulbank gedrückt?«

»Sie wissen genau, dass ein Henker keine Freunde hat. Er teilt sein karges Mahl mit Hunden und Pferden. Es ist nicht erstrebenswert, sich in der Gesellschaft des Henkers zu befinden.«

»Mag sein«, entgegnete Fouquier, »aber du bist nicht einfach der Henker, du bist Monsieur de Paris, und viele Menschen halten sehr viel von deinen Heilkünsten. Übrigens, ich habe manchmal so ein Ziehen in der linken Brust. Wie kurze Nadelstiche. Das Herz?« Fouquiers kühler Ton wich echter Besorgnis.

»Nervosität, absolut harmlos.«

»Nun gut«, Fouquier atmete befreit aus, »ich bin sicher, in Saint-Lazare werden dir Namen einfallen.« Er griff nach einem Bündel Assignaten, die auf seinem Schreibtisch lagen. »Das Papiergeld der Französischen Revolution.« Er fächerte sich damit Luft zu. »Nur schade, dass es Fälschungen sind. Und wo wurden diese Fälschungen gedruckt?« Er grinste. Jetzt wurde Charles tatsächlich blass. »Mag sein, dass deine Untermieter Revolutionslieder gedruckt haben. Aber nicht nur. Das war eine Tarnung.« Fouquier lachte auf. »Siehst du, Charles, ich habe dich immer gewarnt. Du warst der Musterschüler in Rouen. Aber ich wusste, eines Tages sehen wir uns wieder, und du wirst unter Schmerzen begreifen, dass einer, der aus der Gosse stammt, immer nach Scheiße riecht und dass einer, der adliges Blut in den Adern hat, immer überlegen ist. Es ist mir eine besondere Genugtuung, dich in den Kerker zu werfen.«

»Was habe ich dir angetan, Antoine?«

»Antoine? Schon wieder? Ich bin Fouquier, der oberste Ankläger der Republik. Ich klage an, und du vollstreckst die Urteile. Du bist der Metzger.«

Saint-Lazare: In diesem ehemaligen Lepra-Krankenhaus wurden Menschen inhaftiert, gefoltert und ohne Gerichtsurteil getötet. Es gab keine Einzelzellen. Zu Hunderten zwängten sich die Gefangenen in der Kleidung, die sie bei ihrer Verhaftung getragen hatten, durch die endlosen, finsteren unterirdischen Korridore des Gefängnisses. Trotz der misslichen Lage und der düsteren Perspektive gab es noch zahlreiche Insassen, die sich beim Kartenspiel die Zeit vertrieben. Einige sangen, andere versuchten das andere Geschlecht zu verführen. Vor allem die jungen Frauen hielten verzweifelt Ausschau nach einem Mann, der sie schwängerte. Eine Schwangerschaft rettete sie vor dem sicheren Tod.

Nach einigen Tagen hörte Charles seinen Namen rufen. Er ging zum Gitter und suchte zwischen den Stäben nach einem bekannten Gesicht. Plötzlich stand Marie-Anne vor ihm. Sie hatte ihm eine Wurst, einen Laib Brot und einen Krug Bier mitgebracht.

»Wann lassen sie dich frei?«, fragte sie.

»Ich weiss es nicht«, antwortete Charles und nahm die Nahrung, die sie ihm zwischen den Gitterstäben hindurchschob.

»Ich habe die Wurst so gemacht, wie sie meine Mutter immer gemacht hat.«

»Ich habe ihre Wurst immer verabscheut«, sagte Charles leise.

»Das hast du mir nie gesagt.«

»Du wolltest es nicht hören, aber ich bin dir sehr dankbar, dass du mir etwas zu essen bringst. Ich habe nicht damit gerechnet.«

»Machst du mir etwa Vorwürfe?«

»Ich mache dir seit Jahren keine Vorwürfe mehr, Marie-Anne. Wir sehen uns ja kaum noch.«

»Was liegt gegen dich vor?«

»Nichts.«

»Wieso haben sie dich dann verhaftet?«

»Ich weiss es nicht.«

»Gibt es eine Anklageschrift?«

»Nein, das ist wohl die Errungenschaft der Revolution. Wir brauchen keine Anklageschriften mehr. Hier unten schmoren Menschen, die zum Teil von Kindern verleumdet wurden.«

»Desmorets soll dir einen Anwalt besorgen.«

»Ich habe kein Anrecht auf einen Anwalt, Marie-Anne. Mittlerweile vegetieren sogar die Väter der Revolution hier unten, die Verfasser der Menschenrechte. Das Ganze ist aus dem Ruder gelaufen. Der Druck der Strasse ist so gross, dass jeder Gemässigte zu den Radikalen überlaufen muss, um zu überleben. Die Nationalversammlung folgt ihnen Tag für Tag, um nicht in den Ruf zu kommen, zu gemässigt zu sein. Jeder fürchtet, verhaftet zu werden.«

Beide schwiegen. Nach einer Weile sagte Marie-Anne: »Wenn wir uns nichts mehr zu sagen haben, gehe ich jetzt.«

Charles nickte. »Wir hatten über zwanzig Jahre Zeit, uns etwas zu sagen, Marie-Anne. Wir haben es nicht getan. Doch da ist etwas, was ich dir sagen will.«

Marie-Anne schaute ihn fragend an.

»Falls ich je wieder hier rauskomme, wird Dan-Mali bei mir wohnen. Uns vereint ja nur noch das gemeinsame Dach. Das kann so bleiben.«

»Eine Frau weiss, wann sie ihren Mann verloren hat. Ich wünsche dir, dass du hier unten vermoderst. Dann werde ich dafür sorgen, dass deine siamesische Schlampe unser Land verlässt.« Sie drehte sich um und verschwand im düsteren Korridor zwischen den Besuchern.

Eine Woche später wurde Charles erneut Antoine Fouquier vorgeführt.

»Hast du Namen?«, fragte er ohne Umschweife.

»Ich arbeite daran«, sagte Charles. Er wollte Zeit gewinnen.

»Kanntest du den Inhalt der Flugblätter, die in deinem Schuppen gedruckt wurden?«

»Nein«, sagte Charles, »ich habe Ihnen doch schon gesagt, dass sie behaupteten, Revolutionslieder zu drucken. Ich habe mir offen gestanden nichts dabei gedacht. Im Gegenteil. Ich dachte, es sei für diese jungen Menschen besser, sie hätten Arbeit und lungerten nachts nicht in den Gassen herum.«

»Wieso hast du nicht nachgeschaut?«

»Wieso hätte ich das tun sollen? Ich bin Vermieter. Ein Vermieter spioniert seinen Mietern nicht nach. Hätte ich denn jeden Abend ihre Druck-Erzeugnisse lesen sollen? Ist es dieses Versäumnis, das man mir vorwirft? Wie hätte ich ahnen sollen, dass sie Assignaten fälschen und Spottverse auf die Revolution drucken?«

Fouquier schüttelte sich vor Lachen, ohne dass ein Laut zu hören war. »Die Leute haben kein Geld für Brot, aber sie sollen Liedtexte kaufen? Du beleidigst meine Intelligenz.«

Charles zuckte die Schultern. »Ich erzähle Ihnen nur, was meine Mieter mir versicherten.«

»Und du wurdest nicht stutzig?«

»Wenn sie Flausen im Kopf haben, haben sie eben Flausen im Kopf. Wenn ich gewusst hätte, was sie tatsächlich drucken, hätte ich ihnen selbstverständlich den Schuppen nicht vermietet und sie gleich bei Ihnen angezeigt, Monsieur.«

Fouquier lächelte. Es gefiel ihm, dass Charles ihn nun mit Monsieur anredete. Mit einer gewissen Belustigung musterte er den Hünen, der ihm gegenüberstand und auf sein Wohlwollen angewiesen war. Während ihn alle Welt fürchtete, war er jetzt hier und kämpfte um seine Freiheit.

»Nun gut«, sagte Fouquier, »die jungen Kerle sind fast alle geflohen, als wir den Schuppen stürmten. Wir haben eine Menge Assignaten gefunden. Wir wissen noch nicht, ob das Fälschungen aus England sind oder ob sie in deinem Schuppen gedruckt wurden. Dass junge Leute über so viel Papiergeld verfügen, halten wir eher für unwahrscheinlich. Das Ergebnis der laufenden Untersuchung hängt natürlich auch ein bisschen davon ab, ob dir noch der eine oder andere Name einfällt. Nimm es also nicht auf die leichte Schulter, sonst wird dein Sohn Henri plötzlich die unangenehme Pflicht haben, seinen Vater hinzurichten. Also erinnere dich, hör dich um, und melde mir Namen.«

Charles nickte.

»Du kannst gehen. Du bist frei. Vorläufig. Und beeil dich mit der neuen Maschine. Wir haben hier jeden Tag mehr Verurteilungen.«

Charles nickte erneut und drehte sich um. Als er gerade die Tür öffnen wollte, fragte Fouquier: »Kanntest du Hentz?«

»Den Henker aus dem Elsass?«

»Ja, der wurde letzte Woche hingerichtet. Selbst der Henkersberuf schützt niemanden.«

Charles stieg in den Hof der Conciergerie hinunter und fragte die Stallburschen nach seinem Pferd. Hentz' Geschichte war ihm bekannt. Fouquier hatte nicht alles erzählt. Hentz hatte jeweils die Leichname enthaupteter Frauen vergewaltigt.

Ein Stallbursche reichte ihm die Zügel. Charles wollte gerade aufsteigen, als eine Kutsche ihm den Weg versperrte. Ein Diener öffnete die Tür. Doktor Louis stieg aus. »Oh, Monsieur de Paris«, sagte er, »wir können die Maschine bauen, aber der Zimmermann Guédon verlangt fast sechstausend Livre pro Maschine. Das ist der Staatsanwaltschaft zu teuer. Guédon meint, kein Mensch wolle so etwas bauen, deshalb sei der Preis so hoch.«

»Tobias Schmidt baut die Maschine für dreihundert Livre«, sagte Charles, »für den Leinensack will er gut zwanzig Livre extra.«

»Er soll noch heute damit anfangen«, sagte Doktor Louis und nahm die Treppe zu Fouquiers Büro. Er wollte nicht zu lange zusammen mit dem Henker gesehen werden.

Charles ging wieder seiner Arbeit nach. Wenn er nachts nicht schlafen konnte, schrieb er die Ereignisse in sein Tagebuch. Doch wohl war ihm nicht mehr dabei. Er überlegte, ob er die Tagebücher verbrennen sollte. Ihr Inhalt würde für ein Strafverfahren ausreichen. Aber er brauchte sie: Während die Bürger von Paris in Angst erstarrten und sich unsichtbar machten, griff Charles immer öfter zur Feder und schrieb heimlich nieder, was niemand mehr niederzuschreiben wagte. Er überschrieb die Aufzeichnungen mit *Erinnerungen im Dienste der Französischen Revolution.*

Eines Tages erwartete ihn Dan-Mali in der Pharmacie. Sie stand etwas verloren herum und schaute sich die Schalen mit den zerstampften Blüten und Wurzeln an. Als sie Charles sah, stürzte sie mit weit geöffneten Armen auf ihn zu, umarmte ihn und küsste ihn. Nach einer Weile sagte sie: »Ich habe Schmerzen.« Charles bat sie, sich hinzulegen. Die Wunde war verheilt. Doch plötzlich sah er blaue Verfärbungen an der Taille. Er zog ihr das Kleid aus. Sie hatte zahlreiche Blutergüsse, als wäre sie mit einem Dreschflegel verprügelt worden.

»Wer hat das getan?«, fragte Charles bebend vor Zorn.

»Ich bin gestürzt«, log Dan-Mali.

»Ich kann Wunden lesen, also lüg mich nicht an.«

»Pater Gerbillon. Aber es ist meine Schuld. Ich habe geweint, als er mir mitteilte, dass ich dich nie mehr sehen darf. Jetzt muss ich immer bei ihm bleiben, putzen, kochen, auf den Markt gehen. Und nachts muss ich in seinem Bett schlafen. Das ist aber nicht der Wille meines Königs in Siam. Der Pater zwingt mich, Dinge zu tun, die unrein sind.«

»Hilft dir denn keiner der anderen Patres?«

Sie schüttelte den Kopf. »Nein, die saufen, als gäbe es kein Morgen mehr. Sie erwarten den Tag des Jüngsten Gerichts. Sie haben Angst vor Pater Gerbillon. Er hat zu viel Einfluss. Er verkehrt im Château der Madame Gourdan mit den mächtigen Männern.«

»Pater Gerbillon«, murmelte Charles wie zu sich selbst.

Dan-Mali nickte. »Was hast du vor?«

Noch am selben Tag besuchte Charles das Etablissement in der Rue des Deux-Portes.

»Besondere Wünsche, Monsieur?«, fragte eine Spanierin in gebrochenem Französisch.

»Pater Gerbillon?«, flüsterte Charles.

»Madame Gerbillon?«, fragte sie und führte ihn in einen unbekannten Saal. Die Menschen trugen hier keine dunklen Bademäntel, sondern vornehme Kleidung für eine Soiree. Die Spanierin zeigte diskret auf eine Frau, die sich mit einer jungen, nackten Blonden unterhielt.

»Das ist eine Frau«, sagte Charles.

»Er trägt am liebsten Frauenkleider«, sagte Gorsas, der plötzlich neben Charles stand. »Keiner weiss, was in Siam mit dem Mathematiker des Königs geschehen ist. Sicher ist, dass er dort nicht seine Zeit verbracht hat, um den Sternenhimmel zu beobachten und neue Seekarten zu entwerfen. Er geniesst Schutz, weil er unsere Herren Revolutionäre mit siamesischen Mädchen versorgt.« Charles wandte sich ab. Gorsas folgte ihm. »Monsieur, Sie nehmen mir doch hoffentlich meinen kleinen Artikel über die Druckerei der Royalisten nicht übel. Die Leser mögen solche Geschichten.« Gorsas gab der Spanierin einen Wink zu verschwinden. »Überlassen Sie mir Ihren Gast.« Er nuckelte an seiner Pfeife. »Schauen Sie, dort drüben, Robespierre. Er kann es nicht ausstehen, dass Saint-Just dieselbe Frau begehrt. Wenn diese Rivalität nicht bald aufhört, wird die Revolution scheitern. Wegen einer Nutte.«

Charles musterte Gorsas skeptisch. Er hatte sich verändert. Seine Mimik drückte Spott und Verachtung aus.

»Es sollte Dinge geben, Monsieur de Paris, die für einen Mann wichtiger sind als eine junge Hure. Seine Tonpfeife zum Beispiel.« Er nahm die Pfeife aus dem Mund und hustete. »Eine Nutte kann man sich teilen, aber nicht eine Tonpfeife.«

Charles schenkte dem Journalisten keine allzu grosse Beachtung mehr. Er beobachtete die ungelenken Balzspiele von Robespierre und Saint-Just.

»Kennen Sie Saint-Just?«

Charles schüttelte den Kopf.

»Ich habe einige seiner Hetzreden in der Nationalversammlung gehört. Er kommt aus der tiefsten Provinz. Sein Ehrgeiz ist grenzenlos, sein Talent hingegen erbärmlich. Ein Versager wie sein vergötterter Robespierre, er gibt nichts her. Schauen Sie ihn genau an. Ist das ein richtiger Mann? Ein Kind mit einem alten Gesicht. Kommen Sie.« Gorsas führte Charles zu Saint-Just und Robespierre.

»Was macht die Schriftstellerei?«, fragte Gorsas und grinste Saint-Just offen ins Gesicht. »Sie könnten doch ein Dekret in Versform verabschieden, das die Pariser Verlage zwingt, Ihre Gedichte zu publizieren.«

Saint-Just warf Gorsas einen abschätzigen Blick zu. »Nimm dich in Acht, Bürger Gorsas. Auch wenn du kein Royalist bist, geniesst du deswegen noch lange keine Narrenfreiheit.«

»Oh, sind unsere Revolutionäre jetzt so unantastbar, wie es einst unsere Könige waren?« Gorsas griff in seine Tasche und nahm ein Dokument hervor. Er legte es vor Saint-Just auf den Tisch. »Olympe de Gouges hat es geschrieben. Gestützt auf die Menschenrechte, hat sie ein Pamphlet verfasst mit dem Titel *Erklärung der Rechte der Frau und Bürgerin* und verteilt es jetzt in den Strassen von Paris.«

Saint-Just las einige Zeilen und murmelte: »›Die Frau wird frei geboren und ist dem Mann in allen Rechten gleich.‹ Da muss sie etwas missverstanden haben.«

Robespierre nahm ihm das Pamphlet aus der Hand und zerriss es.

Gorsas lachte. »Ich fürchte, das wird nicht reichen.«

»Kommen Sie bloss nicht auf die Idee, das zu drucken, sonst schicke ich Sie …«

»Wo bleibt da die Pressefreiheit, Bürger Robespierre?«

»Man kann die Pressefreiheit auch missbrauchen, um das Volk aufzuwiegeln, Bürger Gorsas.« Robespierre fixierte ihn mit strengem Blick.

»Und welche Rechte haben die Neger in den französischen Kolonien? Gelten die Menschenrechte auch für sie?«

»Das Gespräch ist beendet, Gorsas. Eines Tages wird Ihnen noch die Spucke wegbleiben.«

»Dann werde ich wohl in den Sack spucken«, meinte Gorsas grinsend.

»Gorsas, das Problem ist: Plötzlich wollen alle regieren, und keiner will mehr Bürger sein«, seufzte Saint-Just.

Ein Vorhang wurde beiseitegeschoben, und eine imperiale Erscheinung betrat den Saal. Es war Danton, der grosse Polterer mit dem breiten Pockennarbengesicht und den wulstigen Lippen. Er gab seiner Begleiterin einen Klaps auf den Hintern und ging auf Saint-Just zu. »Der Lohn eines siegreichen Revolutionärs muss ein Luxusleben sein, findest du nicht auch?«

Saint-Just winkte ab. Robespierre griff blitzschnell nach einem schwarzhaarigen Mädchen mit Pagenschnitt und erhob sich. Er nahm sie bei der Hand und führte sie in eins der Séparées.

»Die Schöne hat sich für die Macht entschieden«, sagte Gorsas zu Saint-Just, »nicht für die Jugend, nicht für das Geld.«

Saint-Just erhob sich ebenfalls und folgte Robespierre. Danton wandte sich ab und ging zur Bar.

»Dieser Saint-Just. Er ist ein Narzisst, der sich unbewusst an der Monarchie rächen will, weil sie ihm trotz aller Bemühungen die Türen von Versailles verschlossen hielt. Das ist meine Theorie, Monsieur de Paris.«

»Was wissen Sie über den Mathematiker des Königs?«, fragte Charles diskret.

»In Siam haben sie einen Transvestiten aus ihm gemacht. Es hat ihm offenbar gefallen, wie die Menschen dort bei Zeremonien herumlaufen. Dann ist er mit zwölf siamesischen Austauschschülern und -schülerinnen nach Paris zurückgekehrt, und eine dieser kleinen Siamesinnen scheint ihm so gut gefallen zu haben, dass er sie gleich für sich beansprucht hat. Das ist wie mit unseren Revolutionären. Was sie beschliessen, gilt nur für die andern. Können Sie sich das vorstellen?«

»Wenn Sie Strafurteile vollstrecken, können Sie sich alles vorstellen. Ich habe damals Damiens hingerichtet ...«

»Ich erinnere mich sehr wohl, mein Gedächtnis ist mein Kapital«, sagte Gorsas, »nichts entgeht mir, und dieses falsche Weibsbild muss sich in Acht nehmen. Er wird als Nächster auf dem Schafott enden.« Er ging zur Bar.

Charles beobachtete, wie Pater Gerbillon mit einem blutjungen Mädchen kokettierte. Er spürte einen immensen Hass in sich aufsteigen und wandte sich ab. Und einmal mehr schockierte ihn die neue Willkür, die sich in Paris breitmachte. Die Revolutionäre hatten den Thron der Könige bestiegen. Im Ausland sprach man schon von den Armeen Robespierres.

»Charles!«, rief jemand. Er drehte sich um. Es war Pater Gerbillon mit dem Mädchen. »Welch eine Überraschung, ich dachte, Sie mögen eher siamesische Prinzessinnen. Haben Sie Geduld. Eine Schiffsladung ist unterwegs.« Der Pater lachte. Er hatte nicht die geringsten Hemmungen. Er war sich sicher, dass er den Schutz der Revolutionäre genoss, und ein Henker war zu unbedeutend, als dass man sich vor ihm zu genieren brauchte.

»Was wollen Sie damit sagen?«, fragte Charles beunruhigt.

»Ich hab's Ihnen doch schon erklärt. Die Revolution hat die Kirche in Armut getrieben. Womit sollen wir also unser Klosterleben finanzieren?«

»Mit anständiger Arbeit«, gab Charles bissig zurück.

»Was ist schon anständige Arbeit? Ist Ihre Arbeit etwa anständig?«

»Beabsichtigen Sie, Dan-Mali in dieses Haus zu schicken?«

Pater Gerbillon lachte laut auf. »Würden Sie mir das zutrauen?« Er gluckste vergnügt. »Ich warne Sie. Die Liebe ist nur von kurzer Dauer, dann erwacht das Jagdfieber, und man sehnt sich nach der Illusion einer neuen Liebe. So hat uns Gott erschaffen. Übrigens: nach seinem Ebenbild. Können Sie sich vorstellen, wie der Kerl rumgebumst hat?«

Charles verzog keine Miene. »Ich habe Sie schon einmal gefragt, ob Dan-Mali bei mir arbeiten und wohnen kann.«

Der Pater schüttelte den Kopf und sagte mit grosser Bestimmtheit: »Dan-Mali beanspruche ich für mich allein. Sie gehört mir. Ich liebe ihre Küche.«

»Ich kann Ihnen Geld geben.«

Der Pater tat so, als hörte er das zum ersten Mal. »Endlich ein vernünftiger Vorschlag. Die Kirche braucht viel

Geld, um ihre Hirten zu mästen. Ich werde darüber nachdenken. Wenn Sie mir eins versprechen ...«

»Ja?« Am liebsten hätte Charles den Typ verprügelt.

»Denken Sie nicht schlecht über mich. Die Revolution hat Gott hinweggefegt. Jetzt können wir unsere Schweinereien ausleben, denn es gibt da oben keinen mehr, der Buch führt.« Er legte Charles den Arm auf die Schulter und flüsterte: »Ohne Gott gibt es keine Flüche mehr. Charles, Sie sind frei. Die Revolution hat Sie befreit.« Wieder lachte er lauthals und entfernte sich mit dem Mädchen.

10

Im Hof der Conciergerie thronte die Maschine. Ihre himmelwärts gerichteten senkrechten Balken warfen ihre schmalen Schatten auf die kleine Versammlung, die dem Spektakel beiwohnte. Man schrieb den 15. April 1792. Anwesend waren Doktor Louis und Doktor Guillotin, die Staatsanwälte Roederer und Fouquier sowie Charles mit seinen Gehilfen und seinem Sohn Henri. Das Gefängnispersonal hielt sich im Hintergrund. Etwas verspätet traf noch Gorsas ein, der von Fouquier mit einem wohlwollenden Nicken begrüsst wurde. Doch das Spektakel bestand vorerst aus einem schmutzigen Schaf, das wie von Sinnen um die Maschine herumrannte. Vergebens hatten Charles' Gehilfen versucht, es einzufangen. Nun kamen ihnen einige Aufseher zu Hilfe. Gemeinsam gelang es ihnen, und sie banden es auf das Klappbrett. Dann brachten sie das Brett in die Waagerechte und schoben es unter das Fallbeil, das im gleichen Augenblick heruntersauste. Der Kopf des Schafes wurde mit einem sauberen Schnitt vom Rumpf getrennt. Das Blut spritzte über den Hof. Charles hatte nichts anderes getan, als den Metallschieber zu ziehen, der das Fallbeil arretierte. Alle waren sichtlich verblüfft angesichts der Schnelligkeit der Ausführung.

»Haben Sie Leichen?«, fragte Louis.

»Ja«, antwortete Charles und gab seinen Gehilfen ein Zeichen. Auf einem Schubkarren führten sie drei Leichen in den Hof, es waren Männer mit kräftigen Nacken. Der eine ein Selbstmörder, der andere ein Trinker und der Letzte ein im Duell getöteter Musketier des Königs. »Sie wurden uns von Krankenhäusern zur Verfügung gestellt.«

Die ersten beiden Leichen wurden schnell und sauber enthauptet, bei der dritten wollte Doktor Louis, dass die Gehilfen das Fallbeil austauschten und die halbmondförmige Schneide anbrachten, die man vor der Korrektur durch Louis XVI in Betracht gezogen hatte. Der Versuch misslang, sehr zur Genugtuung von Doktor Louis, der sich darüber freute, seinem König mitteilen zu können, dass er recht behalten hatte.

»Wie nennen wir diese Maschine nun?«, fragte Gorsas aus heiterem Himmel. »Es wird in Zukunft viele neue Maschinen geben. Deshalb braucht sie einen eigenen Namen. Louisette?«

»Das kommt nicht in Frage«, sagte Louis empört, »ich bin Arzt. Wie wäre es mit Guillotine?«

»Ich bin ebenfalls Arzt«, wehrte Guillotin ab. Die beiden wandten sich Charles zu.

»Sansonette?« Gorsas lachte.

»Ich bin nur der Arm der Maschine«, entgegnete Charles.

Gorsas schüttelte den Kopf. »Louisette würde mir gefallen, das klingt so melodiös.«

»Wieso nicht?«, sagte Fouquier. »Es gibt schliesslich viele Menschen, die den Namen Louis tragen.« Er lachte. Dann wandte er sich an Charles: »Bürger Sanson, ich habe mit Ihnen zu reden. Aber zuerst bringen Sie Pelletier unters Messer. Der Glückspilz. Er wird in die Geschichtsbücher eingehen als erster Mensch, der mit der Louisette hingerichtet wurde.«

Charles schnitt Nicolas Jacques Pelletier in der Conciergerie die schulterlangen Haare und entfernte den Hemdkragen, so dass der Nacken sichtbar und sauber war. Firmin und Barre halfen dem Verurteilten, sich ein blutrotes Hemd überzuziehen, und banden ihm anschliessend die Hände hinter den Rücken. Dann begleiteten sie ihn zum Karren, der für seine letzte Reise bereitstand. Pelletier hatte bei einem schweren Raubüberfall in der Rue Bourbon-Villeneuve achthundert Livre erbeutet. Dafür sollte er unter das Fallbeil.

Vor der Conciergerie warteten bereits Tausende von Schaulustigen. Der Karren kam kaum voran. Endlich verliess Lafayette, der Kommandant der Nationalgarde, den Innenhof des Gefängnisses, zwängte sich am Karren vorbei und übernahm unter dem fröhlichen Applaus der Menge die Führung. Die zähflüssige Fahrt zum Schafott dauerte über zwei Stunden. Die Menschen standen dichtgedrängt in den Strassen und Gassen, sie lehnten sich aus den Fenstern. Die Adligen sassen auf ihren Balkonen. Ein Flugblatt beschrieb den Ablauf der Hinrichtung wie eine Theateraufführung. Zwischen den Arkaden waren Würstchenbuden eingerichtet worden. Die umliegenden Restaurants hatten den Namen des Verurteilten auf der ersten Seite der Speisekarte gedruckt. Auf jedem Tisch stand eins von Tobias Schmidts Miniaturmodellen der Maschine, mit denen man Karotten und Spargel köpfen konnte. Als der Karren vorbeizog, wurde Pelletier verhöhnt und verspottet. Man hörte die unmöglichsten Wortschöpfungen. Bald würde er »in den Sack spucken«, das »Rasiermesser der Nation« würde ihn bestrafen. Ein stadtbekannter Clown namens Jacot schwang sich plötzlich auf eins von Charles' Pferden, schnitt Grimassen und machte sich über den Verurteilten lustig. Während das Publikum ihm applaudierte, nahm Charles seine Peitsche und trieb den Clown wieder in die Menge zurück. War denn der Tod nicht Strafe genug? Pelletier wurde von verfaultem Gemüse getroffen und wollte unter der Sitzbank Schutz suchen, aber Charles hinderte ihn daran. So wollte es das Protokoll, das ihm Fouquier überreicht hatte.

Als sie auf die Place de Grève einbogen, sahen sie die beiden Balken des Blutgerüsts senkrecht in den Himmel ragen. Das Fallbeil blitzte für einen kurzen Augenblick in der Sonne. Henri hatte mit den Gehilfen ein ansehnliches Schafott errichtet und die Louisette darauf installiert. Lafayettes Reiter umringten das Schafott. Pelletier wurde die Holztreppe hinaufgeführt. Er schien erstaunt, als er von oben über die Place de Grève blickte. So viele Menschen waren gekommen, um ihn sterben zu sehen. Charles rief Pelletiers Namen laut über den Platz und zählte dessen persönliche Gegenstände auf, während Henri den Verurteilten zusammen mit Gros, Barre und Firmin auf das senkrechte Holzbrett band. Sie kippten es wie eine Schaukel in die Waagerechte und stiessen es nach vorn zwischen die beiden senkrechten Balken. Und schon sauste das Fallbeil herunter, und der abgetrennte Kopf plumpste wie ein abgesägter Ast in den Weidenkorb. Während das Blut noch wie eine Fontäne aus dem Rumpf spritzte, klatschten einige Beifall. Aber die meisten waren enttäuscht, besonders die Weiberfurien, die um das Schafott herumstanden, um die Todgeweihten mit vulgärem Spott zu verhöhnen. Es war alles so schnell gegangen, dass man den Ablauf gar nicht begriffen hatte. Keine minutenlange Agonie in siedendem Wasser, kein Würgen, wenn der Hals am Strick hing, kein Zischen, wenn Extremitäten verbrannt wurden, nichts. Henri nahm den bluttriefenden Kopf aus dem Korb und zeigte ihn der Menge. Vereinzelte Buhrufe waren zu hören. »Gebt uns unseren Galgen zurück«, schrien einige. Dann skandierten sie immer lauter: »Gebt uns unseren Galgen zurück.«

Noch immer floss das Blut aus dem Rumpf des Hingerichteten. Charles stand auf der obersten Stufe des Schafotts und beobachtete aufmerksam, ob sich in der Menge irgendeine Bewegung bildete, die der Maschine feindlich gesinnt war.

»Es mag brutal sein, aber es ist gerecht, und die Schnelligkeit der Abwicklung steht im Einklang mit dem humanitären Gedanken, der dahintersteckt.« Es war Gorsas, der mit ernster Miene das Gespräch suchte. »Was haben Sie empfunden, Bürger Sanson? Lassen Sie es unsere Leser wissen.« Mit diesen Worten drängte sich Gorsas an Charles heran.

»Ich habe ein Strafurteil vollstreckt«, antwortete Charles, »an meinen Händen klebt kein Blut mehr. Ich beginne diese Maschine zu mögen.«

»Die Maschine hat jetzt einen Namen«, sagte Gorsas, »Guillotine. Das hat der König entschieden, um seinen Hausarzt zu schützen. Doktor Guillotin hat protestiert, aber er ist zu schwach. Seine Nachkommen werden ihn wohl verfluchen, denn ihr Name bleibt jetzt auf ewig mit der Tötungsmaschine verbunden. Die Ironie des Schicksals erheitert mich immer wieder. Das ist der Stoff, aus denen ich meine Geschichten mache.« Gorsas hob kurz die Hand zum Gruss. »Auf ein anderes Mal, Monsieur de Paris. Ich muss noch vor Redaktionsschluss meinen Bericht abliefern.«

Charles schaute Gorsas nach. Dieser nuckelte mit gewichtiger Miene an seiner Pfeife und bahnte sich enerviert einen Weg durch die Menge, die er insgeheim verachtete. Dann sah Charles die kleine Frau, die an Gorsas vorbeischlich. Es war Dan-Mali. Sie hatte ihn wahrscheinlich die ganze Zeit über beobachtet. Dan-Mali blieb vor der Treppe zum Schafott stehen. Charles stieg zu ihr hinunter. Sie legte die Hände unter dem Kinn aneinander und senkte ehrfürchtig den Kopf.

»Charles«, sagte sie und blickte ihn bewundernd an, »ich wusste nicht, dass du Menschen hinrichtest. Ich bedaure, dass ich dir nicht den nötigen Respekt entgegengebracht habe.« Charles musterte sie skeptisch. »Nur heilige Menschen dürfen in Siam Menschen hinrichten«, fuhr sie fort. »Sie werden eins mit dem Verurteilten und vereinen sich mit den Göttern.«

»Warst du nicht schon mal bei einer Hinrichtung? Als Damiens gefoltert wurde?«

»Nein«, sagte Dan-Mali, »du musst mich verwechselt haben.«

Nun wurde es eng um das Schafott herum. Immer mehr Menschen drängten zum Weidenkorb, um den abgetrennten Kopf mit einem Schaudern, aber nicht ohne Faszination anzuschauen. Einige tunkten ihr Taschentuch in das Blut. Die Gehilfen luden die Leiche in den sargähnlichen Weidenkorb und legten den Kopf zwischen die Beine.

»Ich muss zum Friedhof«, sagte Charles zu Dan-Mali.

»Darf ich morgen zu dir kommen?«, fragte sie bittend.

»Bleib bei mir. Du kannst bei mir wohnen. Wir haben Platz genug.« Er ergriff ihre Hand und hielt sie fest. In diesem Moment setzte Regen ein, und die Menge begann sich aufzulösen.

Charles liess seine Gehilfen zurück, damit sie die Guillotine abbauen konnten, und bat Henri, neben dem Leichnam im Karren Platz zu nehmen. Dan-Mali setzte sich neben Charles, der die Zügel ergriff. Einige von Lafayettes Gardesoldaten bahnten den Weg zum nächsten Vorstadtfriedhof. In der Abenddämmerung erreichten sie das von Fouquier angeordnete Massengrab auf dem Friedhof Madeleine. »Einzelgräber sind aus Platzgründen nicht mehr möglich«, hatte er gesagt, »es werden zu viele folgen.«

An der Friedhofsmauer sprang Henri vom Wagen und öffnete das Eisentor. Sie fuhren zu der frisch ausgehobenen Grube im Süden. Dort nahmen sie den kopflosen Leichnam und warfen ihn hinein. Sie schütteten eine Mischung aus Ammoniak, Kohlensäure und Wasser über die Leiche. Anschliessend bedeckten sie sie mit einer gehörigen Portion Löschkalk. Da trat plötzlich eine junge Frau zwischen den Grabsteinen hervor und rief: »Monsieur de Paris!« Charles hielt sie für eine Schaulustige, die ihr Taschentuch mit Blut besudeln oder abgetrennte Gliedmassen ergattern wollte. »Kann ich den Kopf haben?«

»Nein«, antwortete Charles, »es ist mir verboten, Handel zu treiben.«

»Ich bezahle nichts, dann ist es kein Handel. Ich brauche ihn nur für eine halbe Stunde.«

»Wozu?«, fragte Charles ungeduldig.

»Ich betreibe zusammen mit meinem Onkel Philippe Curtius das Wachsfigurenkabinett im Palais Royal. Ich will den Kopf nachmodellieren, der als Erster unter das Fallbeil kam.«

»Fragen Sie die Staatsanwälte Fouquier oder Roederer, von mir kriegen Sie keine Köpfe«, sagte Charles, packte den losen Kopf am Haar und warf ihn in die Grube.

»Ich werde meine Köpfe bekommen«, sagte sie trotzig.

»Sicher, und mehr, als Ihnen lieb ist.«

»Wie lange soll das noch dauern?«, fragte Marie-Anne wütend, als sie, ohne anzuklopfen, die Pharmacie betrat.

»Sie bleibt jetzt hier. Wir haben ja darüber gesprochen«, sagte Charles. »Sie wird mir in der Pharmacie helfen und kochen.«

»Was wird sie denn kochen?«, höhnte Marie-Anne. »Heuschrecken, die Speiseröhren von Hühnern und komisches Zeug, das dir die Zunge verbrennt?«

»In Siam essen sie auch Hunde.«

Marie-Anne lief rot an. »Das reicht! Ich gehe zu meiner Schwester. Hier werde ich eh nicht mehr gebraucht.« Sie stampfte den Flur hinunter, durchquerte die Küche und sah Dan-Mali ein Feuer machen. Sie wollte etwas sagen, etwas Hässliches, doch dann ging sie wortlos in den Hof hinaus, um ihr Pferd zu satteln.

Antoine Fouquier hatte die Arme hinter dem Rücken verschränkt und schaute zum Fenster hinaus. Charles stand immer noch vor seinem Schreibtisch und wartete. Fouquier hatte gute Laune und vergass darüber sogar das herablassende Duzen. »Gratulation zur geglückten Hinrichtung. Ihre Maschine funktioniert tatsächlich, aber Ihr Freund, dieser deutsche Klavierbauer, wird den Auftrag dennoch nicht erhalten. Roederer möchte einen Verwandten begünstigen. Dieser ist zwar viel teurer, aber eben verwandt. Sehen Sie, hier kommt wieder zum Zuge, wovor ich Sie bereits im Internat gewarnt habe. Adelsblut schlägt Wissen, und Verwandtschaft schlägt Qualität. Sie werden nie eine Chance haben, Charles. Ihr lebt in Grotten, und ihr werdet die Felsdecke über euren Köpfen nie durchbrechen können. Aber Leute wie ich, die werden frei geboren, und nur der Himmel kann uns Grenzen setzen.«

»War das alles?«, fragte Charles unbeeindruckt.

Fouquier ignorierte die Frage. Sie schien ihm ein bisschen frech zu sein. »Ist dir mittlerweile ein Name eingefallen?«, stichelte er.

Charles atmete tief ein und blies die Luft wieder aus.

»Also, ich warte auf Namen. Nenn mir wenigstens einen einzigen Namen.« Fouquier wandte sich wieder dem Fenster zu und schaute in den Hof hinunter. »Übrigens: Die Kleine vom Friedhof hat sich hier beschwert. Ihr solltet der Dame die Köpfe jeweils für eine halbe Stunde ausleihen. Die Menschen sollen die Opfer der Revolution sehen. Das wirkt abschreckend. Es werden viele Köpfe werden. Denn die Gruben in den Friedhöfen sollen voll sein und nicht unsere Gefängnisse. Bürger Sanson, ich warte immer noch auf Namen. Einen einzigen Namen!«

»Pater Gerbillon«, hörte sich Charles sagen.

»Ich habe es nicht ganz verstanden«, sagte Fouquier. »Pater …?«

»Pater Gerbillon«, wiederholte Charles, »ein Jesuit. Er wurde als Mathematiker des Königs nach Siam geschickt.«

»Ich erinnere mich, Gorsas hatte es kürzlich erwähnt. Unser Mathematiker sollte dort den Sternenhimmel beobachten und neue Seekarten zeichnen, stattdessen hat er die Ärsche von kleinen Jungs und kleinen Mädchen beobachtet. König Rama I. wird uns noch den Krieg erklären ...« Er lachte. »Gerbillon genoss stets die Protektion des Hofes, weil er«, und nun schrie Fouquier, »ein gottverdammter Royalist ist. Ich hasse ihn. Ich habe ihn immer gehasst!«

Charles hob kurz die Augenbrauen, als wollte er sagen: Nun ja, so wird es wohl sein.

»War das so schwierig, Bürger Sanson?« Als Charles gehen wollte, sagte Fouquier: »Dein Freund, der Orgelbauer, kann die Guillotine bauen: dreiundachtzig Stück zu neunhundertsechzig Livre. Wenn eine versagt, ist der restliche Auftrag storniert.«

»Aber Sie sagten doch ...«

»Du hast mir einen Namen geschenkt, also zeige auch ich mich erkenntlich. So hast du die einmalige Gelegenheit, die Spielregeln zu begreifen. Und wer weiss, Bürger Sanson, vielleicht könnten wir doch noch zu alter Freundschaft zurückfinden.«

Tobias Schmidt war betrunken. Er lag auf einem ausrangierten Sofa in seiner Werkstatt und murmelte unverständliches Zeug. An den Wänden hingen neue Skizzen. Eine zeigte eine Riesenguillotine, mit der man gleichzeitig vierundzwanzig Menschen köpfen konnte. Als Charles die Halle betrat, sprang Schmidt hoch, wurde aber sogleich von einer Übelkeit befallen. Er strauchelte und atmete tief durch. »Ich bin gleich so weit«, keuchte er und kniete sich auf den Boden. »Roederer will mir den Auftrag nicht geben«, jammerte er, »angeblich sei ich zu teuer und die Qualität sei schlecht. Das wäre der Auftrag meines Lebens, über achtzig Guillotinen, für jedes Departement eine.« Schmidt schnappte nach Luft. Er hatte Mühe mit dem Kreislauf.

»Kann ich Ihnen helfen, Monsieur Schmidt?« Charles reichte ihm die Hand.

Schmidt lehnte ab und zeigte auf ein Brett, das entlang der Wand am Boden lag. Darauf standen Dutzende von kleinen Guillotinemodellen, nicht grösser als ein Unterarm. »Spielzeugguillotinen«, seufzte Schmidt, »gibt es etwas Beschämenderes für einen Erfinder, als sein Genie an Kinderspielzeug zu vergeuden? Ich habe hydraulische Maschinen erfunden, neuartige Kamine und das berühmte Piano, das die Effekte von Bratsche, Cello und Geige vereint. Ich bin daran, eine Methode zu erfinden, um Gemüse und Obst zu konservieren, und verderbe mir im Selbstversuch jeden Tag den Magen. Und jetzt stelle ich Spielzeug her. Sagen Sie mir, gibt es irgendetwas Beschämenderes? Das ist so, als würden Sie einem erfolgreichen General ein Schaukelpferd geben.«

Charles half ihm auf die Beine. »Roederers Cousin verlangte 5660 Livre, Sie aber nur dreihundertvierzig ...«

»Und vierundzwanzig für den Leinensack. Ein Weidenkorb wäre noch billiger.« Schmidt schien das Gleichgewicht zu verlieren, fing sich wieder auf und torkelte durch die Halle. »Ich werde alles niederbrennen«, schrie er, »alles!«

»Das hat Zeit bis morgen«, sagte Charles. »Zuerst bauen Sie die Guillotinen, zum Stückpreis von neunhundertsechzig Livre. Das ist ein Befehl von Fouquier. Roederer hat eingewilligt.«

Schmidt stürzte sich auf Charles und umarmte ihn überschwänglich. »Dreiundachtzig Guillotinen, das macht insgesamt, warten Sie, knapp achtzigtausend Livre! Monsieur Sanson, ich bin Ihnen zu Dank verpflichtet.«

»Mir wäre wichtig, immer noch die Zeit zu finden, mein Klavier zu stimmen und Gabriels Beinschienen anzupassen. Er stürzt in letzter Zeit wieder öfter«, sagte Charles.

»Versprochen«, sagte Schmidt und nickte mit ernster Miene. Dann begannen seine Augen zu funkeln, und er schubste Charles zu einer Werkbank, wo zahlreiche offene Konserven herumstanden. »Ich versuche zurzeit, die Dosen mit Blei zu verschliessen. Blei soll giftig sein. Die alten Römer sind bereits daran gestorben, weil ihre Wasserleitungen aus Blei waren. Aber ich verwende nur wenig Blei. Es kommt kaum mit der Nahrung in Kontakt. Wenn mir das gelingt, werden die Menschen ganze Strassenzüge nach mir benennen.« Schmidt liess sich erneut auf seine Couch fallen und griff blind nach der angebrochenen Weinflasche, die auf dem Boden stand. Er leerte sie und liess sie dann auf die unebenen Holzbohlen kollern.

»Schön und gut, aber fangen Sie jetzt gleich mit den Guillotinen an«, drängte Charles.

Als er nach Hause kam, war Dan-Mali nicht mehr da.

In der Nacht auf den 10. August 1792 läuteten in ganz Paris die Sturmglocken. Es musste nach Mitternacht sein, Charles dachte an einen Grossbrand und stand auf. Er trat mit Henri auf die Strasse hinaus. Von überall her strömten die Menschen aus ihren Häusern. Die meisten waren bewaffnet. Die Menschenmassen bewegten sich in Richtung Tuilerien. Einige Wochen zuvor hatten sie es bereits einmal getan, waren in den Palast eingedrungen, wo der König und seine Familie festgesetzt waren, hatten Louis XVI angefasst und zum Anstossen auf ihr Wohl mit einem Glas Wein gezwungen. Doch diesmal ging es um mehr. Es gab das Gerücht, dass preussische und österreichische Truppen die Grenze nach Frankreich überschritten hatten und nun den König retten wollten. Die benachbarten Monarchien fürchteten einen revolutionären Flächenbrand. Was sich in Paris abspielte, war eine zweite Revolution. Die radikalen Sansculotten hatten eine eigene Stadtverwaltung nominiert und waren damit zur Gegenregierung der gesetzgebenden demokratischen Nationalversammlung geworden. Die zehntausend Sansculotten, die da marschierten, waren zu allen Taten bereit, um ihren König ein für allemal loszuwerden. Als die Tuilerien in Sichtweite waren, skandierte die Menge: »Tod dem König!« Sie marschierte wie ein Mann auf die rund tausend Schweizergardisten zu, die den König beschützten. Die zweitausend Nationalgardisten, die im Namen der Nationalversammlung den König bewachten, flohen beim Anblick der riesigen Menschenmenge sofort und schlossen sich den wütenden Sansculotten an. Ein grosser Teil der Schweizergarde fiel dem zornigen Volk zum Opfer. Sie wurden erschossen oder so lange durch die Strassen gejagt, bis sie erschöpft zusammenbrachen, und dann mit Macheten wie Hühner geköpft. Es gab keine Ordnungsmacht mehr. Niemand konnte die Menge im Zaum halten. Die Pariser Unterwelt erwachte zu neuem Leben. Sie strömte ins Freie, beglich offene Rechnungen, tobte sich aus, kastrierte sterbende Gardisten und warf die Geschlechtsteile durch die Strassen. Die Menschen hatten keine wirklichen politischen Ziele mehr. Sie nutzten das Chaos, den rechtsfreien Raum der Strasse, um zu plündern und die verhassten Reichen abzuschlachten. Es war ein blutiges Volksfest, in dem jeder jeden öffentlich töten konnte, ohne dafür bestraft zu werden. Louis XVI, Marie Antoinette und ihre Kinder wurden infolge dieser Ereignisse in den Temple gebracht, während die Nationalversammlung noch radikalere Positionen einnahm, um den Zorn der Sansculotten zu besänftigen. Die Abgeordneten waren schockiert, aber machtlos.

Im August wurde auch ein neues Straftribunal ohne Berufungsmöglichkeiten eingerichtet, das beim kleinsten Verdacht auf »Verschwörung« sofort die Todesstrafe aussprechen konnte. Die Leute bekamen es mit der Angst zu tun und verkrochen sich in ihren Häusern.

»Es ist nicht mehr in Ordnung, was jetzt geschieht«, sagte Charles zu Henri, als sie nach getaner Arbeit Stricke schmierten. Es war ein liebgewordenes Ritual, das ihnen half, die Hinrichtungen des Tages zu vergessen, obwohl sie dank der Guillotine gar keine Stricke mehr benötigten. Viel Blut floss zwischen den Holzbohlen des Schafotts auf das Pflaster hinunter und verströmte einen üblen Geruch, der nur noch Hunde anlocken konnte. Die Menschen protestierten nicht gegen die Schlächterei, sondern gegen den Gestank. Charles und seine Gehilfen installierten die Guillotine deshalb auf der Place du Carrousel vor dem grossen Tor der Tuilerien.

Robespierre rief zur Volksjustiz an den Feinden der Revolution auf. Er versuchte damit, die entfesselte Masse wieder unter Kontrolle zu bekommen, doch stattdessen stürmten Bewaffnete und Nationalgardisten die Gefängnisse und massakrierten über tausend Kleinkriminelle. Die edlen Ziele der Revolution waren ins Groteske gekippt.

Trotz der Massenmorde nahm Charles' Arbeit von Woche zu Woche zu. Jeden Morgen sprach er in der Conciergerie bei Fouquier vor, um die am Abend zu vollstreckenden Urteile abzuholen. Zwischen Prozess, Verurteilung und Hinrichtung lagen manchmal nur noch wenige Stunden. Die Revolutionäre vertraten den Standpunkt, dass es besser war, zehn Unschuldige zu töten, als einen Schuldigen zu übersehen.

»Preussische Truppen haben die Grenze überschritten«, schrie Chefankläger Fouquier, als Charles sein Büro betrat. »Wer jetzt keinen Patriotismus beweist, den überlassen wir der Volksjustiz. In dieser Stunde stürmen Tausende erboster Bürger die Gefängnisse und nehmen dir die Arbeit ab. Sie metzeln alle nieder.«

»Wo bleiben da die edlen Ziele der Menschenrechte?«, fragte Charles sarkastisch.

»Vorsicht! Vorsicht, Bürger Sanson! Ich sagte dir schon mal, jede Revolution wird im Blut geboren. Der Nationalkonvent hat den König abgesetzt und in den Temple gebracht. Hättest du für möglich gehalten, dass du eines Tages den König guillotinierst?«

»Noch lebt er«, sagte Charles, »es gibt kein Urteil.«

»Der Nationalkonvent hat keine Macht mehr. Jetzt regiert die Strasse, die aufständische Kommune.« Fouquier reichte ihm die aktuelle Liste der zum Tode Verurteilten. Charles überflog sie: Assignatenfälscher, ein Journalist, ein Schuhmacher. Plötzlich sprang ihm ein Name ins Auge: Pater Gerbillon. Ausserdem fiel ihm ein stadtbekannter Handwerker von bestem Leumund auf, der lediglich seine Meinung geäussert hatte. »Noch Fragen, Monsieur de Paris?«

Charles schüttelte den Kopf.

Fouquier rückte seinen Stuhl zurecht und nahm eine distanzierte Haltung ein. »Ich hörte, dass der Clown Jacot ab und zu deinen Umzug begleitet und die Menge mit seinen Kapriolen erheitert. Du sollst ihn mit der Peitsche vertrieben haben.«

»Das ist richtig«, antwortete Charles, »eine Exekution soll nicht in ein Volksfest ausarten. Ich pflege die Urteile mit Würde zu vollstrecken.«

»Wer schreibt das vor?«, fragte Fouquier und schaute Charles verächtlich an. »Wer bist du? Vertrittst du etwa die Revolutionsregierung? Eine Exekution ist ein Volksfest der Revolution. Nimm den Kerl auf deine Lohnliste. Das ist ein Befehl. Wir müssen das Volk bei Laune halten, wer weiss, was wir ihm in den nächsten Monaten noch alles zumuten müssen. Und vollstrecke erst nach Einbruch der Dämmerung. Statte das Schafott mit Fackeln aus. Wir wollen sehen, ob das Volk das mehr schätzt.«

Charles nickte zögerlich.

»Du hast noch etwas auf dem Herzen, ich sehe es dir an.«

»Ich möchte endlich mein Amt an meinen Sohn Henri übergeben.«

»Schweig! Ich will kein Wort davon hören! Das ist wohl der dümmste Augenblick, um diese Bitte vorzutragen. Du wirst den König guillotinieren, denn du bist der Henker der Revolution. Henri ist bloss ein Geselle. Du aber bist der Arm der Guillotine. Manch einer kommt zu den Hinrichtungen, nur um dich zu sehen.«

Marie-Anne hatte sich wieder einmal mit ihrer Schwester zerstritten. Plötzlich stand sie in der Küche und kochte eine Erbsensuppe. »Zum Glück bin ich wieder da«, sagte sie, »ohne mich läuft hier ja gar nichts. Ihr lasst die Zügel schleifen. Und ausserdem gehört Gabriel aufs Schafott. Er kann nicht den ganzen Tag Klavier spielen.« Sie servierte die Suppe.

»Gabriel ist den schönen Künsten zugetan«, sagte Charles und rührte entnervt in seiner Suppe.

»Damit verdient man kein Geld«, eiferte sich Marie-Anne, »der Henkersberuf ist einer der sichersten Berufe in unserem Land, weil es immer einen Henker brauchen wird.«

»Eines Tages«, sagte Gabriel, »wird die Todesstrafe abgeschafft, und wir werden keinen Henker mehr brauchen.«

»Diesen Tag wirst du nicht mehr erleben«, schrie Marie-Anne. »Robespierre wollte die Todesstrafe abschaffen. Es ist ihm nicht gelungen. Wem soll es also gelingen?«

»Lass ihn doch endlich in Ruhe«, sagte Henri dezidiert. »Er will nun mal nicht Henker werden.«

»Misch dich nicht ein«, herrschte ihn seine Mutter an, »du hast bloss Angst, die Nachfolge deines Vaters ...«

»Hört jetzt auf zu streiten«, sagte Charles und klopfte

mit der flachen Hand energisch auf den Tisch. »Henri wird mein Nachfolger in Paris, das ist beschlossen, und wenn Gabriel will, werde ich ihm in einer anderen Stadt ein Amt besorgen, aber wenn er nicht will ...«

»Er soll wenigstens ein einziges Mal auf das Schafott steigen, dann weiss er, ob er es wirklich nicht will.«

»Wieso bist du überhaupt zurückgekommen? Niemand hat dich vermisst«, sagte Charles.

»Ich bin immer noch die Mutter«, sagte Marie-Anne trotzig, »ob es euch passt oder nicht.«

»Nun gut«, sagte Gabriel und schob seinen Teller beiseite, »hört auf zu streiten, ich werde morgen Abend aufs Schafott steigen«.

Draussen fiel der erste Schnee. Ein beissender Wind blies zwischen den Fensterritzen ins Haus. Desmorets entfachte ein grosses Feuer im Kamin. Und Charles setzte sich mit Gabriel ans Klavier.

Die Dunkelheit war bereits angebrochen, es begann leicht zu schneien. Fackeln beleuchteten das Schafott und tauchten die Hinrichtungsstätte in ein gespenstisch flackerndes Licht. Charles vermied es, Pater Gerbillon anzuschauen. Erst als sie das Schafott erreicht hatten, trafen sich ihre Blicke. Charles half ihm beim Aussteigen. Gabriel stieg als Erster unter dem Applaus der Zuschauer die Treppe zum Schafott hoch. Zuerst wurden gemäss Protokoll die Assignatenfälscher nacheinander guillotiniert. Charles blieb unten an der Treppe stehen und schaute zu seinen Söhnen und Gehilfen hoch. Als Gabriel den Kopf eines Hingerichteten der Menge zeigte, führte Charles einen Journalisten auf das

Schafott und stieg wieder hinunter. Jetzt traf ihn der Blick von Pater Gerbillon erneut. Es war ein trauriger Blick, melancholisch, aber nicht ängstlich. Charles fühlte sich mies, schäbig. Er schämte sich, dass dieser Mann seinetwegen sterben musste. Doch dann versuchte er, sich einzureden, er habe keine andere Wahl gehabt und der Pater habe es ob der Behandlung von Dan-Mali ausserdem verdient. Der Kopf des Journalisten fiel in den Korb. Charles führte nun Pater Gerbillon die Treppe zum Schafott hoch. Kaum hatte er das Schafott wieder verlassen, hörte er die gewaltige Eisenklinge heruntersausen und den Kopf des Jesuitenpaters in den Weidenkorb fallen. Gabriel nahm ihn an den Haaren und hob ihn hoch. Die Menge applaudierte, johlte, lachte, ein Menschenleben hatte keine Bedeutung mehr. Im flackernden Licht der Fackeln bewegte sich Gabriel langsam über das Schafott und schritt es bedächtig ab, als wollte er es vermessen. Doch plötzlich geschah etwas Sonderbares: Gabriel war verschwunden. Als hätte ihn ein Windstoss davongetragen. Er stand einfach nicht mehr auf dem Schafott. Charles schaute hinauf und suchte seinen Sohn. Die Menschen, die um das Schafott standen, begannen entsetzt zu schreien. Sie bildeten einen Halbkreis um den am Boden liegenden Gabriel. Er war in der Dunkelheit vom Schafott gestürzt. Die Haare des Paters waren plötzlich gerissen, und Gabriel hatte mit einer reflexartigen Bewegung den Kopf auffangen wollen. Dabei war er auf den verschneiten Holzbohlen ausgeglitten.

Charles bahnte sich einen Weg durch die Gaffer und kniete neben Gabriel nieder. Er schob seine Hand unter den Kopf und fühlte sofort, dass das Genick gebrochen war. »Gabriel«, flüsterte Charles, dann nahm er seinen Sohn in beide Arme und brüllte laut in die Nacht hinaus: »Gabriel!« Tränen strömten über seine Wangen. »Der Henker weint«, sagte jemand, und plötzlich hörte man von allen Seiten: »Der Henker weint.« Nach einer Weile legte Henri Charles die Hand auf die Schulter. »Lass uns gehen, Vater. Gabriel gehört nach Hause.« Henri trug seinen Bruder in den Wagen und fuhr allein über den schneebedeckten Platz, der vom warmen Blut der Getöteten eingefärbt war. Charles blieb noch lange auf der untersten Stufe des Schafotts sitzen.

Der Platz war bereits menschenleer, als er sich auf den Weg nach Hause machte. Niemand erwartete ihn. Das Haus war leer. Offenbar hatten Henri und die Gehilfen Gabriels Leichnam zur Aufbahrung in die Kapelle gebracht. Als Charles in den Hof trat, um in seine Räume zu gelangen, sah er am Rande der schneebedeckten Gemüsebeete eine Gestalt auf der Bank. Er ging auf sie zu, es war Marie-Anne. Er blieb einige Schritte vor ihr stehen. Er wollte sie berühren, liess es dann aber sein. Zu oft hatte sie ihn abgewiesen. »Ich brauche dich nicht«, murmelte sie und blickte kurz hoch. Ihr Gesicht war schwer gezeichnet, ihre Augen verweint.

»Du wirst dich erkälten«, sagte Charles, »komm ins Haus. Es wird kalt heute Nacht.«

»Dann werde ich mich eben erkälten«, antwortete sie, »du denkst eh, es sei alles meine Schuld.«

Charles wollte verneinen, schwieg dann aber, denn er war tatsächlich der Meinung, dass es ihre Schuld war.

»Ich hätte dich nie im Leben heiraten sollten«, sagte Marie-Anne. Der Abscheu stand ihr ins Gesicht geschrieben. »Meine Mutter hatte mich gewarnt, aber ich wollte auf sie nicht hören. Sie sagte, auf dem Geschlecht der Sansons laste seit Generationen ein Fluch. Sie sollte recht behalten.«

»Es gibt keine Flüche, Marie-Anne, das ist nur der Versuch der Menschen, den Dingen einen Sinn zu geben. Wir sind frei. Und auch ich bin frei, Marie-Anne. Ich werde mein Amt niederlegen und dich verlassen.«

»Du kannst mich verlassen, Charles, aber der Fluch wird dich verfolgen. Denk daran. Ich reite morgen zu meiner Schwester.«

»Sie wird sich freuen«, sagte er. »Und wenn ich morgen Abend von der Arbeit nach Hause komme, wäre es schön, wenn du nicht mehr da wärst.«

Er ging in die Pharmacie, setzte sich aufs Bett und trank Wein. Er war plötzlich unendlich müde und fühlte sich wie ein manövrierunfähiges Schiff auf hoher See. Mit grosser Zärtlichkeit dachte er an Gabriel und empfand es als Trost, dass er nicht gelitten hatte. Wenig später entwickelte er einen fürchterlichen Zorn gegen seine Frau. Doch dann kam ihm der Gedanke, dass Gott ihn bestraft hatte. Er hatte ihm seinen Sohn genommen im Austausch gegen das Leben von Pater Gerbillon. Er glaubte plötzlich, dass Gott ihn beobachtete. Nicht Gorsas hatte ein Auge auf ihn, sondern Gott. Er war bestraft worden. Der Fluch war zurück. Marie-Anne hatte vielleicht doch recht. Dann glaubte er draussen am Fenster eine Gestalt zu erkennen. Wollte Gott ihn besuchen? Nein, er glaubte nicht an solche Geschichten. Es war Marie-Anne. Sie entfernte sich wieder und ging ins Haus. Charles trank und trank und schlief schliesslich ein.

Gegen Mittag des folgenden Tages schlief er immer noch. Niemand weckte ihn. Henri hatte die Geschäfte übernommen. Charles hörte, wie der Fuhrwagen den Hof verliess. Er drehte sich auf die andere Seite und schlief weiter. Er wollte nur noch schlafen und nicht mehr aufwachen. Dann kam ihm Dan-Mali in den Sinn, und sein Atem wurde gleichmässiger und sein Schlaf ruhiger.

Als er wieder aufwachte, spürte er eine kleine, zarte Hand, die ihn an der Wange berührte. Das konnte nicht Marie-Anne sein. Ihre Hände waren von der Gartenarbeit rau und trocken und rochen stets nach nassem Hundefell. Diese Hand roch nach Mandelöl. Er presste sie fest an sich und schlief wieder ein. Als er erneut aufwachte, war er allein und wusste nicht, was er geträumt und was er tatsächlich erlebt hatte. Irgendwann brachte ihm Desmorets einen Teller Suppe. »Madame sagt, Sie sollten etwas zu sich nehmen. Sie ist jetzt weggeritten.« Charles stellte den Teller auf den Tisch.

Später weckte ihn Henri. »Da draussen ist ein Reiter. Er hat nach dir gefragt.«

»Was will er?«

»Ich weiss es nicht. Vielleicht ist er krank oder verletzt.«

»Lass ihn rein«, sagte Charles und stand auf. Die Abwechslung würde ihm guttun. Trotz aller widrigen Ereignisse freute es ihn, dass jemand ihn aufsuchte. Als Arzt. Der Reiter trug einen schwarzen Kapuzenmantel und kniehohe Lederstiefel. Bevor er die Pharmacie betrat, klopfte er die Stiefel gegeneinander, um den Schnee abzuschütteln.

»Legen Sie Ihren Mantel auf die Ofenbank. Dann kann er trocknen.«

»Danke, Monsieur«, sagte der Reiter und nahm seinen Kapuzenmantel ab. Darunter trug er einen vornehmen Zweiteiler aus blauem Stoff. Er setzte sich Charles gegenüber auf einen Stuhl und nahm eine lederne Geldbörse aus seiner Innentasche. Er lockerte den Lederriemen, so dass Charles die Goldstücke darin sehen konnte. »Ich habe sehr einflussreiche Freunde«, begann der Reiter behutsam, »sie sind unserem König treu ergeben. Sie erbitten nichts Unmögliches von Ihnen. Vor einer Stunde wurde unser König zum Tod verurteilt. Wir werden ihn auf dem Weg zum Schafott befreien.«

»Gehen Sie«, sagte Charles und hob abwehrend die Hände, »für kein Geld auf der Welt bin ich für ein Komplott zu gewinnen.«

»Ich weiss«, sagte der Reiter, »deshalb wage ich es auch, Sie aufzusuchen. Ich weiss, dass Sie ein rechtschaffener Mann sind. Wir bitten Sie nur, nichts zu unternehmen, das die Befreiung unseres Königs vereiteln könnte. Bleiben Sie einfach ruhig auf Ihrem Kutschbock, und rühren Sie sich nicht von der Stelle. Ihnen wird nichts geschehen.«

»Ich will dieses Geld nicht«, sagte Charles, »ich mag die willkürlichen Gesetze verurteilen, die heute gelten, aber ich muss sie befolgen. Ich bin ein Beamter der Justiz.«

Der Reiter erhob sich. »Das Geld lasse ich hier. Wenn Sie es nicht wollen, geben Sie es den Armen. Gott schütze unseren König.«

»Gott schütze unseren König«, flüsterte Charles. Der Gedanke, dass sein König unter seiner Guillotine enthauptet würde, brach ihm das Herz. Andererseits, dachte Charles, hatte der König sein Schicksal sich selbst zuzuschreiben. Er hatte die Liebe seines Volkes nie erwidert. Er hatte nichts, aber auch gar nichts für sein hungerndes Volk getan. »Er hat es nicht anders gewollt«, murmelte Charles, »er allein trägt die Schuld.«

11

Am 21. Januar 1793 notierte Charles in sein Tagebuch: »Der Tod des Königs.« Schwierig, dieses Ereignis in Worte zu fassen, denn bisher galt der König als unantastbar, geradezu als von Gott gesandt. Bevor die Kirchenglocke an diesem Morgen acht Uhr schlug, setzte sich Charles mit seinen Gehilfen Barre, Firmin, Desmorets und Gros in einen Wagen und fuhr los. Je näher sie ihrem Ziel kamen, desto zahlreicher wurden die Menschen in den Strassen. Schliesslich waren es Massen, dichtgedrängt, die ihren Wagen umklammerten wie ein grosser Krake. Charles und seine Gehilfen passierten einen Militärkordon nach dem anderen. Es waren Tausende mit Gewehren und Piken bewaffnete Soldaten, die unter Santerre, dem neuen Befehlshaber der Nationalgarde, die Strassen sicherten. Es herrschte eine gespenstische Stille. Kein Gejohle, keine Rufe, einfach Stille, als hätten sich alle zu einer sakralen Handlung zusammengefunden. Als sie schliesslich gegen zehn die Place de la Révolution erreichten, thronte das Blutgerüst mit der majestätischen Guillotine bereits über dem Platz. Erneut war Charles von dieser Erscheinung beeindruckt. Das Gerüst unter freiem Himmel hatte eine Erhabenheit, als würde hier ein zeremonielles Opfer dargebracht.

Henri stand bereits auf der Plattform des Podests. Er gab einem berittenen Soldaten ein Handzeichen, seinem Vater den Weg zu bahnen. Charles fühlte, wie sich seine Brust immer heftiger hob und senkte. Er tastete unter seine Jacke und versicherte sich, dass Dolch, Pistole, Pulverbüchse und

Kugeltasche noch fest verzurrt waren. Er hatte Angst. Die Drohbriefe in den letzten Tagen waren so zahlreich gewesen, dass er nicht daran zweifelte, dass man den Verurteilten befreien würde. Immer wieder schaute er zum Ausgang der Rue de la Révolution, er konnte keine Bewegung in den Massen ausmachen, keine Kutsche, die den Unglücklichen zum Schafott fuhr. Doch plötzlich hörte er Geräusche von Hufen und Rufe. Ein Kavalleriekorps sprengte heran. Die Oberkörper der Kavalleristen ragten aus der Menge, und dann sah Charles die königliche Kutsche. Er setzte sich kurz auf das Brett der Guillotine und atmete tief durch. Ihm wurde schwarz vor Augen. Der Schweiss trat ihm aus allen Poren. Es kostete ihn Überwindung aufzustehen. Er fühlte keinen Halt mehr unter den Füssen. Die Holzbohlen bewegten sich und schienen davonzuschwimmen. Er dachte an Gabriel. Er dachte an Dan-Mali, und schon bald wusste er nicht mehr, woran er gerade gedacht hatte. Nur ein grauenhaftes Gefühl der Beklemmung erfasste ihn.

»Geh nach unten«, sagte Henri, »warte am Fuss der Treppe, und gib mir das Zeichen.« Charles nickte. Eine Totenstille hatte sich über den Platz gelegt. Man hörte nur noch die Pferdehufe.

Die königliche Kutsche hielt vor dem Schafott. Soldaten lösten sich aus ihren Reihen und bildeten ein Viereck um die Kutsche. Dann stieg der König aus. Ruhig, nachdenklich, aber ohne jegliches Zeichen von Panik. Er wirkte würdevoller und erhabener, als Charles ihn in Erinnerung hatte. Sein irischer Priester stand ihm zur Seite und murmelte Gebete. Desmorets ergriff die Initiative, während Charles und die anderen drei Gehilfen wie versteinert den Verurteilten anstarrten. Voller Ehrfurcht und Respekt erklärte Desmorets dem Todgeweihten, dass es gemäss Vorschrift seine Pflicht sei, ihm seine Kleider abzunehmen. Er wollte nach dem Rock des Königs greifen, doch dieser wich empört zurück. »Nehmt meinen Rock, aber rührt mich nicht an!«, sagte der Mann, der vor kurzem in ganz Europa noch als König Louis XVI bewundert worden war. »Wir müssen dir auch die Hände binden und Haare und Kragen entfernen. Das ist Vorschrift, Bürger Capet.« Er nannte ihn tatsächlich Bürger Capet.

Plötzlich sah der König Charles direkt in die Augen, und alle Energie und Kraft wichen aus Charles' Körper. Für einen Augenblick wollte er niederknien und den König der Franzosen um Verzeihung bitten. Aber dann kam ihm die Würde seines Amtes in den Sinn. Wegen dir sind Tausende gestorben, dachte Charles, Hunderttausende, und dank der Revolution haben wir Menschen unsere Würde zurückerhalten. Wieso zum Teufel hast du nicht frühzeitig und freiwillig auf den Thron verzichtet? Weil du alles behalten wolltest, hast du nun alles verloren. Der Tod des Königs ist der Preis für Freiheit, Gleichheit und Brüderlichkeit.

Charles ging ein paar Schritte auf den König zu. »Das Binden der Hände ist notwendig. Wir können sonst unsere Arbeit nicht ausführen«, sagte er leise. Der König nickte, ohne seinen Henker anzuschauen. Doch er rührte sich nicht. Charles bat den Priester, ihm behilflich zu sein. Dieser begriff schnell und flüsterte dem König etwas zu. Sichtlich gedemütigt legte der König die Arme hinter den Rücken. Charles konnte nun die Hände binden, die das Zepter der Könige Frankreichs gehalten hatten. Bevor Louis Capet die

Treppe zum Schafott hochstieg, küsste er das Marienbild, das ihm der irische Priester vor den Mund hielt. Kaum hatte er die Plattform des Schafotts erreicht, wandte sich der Bürger Capet an das Volk, das nicht mehr seines war, und schrie mit fester, klarer Stimme: »Franzosen, ihr seht euren König bereit, für euch zu sterben. Könnte doch mein Blut euer Glück besiegeln. Ich sterbe ohne Schuld.«

Santerre bahnte sich mit seinem Pferd einen Weg zum Schafott und gab den Trommlern ein Zeichen, sofort die Schlägel zu rühren. Die letzten Worte des Königs gingen im ohrenbetäubenden Trommelwirbel unter. Charles drehte sich nach dem irischen Priester um, doch im gleichen Augenblick sauste das schwere Fallbeil herunter, und das königliche Haupt purzelte in den Korb. Charles hatte gar nicht bemerkt, dass man den König bereits auf das Brett geschnallt hatte. Henri nahm den Kopf aus dem Weidenkorb, während eine riesige Blutfontäne aus dem stämmigen Rumpf schoss. Für einen solchen Stiernacken hatte es tatsächlich eine abgeschrägte Klinge gebraucht. Während Henri den Kopf der Volksmenge zeigte, eilten einige mit ihren Taschentüchern zum Schafott. Es gab vereinzelte Rufe »Es lebe die Republik!«, aber ein betretenes Schweigen dominierte den Platz. Die Leute waren peinlich berührt. Jetzt hatten sie tatsächlich ihren eigenen König guillotiniert.

Charles wurde erneut von einem Schwindel heimgesucht. Bei aller Vernunft empfand er die Tat wie einen Verrat, eine Todsünde, einen Vatermord, und er war überzeugt, dass ihn der Rumpf des Königs in seinen Träumen verfolgen und er in der Tiefe seines Weinglases fortan dessen Kopf mit diesem merkwürdigen Ausdruck sehen würde, der Verblüffung und Erstaunen ausdrückte. Aber er würde diesem Kopf Paroli bieten, denn er hatte es verdient, vom Rumpf getrennt zu werden. Er hatte sein Volk verachtet. »Es lebe die Republik!«, skandierten nun immer mehr Menschen.

Die Gehilfen begannen mit der Demontage der Maschine, während Charles und Henri die Leiche des Königs in ihrem Fuhrwagen zum Friedhof Madeleine fuhren. Sie wurden von Soldaten eskortiert. Kein Souvenirjäger sollte sich an den Kleidern des Königs vergreifen.

Auf dem Friedhof wartete bereits Marie Grosholtz. Widerstandslos erhielt sie den Kopf des Königs und machte sich sofort an die Arbeit, während Charles und Henri den Rumpf entkleideten. Nichts war königlich an diesem toten Körper. Bleich, fett, ohne Würde. Selbst seine Geschlechtsteile waren nicht spektakulär. Nichts von all dem, was er gehortet hatte, hatte er mitnehmen können in die andere Welt. Weder sein Gold noch seine Jagdhunde, noch den Spiegelsaal von Versailles.

Die Zunge zwischen die Zähne gepresst, arbeitete die verrückte Marie blitzschnell und routiniert am Abguss. Talent und Leidenschaft konnte man ihr nicht absprechen. Sie beendete ihre Arbeit rasch. Mit einem Strahlen im Gesicht verabschiedete sie sich. Ihre Kutsche wartete. Ihr schien dieser abgeschlachtete, blutige Leichnam nicht im Geringsten zuzusetzen. Sie lebte nur für ihre Wachsfiguren.

Als Charles den Friedhof verlassen wollte, stand ein kleiner Mann beim Tor. Er trug eine senfgelbe Hose und nuckelte an seiner Pfeife. Gorsas. »Ich wollte mal mitansehen, wie die Kleine die Totenmasken abnimmt. Aber offenbar komme ich zu spät. Halb so schlimm, es werden noch viele

Köpfe rollen.« Gorsas stellte sich den Pferden in den Weg. »Kommen Sie, Monsieur de Paris, ich lade Sie zu einem Glas Wein ein. Wir müssen reden.«

Eigentlich hatte Charles zum Jesuitenkloster fahren wollen. Aber er spürte, dass er Gorsas begleiten musste. Vielleicht hatte er ihm etwas Wichtiges mitzuteilen. Vielleicht war er in Gefahr.

Gemeinsam fuhren sie zum Etablissement an der Rue des Deux-Portes. Das Haus war gut besucht, wie meistens nach einer Exekution. Man besprach den Fall und kam jeweils zum Schluss, dass der Verurteilte den Tod verdient hatte. Man demonstrierte damit seine Loyalität gegenüber der Revolution. Die Dienste der Mädchen waren weniger gefragt. Man genoss zwar die Atmosphäre und die viele nackte Haut, aber in erster Linie war man hier, um öffentliche Bekenntnisse abzulegen.

In der Mitte des Hauptsaals sassen die nun mächtigsten Männer Frankreichs: Robespierre und Saint-Just. Selbstbewusst streckten sie die Arme auf den breiten Polstern ihrer Sessel aus. Sie hatten die Guillotine und die Befehlsgewalt darüber. Charles fühlte sich schäbig, ausgenutzt.

»Ich hörte, Sie führen ein Tagebuch«, sagte Gorsas leise, »darf ich mal darin lesen?«

Charles schüttelte irritiert den Kopf. »Wie sollte ich Zeit finden, ein Tagebuch zu führen? Und für wen? Ich habe kein Bedürfnis danach.«

»Na so was, in den Druckereien sind die Tagebücher ausverkauft, aber kein Mensch führt Tagebuch. Wozu kaufen die Menschen sie bloss?« Gorsas grinste vielsagend.

»Das kann viele Gründe haben«, sagte Charles.

»Ich habe bei den Druckereien ein bisschen recherchiert und erfahren, dass Sie ein treuer Kunde sind.«

»Ich brauche sie, um Buch zu führen. Das schreibt mir mein Amt vor. Ich halte die Namen der Verurteilten fest, ihren Beruf, den Grund ihrer Hinrichtung und erstelle eine Inventarliste über ihre letzten Habseligkeiten.«

Gorsas nickte und schmunzelte dabei vieldeutig. Er glaubte Charles kein Wort. »Auch wir Journalisten stehen mächtig unter Druck«, sagte er. »Am liebsten wäre es der Revolutionsregierung, wir würden jeden Tag Bürger verleumden, die man dann unter die Guillotine schicken kann. Aber jeder Bürger ist ein potentieller Leser!« Er lehnte er sich nach vorn und flüsterte Charles zu: »Schauen Sie mal da drüben, unsere neuen Könige.« Er grinste übers ganze Gesicht.

Robespierre hatte Gorsas erkannt und rief ihm zu: »Gorsas, schreiben Sie es auf: Was die Republik ausmacht, ist die vollständige Ausmerzung dessen, was gegen sie ist.«

»Dann wird der Wohnraum in Paris bald sehr günstig«, sagte Gorsas und bestellte Champagner.

»Man muss nicht nur die Verräter in unserem Land bestrafen, sondern auch die Gleichgültigen, jeden, der passiv ist und nichts für die Revolution tut«, fügte Saint-Just mit gewichtiger Miene hinzu.

Robespierre pflichtete ihm bei: »Die Deutschen marschieren im Norden, die Briten im Süden. Marseille hat britische Truppen zu Hilfe gerufen. Wir müssen die Stadt dem Erdboden gleichmachen und fortan ›Stadt ohne Namen‹ nennen, als Warnung. Nur mit beispiellosem Terror können wir die Konterrevolutionäre im Innern ausmerzen, damit wir freie Hand haben für den äusseren Feind an unseren Grenzen.«

»Patrioten«, sagte Gorsas mit einem etwas zynischen Gesichtsausdruck, »soeben habe ich vernommen, dass auch Lyon in britischer Hand ist. Jetzt sind bereits zwei Drittel der dreiundachtzig Departements gegen die Freiheit. Na so was.«

»Sie werden bald alle für uns sein«, sagte Robespierre, »ob aus Überzeugung oder aus Angst, mir ist es egal. Wer jetzt noch den Gemässigten spielt, kann sich schon mal für die Guillotine die Haare schneiden. Es mag sein, dass wir tausend Unschuldige köpfen, aber das ist immer noch besser für die Revolution, als einen Gemässigten zu übersehen.«

»Lieber überfüllte Friedhöfe als überfüllte Gefängnisse«, sagte Saint-Just trocken.

»Kennen wir uns?«, fragte Robespierre, an Charles gewandt.

»Noch nicht«, antwortete Charles und verliess den Raum.

Als Charles und Gorsas das Etablissement verliessen, sprach keiner ein Wort. Stumm gingen sie die Strasse entlang und blieben dann an der Ecke stehen. »Heute war kein Tag, um Champagner zu trinken. Ich muss aufpassen«, sagte Gorsas, »ich habe mir zu viele Feinde gemacht. Irgendwann steht mein Name auf der Liste, und ich spucke in den Sack. Haben Sie schon jemals einen Freund guillotiniert?«

Charles schüttelte den Kopf.

»Sie werden es noch erleben«, sagte Gorsas.

»Warum haben Sie mich heute eigentlich eingeladen?«

Gorsas schaute Charles lange an. »Man weiss heute nicht mehr, wem man trauen kann. Der heutige Abend hat mir gezeigt, dass es gefährlich ist, jemandem zu vertrauen. Hat Sie der Grand Orient de France eigentlich kontaktiert?«

»Nein«, antwortete Charles, »sollte er?«

Gorsas zuckte die Schultern. »Die Menschen haben Angst, Monsieur. Die Angst ist stärker als jedes Gesetz.« Er nuckelte an seiner Pfeife.

»Was wollten Sie mir heute Abend mitteilen, Bürger Gorsas?«

»Ich?«, fragte Gorsas mit scheinheiliger Miene.

»Ja!«, brummte Charles und schaute ihm eindringlich in die Augen.

Gorsas wich seinem Blick aus und schüttelte leicht verwirrt den Kopf. »Ich muss nach Hause, Bürger Sanson, es ist schon spät.« Etwas überstürzt bog er in die schwachbeleuchtete Rue de la Verrerie ein.

Charles folgte ihm. »Wovor haben Sie Angst?«

Gorsas blieb nicht stehen. »Sollte ich?« Er beschleunigte seinen Schritt.

»Ich weiss es nicht. Aber ich sehe, dass Sie Angst haben. Ich kann Menschen lesen, Monsieur. Ein Henker fühlt die Angst der andern.« Er legte Gorsas die Hand auf die Schulter. »Wovor haben Sie Angst?« Sein Ton war beinahe väterlich.

Gorsas schüttelte nervös den Kopf, als wollte er diese Frage nicht mehr hören.

»Ich habe Sie eine Weile nicht mehr gesehen«, sagte Charles. »Waren Sie in Ketten?«

»Nein, nein«, entfuhr es Gorsas blitzschnell, und er schaute ängstlich um sich, »ich war in London, nicht ganz ungefährlich in diesen hektischen Zeiten, aber ich war in London, Monsieur.«

»Warum sind Sie zurückgekommen? Das war nicht klug.«

»Nein, nein, es ist nicht das, was Sie jetzt denken. Ich war beruflich in London. Als Journalist. Kennen Sie die Bank Boyd, Ker & Co.? Das war die stolze Bank des jungen Walter Boyd. Er war mit einer sehr hübschen Kreolin verheiratet. Gemeinsam besuchten sie alle Anlässe des Pariser Geldadels und akquirierten Neueinlagen. Das missfiel unseren Revolutionären. Sie beschlagnahmten seine Bank.« Gorsas zuckte plötzlich zusammen und versuchte, in der Dunkelheit zu erkennen, was dieses seltsame Geräusch verursacht hatte. Ein Fenster wurde geschlossen. Jemand hatte Abfälle in die Gasse geworfen. »Der junge Mann hatte aber einen sechsten Sinn«, fuhr er fort. »Er floh in der Nacht, in der er verhaftet werden sollte, nach London. Und wissen Sie, was er mitgenommen hat?«

»Sie werden es mir sagen«, murmelte Charles. Er wollte eigentlich keine Geheimnisse hören. Das brachte ihn bloss in Gefahr. Einige Hunde rannten an ihnen vorbei und stürzten sich auf die Abfälle, die nun in der Gasse verstreut herumlagen.

»Gold«, flüsterte Gorsas, »das Gold des Pariser Adels. Er hat die Vermögen der Royalisten in Sicherheit gebracht. Ich bin nach London gefahren, um mit ihm ein Gespräch zu führen. Und er hat mir etwas gezeigt, nein, er hat mir etwas mitgegeben …«

»Und das macht Ihnen Angst?«, fragte Charles misstrauisch.

»Ja, sehr grosse Angst sogar. Denn wenn jemand weiss, dass ich es weiss, stehe ich vor Ihnen auf dem Schafott.«

»Dann möchte ich es lieber nicht wissen«, sagte Charles und blieb stehen.

Gorsas beschleunigte erneut seinen Schritt und bog in die nächste Gasse ein. Sie war kaum beleuchtet. Charles nahm die entgegengesetzte Richtung.

Charles wollte noch nicht nach Hause. Er begab sich zum Jesuitenkloster. Ein Pater öffnete die Tür. Als sich Charles nach Dan-Mali erkundigte, bedauerte der Pater, man sei in der Kapelle versammelt und halte eine Andacht für Pater Gerbillon. Dann sagte er noch: »Es ist besser, wenn Sie nicht mehr herkommen. Besuche sind gefährlich.«

»Ich muss Dan-Mali sehen«, sagte Charles ohne Umschweife.

»Dafür ist es jetzt ohnehin zu spät«, sagte der Pater, »wir schicken die Siamesen in ihre Heimat zurück. Wir werden die Aktivitäten von Pater Gerbillon nicht weiterführen.«

»Aber ist sie denn noch hier in Paris?«

»Gehen Sie jetzt.« Der Pater wollte die Tür schliessen, doch Charles setzte seinen Fuss dazwischen.

»Ich gehe erst, wenn Sie mir versprechen, ihr auszurichten, dass ich sie gesucht habe.«

»Nun gut«, sagte der Pater schliesslich, »ich werde es ihr ausrichten.«

Die nächsten Tage verstrichen, ohne dass Dan-Mali erschien. Charles hatte immer mehr Menschen hinzurichten, und er sah, dass seine Gehilfen abstumpften. Aber auch die zum Tode Verurteilten stumpften ab. Kaum einer wehrte sich auf der Fahrt zum Schafott gegen die Exekution. Zu lange hatten sie in der Angst gelebt, denunziert zu werden. Jetzt war es endlich vorbei. Der Tod wurde zur Erlösung.

Mit der Trauer ist es wie mit einem Muskel, dachte Charles. Man kann trauern, so viel wie man will oder muss, aber mit der Zeit erschlafft der Muskel. Gabriel beherrschte nicht mehr von morgens früh bis abends spät seine Gedanken, doch er träumte jede Nacht von ihm. Er hörte ihn Klavier spielen. Und er weinte im Schlaf. Wenn er aufwachte, waren seine Augen nass von den vielen Tränen, die er in seinen Träumen vergossen hatte.

»Gabriel war ein guter Junge. Ich hätte ihn nicht mitnehmen dürfen. Sein Reich war die Musik.« Charles sass mit Henri in der Küche. Sie tranken Wein.

»Du bist nicht verantwortlich für jeden Schritt, den jemand tut, du kannst nichts dafür, wenn er stolpert oder ausgleitet«, sagte Henri.

»Aber dein Bruder ist von meinem Schafott gestürzt. Und ich hatte ihn hinaufbeordert. Er wollte mir einen Gefallen tun und ist dabei gestorben. Habe ich ihm zu wenig Liebe geschenkt, dass er mir diesen Gefallen tun wollte?«

»Fouquier ist schuld, Vater, wieso wollte er die Exekutionen abends bei Fackelschein? Ich hoffe, ich werde ihn eines Tages höchstpersönlich auf das Brett binden.«

Einige Tage später, Charles hatte sich erneut entschlossen, das Jesuitenkloster aufzusuchen, sah er Dan-Mali die Strasse zu seinem Haus hinaufkommen. Er konnte nicht mehr an sich halten und begann zu rennen. Sie warf sich in seine Arme. »Lass mich nie mehr allein«, flüsterte sie.

Er hielt sie fest. »Ich war gerade unterwegs zum Kloster«, sagte er.

»Ich muss nach Siam zurück«, sagte sie bekümmert, »aber ich möchte bei dir bleiben.«

»Du kannst selbstverständlich bei mir bleiben.«

Eng umschlungen entfernten sie sich vom Stadtzentrum und setzten sich schliesslich auf eine niedrige Mauer, die ein grosses Grundstück umschloss. Auf der angrenzenden Weide grasten Pferde.

»Ich werde dir helfen können. Wir haben damals nicht nur Französisch gelernt«, sagte Dan-Mali nach einer Weile, »wir haben auch viel über den menschlichen Körper, über Pflanzen, über andere Länder und über Mathematik gelernt. Auch Pater Gerbillon hat mir viel beigebracht. Er war ein schlechter Mensch, aber er hat mich viel gelehrt.«

Gemeinsam kehrten sie ins Haus zurück und unterhielten sich lange in der Pharmacie.

»Ich werde dich nicht mehr alleinlassen«, sagte Charles. »Komm, wir essen etwas. Jetzt wird sich vieles ändern. Ich werde mein Amt voraussichtlich zum Monatsende an meinen Sohn Henri übergeben. Ich werde nicht mehr gebraucht. Ich bin frei.«

Dan-Mali erhob sich und küsste Charles schüchtern auf die Stirn. »Ich komme morgen wieder, aber heute Abend muss ich zurück. Die Patres haben es nicht gern, wenn ich die Zeiten nicht einhalte.«

»Versprich mir, dass du nicht nach Siam zurückkehrst. Ich warte auf dich.«

»Wir müssen nicht mehr länger warten«, sagte Dan-Mali und strich Charles über das hagere Gesicht. Dann knöpfte sie sein Hemd auf und küsste ihn. »Das Leid entsteht, wenn man zurückschaut. Aber es entsteht auch, wenn man nach vorne schaut«, flüsterte sie und streifte ihr Kleid ab. »Aber jetzt, Meister Sanson, erfahren wir kein Leid. In diesem Augenblick sind wir frei von Leid. Deshalb ist der Augenblick das Beste im Leben.«

Sie liebten sich bis in den späten Nachmittag, bis sie satt von der Liebe waren. Dann blieben sie noch lange auf dem Bett liegen und genossen ihr Zusammensein. Als es zu dunkeln begann, tranken sie einen Tee. Dan-Mali erzählte von den Lehren des Siddhartha Gautama, von Buddha.

»Ist Buddha dein Gott?«, fragte Charles.

»Nein«, entgegnete Dan-Mali, »Buddha ist kein Gott, und er ist auch nicht Überbringer einer göttlichen Botschaft. Buddha ist der Weg. Buddha ist eine Philosophie. Ihr habt doch auch Philosophen. Buddha lehrt die Überwindung des Leids. Das setzt eine Erkenntnis voraus, ein Aufwachen, ein Erkennen der vier Wahrheiten. Leiden prägt das menschliche Leben. Dieses Leiden wird durch Gier verursacht.«

Während Dan-Mali dem Henker die asiatische Philosophie näherbrachte, verfügte Robespierre die Aushebung aller unverheirateten Männer zwischen achtzehn und fünfundzwanzig, ein Novum für Europa, das bisher nur Söldnerarmeen gekannt hatte. »Jetzt wollen wir den totalen Krieg«, liess er sich mit schneidender Stimme vernehmen, »gegen aussen und gegen innen.« Er träumte von einem Grossfrankreich, das sich bis zu seinen natürlichen Grenzen erstreckte: Alpen, Pyrenäen, Rhein und Meer. Die Verfassung wurde nach Gutdünken angepasst und raubte der Bevölkerung mit jeder Korrektur mehr Freiheit, Gleichheit und Brüderlichkeit. Der König war durch einen blutrünstigen Diktator ersetzt worden. Robespierre träumte von einem gesäuberten Volk, in dem alles Minderwertige ausgemerzt war.

Im Oktober 1793 schickte das neugeschaffene Revolutionstribunal einundzwanzig Girondisten unter das Fallbeil. Es waren Männer der ersten Stunde, die sich mutig für die Ideale der Revolution eingesetzt hatten. Jetzt wurden sie alle guillotiniert. Anschliessend sollten die Hébertisten an die Reihe kommen, später die Dantonisten, bis nur noch Robespierres Partei an der Macht war. Allein für die Girondisten brauchten Charles und Henri vier Karren für die Fahrt zum Schafott. Es setzte ihnen schwer zu, dass sie ausgerechnet die Väter der Menschenrechte hinrichten mussten. Alle beschworen vor dem Tod die Freiheit, die Errungenschaften der ersten Revolutionsetappe. Es war erschütternd, wie gefasst sie die Stufen zum Schafott hochstiegen. Keiner bettelte um sein Leben. Sie kannten ihre Robespierres und Saint-Justs nur allzu gut. Pierre Vergniaud, ein kaum bekannter Girondist, aber bedeutend genug zum Sterben, rief Charles zu: »Jetzt frisst die Revolution ihre Kinder.«

Charles wünschte sich nur noch eins: dass das alles bald ein Ende nehme. Aber die Sansons brauchten immer mehr Karren. Bis zu fünfzig Todgeweihte pro Tag hatten sie aufs Schafott zu bringen. Henri betätigte immer schneller den Mechanismus des Fallbeils, und Barre und Firmin schnallten die Enthaupteten immer rascher los und kippten sie wie Tierkadaver, die einer Seuche erlegen waren, in den Sturzkarren. Bevor der Kopf fiel, brachten Gros und Desmorets bereits den nächsten Verurteilten die Stufen zum Schafott hoch. Dort wurde er sofort von Firmin und Barre in Empfang genommen, an den Armen gehalten und aufs Brett gebunden, das unverzüglich in die Waagerechte gekippt wurde und nach vorn schoss, während Henri fast gleichzeitig das gewaltige Fallbeil herunterfallen liess. Charles, Henri und ihre Gehilfen waren wie Räder in einem Getriebe aus Eichenbalken, Eisenklinge und menschlichen Armen, die Kraken gleich der Maschine immer aufs Neue Nahrung brachten. Einer nannte die Maschine Göttin der Vernunft. Wenn dem so war, dann waren sie die Diener dieser Gottheit und brachten ihr Menschenopfer dar. Doch Charles war nicht der Einzige, dem das zuwider war. Er beobachtete, wie Firmin immer wieder kreidebleich wurde, Barre torkelte jeweils richtiggehend über das Schafott, als würden ihn seine Beine nicht mehr länger tragen, und Henris lange, dürre Beine zitterten, als würde ein Hauch des Todes um seinen Körper wehen.

Die Pariser Bevölkerung begann zu protestieren gegen das viele Blut, das in den Rinnsteinen floss und streunende Hunde anlockte. Man erwog einen Leinenzwang und alternierende Hinrichtungsstätten. Auch die Anwohner in der Nähe der Friedhöfe Madeleine, Errancis und Picpus protestierten wegen des Gestanks der verwesenden Leichen. Sie hatten auch Angst, dass das Grundwasser verseucht und sie von Krankheiten heimgesucht würden. Paris brauchte mehr Friedhöfe. Man liess in der alten Pfarrgemeinde der Madeleine den Gemüsegarten der Benediktinernonnen ausheben, eine Grube von zehn Fuss Tiefe, und ungelöschten Kalk herbeikarren. Hier wurden nun eine Zeitlang die Geköpften in einem Massengrab wie Abfälle aus dem Schlachthaus verscharrt.

Es flossen Unmengen Blut. Bis zu fünfzig Guillotinierte pro Tag, das waren dreihundert Liter Blut. Wenn das Spektakel vorbei war, stampften die Gaffer über den Platz, und das Blut blieb an ihren Schuhen kleben. So verteilten sie es über die ganze Stadt bis in ihre Wohnstuben. Und wenn die Sonne schien, wurde einem vom Gestank des warmen Blutes übel. Die Weidenkörbe hielten nicht mehr so lange wie früher. Ihre Böden waren vom vielen Blut so aufgeweicht, dass sie nach dem Trocknen brachen. Sieben Köpfe waren zu viel für einen Korb. Charles forderte mehr Mittel für zusätzliche Weidenkörbe und auch einen weiteren Gehilfen, um das Schafott nach sieben Exekutionen zu reinigen. Es sei den zu Exekutierenden nicht zuzumuten, das viele Blut zu sehen. Sie würden dabei schwach und ängstlich, und es sei wesentlich schwieriger, sie auf das Brett zu binden. Aber Fouquier meinte, es sei Teil der Strafe, dass man die Verurteilten auf das blutverschmierte Brett binde und sie in diesen Minuten auf die bluttriefenden Köpfe im Weidenkorb starrten.

Fouquier liess Charles nicht gehen. Er wollte den grossen Sanson auf dem Schafott sehen. Charles' Demission hätte der Bevölkerung womöglich signalisiert, dass das Terrorregime an Rückhalt verlor.

Viele Hinrichtungen erlebte Charles wie in Trance. Er war zu beschäftigt mit den Routineabläufen, um über das nachzudenken, was er gerade tat. Das grosse Leid suchte ihn jeweils spätabends zu Hause auf, wenn er eigentlich zur

Ruhe kommen wollte. Dann trank er Wein und versuchte schreibend seine Gedanken zu ordnen. Doch die Hand war vom Töten müde geworden. Sie blieb wie ein Stück Fleisch auf seinem Pult liegen, und das frische Blatt seines Tagebuches blieb weiss wie das Laken seines Bettes. Er hätte schreiben wollen, dass ihn nur noch Dan-Mali vor dem Wahnsinn retten könnte. Aber sie begegneten sich nicht mehr. Und die Pater im Jesuitenkloster öffneten ihm nicht einmal mehr die Tür. Sie hatten sich im Kloster verschanzt. Sie hatten Angst.

Es fiel kaum auf, dass Gorsas nicht mehr für die Zeitung schrieb. Charles dachte, er sei ins Ausland geflohen. Doch er traf ihn wieder, den kleingewachsenen Mann in hellbraunem Frack, teurer Piquéweste und senfgelber Hirschlederhose: auf den Stufen zum Schafott. Obwohl man ihm bereits die Hände gebunden hatte, nuckelte er noch an seiner Pfeife. »Das ist die erste Hinrichtung, über die ich nichts schreiben kann«, sinnierte Gorsas. Irritiert packte Charles seinen rechten Oberarm und führte ihn zum Klappbrett der Guillotine. »Einen Augenblick noch«, sagte Gorsas. Charles erwies ihm diese Gunst. »Kennen Sie mein Verbrechen?«, flüsterte er. Charles schwieg. Er hielt immer noch Gorsas' Arm fest und versuchte, ihn zu beruhigen. »Unser Doktor Guillotin hat ein schmales Büchlein geschrieben«, fuhr Gorsas fort, »ein Hohelied auf die Pressefreiheit. Die Druckmaschinen wurden gestoppt, das Buch verboten. Darüber habe ich geschrieben. Was hat uns die Revolution gebracht, wenn wir nicht mehr über die Pressefreiheit schreiben dürfen?«

Charles nickte. Er mochte die zum Tode Verurteilten nicht daran hindern, noch zu sagen, was ihnen wichtig schien. Denn Charles wusste, dass man in der Stunde des Todes bereut. Man bereut Dinge, die man getan hat, und man bereut Dinge, die man unterlassen hat. Das war ein Vorgeschmack auf die Hölle. In diesem Augenblick jagten sich die Gedanken der Todgeweihten, es war wie das Chaos, das am Anfang aller Dinge stand, bevor die Menschen wurden, was sie wurden. Man war diesen Dingen schutzlos ausgeliefert. Man hatte keine Kontrolle mehr.

Gorsas umarmte plötzlich seinen Henker und urinierte, ohne es zu merken. »Adieu, Monsieur de Paris. Wir hätten Freunde werden können.« Schweigend nahm auch Charles den kleinen Mann in die Arme. Gorsas streckte sich. Er suchte Charles' Ohr. »Wenn Sie mir auf dem Friedhof die Kleider ausziehen«, flüsterte er, »schauen Sie in meiner rechten Westentasche nach. Ich habe etwas für Sie.« Gorsas weinte, als man ihn kopfvoran auf das Brett legte und er die abgetrennten Köpfe unter sich sah. »Der Schmerz ist nur ganz kurz, oder?«, fragte er noch. Dann fiel sein Kopf in den Weidenkorb.

Es folgten mehrere Wäscherinnen, Hilfsknechte und sogar ein Stalljunge, allesamt bitterarme Menschen, die sich nie für Politik interessiert hatten. Ihr einziges Verbrechen bestand darin, einem Royalisten gedient zu haben. Vielleicht war die Hinrichtung von Menschen, die ganz offensichtlich unschuldig waren, Bestandteil der Abschreckung, Bestandteil des Terrors. Zuletzt waren zwei Adlige an der Reihe, die versucht hatten, ihr Vermögen ins Ausland zu transferieren. Es ging sehr schnell. Die Gehilfen arbeiteten routiniert. Als der letzte Kopf in den blutgetränkten Weidenkorb geklatscht war, luden Barre und Firmin die kopflosen Leichen auf den Wagen. Henri warf die losen Köpfe hinterher. Jede Leiche erhielt ihren abgeschlagenen Kopf zwischen die Beine.

Schweigend fuhren Charles und seine Männer zum Friedhof. Es machte Charles etwas aus, dass er Gorsas hatte hinrichten müssen. Er dachte an ihr erstes Zusammentreffen anlässlich der Hinrichtung von Damiens. Damals hatte ihn der kleine Journalist genervt, aber am Ende hatte er ihn doch gemocht. Und jetzt vermisste er ihn.

Auf dem Friedhof entkleideten sie die Leichen und warfen sie in das Massengrab. Desmorets überschüttete sie anschliessend mit Kalk. Die Kleider warfen sie wie immer auf einen Haufen in den Wagen. Nur die Hosen wurden bereits auf dem Friedhof aussortiert, denn die meisten waren mit Fäkalien beschmutzt. Wenn der Kopf abgetrennt wurde, verlor jeder Muskel die Kontrolle. Nur einzelne Nerven zuckten noch wild und täuschten ein bisschen Leben vor. Dann war auch das vorbei.

Zu Hause trugen sie die Kleider in die Scheune. »Geht in die Küche, und macht euch was zu essen«, sagte Charles, »das hier erledigen wir morgen.« Henri und die Gehilfen waren nicht unglücklich darüber. Irgendwie hatten sie langsam genug von all diesem Blut.

Charles blieb allein in der Scheune zurück und griff nach der Piquéweste. Er fand tatsächlich etwas in der rechten Innentasche. Es war ein Dokument, mehrere Seiten lang. Er steckte es in sein Wams und zog sich in seine Pharmacie zurück. Dort nahm er es wieder hervor und dachte lange nach. Schliesslich entschied er sich, es nicht zu lesen. Wenn dieses Dokument Gorsas das Leben gekostet hatte, wollte er es nicht lesen. Er wollte nicht wissen, was darin stand. Was hatte er damit zu schaffen? Er war bloss ein Henker, der Urteile vollstreckte. Er wollte Ruhe haben, seinen Frieden finden. Aber so einfach war das nicht. Die Toten suchten ihn in der Nacht auf. Er hörte sie sprechen, ihre letzten Worte, er sah ihre hilflosen Augen, die ihn anflehten. Und dann hörte er das Heruntersausen des Fallbeils, und er war hellwach.

Am 3. November starb die mutige Frauenrechtlerin Olympe de Gouges, fünfundvierzigjährig, unter dem Fallbeil. »Wir dürfen nicht öffentlich reden«, sagte sie mit gefasster Stimme zu Charles, als sie das Schafott erreichte, »wir dürfen nur öffentlich sterben. Dabei haben wir bloss die gleichen Rechte wie die Männer gewollt.«

Auch Gräfin du Barry wollte Charles noch etwas sagen. Sie wollte am 8. Dezember nicht so leise aus dem Leben treten. Die Hinrichtung war mehrmals verschoben worden, weil die Gassen und Brücken in Paris spiegelglatt waren. Es war wieder Winter. Und die kalte Jahreszeit rief die Erinnerung an Gabriel wach. Die Gräfin wartete in der Conciergerie auf den Tod. Sie war nicht wie die anderen. Sie schwieg nicht. Sie brüllte aus voller Kehle, stürzte sich auf jeden Gehilfen, und als Barre ihr die Haare schneiden wollte, rammte sie dem armen Kerl das Knie in den Unterleib und versuchte, ihm die Augen auszukratzen. Erst als Charles die Conciergerie betrat, verstummte sie. »Charles«, stiess sie ausser Atem hervor, »rette mich, ich habe ein kleines

Schloss in der Nähe von Versailles, Juwelen von Louis XV, ich war seine Mätresse.«

»Madame, ich bin hier, um Sie für Ihre letzte Reise abzuholen«, sagte Charles und zeigte seine Hände. Er hatte ein Seil in der linken Hand.

»Madame?«, schrie sie. »Aber Charles, ich bin es, Marie-Jeanne Bécu.«

Charles stutzte.

»Charles!«, flehte sie ihn an.

»Jetzt erinnere ich mich, Madame, es ist lange her. Sie erzählten mir damals, dass Sie bald den Namen du Barry annehmen würden.«

Die Gräfin strahlte übers ganze Gesicht und fiel vor ihm auf die Knie. »Rette mich, Charles, ich bin unschuldig.« Es war nichts übrig geblieben von ihrer Jugend. Sie bewegte sich nach wie vor, als sei sie eine Schönheit, aber die Jugend war aus ihrem Gesicht gewichen. Das fettige Essen in Versailles hatte ihr Gesicht in einen konturenlosen Teig verwandelt, in dem Nase und Mund noch kindlicher erschienen. Die schon damals üppigen Brüste waren noch grösser und massiger geworden und dominierten die ganze Erscheinung. Es war, als wäre dieser Körper nur erschaffen worden, um diesen gigantischen Busen zu tragen.

Firmin betrat mit einem roten Hemd das Gefängnis. Barre zerrte die Gräfin auf einen Stuhl und kreuzte ihre Arme hinter der Stuhllehne. Blitzschnell band Charles die Handgelenke zusammen. Sie waren ein eingespieltes Team. Jetzt stand Firmin vor ihnen, verloren mit seinem roten Hemd. Charles band die Gräfin erneut los, und nun versuchten sie zu dritt, der hysterischen Frau das rote Hemd überzuziehen. Schliesslich gab ihr Barre eine schallende Ohrfeige. Sie verstummte augenblicklich und zog das rote Hemd an.

Die Fahrt zum Schafott dauerte eine Ewigkeit. Mag sein, dass es Charles und seinen Gehilfen nur so vorkam. Gräfin du Barry schrie, tobte und weinte in einem fort. Sie sprang hoch, hielt sich an der Brüstung des Karrens fest und schrie: »Volk von Paris, rette mich, rette mich, ich bin unschuldig!« Sie rüttelte wie verrückt an der Absperrung und schrie so laut, dass ihre Worte noch in den Seitenstrassen zu hören waren. Ihre Stimme war lauter als das Getrampel der Pferde und das Knirschen der Räder. »Rettet mich, Erbarmen, Gnade, rettet mich!« Charles liess sie gewähren. Es wäre eh sinnlos gewesen, sie daran zu hindern. Er wollte vielleicht auch verhindern, dass sie sich auf ihn stürzte und ihn in aller Öffentlichkeit biss und sein Gesicht zerkratzte, wie sie es bei Barre getan hatte. Jetzt brüllte sie aus voller Kehle, so dass sich ihre Stimme überschlug. Sie war schon heiser. Als sie auf die Place de la Révolution einbogen, wäre sie beinahe gestürzt, doch sie hielt sich an der Querlatte des Karrens fest, umschlang das Stück Holz mit beiden Armen und weinte so herzzerreissend, dass das Gejohle der Menge allmählich verstummte. Das war neu, dass jemand derart um sein Leben schrie. Das wollte man nicht hören. Das wollte man nicht sehen. Viele Menschen verliessen verärgert die Hinrichtungsstätte.

Die Gräfin wollte den Karren nicht verlassen. Firmin und Barre rissen ihre Hände von der Brüstung los und zerrten sie aus dem Wagen. Sie schlug derart kräftig um sich, dass sie ständig den einen oder anderen Arm befreite und

Hoffnung schöpfte. Als sie sich beinahe losgerissen hatte, warf Firmin sie zu Boden. Barre wollte ihre Beine packen, doch sie schlug wie ein Pferd aus und traf ihn mehrmals im Gesicht, wobei er zwei Zähne verlor. Nun eilten Henri und Gros den beiden zu Hilfe und trugen die Gräfin zur Treppe des Schafotts. Dort stand Charles mit stoischer Miene. »Gnade, Monsieur de Paris, noch einen ganz kleinen Augenblick«, flehte sie. Die Gehilfen schauten kurz zu Charles. Er schüttelte unbeirrt und ruhig den Kopf, ohne sie anzusehen.

Jetzt hörte man Protestrufe aus dem Publikum. Den Leuten missfiel dieses Spektakel. »Lasst sie doch in Ruhe«, schrien einige. Das war neu. Es war kaum zu fassen, aber das Volk hatte endlich die Nase gestrichen voll von all diesen Hinrichtungen. Die Pariser empfanden so etwas wie Mitgefühl. Die wenigsten hatten wohl Bücher von Voltaire, Montesquieu und Rousseau gelesen, aber die Zeit war reif dafür. Das Individuum hatte an Bedeutung gewonnen. Das Schicksal anderer war dem Volk weniger gleichgültig. Wenn das Volk von Anfang an so reagiert hätte, wäre es unmöglich gewesen, so viele Menschen hinzurichten, dachte Charles. Ist man frei von Schuld, wenn man in der Vergangenheit Gräueltaten duldete, die dem Gesetz entsprachen?

Am 5. April 1794 war Danton an der Reihe. »Zeig meinen Kopf dem Volk. Er ist es wert«, sagte er zu Charles, bevor er die Treppe hochstieg. Dann hatte er doch noch Tränen in den Augen, weil er an seine Frau und seine Kinder dachte. Charles folgte ihm nicht. Er blieb unten stehen und gab Henri das Zeichen, die Sperre zu lösen. Das schwere Fallbeil sauste herunter. Und der Kopf gehörte für eine halbe Stunde der verrückten Marie, die bald François Tussaud heiraten sollte und fortan für alle nur noch Madame Tussaud hiess.

Antoine Fouquier übergab Charles immer längere Listen von Verurteilten. Zum Teil standen die Namen bereits auf den Todeslisten, obwohl noch kein Urteil verkündet worden war. »In Lyon wurde der Henker Jean Ripet der Ältere im Alter von achtundfünfzig Jahren hingerichtet«, sagte Fouquier, während er Charles die aktuelle Liste übergab. »Ich hoffe, du hast genügend Karren und Pferde.« Charles verstand die Botschaft sofort. Ripet war Royalist gewesen.

»Der König ist längst tot«, sagte Charles unbeeindruckt, »kann ich mein Amt demnächst an meinen Sohn übergeben?«

»Noch nicht, Charles«, flüsterte Antoine, »es ist noch nicht vorbei. Aber bald.«

Charles war verzweifelt, seit Monaten hatte er von Dan-Mali nichts gehört. Seine Geduld war zu Ende. Er eilte zum Jesuitenkloster. Er würde Dan-Mali einfach mitnehmen. Für immer. Er überlegte auch, ob er mit ihr Paris verlassen sollte. Henri war alt genug. Als er endlich das Kloster erreichte, stellte er erschreckt fest, dass nicht mehr viel davon übrig geblieben war. Die Sansculotten hatten es abgefackelt. Charles stiess einen Schrei des Entsetzens aus und rannte zur verkohlten Pforte hoch. Er sprang über die heruntergestürzten Balken, die immer noch vor sich hinräucherten. »Dan-Mali!«, schrie er und eilte in den Hof. Es war niemand zu sehen. Er stand nun mitten im Kräutergarten und drehte sich im Kreis. »Dan-Mali!«, schrie er immerzu.

»Was wollen Sie noch?«, rief jemand. Ein Pater kam hinter einer Säule hervor. »Sie haben Dan-Mali verhaftet.«

»Warum?«, schrie Charles wütend.

»Ich hatte Ihnen doch gesagt, Sie sollen nicht mehr vorbeikommen. Sie bringen nur Unglück. Wir wollten nie ins Blickfeld der Justiz geraten. Wer weiss, was sie sich als Nächstes ausdenken.«

Die Nachricht traf Charles wie ein Dolchstoss mitten ins Herz. Dan-Mali war wegen angeblicher royalistischer Umtriebe verhaftet worden.

Der Pater kam auf Charles zu und zischte: »Schauen Sie doch, was Sie hier angerichtet haben.« Er packte Charles, doch dieser schlug ihm die Hände weg und eilte auf die Strasse. Er wollte sofort Fouquier zur Rede stellen.

Dieser liess ihn warten. Leute kamen und gingen. Mehrfach wies Charles den vor der Tür stehenden Diener in blauer Livree an, seinen Besuch zu melden. Nach zwei Stunden öffnete sich schliesslich die Tür für ihn.

»Wo brennt es denn, Bürger Sanson?«, fragte Fouquier, ohne von seinen Akten aufzublicken. »Wir haben uns doch erst gesehen.«

»Im Jesuitenkloster lebte eine Frau aus Siam. Sie wurde von Ihrer Behörde verhaftet. Warum?«

»Woher das Interesse, Bürger Sanson?« Fouquier richtete sich auf und lehnte sich müde in seinen Sessel zurück.

»Sie ist meine Patientin«, sagte Charles, »ich bin sicher, da liegt ein Missverständnis vor. Sie hat sich nie für Politik interessiert.«

»Aber die Politik interessiert sich nun für sie. Sie ist hergekommen, um unsere Sprache zu lernen. Aber was tut sie? Sie hat bis vor kurzem die Hemden von Pater Gerbillon gebügelt. Die Hemden eines Royalisten.« Fouquier lächelte und fuhr sich lange mit der Zunge über die Schneidezähne, als versuchte er, Essensreste herauszulösen. »Pater Gerbillon«, fuhr er fort, »war ein guter Hinweis. Wir haben die Mitarbeit des Bürgers Sanson mit Genugtuung zur Kenntnis genommen. Aber du weisst doch selbst, es genügt nicht, eine kranke Stelle am Körper zu entfernen, man muss grosszügig den Herd umkreisen und alles in der Umgebung herausschneiden. Du hast doch einige Semester Medizin studiert, oder?« Fouquier warf den Kopf theatralisch zurück. »Ich habe noch zu tun, Bürger Sanson.«

»Ich will sie sprechen.«

»Bürger Sanson, wir können auf jeden verzichten. Auch auf dich. Nimm den Mund nicht zu voll. Und halte Abstand zu Leuten, die an royalistischen Umtrieben beteiligt sind. Wir merzen sie aus. Alle. Auch jene, die sie unterstützen. Egal, ob sie Wäsche bügeln oder Schuhe herstellen.«

»Ich will sie sprechen«, beharrte Charles.

Fouquier liess sich Zeit mit der Antwort. Er genoss es sichtlich, Charles leiden zu sehen. »Nun gut«, sagte er nach einer Weile, »du hast uns immerhin Pater Gerbillon ausgeliefert. So sei es.« Er betätigte die Glocke auf seinem Schreibtisch. Der Diener betrat das Kabinett. »Stellen Sie für Bürger Sanson eine Besuchserlaubnis aus. Für eine Dame siamesischer Herkunft.«

»Welches Gefängnis?«, fragte der Diener.

»Ich müsste nachschauen, aber mir fehlt die Zeit.« Fouquier grinste.

Charles wusste genau, dass er log.

Zuerst suchte Charles das Gefängnis L'Abbaye auf, dann die Madelonnettes, wo der Direktor der Oper mit dreizehn Schauspielern auf den Tod wartete. Im Gefängnis Port-Libre sassen nur Frauen. Sie mokierten sich über das unabwendbare Schicksal, skandierten »Es lebe der König« und »Gebt uns einen Mann«. Auch hier keine Dan-Mali. In der Rue des Droits de l'Homme waren die Gefängnisse Grande-Force und Petite-Force, die der direkten Kontrolle Fouquiers unterstanden. Zufälligerweise begegnete ihm Charles im Gefängnishof. Fouquier murmelte im Vorbeigehen beiläufig: »Versuch es im Sainte-Pélagie in der Rue de la Clef.«

Das Sainte-Pélagie bot Platz für rund fünfzig Gefangene. Es waren dreihundertfünfzig inhaftiert. Sie vegetierten auf Strohsäcken und suchten die Nähe zum Herzog von Biron, einem inhaftierten General der republikanischen Armee. Dieser hatte genügend Geld bei sich, um den Direktor des Gefängnisses für Begünstigungen zu entlohnen. Es gab genaue Tarife für jede Dienstleistung: Getränke, Delikatessen, Bücher, Besuche, alles war gegen Bezahlung möglich. Viele der Insassen waren Prostituierte, die den adligen Royalisten schöne Stunden bereitet hatten, oder Frauen, deren einziges Verbrechen darin bestand, dass sie die Freundin oder Mätresse eines Verurteilten gewesen waren. Wie zum Beispiel eine Kreolin, die eine Liebesbeziehung zum englischen Bankier Walter Boyd unterhalten hatte und den Grund ihrer Verhaftung nicht verstand. Während sie unter die Guillotine kam, feierte er in London seine erfolgreiche Flucht. Bei einigen bestand das einzige Verbrechen darin, reich zu sein.

Charles wurde in die unterirdischen Hallen geführt, die in Massenzellen umgebaut worden waren. Es war feucht, stank nach Schimmel und menschlichen Exkrementen. Die Mauern waren aus grossen, schweren Steinquadern. An der gewölbten Decke hingen Hunderte von Fledermäusen wie kleine schwarze Regenmäntel. Einige Frauen kamen sofort zum Gitter und hielten sich an den Eisenstäben fest. »Fick mich«, schrie ihm eine ins Gesicht, »wenn ich schwanger bin, bin ich frei.«

Charles lief das Gitter ab, hinter dem sich die Frauen drängten. »Ich suche eine Frau mit dunkler Haut. Aus Siam.«

»Es lebe der König«, schrien einige.

»Es war eine da«, sagte der Wärter, »aber ich kann Ihnen nicht sagen, ob sie schon unter das Fallbeil gekommen ist. Doch Sie, Monsieur, Sie müssten es wissen, es ist Ihr Schafott.« Der Wärter grinste und zeigte die letzten Zahnstummel, die er noch im Mund hatte. Sein Gesicht war seltsam entstellt, als hätte ein Rammbock ihm die Nase platt gedrückt.

»Dan-Mali!«, schrie Charles verzweifelt und horchte.

»Ich bin Dan-Mali«, rief eine Dirne und rüttelte an den Stäben.

»Hör nicht auf die Schlampe«, sagte eine andere, »ich bin Dan-Mali.«

Der Wärter winkte ab und wies zur Tür. »Tut mir leid, Monsieur de Paris.«

»Sie muss Ihnen doch aufgefallen sein, Bürger, sie war dunkelhäutig.« Charles war vor ihm stehen geblieben. Der Wärter schüttelte erneut den Kopf und wies wieder zur Tür. Charles machte ein paar zögerliche Schritte.

»*Kun kwaun*«, hörte er plötzlich jemanden rufen.

Fieberhaft starrte er auf das Gitter, doch unter all den Frauen konnte er nirgends Dan-Mali erkennen.

Dann hörte er nochmals die Stimme, und jetzt sah er den dünnen Arm, der durch das Gitter ins Leere griff und winkte. Es war Dan-Mali. Sie kniete hinter dem Gitter. »Ich werde auf dich warten«, rief sie.

Charles kniete vor den Gitterstäben nieder und ergriff ihre beiden Hände. Er presste sie an sein Gesicht und küsste sie. »Ich hol dich raus«, sagte er.

»Nein«, sagte Dan-Mali, »das wird nicht möglich sein. Wir werden alle sterben. Aber drüben, in der anderen Welt, werde ich auf dich warten. Hab keine Angst.«

Sie presste ihren Kopf an die Gitterstäbe, den Mund im Zwischenraum, und schloss die Augen. Charles küsste sie, ohne ihre Hände loszulassen.

»Kann ich über Nacht bleiben?«, fragte Charles den Wärter. Dieser schüttelte den Kopf.

»Sie müssen nach dem Preis fragen, nicht nach einer Erlaubnis«, sagte eine sonore Stimme. Ein Mann in Uniform bahnte sich den Weg zu den Gittern. »Herzog von Biron, General der republikanischen Armee«, stellte sich der Gefangene stolz vor. Er hatte graues Haar und lange Koteletten. Sein Gesicht war etwas eingefallen und vom Wetter gegerbt. Er reichte Charles einige Münzen. »Das sollte reichen, Monsieur de Paris. Nein, nein, kein Dankeschön, das

Totenhemd hat keine Taschen, Erben habe ich auch keine, wie soll ich also mein Geld noch ausgeben?«

Charles gab dem Wärter das Geld. Er steckte es diskret ein, zeigte ansonsten aber keine Reaktion.

»Und für mich noch zwei Flaschen Bordeaux«, rief der General dem Wärter zu, »und für Monsieur einen Strohballen. Aber einen trockenen.«

In den frühen Morgenstunden waren Dan-Mali und Charles eingeschlafen. Sie schliefen beidseits des Gitters. Hand in Hand.

Eigentlich hatte Charles um Dan-Malis Leben betteln wollen. Doch als er am Vormittag in Fouquiers Büro stand und die Liste der Verurteilten las, stockte ihm der Atem. Ohne zu fragen, setzte er sich auf den Stuhl gegenüber Fouquier.

»Habe ich dir angeboten, dich zu setzen?«

»Lassen Sie die Frau frei.«

»Ich weiss, Bürger Sanson, die Kleine aus Siam. Jetzt hast du sie ja doch noch gefunden.« Fouquier blätterte in einer Akte. »Ist noch was?«

»Ich sagte, Sie sollen sie freilassen. Tun Sie mir den Gefallen, ich werde mich bei der nächsten Gelegenheit erkenntlich zeigen.«

»Bürger Sanson«, begann Fouquier, »wir haben erstens ein gültiges Gerichtsurteil. Das kann niemand umstossen. Zweitens kannst du dem Chefankläger wohl kaum einen Gefallen erweisen, der es wert wäre, seine Pflichten zu vernachlässigen. Oder willst du den Chefankläger der Revolution bestechen? Die Siamesin wird heute in den Sack spucken, und morgen werden andere folgen. Und wenn du insistierst, Monsieur de Paris, lasse ich dich in Ketten legen. Wegen Unterstützung einer Konterrevolutionärin. Haben wir uns jetzt verstanden?«

Charles schwieg. Er begriff, dass Dan-Mali keine Chance mehr hatte, den heutigen Tag zu überleben. Er beugte sich über Fouquiers Schreibtisch. »Ich warne dich, Antoine, wenn Dan-Mali stirbt, wirst du auch sterben.«

»Oh«, erwiderte Fouquier spöttisch, »so habe ich dich noch nie gesehen, Charles. Du schaust richtig grimmig aus. Ich hatte mich ja schon in Rouen gefragt, was man dir eigentlich antun muss, damit du dich aufbäumst. Das hättest du früher nie gewagt. Siehst du, die Revolution hat dich befreit. Sei dankbar!«

Dan-Mali wurde zusammen mit drei Prostituierten zum Schafott gefahren. Charles sass neben ihr. Das war nicht ungewöhnlich, da er dies immer wieder tat, um Verurteilte zu beruhigen. Doch diesmal berührte seine Hand während der gesamten Fahrt die schmale Hand der kleinen dunkelhäutigen Frau. Seine Gehilfen senkten den Kopf. Charles war es einerlei. Er liebte diese Frau über alles. Sie hatte sich in seinem Herzen eingenistet, und wenn er sie verlieren sollte, würde er daran zerbrechen.

Als der Karren auf die Place de Grève einbog, gab es Applaus und Rufe. Doch plötzlich verstummten alle. Dan-Mali hatte sich erhoben, Charles ebenfalls. Er stand neben ihr und überragte sie um zwei Köpfe. Neben ihm wirkte Dan-Mali wie ein Kind.

»Keine Kinder!«, schrie plötzlich jemand in den hinteren Reihen. »Keine Kinder!«, wiederholten andere, und plötzlich verschmolzen alle Rufe zu einer einzigen Stimme: »Keine Kinder, es ist genug! Aufhören!« In den umliegenden Häusern wurden die Fensterläden geschlossen, als käme die Pest vorbei. Charles wünschte, diese Fahrt möge nie enden. Er hoffte innigst, sie würden ohne Ziel in diesem Fuhrwagen fahren, Hand in Hand, bis ans Ende der Welt. Doch dann sah er die beiden Pfeiler, die senkrecht in den Himmel ragten. Er suchte die Menge ab. Für den Bruchteil eines Augenblicks glaubte er an eine Rettung, eine Fügung des Schicksals, ein Wunder. Als die Frauen vor dem Schafott ausstiegen und er die Vertreter der Justiz sah, wusste er jedoch, dass niemand das Verbrechen aufhalten würde.

»Sei stark«, sagte Dan-Mali, als sie den Fuss auf die unterste Treppenstufe setzte. Sie blieb stehen und schaute ihn an. »Wir sehen uns wieder, *kun kwaun,* Buddha ist uns wohlgesinnt.«

Charles wollte Dan-Mali auf der Treppe folgen, doch sie stiess ihn ganz sanft zurück und schüttelte kaum merklich den Kopf. »Es ist nur ein kurzer Abschied. Ich habe keine Angst, Charles. Wir haben ein gutes Karma.« Henri hielt seinen Vater zurück. Er griff ihm unter den Arm und führte ihn unter das Schafott. »Geh nach Hause, Vater, das ist nicht dein Tag.«

Charles blieb stehen und stützte sich mit beiden Händen an einem Balken ab. Er hörte das Zuschnappen der Lünette, das Heruntersausen des Fallbeils, das Aufschlagen des Kopfes. Blut. Überall Blut. Wie versteinert stand er unter dem Schafott, während das Blut seiner Geliebten zwischen den schlecht befestigten Holzbohlen auf seine Stirn herunterfloss und sich mit dem Blut jener vermischte, die zuvor enthauptet worden waren. Ein Hund rannte herbei und begann Blut zu lecken. Charles versetzte ihm einen wuchtigen Tritt. Das Tier jaulte kurz auf, lief geduckt weg und kam wenig später zurück. Noch nie hatte sich Charles vom Menschengeschlecht so weit entfernt gefühlt: ausgestossen, verachtet, gedemütigt, besudelt vom Blut des Verbrechens und ohne Hoffnung. Er konnte der Hölle nicht entfliehen. DanMalis Blut klebte an seinen Schuhen und würde ihn nun auf Schritt und Tritt verfolgen. Erneut tropfte Blut auf seine Stirn herunter. Es war ihm, als würde ihn der Teufel höchstpersönlich taufen. Charles wollte das Blut mit der Hand wegwischen, doch er verschmierte es bloss in seinem Gesicht. Er begann schwer zu atmen. Er stiess sich vom Stützbalken ab und torkelte unter dem Schafott hervor, direkt in die Menge, die sich sogleich teilte, als sie den blutüberströmten Henker sah. Als sich Charles endlich aus der Masse der Menschen auf dem Platz gelöste hatte und die ersten Häuser erreichte, stützte er sich an der ersten Hauswand ab. Dann kämpfte er sich von Haus zu Haus, legte Pausen ein, setzte sich manchmal auf eine Eingangstreppe und raffte sich wieder auf. Es war ihm, als schritte er über den Rücken eines braunen Wals, der nicht ruhig verharren wollte und schaukelnd die Wellen brach, bis die Gischt Charles ins Gesicht schlug. Es hatte zu regnen begonnen. Seine Augen konnten keinen Punkt mehr fixieren. Sie schweiften auseinander und zeigten ihm Doppelbilder, die den Schwindel verstärkten und ihn nachhaltig irritierten. Die Häuser schienen ihm feindlich gesinnt. Sie begannen sich zu wölben, als würden sie allesamt schwanger. Er beschleunigte seinen Schritt, um zu verhindern, dass er hinfiel. Und strauchelte doch.

Im Morgengrauen sass Charles am Ufer der Seine. Das Blut war getrocknet. Ein Kahn brachte Waren in die Stadt. Am gegenüberliegenden Ufer erwachte Paris. Händler zogen Handkarren oder trieben ihre abgehalfterten Ackergäule mit frischer Ware auf die Marktplätze. Charles nahm einen Stein in die Hand und drückte ihn fest. Er hatte den Eindruck, als würde der Stein in seiner Hand weich und nachgiebig wie ein Schwamm. Doch der Stein veränderte seine Form nicht. Charles' Kiefer verspannte sich, die Zähne knirschten. Er spürte die eiserne Klammer, die wie die Lünette der Guillotine nach seinem Nacken schnappte. Ich erstarre, dachte Charles. Ich werde zur Strafe jahrhundertelang hier als Arm der Guillotine verharren, und nur mein Gehirn wird noch arbeiten, damit es mich quälen kann.

»Monsieur de Paris!«

»Vater!«

Erschreckt warf sich Charles der Länge nach hin. Jetzt sah er sie kommen. Sie rannten über die Wiese. Sie rannten auf ihn zu. Seine Gehilfen Gros, Barre, Firmin, Desmorets und seine Söhne Henri und Gabriel. Etwas stimmte nicht. Wieso konnte Gabriel rennen? Charles sprang hoch und eilte das Seineufer entlang in Richtung des abgefackelten Zolltors vierundvierzig. Ein Lächeln huschte über sein Gesicht. Er hatte Gabriel gesehen, also konnte dieser nicht tödlich verunfallt sein. Also hatte er dessen Tod nur geträumt. Aber wieso zum Teufel rannten sie auf ihn zu? Und wieso waren sie zu sechst? Zum Reden genügte einer. Doch sie waren zu sechst. Weil sie ihn festhalten wollten. Aber warum? Dann verstand Charles. Sie wollten ihn aufs Schafott bringen. Aber wo blieb das schriftliche Urteil? »Wo?«, schrie Charles.

»Es ist nur ein böser Traum, Vater«, sagte Henri.

Charles schlug die Decke zurück und setzte sich benommen auf die Bettkante. »Gabriel ist tot«, sagte er, eher fragend, und schaute Henri flehend an.

»Ja«, sagte Henri, »Gabriel ist vom Schafott gestürzt und hat sich das Genick gebrochen.«

Charles nickte.

»Fouquier hat nach dir gesucht«, sagte Henri, »du musst aufstehen.«

»Schon wieder«, seufzte Charles, »hört das denn nie mehr auf? Mit jedem Urteil schneiden sie mir ein weiteres Stück aus meinem Gehirn. Sie stehlen die guten Erinnerungen, und was bleibt, sind rollende Köpfe, die polternd über die Holzbohlen hüpfen und mich stumm anklagen. Und wenn ich etwas anfasse, wird es rot, blutrot. Wie sind meine Hände?«

»Deine Hände sind in Ordnung. Leg dich wieder hin, Vater, ich schaff das schon zusammen mit unseren Gehilfen.«

Charles liess sich ins Bett zurückfallen. Henri zog ihm die Decke bis zum Kinn hoch.

»Weisst du, wie eine leere Scheune aussieht?« murmelte Charles.

Henri nickte.

»Wenn sie dir alles wegnehmen, bist du leer wie eine Scheune. Das Pferdegeschirr, die Fuhrwerke, die Pferde, alles weg. Sie lassen dir nur die Feuerzangen, damit du dich weiter quälen kannst.«

Henri schwieg betreten.

»Ich werde ausreiten«, sagte Charles, »ans Ufer der Seine, nein, nein, dort war ich schon.«

»Das war in deinem Traum, Vater.«

»Geh jetzt, geh zur Guillotine. Sie wartet auf uns.«

»Vater, es ist nur ein Holzgerüst mit einer scharfen Klinge.«

»Nein, nein«, wehrte Charles ab, »sie haben mich erschaffen, sie haben mich nur für die Guillotine erschaffen. Und das viele Blut, das die Guillotine vergiesst, erweckt sie zum Leben. Wartet nur, bald steht sie vor unserer Haustür.«

»Dan-Mali«, sagte Charles, als er spätabends mit Henri ein Glas Wein trank, »ich habe sie geliebt, wie ich noch nie jemanden zuvor geliebt habe. Ich hätte nicht geglaubt, dass ein Mensch solche Gefühle haben kann, Gefühle, die stärker sind als Wind, Wasser und Gewehrkugeln.«

Henri kratzte sich verlegen am Ohr.

»Sie war einmalig«, sagte Charles leise, »ihr habe ich mein Herz geschenkt. Man kann sein Herz nur einmal verschenken, man kann nur einmal lieben, dann ist die Liebe vergeben. Was du später gibst, ist irgendetwas, aber man nennt es nicht Liebe.«

»Es muss nicht Liebe sein«, sagte Henri, »man kann auch ohne leben.«

»Aber nicht wenn man das Paradies gesehen hat.« Charles nahm ein Amulett aus seiner Tasche und legte es auf den Tisch. »Das ist die geborstene Glocke der Sansons, eine Glocke ohne Ton. Es war ein Geschenk für einen unserer Vorfahren. Sie wurde in der Neuen Welt in Silber gegossen. Sie gehört jetzt dir. Ich bin viele Tode gestorben, Henri. Der Tod kann nicht schlimmer sein als das Leid, das ich auf Erden erfahren habe. Ich sterbe ohne Angst.«

»Aber Vater«, sagte Henri entsetzt, »es ist noch nicht Zeit zum Sterben.«

»Beende die Dynastie der Henker«, sagte Charles, »erlöse unser Geschlecht. Deine Nachkommen sollen irgendetwas werden, Bäcker, Schreiner, Buchdrucker, irgendetwas, aber nicht Henker.«

»Fühlst du dich nicht gut, Vater?«

»Das Leben weicht aus meinem Körper«, flüsterte Charles, »es will nicht mehr. Irgendeinmal ist Schluss, Henri.«

Charles war vor Erschöpfung eingeschlafen. Doch nach wenigen Stunden kamen die Dämonen und peinigten ihn. Er träumte immerzu, dass Dan-Mali nicht tot war, dass sie irgendwo war und lebte. Aber sie lebte nur in seinen Träumen. »Sie ist tot«, riefen ihm die Menschen in seinen Träumen zu, aber er achtete nicht auf dieses Geschwätz und schleppte Dan-Malis Leichnam hinter sich her, auf der Suche nach jemandem, der ihm bestätigte, dass sie nicht tot war. Aber in seinen Träumen mochte das niemand bestätigen. Und wenn er aufwachte, wusste er, dass Dan-Mali tot war. Er trat in den Hof hinaus und starrte in den Nachthimmel. Er fühlte sich vollkommen einsam.

Er wartete darauf, dass die Müdigkeit zurückkam. Manchmal trank er Wein. Dann kehrte er in die Pharmacie zurück und legte sich wieder ins Bett. Er fand keinen tiefen Schlaf. Er döste einfach vor sich hin. Plötzlich schreckte er hoch und hörte die Stimme wieder, die ihn aus seinem Traum gerissen hatte. »*Kun kwaun.*«

Charles blieb liegen. »Bist du es, Dan-Mali?«

»*Kun kwaun.*«

»Bist du drüben?«, fragte Charles. Er rührte sich nicht. Er spürte einen feinen Luftzug und atmete den Duft ihrer Haut. »Bist du bei mir?«

Kun kwaun«, wiederholte sie noch zärtlicher als zuvor.

Charles fühlte, wie Tränen über seine Wangen liefen. »Bist du es wirklich? Dan-Mali, ich dachte, die Toten kehren nicht zurück. Aber einige schon, nicht wahr?«

Dan-Mali antwortete nicht.

»Es ist nur ein Traum, nicht wahr?«

Dan-Mali schwieg.

Charles sah das Licht, das unter dem Türspalt in die Pharmacie drang. Obwohl es dunkel war, sah er auch das Blut. Es floss schnell, wie nach einem Dammbruch. Jetzt wurden Türen und Fenster eingedrückt, und überall drangen riesige Blutmengen herein. Manchmal war ein Kopf darunter. Ausgemergelte Köpfe mit Haut wie Pergamentpapier und Augen wie verkohlte Aprikosenkerne. Die Flut riss Charles mit, nach draussen. Am Ende der Strasse sah er die Guillotine auf sich zuschwimmen. Das hohe Blutgerüst wankte, aber es kippte nicht. Es wollte zu ihm. Die Guillotine war unterwegs. Zu ihm.

»Nein«, schrie Charles, »ich habe kein rotes Hemd, ihr könnt mich nicht mitnehmen. Das ist Vorschrift. Ohne rotes Hemd geht keiner aufs Schafott.«

Ein Zwerg mit schwarzem Dreispitz zupfte Charles am Ärmel. »Monsieur de Paris! Der Nationalkonvent hat verfügt, dass Schuhmacher nur noch für die Verteidiger der Nation arbeiten dürfen, und wer dagegen verstösst, dem werden alle Schuhe beschlagnahmt. Deshalb waten immer mehr Menschen barfuss im Blut. Wir kriegen die Blutströme nicht mehr unter Kontrolle. Die Erde mag das viele Blut nicht mehr aufsaugen. Das Blut steht wie ein Bergsee. Es klebt an den Barfüssigen, es klebt an den Schuhträgern, es klebt an den Rädern der Karren, an den Hufen der Pferde. Es regnet nicht mehr. Die Sonne scheint. Es stinkt. Nach Fäulnis. Gott mag es nicht, dass wir so viele Schuhmacher guillotinieren. Morgen haben wir keine Schuhmacher mehr. Ich sage Ihnen, uns werden die Schuhmacher ausgehen. Dann laufen wir alle barfuss im Blut herum.«

»Aufhören!«, schrie Charles und begann nach dem Zwerg zu treten. Doch er trat ins Leere. Da war kein Zwerg.

Die Karikatur erschien am 17. Juni 1794. Sie zeigte den Henker Charles-Henri Sanson, wie er sich selbst unter die Guillotine legt und den Eisenbolzen zieht, der das Fallbeil arretiert. »Warum guillotiniert sich der Henker selbst?«, stand in der Bildlegende. »Weil er der letzte Bürger von Paris ist. Jetzt endlich ist Paris gesäubert.«

Im Juni hatten Charles, Henri und ihre Gehilfen sechshundertachtundachtzig Todesurteile zu vollstrecken. Ein neues Gesetz war erlassen worden, das verbot, sich vor Gericht verteidigen zu dürfen. Die Radikalen um Robespierre, Saint-Just und Fouquier hatten sich derart vom Volk entfernt, dass sie ihren Wahnsinn nicht mehr erkannten. Alle wurden guillotiniert: Assignatenfälscher, Soldaten, Offiziere, Generäle, Priester, Jugendliche, Tuchhändler, Kriegsinvaliden, Behinderte, denen man zuerst die Knochen brechen musste, damit sie aufs Brett passten, gebrechliche alte Menschen, die nicht mehr allein die Treppe zum Schafott hochkamen. Die Revolutionäre brachten nicht Gleichheit und Brüderlichkeit, sondern Tod und Verderben und füllten die Friedhöfe.

Jetzt regierte tatsächlich Robespierre, der die Monarchie abgeschafft hatte, um dem Bürger die Freiheit zu geben. König Robespierre. Im Ausland sprach man von Robespierres Feldzügen, von Robespierres Truppen, von Robespierres Gesetzen und auch davon, dass er die Königskrone anstrebe. Diese Gerüchte freuten seine lauernden Feinde, denn sie liessen Robespierre als Tyrannen erscheinen, den es zu stürzen galt. Als einer den Mut hatte, dies öffentlich zu machen, floh Robespierre. Er kannte die Architektur des Terrors. In die Enge getrieben, schoss er sich bei einem missglückten Selbstmordversuch den Kiefer weg. Dieser Schreibtischtäter war in praktischen Dingen sehr ungeschickt, und Anatomie war nie seine Stärke gewesen. Nicht erstaunlich, dachte Charles, als er am 28. Juli zusah, wie Henri und die Gehilfen den Schlächter Robespierre zur Guillotine führten. Zwischen dem Erlass vom 10. Juni und dem Sturz Robespierres waren 1376 Menschen guillotiniert worden.

»Jetzt fehlt nur noch einer«, sagte Charles, als Henri die Treppe des Schafotts hinunterstieg.

»Lass es gut sein, Vater, ich will dich nicht da oben in einem roten Hemd sehen. Das Terrorregime löst sich auf. Es ist bald vorbei.«

»Ich sehne den Tag herbei, an dem ich endlich abschliessen kann.«

»Du hast abgeschlossen, Vater. Du hast mir dein Amt übergeben.«

»Es fehlt noch ein Urteil«, insistierte Charles, »ich werde so lange in die Conciergerie gehen, bis der Name auf der Liste steht.«

»Du vergeudest deine Zeit, Vater.« Henri berührte sanft seinen Arm.

»Ich weiss, Henri, aber vielleicht ist es das Letzte, das ich tun werde.«

Bereits am nächsten Tag suchte Charles die Conciergerie auf. Das Büro von Antoine Fouquier.

»Klopfst du nicht mehr an, Bürger Sanson?« Fouquier beugte sich wieder über seine Akten. »Dein Sohn hat die Liste bereits abgeholt.«

»Ich habe sie gesehen, Antoine, deine Liste. Es fehlt noch ein Name.«

Fouquier blickte kurz hoch. »Oh, du bringst mir einen Namen?«

»Ja«, sagte Charles, trat hinter den Schreibtisch und fasste Antoines Schultern. »Antoine Fouquier de Tinville!«

»Lass mich los, du tust mir weh.«

»Genau deshalb bin ich hergekommen, Antoine, um dir weh zu tun. Ich wurde ausgebildet, um den Menschen Schmerzen zuzufügen. Aber ich wollte heilen.«

Antoine riss sich los und wollte sich erheben, doch Charles drückte ihn mit Gewalt auf seinen Stuhl zurück und nahm seinen Nacken in einen eisernen Griff. »Auch ich habe Nachforschungen angestellt«, sagte er leise, »wie du damals in Rouen, Antoine Fouquier de Tinville, erinnerst du dich?«

»Ich werde die Wachen rufen«, schrie Antoine und versuchte vergeblich, sich aus der Umklammerung des Henkers zu befreien.

»Sie sind schon unterwegs«, sagte Charles, »du brauchst sie nicht mehr zu rufen.«

»Was soll das, Charles? Lass mich endlich los!«

»Du hast Gorsas unter die Guillotine geschickt, nachdem er aus London zurückkam. Er hat uns von dort etwas mitgebracht.«

»Ach ja?« Antoine ruderte hilflos mit den Armen.

»Ja, Antoine, ja.«

»Charles, wo soll das enden? Wie hast du dir das vorgestellt? Hier kommst du niemals lebend raus. Also lass mich endlich los!« Antoine geriet plötzlich in Panik und versuchte erneut, sich zu befreien.

Charles hatte den Stuhl umgedreht und schlug kräftig auf ihn ein. Wie eine Maschine schlug Charles zu, als wolle er jeden Einzelnen der Hingerichteten rächen. Und die Schläge trafen Antoine wie die Hufe eines Pferdes, das zu lange im Stall gestanden hatte. Selbst als Antoine schon blutüberströmt am Boden lag und sich wie ein Wurm vor Schmerzen krümmte, trat Charles nach ihm. Erst als sich Antoine nicht mehr bewegte, setzte sich Charles auf den Stuhl des obersten Anklägers. Sein Fuss ruhte auf Antoines Nacken.

»Ihr habt ein Gesetz erlassen, das den Besitz von Gold verbietet, damit ihr weiterhin das ganze Land mit eurem wertlosen Papiergeld ersticken könnt. Wer sein Gold nicht abliefert und gegen wertlose Assignaten eintauscht, wird sechs Jahre in Eisen gelegt. Aber auf den Dokumenten, die Gorsas in London von Walter Boyd erhalten hat, stehst du und deine gesamte Sippe an erster Stelle. Ihr habt eure eigenen Gesetze gebrochen und Millionen in Gold ausser Landes gebracht. Und du sollst nach deinen eigenen Gesetzen verurteilt und hingerichtet werden.«

»Damit kommst du nicht durch«, flüsterte Antoine. Er wollte sich erheben, doch Charles drückte ihn nieder. Antoine starrte entgeistert auf den Hünen über ihm. »Bist du von Sinnen, dafür endest du unter der Guillotine!«

Charles packte Antoine und riss ihn hoch. Er warf ihn auf den Tisch und schlug ihm die Faust ins Gesicht. Dann zog er ihn an einem Bein zu sich heran und schlug erbarmungslos zu. Antoine kroch blutend unter den Tisch. Charles stellte ihn wieder auf die Beine. In diesem Augenblick griff Antoine blitzschnell nach der Glocke auf seinem Schreibtisch und schmiss sie gegen die Tür. Fast im gleichen Augenblick wurde die Tür aufgestossen, und vier Gardesoldaten betraten das Büro.

»Nehmt ihn fest!«, befahl Antoine.

Die Gardesoldaten umzingelten beide.

»Ihr sollt ihn festnehmen, habe ich gesagt. Er soll noch heute unters Messer.«

Einer der Soldaten packte Antoines Arme, ein anderer fesselte sie.

»Was hat das zu bedeuten?«, schrie Antoine und versuchte sich zu befreien.

»Wir führen nur Befehle aus, Bürger Fouquier. Sie werden verhaftet, weil Sie widerrechtlich Gold besessen und es überdies ins feindliche Ausland gebracht haben. Sie haben der Revolution geschadet und mit dem Feind kollaboriert.«

»Wir sehen uns dann auf dem Schafott, Antoine Fouquier de Tinville. Ich bin gespannt, welche Farbe dein Blut hat«, sagte Charles.

»Gott hasst euch alle!«, schrie Antoine, während ihn die Soldaten aus dem Büro schleppten.

Charles stand bereits neben der Treppe zum Schafott, als Henri und die Gehilfen mit dem Wagen eintrafen. Sie hatten nur einen einzigen Gefangenen. Er sollte einer der Letzten sein, die am Ende des Terrorregimes in den Sack spuckten. Die Zuschauer waren zahlreich, der ganze Platz bis auf den letzten Quadratzentimeter besetzt.

»Fouquier«, brüllte jemand, so laut wie er konnte. Der Todgeweihte drehte sich um. Tobias Schmidt bahnte sich einen Weg durch die Menge. Er torkelte zur Treppe und fiel vor Fouquier der Länge nach hin. Er war betrunken. »Sag mir dann, wie dir die Guillotine gefallen hat. Vielleicht hast du Verbesserungsvorschläge. Die Bolzen, Zungen und Nuten sollten aus Eisen sein und nicht aus Holz, nicht wahr? Und wie wär's mit einem gelben Anstrich?«

Fouquier wandte sich von Schmidt ab und schritt selbständig die Treppe zum Schafott hoch. Firmin und Barre hielten Schmidt davon ab, ihm zu folgen. Charles stellte sich hinter die Guillotine, zwischen die beiden senkrechten Balken. Charles' Konterfei war das Letzte, was Fouquier sah, als man ihn aufs Brett band und in die Waagerechte klappte.

Das Blut quoll über die Holzbohlen. Charles wurde nicht befleckt. Er wusste, wo man zu stehen hat.

Fouquiers Tod veranlasste Charles, erneut sein Tagebuch hervorzunehmen. Es war sein letzter Eintrag. Danach schwieg er für immer. Er war zu schwach, um die Feder zu führen. Es war zu viel für die Hand, die dreitausend Menschen guillotiniert hatte. Die letzten Worte in seinem Tagebuch waren: »Es gibt keinen Fluch. Es gab nie einen Fluch. Es gibt nur einen Fluch, wenn man daran glaubt. Aber ich glaube nicht mehr daran. Der Mensch ist frei in seinen Entscheidungen.«

Charles-Henri Sanson sah nie mehr ein Schafott. Er sass oft unten am Fluss und starrte ins Wasser. Er überlegte, ob es möglich sei, dass eins der Opfer wiederkehre. Eine spirituelle Begegnung oder etwas Vergleichbares. Bei so vielen Geköpften konnte es doch sein, dass einem Einzigen die Wiederkehr gelang. Wenn sich jemand näherte, versetzte ihn dies in Angst und Schrecken. War es real, oder war es die befürchtete Wiederkehr? Wenn er traurige Blicke sah, kam ihm stets in den Sinn, wie traurig viele Verurteilte ihn jeweils angeschaut hatten. Ich muss schon gehen, während andere bleiben können, schienen sie zu sagen. Die werden folgen, dachte Charles. Immer wieder zuckte er zusammen. Jedes Geräusch verband er mit der Maschine, die ihn versklavt hatte. Das Knarren der Holzbohlen, das giftige Quietschen, wenn das Klappbrett nach vorn gestossen wurde, das Zuklappen der Lünette, das Lösen des Bolzens, das Heruntersausen des Fallbeils, das dumpfe Aufschlagen des Kopfes im Weidenkorb.

Auch in der Küche gab es viele Geräusche, die ähnlich klangen. Sassen sie beim Essen am Tisch, fuhr er plötzlich hoch, sein Herz pochte, und das Blut wich aus seinem Gesicht. Er starrte Marie-Anne an, als wollte er in ihrem

Gesicht lesen, ob er sich das alles eingebildet hatte. Sie lächelte und ging auf ihn zu. Er verstand nicht, wieso sie jetzt hier war und lächelte. Sanft legte sie von hinten ihre Hände auf seine Schultern. Manchmal sprach sie sogar zu ihm. Sie sagte, alles sei gut. Oder sie fragte ihn, ob er noch Suppe wolle. War er noch hungrig, nickte er. Es war ein besonderer Kopf, kahl, hager, und wenn ihn keine Geräusche aufschreckten, strahlte er eine grosse Ruhe und Würde aus. Seinen Gehilfen entging nicht, wie er sich veränderte. Aber zu gross war der Respekt, den sie Monsieur de Paris entgegenbrachten. Henri sass immer zu seiner Rechten am Tisch und legte stets seine Hand auf die seines Vaters, wenn diese kaum merklich zitterte. Fast zärtlich berührte er die Hand und fuhr mit dem Daumen darüber.

Charles ritt am Gärtnerhaus seiner verstorbenen Schwiegereltern vorbei, den endlosen Gemüsebeeten entlang, bis er den Wald erreichte. Er nahm den schmalen Pfad, der sich im Laufe der Jahre gebildet hatte, und ritt hoch hinauf in den Wald, bis er oben auf dem Hügel die saftigen Wiesen sah, die von Felsen begrenzt wurden. Dort, wo die Wiesen im Schatten lagen, waren sie immer nass, so dass sein Pferd mit den Hufen darin versank. Er stieg ab und stampfte durch den Matsch. Dann sah er die Pilze. Der Fruchtkörper hatte ungefähr die Höhe einer Hand. Als Charles den Pilz pflückte, verfärbte sich die Bruchstelle blau. Er ritt zurück in den Wald, bis er die Seite erreichte, die der Sonne zugewandt war. Dann ritt er hinunter zum Fluss. Hier war der Boden trocken. Er nahm den Sattel von seinem Pferd und warf ihn über einen Baumstrunk. Er legte sich hin und ass den Pilz.

Zuerst hörte er nur vereinzelte Vogelstimmen, dann wurden es mehr und mehr. Es war, als würde die ganze Welt für ihn singen. Der Himmel begann zu atmen, aber er hatte keine Angst, erdrückt zu werden, denn er fühlte sich so leicht, als schwebte er auf Daunen. Charles wusste aus der Literatur, die ihm sein Vater hinterlassen hatte, dass dieser Pilz in grauer Vorzeit dazu benutzt worden war, das Schicksal zu befragen. Deshalb nannte man ihn das Fleisch der Götter. Er spürte, wie Gott in ihn fuhr. Er spürte das Kribbeln von Ameisen in seinen Schultern, spürte, wie sie langsam der Wirbelsäule entlang hinabwanderten, bis sie den ganzen Körper besetzt hatten. Dann setzte die Kälte ein. Er versuchte aufzustehen, doch er schwankte wie ein Betrunkener. Selbst sein Pferd wich vor ihm zurück. Die Farben und Lichter um ihn herum begannen zu sprühen, und plötzlich sah er etwas kommen, wie in einem Kaleidoskop. Er legte sich wieder hin und spürte einen Hauch von Ewigkeit.

»Vater«, sagte Henri, »was ist mit dir?«

»Ich habe Gott gegessen«, flüsterte Charles. »Doch Gott ist nur ein Pilz«, fügte er mit einem leisen Anflug von Bedauern an, »nur ein Pilz.«

Henri löste sich aus dem Kaleidoskop. Er kniete vor seinem Vater nieder.

Der Fluss, sagte Charles melancholisch, sei der wahre Lehrmeister des Lebens. »Alles fliesst. Nichts bleibt stehen. Du kannst den Fluss nicht festhalten, Henri. Das Wasser zerrinnt in deinen Händen. So ist das Leben. Du schwimmst mit, und kein Tropfen ist von Bedeutung, aber alle Tropfen zusammen, alle zusammen mögen eine Bedeutung haben, aber es spielt keine Rolle. Hast du schon einmal versucht, dir einen Tropfen Wasser im Fluss zu merken? Am Ende spielt eh alles keine Rolle. Ob du kurz oder lange gelebt hast, die Ewigkeit relativiert die Anzahl der Jahre, die du hier auf Erden verbracht hast. Und letztendlich hat auch der Fluss keine Bedeutung.«

»Vater«, sagte Henri, »wieso sprichst du so?«

»Der Tod ist die Befreiung und das Ende aller Übel. Über ihn gehen unsere Leiden nicht hinaus. Er versetzt uns in jene Ruhe zurück, in der wir lagen, ehe wir geboren wurden.«

Charles sass inmitten seiner Kräuter im Hof seines Hauses. Er trug eine braune Kniebundhose, graue Strümpfe und schwarze Lederschuhe, deren Rist von einer grossen Schnalle überzogen war, ein braunes Hemd und einen schwarzen Dreispitz. Er überlegte, ob er nochmals hinaufreiten und nach Pilzen suchen sollte. Doch dann vergass er den Gedanken und konnte sich mit dem besten Willen nicht mehr erinnern, woran er gerade gedacht hatte. Vielleicht an die Köpfe auf dem Friedhof. Musste er sie wieder ausgraben? Das war wohl das mindeste, was er für sie tun könnte. Vielleicht warteten sie auf ihn.

»Der Tod besucht jeden«, flüsterte Charles, »einige leben lange, andere sterben jung. So kommt der Tod zu Menschen jeden Alters, wie bei den Tieren und den Bäumen, und niemand lebt wirklich lange.«

Eine Hand legte sich von hinten auf seine Schulter. Es roch nach nassem Hundefell. Nach anfänglichem Zögern berührte er die Hand und hielt sie fest. Es war Zeit für das Abendessen.

Epilog

Am 18. März 1847 betrat eine alte Frau mit schwarzem Schleier die Kirche Saint-Laurent in Paris und blieb in der Mitte des Kirchenschiffes stehen. Durch die gotischen Fenster drang nur spärliches Licht, doch die Frau sah, dass jemand in der vordersten Bank kniete. Das musste er sein. Man hatte ihr gesagt, sie würde ihn hier finden. Ihre Schritte widerhallten auf dem Steinboden. Als sie die vorderste Bank erreicht hatte, kniete sie neben dem Mann nieder und faltete die Hände zum Gebet.

»Sind Sie Henri-Clément Sanson, der Enkel des grossen Charles-Henri Sanson?«, fragte sie leise.

Der Mann rührte sich nicht. Sein Gesicht war ungepflegt und vom Alkohol aufgedunsen. Er mochte gegen fünfzig sein. »Kommen Sie mir nicht zu nahe«, murmelte er, »ich bringe den Menschen kein Glück. Auf meinem Geschlecht lastet ein Fluch. Also gehen Sie, Gott hat heute eh keine Zeit für Sie.«

»Gott hat immer Zeit«, sagte die Frau ohne jegliche Überzeugung, »oder, sagen wir, meistens.«

»Mag sein«, sagte Henri-Clément, »aber heute brauche ich ihn für mich ganz allein.« Er starrte auf das Mosaikbild über dem Altar. Es zeigte die Wiederaufstehung Jesu.

»Glauben Sie an die Auferstehung?«, fragte sie.

»Nein, Madame, ich fürchte sie. Alle meine Vorfahren haben sie gefürchtet. Weil sie die Toten fürchten. Die Rückkehr der Toten. Zuerst verspürt man nur einen feinen Luftzug. Und plötzlich sind sie da und starren. Der letzte

Blick eines Sterbenden prägt sich ein wie ein Brandmal. Wir haben viele Schultern gebrandmarkt. Noch heute habe ich den Geruch von schmorendem Menschenfleisch in der Nase. Ich habe die Wunden jeweils mit Schweineschmalz und Schiesspulver eingerieben. Ich habe nicht nur getötet, ich habe auch Schmerzen gelindert, ich habe geheilt. Wie alle meine Vorfahren.« Er senkte den Kopf und versuchte zu beten. Nach einer Weile herrschte er die alte Frau an: »Finden Sie keinen anderen Ort zum Beten?«

Sie schwieg.

Er versuchte, ihr Gesicht zu sehen. Vergebens. Nachdenklich fuhr er sich über die schwarzen Bartstoppeln und flüsterte: »Mein Grossvater wollte nie Henker werden. Ich auch nicht. Ich habe diesen Beruf immer gehasst.«

»Es gab nie einen Henker wider Willen, dafür war die Bezahlung zu gut«, erwiderte sie verächtlich. »Es gab nie einen Fluch. Ich bin nach Paris gekommen, Monsieur, um die Tagebücher Ihres Grossvaters zu kaufen. Er hat doch während der Revolution Tagebuch geschrieben?«

»Ja«, sagte er, »mein Grossvater war Charles-Henri Sanson, der grosse Henker der Französischen Revolution. Man nannte ihn ehrfürchtig Monsieur de Paris. Er hat mir alles erzählt. Mein Vater hat sich kaum dafür interessiert. Die Geschichte wird ihn vergessen. Aber meinen Grossvater, den wird man nicht vergessen.«

»Wo sind die Tagebücher, Monsieur? Ich will sie sehen. Ich will lesen, was der grosse Sanson über mich geschrieben hat.«

»Über Sie? Wie auch immer: Ich bezweifle, dass Ihnen die Aufzeichnungen Freude bereiten werden. Aber wenn Sie darauf bestehen, Madame, wird es etwas kosten. Ich brauche Geld. Kennen Sie d'Olbreuse? Ein Mann der Feder. Er sucht Memoiren für seine Druckerei. Er sucht skandalträchtige Tagebücher. Balzac soll ihm bei der Überarbeitung helfen. Es ist zu viel für einen einzigen Mann. Dreitausend Morde, das kann ein Mensch allein nicht verkraften ...«

»Und doch hat es einer getan«, unterbrach sie ihn.

»Er hat es getan, aber den Frieden, den hat er nicht mehr gefunden.« Henri-Clément lachte leise und warf der Frau einen prüfenden Blick zu. »Was wissen Sie schon über die Sansons?«

»Eine ganze Menge«, murmelte sie vieldeutig, »aber das ist jetzt nicht wichtig. Hat d'Olbreuse die Tagebücher schon gelesen?«

Misstrauisch schaute er zu ihr hinüber. Ein kalter Schauer fuhr ihm über den Rücken. Plötzlich hatte er eine Ahnung. Hatte sein Grossvater nicht die verrückte Marie erwähnt, die ihm nachts auf dem Friedhof Madeleine aufgelauert hatte? Falls diese Frau die Revolution überlebt hatte, musste sie heute ... Er rechnete. Über fünfzig Jahre war das her. Über ein halbes Jahrhundert. Sie musste über achtzig Jahre alt sein.

»Ich will die Maschine und die Tagebücher«, sagte die Frau mit eiserner Stimme und streifte den Schleier ab. Jetzt konnte er ihr Gesicht deutlich sehen. Die knochige Nase stach wie ein Fels aus dem ausgemergelten Gesicht. Die Haut weiss wie der Kalk, den man damals auf dem Friedhof Madeleine über die blutüberströmten Rümpfe der Guillotinierten schüttete. Ihr Blick mumienhaft starr, als sei sie soeben einer Gruft entstiegen. Ihre Augen glasig wie

Murmeln. Und jetzt, da ihr die Farbe des Zorns ins Gesicht schoss, wirkte sie fast rosa, wie eine alte Puppe aus Wachs. Wie eine Wachsfigur aus dem Kabinett des Schreckens.

»O mein Gott«, sagte Henri-Clément entsetzt und fuhr sich mit beiden Händen über das Haar. »Sind Sie etwa diese verrückte Marie vom Friedhof Madeleine? Sie sind Madame Tussaud!« Er war ein schlechter Schauspieler. Die jahrelangen Alkoholexzesse hatten ihn zerrüttet. »Ich habe alles verkauft, Madame«, fuhr er fort, ohne ihre Antwort abzuwarten, »die Locken von Louis XVI, den Schuh von Marie Antoinette, den speckigen Kragen von Danton. Nur von Robespierre haben wir nichts aufbewahrt. Ausser einem blutgetränkten Taschentuch. Ich weiss nicht, wem es gehörte. Es gab so viele Menschen, die nach der Exekution zum Schafott rannten und ihr Taschentuch im Blut tränkten. Es sollte Glück bringen. Mir blieben nur die Maschine und die Tagebücher.«

Madame Tussaud schob den zahnlosen Unterkiefer nach vorn und presste die dünnen Lippen zu einem Strich zusammen. »Ich will die Maschine und die Tagebücher«, wiederholte sie, »ich will alles.«

»O mein Gott«, seufzte er und rang nach Worten. Er verwarf die Hände, wollte aufstehen, doch er blieb knien. Ihm fehlte die Kraft. Im Übrigen wollte er beten. Er musste beten. Wie alle seine Vorfahren. Sie hatten alle viel gebetet. Für all die Seelen, die die Maschine vom Körper getrennt hatte. »Ich bin hier, um zu beten«, schrie er verzweifelt. Seine Worte widerhallten in der leeren Kirche. Wieder starrte er auf das Mosaikbild über dem Altar, als wollte er sich vergewissern, dass Gott vernommen hatte, dass er hergekommen war, um zu beten, und dass es nicht seine Schuld war, dass er immer noch am ersten Rosenkranz war. Nicht schon wieder seine Schuld.

»Monsieur«, sagte Madame Tussaud ungerührt, »Sie können schreien und toben, wie Sie wollen. Ihr Benehmen ist unwürdig. Sie sind hier, um zu beten, und ich bin aus London hergekommen, um die Maschine zu kaufen. Ich bezahle bar. Zehntausend Franc.«

»Zwanzigtausend für die Maschine«, entgegnete Henri-Clément wie aus der Pistole geschossen.

Sie reagierte nicht, sie fixierte den Altar.

»Nun gut, Madame«, lenkte er ein, »sechzehntausend, und die verfluchte Maschine gehört Ihnen.«

»Sie wären auch mit der Hälfte zufrieden«, murmelte sie.

Er musterte sie voller Verachtung. Diese Alte war es gewohnt, Geschäfte zu machen, gute Geschäfte, und einem wie ihm sah man gleich an, dass er Geld brauchte. Sie konnte ihn demütigen und den Preis drücken. Er hatte dem nichts entgegenzusetzen. Er wusste, wie man Köpfe sauber vom Rumpf trennte, aber vom Geschäft verstand er nichts. »Also einverstanden«, entgegnete er trotzig, »aber dafür kriegen Sie nur die Maschine. Keine Tagebücher.«

»Erzählen Sie mir zuerst die Geschichte der Sansons, dann werde ich entscheiden, ob ich die Tagebücher kaufe. Ich bezahle keinen Sou für dummes Geschwätz.«

»Mit mir, dem letzten Sanson, endet die Dynastie. Ich bin der Letzte, der Ihnen die Geschichte erzählen kann. Aber ich brauche Geld. Ich habe eine Menge Schulden. Und zudem hat mich meine Frau heute verlassen. Das wäre keinem Sanson passiert. Ich bin kein richtiger Sanson. Ich bin ein Versager. Die Sansons waren stark, von grossem Wuchs, charismatische Erscheinungen, imposant und würdevoll, souverän. Sie waren allein gegen den Rest der Welt, und kein Sturm zwang sie in die Knie, nichts konnte sie erschüttern, doch ich bin schwach, ich bin feige, ich habe keinerlei Ambitionen, ich saufe wie ein Bürstenbinder und besuche die verruchtesten Etablissements von Paris. Ich küsse alles, was einen Rock trägt. Und ... nicht nur, was einen Rock trägt. Nein, Madame, ich habe nichts von dem, was die Sansons hatten, was einen Sanson zu einem Sanson machte. Ich bin lediglich der Letzte seiner Art, die Schande der Dynastie. Ich verdarb im Schatten der Guillotine, während mein Grossvater, der grosse Sanson, in die Geschichtsbücher eingegangen ist.«

»Lassen Sie uns gehen, Monsieur«, sagte Madame Tussaud kühl, »ich bin nicht hier, um Ihnen Trost zu spenden.«

»Haben Sie denn kein Mitgefühl, Madame?«

»Mitgefühl? Wenn Sie Mitgefühl suchen, nehmen Sie sich einen Hund. Paris ist voll von streunenden Hunden. Wo ist Ihre Maschine?«

»Es ist nicht meine Maschine«, wehrte er ab, »es war nie die Maschine der Sansons. Wir waren nur die Vollstrecker der Urteile. Wir haben diese gottverdammte Guillotine weder erfunden noch gebaut. Es waren die Ärzte Louis und Guillotin. Es ist sozusagen ein ärztliches Instrument. Aber was zum Teufel wollen Sie mit ihr?« Er sprang auf.

»Ich werde sie nach London bringen«, sagte sie ruhig und erhob sich ebenfalls. Behutsam. Man hörte das Knacken ihrer Gelenke.

»Soll ich Ihnen helfen?«, fragte Henri-Clément besorgt.

»Fassen Sie mich nicht an, ich will nur Ihre Maschine.«

»Und was werden Sie mit ihr in London tun?«

»Ich werde sie ausstellen inmitten der Robespierres, Dantons, Marats und wie sie alle heissen, denn ich habe sie alle an den Haaren aus den bluttriefenden Weidenkörben Ihres Grossvaters gefischt und in Wachs modelliert.« Sie setzte sich auf die Gebetsbank. »So wie ihr, die Sansons, das Schwert des Henkers von Generation zu Generation weitergegeben habt, will auch ich mein Werk vollenden und es an meine beiden Söhne übergeben. Aber zuerst will ich die Maschine. Es ist das Einzige, was mir noch fehlt. Und die Geschichte dazu. Ihr Grossvater ist längst tot, Monsieur, aber meine Wachsfiguren werden noch in hundert Jahren die einzige lebendige Erinnerung der Menschen an die Französische Revolution sein. Ich allein modelliere diese Erinnerung, und ich allein werde bestimmen, was man über ihre Schöpferin, Madame Tussaud, erzählen wird. Deshalb will ich die Geschichte hören und gegebenenfalls die Tagebücher erwerben. Madame Tussaud ist ein Unternehmen geworden. Ich werde nicht dulden, dass mein Lebenswerk zerstört wird. Sie werden erzählen, Monsieur, und Sie werden mir jede Frage beantworten, und ich schwöre Ihnen, junger Mann, wenn Sie es wagen, mich auch nur ein einziges Mal anzulügen, werde ich in Ihrem Schuppen die Feuerzange finden und Ihre Schulter brandmarken. Und ich werde Ihnen kein Schweineschmalz einreiben.«

»Schon gut, schon gut«, erwiderte Henri-Clément, der sich neben sie gesetzt hatte. »Ich werde Ihnen von diesem Fluch erzählen, von diesen schicksalhaften Ereignissen.«

»Hören Sie auf damit, ich sagte doch schon, es gab nie einen Fluch, es gab nie einen Henker wider Willen. Erzählen Sie schon, mein Schiff fährt heute Abend nach England zurück.«

»Sechzehntausend Franc für die Maschine? Ich kann mich darauf verlassen?«

Sie nickte.

»Aber auch ich warne Sie, Madame, der Fluch wird Sie verfolgen und Ihr Museum in Flammen aufgehen lassen. Ihre Figuren sind doch aus Wachs, nicht wahr?«

»Fangen Sie endlich an! Es gibt nichts, aber auch gar nichts, wovor ich mich noch fürchten könnte. Ich habe die Französische Revolution überlebt. Und zwei Ehemänner.«

»Madame, ich werde Sie zum Weinen bringen.«

»Daran ist noch keiner gestorben, fangen Sie an!«

»Ich brauche Wein, Madame. Anders ist es nicht zu schaffen.«

»Ich weiss, man hat mich gewarnt.« Sie nahm eine Flasche Rotwein aus ihrem Mantel hervor und stellte sie neben sich auf die Bank.

Henri-Clément griff sofort danach, riss den Korken heraus und trank die halbe Flasche in einem Zug. Dann begann er zu erzählen: »Mein Grossvater Charles-Henri Sanson starb 1806 im Alter von siebenundsechzig Jahren. Meine Grossmutter überlebte ihn um elf Jahre …« Er setzte erneut zum Trinken an.

»Monsieur«, sagte Madame Tussaud ungeduldig, »Sie sind ein erbärmlicher Trunkenbold. Geben Sie mir die Tagebücher, ich werde sie kaufen. Ich kann mir dieses larmoyante Gesabber nicht mehr länger anhören.«

»Es gibt keine« erwiderte er, »es gibt Aufzeichnungen, wer wann und warum hingerichtet worden ist. Zudem Inventarlisten der Kleider der Getöteten. Ich habe den Text ergänzt mit Zeitungsberichten aus der damaligen Zeit, Augenzeugenberichten, Aufzeichnungen von emigrierten Franzosen ...«

»Ich weiss, dass es ein Originalmanuskript gibt. Ihr Grossvater führte eine Buchhaltung des Schreckens.«

»Aber um es verständlicher zu machen, musste ich es etwas ausbauen. Ich erhielt dreissigtausend Franc dafür. Der Journalist d'Olbreuse hat mir etwas geholfen, für siebzehntausend. Und als die Druckerei noch Balzac beizog, gab's gleich fünf neue Bände. Den Mann müsste man mit der Axt erschlagen, damit er aufhört zu schreiben.« Er kramte in seiner Tasche und zog ein Amulett hervor. »Mein Vater schenkte mir diesen Glücksbringer: eine geborstene Glocke. Aber sie brachte auch mir kein Glück. Ich schenke sie Ihnen, wenn Sie mir noch eine Flasche Wein geben.«

»Ich pfeife auf Ihr Amulett und Ihre Memoiren, Monsieur. Es ist eh alles erstunken und erlogen. Zeigen Sie mir jetzt die Guillotine.«

»Sie ist nicht da«, murmelte er und senkte den Kopf.

»Wo ist sie?« Madame Tussaud war fassungslos.

»Ich habe sie ausgeliehen.«

»Ausgeliehen?«

»Dem Pfandleiher, gleich hier um die Ecke, ich brauchte Geld. Ist das so schwer zu verstehen? Sie können die Guillotine haben, aber zuerst müssen Sie sie aus dem Pfandhaus auslösen. Das geht ganz einfach, ich habe es schon oft getan. Manchmal musste es Canler tun, der Chef der Pariser

Sûreté. Er hat mir gedroht, dass er mich fristlos entlässt, wenn es noch einmal passiert. Jetzt ist es wieder passiert. Wir sollten uns beeilen, bevor er es erfährt. Wann fährt Ihr Schiff nach London?«

Nachwort

Henri-Clément Sanson wurde am 18. März 1847 fristlos entlassen. Er hatte tatsächlich die Guillotine verpfändet. Seine Frau verliess ihn, er verfiel dem Alkohol und jungen Tänzerinnen und starb schliesslich 1889 im Alter von neunundachtzig Jahren.

Madame Tussauds Museum in London wurde 1925 durch ein Feuer zerstört, drei Jahre später aber wiedereröffnet und 1940 durch eine deutsche Bombe in Schutt und Asche gelegt, wobei ausgerechnet Adolf Hitlers Büste zufällig verschont blieb.

Charles-Henri Sanson führte während der Französischen Revolution Tagebuch. Er schrieb in einem nüchtern-trockenen Stil, der uns heute erschauern lässt. Es ist belegt, dass sein Enkel Henri-Clément Sanson diese Aufzeichnungen an den Journalisten d'Olbreuse verkaufte, der im Auftrag des jungen Druckereibesitzers Dupray nach einem Bestsellerstoff suchte. Dupray war ein visionärer Geist: Er revolutionierte Typographie und Verlagswesen und wollte mit einem Bestseller in ganz Frankreich für seine Druckerei werben. Es ist auch belegt, dass der junge Honoré de Balzac, der Henri-Clément Sanson persönlich kannte und befragte, einen Teil dieser *Mémoires de Sanson* als Ghostwriter schrieb. Dabei plünderte er diverse eigene Manuskripte seiner *Comédie humaine,* unter anderem *Une messe en 1793* und *Scènes de la vie politique et militaire.* Wahrscheinlich erfand Balzac die schöne Klammer mit dem »Fluch« der Dynastie. Er war Romancier, und entsprechend üppig hat er die Fakten ausgeschmückt und seiner Dramaturgie unterworfen.

Mit Ausnahme der Figur Dan-Mali, die mit diesem Namen nicht überliefert ist, sind alle namentlich genannten Personen historisch belegt und teilweise mit Originalzitaten ausgestattet, die in Zeitungen gedruckt oder von Zeitzeugen in Briefen und Tagebüchern festgehalten wurden.

Die Französische Revolution gehört zu den prägendsten Ereignissen der neueren europäischen Geschichte. Inspiriert durch den Amerikanischen Unabhängigkeitskrieg (1775–1783), ist sie Wegbereiterin der westlichen Demokratien. Aufklärung und Menschenrechte gehören zu ihren grössten Errungenschaften. Aus zeitgenössischer Sicht brachte sie den Franzosen aber nicht nur die bürgerlichen Freiheitsrechte, sondern auch vorübergehend (1793–1794) Terror und Massenhinrichtungen. Erst in der dritten und letzten Phase (1795–1799) trat eine Beruhigung ein, als die äusseren und inneren Feinde das Rad der Zeit nicht mehr zurückdrehen konnten.

Der Terror in den Jahren 1793 und 1794 verlief genauso blutig und menschenverachtend wie die Gewaltherrschaft der Roten Khmer im Kambodscha der 1970er Jahre. Unter Pol Pot versuchten sie, das Bürgertum auszurotten, und verhängten – genau wie die revolutionären Jakobiner Frankreichs – selbst für Bagatelldelikte und vage Verleumdungen die Todesstrafe. Legitimiert wurde die Ermordung von geschätzten 1,7 Millionen Kambodschanern damit, dass man den »neuen Menschen« schaffen wollte und dafür notfalls durch ein »Meer von Blut« waten müsse. Wie Robespierre und Saint-Just verfielen auch die Roten Khmer in einen derartigen Verfolgungswahn, dass die Säuberungswellen auf die eigenen Reihen überschwappten und Genossen der ersten Stunde eliminiert wurden.

Die Französische Revolution hat wie kaum ein anderes Ereignis die Moderne geprägt und in ihren Nachwirkungen den Menschen in der westlichen Welt ein Höchstmass an persönlicher Freiheit geschenkt. Zahlreichen Ländern in der Dritten Welt steht eine derartige Revolution noch bevor.

Danksagung

Ich danke allen Mitarbeiterinnen und Mitarbeitern der Isolationsstation und des Zellersatzambulatoriums des Universitätsspitals Basel für die Behandlung meiner Leukämie seit Herbst 2009. Ich bedanke mich auch beim anonymen Knochenmarkspender.

Ich danke meinem Agenten Sebastian Ritscher, der geduldig und freundschaftlich die Entstehung des Romans unter schwierigen Bedingungen begleitet hat. Bedanken will ich mich auch bei Emmanuel Goetschel und Alex Hägeli, die nach dem Tod meiner ersten Frau 2008 viel für meine Familie getan haben. Dank gebührt meinem Sohn Clovis, meinem täglichen Lektor und besten Freund, für seine dramaturgischen Vorschläge, die zur Verbesserung dieses Buches beigetragen haben. Ganz besonders bedanken möchte ich mich bei Dina, die als philippinische Freundin von Hongkong in die Schweiz kam und heute meine Frau ist. Sie hat mich mit ihrer Lebensfreude und ihrer stets positiven und humorvollen Lebenseinstellung durch sehr schwierige Zeiten begleitet.

Bedanken will ich mich auch beim Lenos Verlag. Heidi Sommerer, Christoph Blum und Tom Forrer haben mit einem sehr sorgfältigen Lektorat die Qualität verbessert und dem Buch zum Leben verholfen.

Claude Cueni, Allschwil bei Basel, Dezember 2012

SCHWEIZER LITERATUR IM LENOS VERLAG

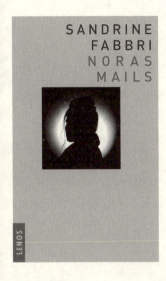

Sandrine Fabbri
Noras Mails
272 Seiten, gebunden, mit Schutzumschlag
ISBN 978 3 85787 427 7

Nora liebt die Männer. In Zürich taucht sie ins exjugoslawische Milieu ein, in Paris treibt sie sich in zwielichtigen Bars herum. Ihrer Freundin schickt sie regelmässig Mails, in denen sie von ihrem Leben erzählt, von ausschweifenden Abenden, ihren Liebhabern für eine Nacht, dem tragischen Tod eines Freundes.

SCHWEIZER LITERATUR IM LENOS VERLAG

Andrea Gerster
Ganz oben
Roman
163 Seiten, gebunden, mit Schutzumschlag
ISBN 978 3 85787 435 2

Olivier Kamm ist Anfang vierzig, Rechtsmediziner und beruflich ganz oben angekommen. Eines Tages findet er sich in einem geschlossenen Raum wieder, kann sich aber nicht erklären, wo und warum. Er glaubt, in einer Gefängniszelle einzusitzen, und vermutet, dass es bald zu einer Gerichtsverhandlung kommen wird.
Psychologisch geschickt spinnt Andrea Gerster in ihrem neuen Roman die Fäden und schafft es zugleich, den Leser immer wieder auf eine falsche Fährte zu locken.

Schweizer Literatur im Lenos Verlag

Corina Caduff
Szenen des Todes
239 Seiten, gebunden, mit Schutzumschlag
ISBN 978 3 85787 434 5

In Corina Caduffs Essays ist vom Tod die Rede. Man stellt ihn zur Debatte, man macht ihn öffentlich: Er ist Thema in Talkshows und im Reality-TV, in Büchern und im Internet sowie bei Fotografen, die verstorbene Familienmitglieder auf dem Totenbett oder anonyme Leichname in Leichenschauhäusern ablichten. Darüber hinaus ist das Jenseits hoch im Kurs: Im Film, in der Esoterik und auch in der Alternativmedizin wird kurzerhand »nach drüben« durchgesprochen.